W0317637

tan senzill com estar amb tu

BLUE JEANS

tan senzill com estar amb tu

Columna

COL·LECCIÓ CLÀSSICA
TÍTOL ORIGINAL: *ALGO TAN SENCILLO COMO ESTAR CONTIGO*
PRIMERA EDICIÓ: ABRIL DEL 2017
© FRANCISCO DE PAULA FERNÁNDEZ, 2017
© DE LA TRADUCCIÓ: NÚRIA PARÉS SELLARÈS, 2017
© DE LES IL·LUSTRACIONS: GONZALO MUIÑO
© EDITORIAL PLANETA, S.A.
© COLUMNA EDICIONS, LLIBRES I COMUNICACIÓ, S.A.U.
DIAGONAL, 662-664 - 08034 BARCELONA
ISBN: 978-84-664-2231-4
DIPÒSIT LEGAL: B. 2.360-2017
FOTOCOMPOSICIÓ: VÍCTOR IGUAL, S.L.
CARRER ARAGÓ, 390 - 08013 BARCELONA
IMPRÈS A: LIBERDÚPLEX

www.columnaedicions.cat

Queda rigorosament prohibida sense autorització escrita de l'editor qualsevol forma de reproducció, distribució, comunicació pública o transformació d'aquesta obra, que serà sotmesa a les sancions establertes per la llei. Podeu adreçar-vos a Cedro (Centro Español de Derechos Reprográficos, www.cedro.org) si necessiteu fotocopiar o escanejar algun fragment d'aquesta obra (www.conlicencia.com; 91 702 19 70 / 93 272 04 47). Tots els drets reservats

Residència Benjamin Franklin

1159
Óscar Mayoral Benedicto

1157 Iria Chacón Espejo	1158 Julen Miramón Aguinaga
1155 Nicole Katherine Vásquez Espinoza	1156 Manuel González Miranda
1153 Ainhoa Cabrera García	1154 Toni Martos Arias
1151 Elena Guillermo Casanova	1152 David del Pozo Díaz

Passadís 1B

PRÒLEG

La brisa li despentina el serrell, bastant més llarg del que acostuma a portar-lo. Han passat uns quants mesos des de l'última vegada que es va tallar els cabells. Té el cos menys fibrós i la barba que li cobreix la cara el fa semblar més gran. I què? Aquests detalls ja no importen a ningú. Només a ell. Tot i així, malgrat la seva visible deixadesa, en Manu continua tenint una presència física envejable per a qualsevol noi i desitjada per cada dona que es creua en el seu camí. Si més no, ell se'n vol convèncer. Fa molt de temps que no fa sexe. Des d'aquell dia que... Bé, això ja és història. Un fragment d'una vida anterior. Una vida que ja no recuperarà.

L'Iria estava increïblement sexi sense gens de roba. L'ha recordat un munt de vegades, aquella noia despullada en uns moments de completa intimitat.

—En què penses? —sent a la seva dreta—. Sembles estúpid, mirant al no-res.

La veu del seu acompanyant el fastigueja. No només perquè l'ha retornat a la maleïda realitat de la qual intenta fugir constantment. Fa setmanes que no suporta tenir en Fernando al seu costat. S'ha convertit en la seva ombra. En un espectre malèvol que no l'ajuda ni el deixa respirar. Potser no hauria hagut de deixar que l'acompanyés. Però tots dos necessitaven fugir. Allunyar-se tant com poguessin. I per què s'ha d'enganyar: l'havia de tenir a prop perquè no es fia d'ell. Aquí el té controlat. A Edimburg, un lloc perfecte per desaparèixer una temporada. Una ciutat tranquil·la, a centenars de quilòmetres de Madrid, on ningú no els coneix. On ningú no els buscaria.

—Penso que cada dia estic més cansat de tu —diu el malagueny, mentre estira les mànigues de la dessuadora negra que es va comprar en una botiga de Princess Street. Comença a fer més fred.

—Et molesta tant que estiguem junts?

—Molt més del que t'imagines.

L'altre noi el mira fixament, amb aire desafiador. S'amaga sota la caputxa del jersei groc i esbufega. Ell també n'està tip. Si no fos perquè no té diners per mantenir-se tot sol, ja l'hauria enviat a pastar fang. A més, per culpa seva s'ha enganxat a una cosa que el fa levitar. Aquella pols blanca li permet ascendir a un altre món en el qual no existeixen els problemes. Com la deu aconseguir?

—Si vols, ens separem i no ens veiem més.

L'està desafiant. Ho sap. Aquest noi no té ni una lliura ni manera d'aconseguir diners. En Fernando no podria fer res pel seu compte. Està convençut que no ho diu de debò, que simplement està fent la víctima. No és la primera vegada.

—Esclar. I on viuràs?

—Ja trobaré algun lloc.

—Ah, sí? I amb què ho pagaràs?

—Buscaré feina —diu en Fernando, mentre arrenca amb desídia un grapat d'herba del terra on estan asseguts.

Aixeca el braç, obre la mà i deixa escapar els brins d'herba perquè se'ls emporti el vent. Han pujat a Calton Hill, un conegut turó que s'alça orgullós sobre el centre de la ciutat. Malgrat que és un lloc molt concorregut, aquesta vegada els dos joves només hi han trobat un parell de turistes que es fan fotos al costat de la rèplica del Partenó grec. És un homenatge als caiguts durant les guerres napoleòniques que es va quedar a mig construir per falta de fons. Una vergonya per a molts escocesos.

—Una feina? De què? Si no saps ni una paraula d'anglès.

—No ho sé —diu en Fernando, encreuant els braços—. I si no trobo cap feina, sempre podria tornar a Espanya. És una altra opció.

Aquesta proposta fa saltar l'alarma del seu acompanyant. Han parlat unes quantes vegades de la impossibilitat que cap dels dos tornés, ara per ara. Encara no és el moment adequat.

—No, no pots. Ja ho saps.

Acota el cap i assenteix. El deuen estar buscant? Quan se'n va anar, en Fernando només va avisar la seva mare. No li va dir ni on anava ni quant de temps seria fora. Simplement, que necessitava desconnectar de tot unes quantes setmanes. Ateses les circumstàncies, ella ho va entendre i no va fer preguntes. Feia uns quants mesos que ni tan sols el tenia a prop.

—Doncs m'hauré de quedar amb tu fins que aconsegueixi diners per pagar-me un lloguer. No tinc cap altra sortida.

—T'ha durat poc, la intenció d'allunyar-te de mi.

—I què vols que faci? No em deixes tornar a Espanya, no tinc feina, ni diners. Si fos per mi, no em veuries més el pèl. Però no pateixis, que quan tingui pasta no m'hauràs d'aguantar més.

De fet, l'excambrer de la residència té raó. En Manu té la sort de tenir una targeta de crèdit vinculada a un compte amb què paga totes les seves despeses. A més, la seva família continua pensant que és a Madrid i els seus pares estan avisats que no anirà a Màlaga per Setmana Santa. Si mai no s'han preocupat pel que li passava, no ho faran ara. Ni tan sols sospiten que fa dos mesos que viu a Escòcia. Sincerament, ell es pensava que ho descobririen i l'obligarien a tornar. Però no ha sigut així. Cap dels dos nois no parla durant una estona. S'ha ennuvolat i la temperatura cau en picat. Diuen que a Edimburg pots viure les quatre estacions de l'any en un sol dia. I ara ells ho comproven una vegada més.

—Me'n vaig a casa abans que es posi a ploure —s'afanya a dir en Manu—. Cuida't tu de comprar el sopar.

—Si no em dónes calés, no tinc ni una lliura.

—Ja t'has gastat les quaranta que et vaig donar ahir?

—Que ets sord? T'he dit que no tinc ni una lliura.

En Fernando treu la cartera de la motxilla i l'hi ensenya com a prova. Gairebé s'hi poden veure les teranyines a l'interior.

—En què t'ho has gastat? El dinar d'avui l'he pagat jo.

—En l'esmorzar i en els cafès de després de dinar.

—Només en això? No fotis!

—Bé, abans m'he pres un parell de cerveses al carreró dels bars.

—Tens molta cara. Ets un aprofitat.

—No exageris, només han sigut un parell de cerveses.

—Cerveses que has pagat amb els meus diners.

—Si vols, truca al meu antic cap de la cafeteria de la residència i demana-li el que em deu. Segur que es posarà molt content si li parles de mi.

El malagueny aparta la mirada i fa petar la llengua, molest. Evidentment, això no ho pot fer. Tots dos van fugir a Edimburg sense donar explicacions a ningú.

Torna a remugar en veu baixa i busca diners a la bandolera. Troba dos bitllets de deu lliures i els entrega al seu company.

—Només vull un sandvitx d'amanida de pollastre i una ampolla d'Irn-Bru.

—Jo m'agafaré el mateix —diu en Fernando.

—D'acord. Queda't amb el canvi per esmorzar demà.

El noi de la jaqueta groga es guarda els diners a la butxaca i s'adona que un petit sobre transparent cau de la bandolera d'en Manu. Immediatament, clava la mirada en el paquetet que conté una substància blanca. El seu amic s'ajup ràpidament per agafar-lo.

—Per què no me'n dónes una mica, abans d'anar-te'n? —li pregunta en Fernando, amb un punt d'ansietat.

—Reserva't el mono per a quan arribis a casa —replica en Manu, mentre guarda la bosseta en un lloc segur.

—Va, home, només una mica.

—Que estàs sonat? Si ens veu algú, ens cau el pèl.

—Qui vols que ens vegi? Estem sols.

Tots dos miren al seu voltant, i veuen que els turistes que es feien fotos al Partenó ja se n'han anat. No hi ha ningú per allà a prop.

—Mira, tio, no. No sé quan en podré aconseguir més. Això no és com comprar caramels.

—Ho vols només per a tu, oi, malparit?

—Ets un desagraït. He compartit amb tu tot el material que he aconseguit en aquests mesos. Però aquí a Edimburg no és fàcil trobar...

Però en Fernando ja no el vol escoltar més. Necessita consumir-ne immediatament. Per sorpresa, li agafa la bandolera per sota i li fa una estrebada, amb tanta força, que el seu company perd l'equilibri i cau a terra. De cop i volta, tots dos es comencen a barallar pel preuat botí. Fins que el puny d'un va a parar al nas de l'altre. Hi apareix sang. Un crit de dolor esquinça el silenci del turó. Després d'uns segons de confusió, el que pega rabiós ara és el que està ferit. L'impacte arriba de ple a la mandíbula del seu rival. I un segon cop de puny li va directe al pòmul dret.

Els dos boxadors combaten sense pietat amb el cel fosc com a testimoni.

Tot s'acaba en un instant. Un dels joves queda paralitzat a terra. Té els ulls tancats. L'altre s'espanta quan veu que no es mou. Està...? Uns dies més tard, els diaris de la ciutat informaran de l'aparició d'un cadàver trobat al turó de Calton Hill: un jove amb la cara desfigurada, amb els dits tallats i sense cap mena de documentació a sobre.

CAPÍTOL 1

Es treu la gorra un instant i es pentina amb un raspall, allisant-se la llarga cabellera rossa. Es mira al mirall del lavabo i es torna a tapar el cap. Li agrada fer-ho des que era petita, quan el seu pare la duia a jugar a futbol, per protegir-se de l'intens sol extremeny. Era portera i no ho feia gens malament. Es llançava valenta a buscar la pilota i no tenia por dels nens amb qui competia. Al contrari. Com més fort era el rival, més es motivava. Els que ja la coneixien no es deixaven enganyar per la dolçor que transmetien els seus preciosos ulls blaus, ni pel seu aspecte de nena maca. La Silvia Urbiola era una autèntica guerrera a dins del camp, i s'havia de suar tinta per marcar-li un gol. Tot i que des de llavors han passat uns quants anys. Ja ha fet els divuit i fa temps que no es posa a sota d'una porteria. I no ho pot negar: ho troba a faltar.

Surt de la 1155 i va cap al menjador, amb el mòbil i el tiquet de l'esmorzar a les mans. És dissabte, molt d'hora, però a ella no li agrada quedar-se al llit fins tard. Quan es desperta, es dutxa i es posa en marxa. Sense excuses, sense parafernàlia. Encara que sigui cap de setmana. Ja ho feia quan vivia amb els seus pares a Càceres, i a l'apartament que va compartir durant els primers mesos com a universitària. I ho continua fent ara, a la residència Benjamin Franklin.

Va ser una sort no haver-se donat de baixa a la llista d'espera per aconseguir una plaça que quedés lliure. Si ho hagués fet, no hauria tingut l'oportunitat d'ocupar aquella habitació del passadís 1B. I hauria hagut d'aguantar les dues companyes de pis fins a final de curs. Tot i que amb prou feines ha parlat amb els altres residents en els cinc dies que fa que és a la residència, prefereix l'anonimat que no pas l'infern que ha patit en les últimes setmanes. No obstant això, no estaria gens malament conèixer algú amb qui poder xerrar de tant en tant. Però hauria de sortir una mica més de l'habitació, que és on es passa la major part del dia.

El menjador està completament buit. Lògic. És massa d'hora per a la majoria. De fet, acaben d'obrir les portes per a l'esmorzar.

Se serveix un bol de cereals de mel i llet semidesnatada amb una cullerada de sucre, i s'asseu en una de les taules per a quatre de la part esquerra de la sala. Mentre menja, repassa les xarxes socials al mòbil. Té un missatge privat a Facebook. És d'ell.

«Segur que encara estàs dormint, però ja deu faltar poc perquè et despertis. A Buenos Aires són les tres de la matinada. Maleïdes siguin les quatre hores de diferència. Però aviat ja no hi haurà distància entre nosaltres. Compto ansiós els dies que falten per veure'ns. D'aquí a poc podré besar aquests llavis que fa tant de temps que desitjo tastar. El maig serà el millor mes de la meva vida. No t'oblidis que t'estimo molt. No puc deixar de pensar en tu. Després parlem. Me'n vaig a dormir. Bon dia, nina d'ulls blaus».

La Silvia llegeix un parell de vegades més el text que ha rebut fa més o menys una hora i quart. S'ajusta la gorra i sospira. Falten exactament trenta dies. Ella també porta el compte. L'11 de maig, en Gabriel volarà des de l'Argentina fins a Espanya i es trobaran en persona per primera vegada.

—Perdona, que puc seure?

La noia alça la vista i veu un noi amb el qual s'ha creuat en dues o tres ocasions. Estava tan concentrada en el missatge de Facebook que no s'ha adonat que entrava al menjador.

—Sí, i tant —respon ella, una mica confosa.

—T'he vist unes quantes vegades per la residència. Em sembla que ja comença a ser hora que ens presentem, no? —diu el noi, mentre deixa la safata a sobre la taula—. Em dic David, estic a l'habitació 1152. Som veïns de passadís.

—Jo sóc la Silvia. Encantada.

Cap dels dos no s'aixeca per fer dos petons a l'altre. Simplement, se somriuen. La noia es guarda el mòbil a la butxaca del jersei i continua menjant. De cua d'ull, observa el seu company de taula. Sens dubte, és un dels nois més guapos que ha vist mai. I aquesta manera de presentar-se? Li ha fet recordar el començament de *Coneixes en Joe Black?*, quan en Brad Pitt i la Claire Forlani es coneixen en una cafeteria. Li crida l'atenció el tatuatge que li adorna el coll: un fènix imponent.

—Com van els primers dies a la residència? —pregunta en David, que unta una torrada de pa de motlle amb mantega—. T'has adaptat bé?

—Sí. Més o menys. Però encara no he tingut temps de conèixer ningú.

—És normal. Fa molt poc que vas venir.

—Aquí sou tots amics, o cadascú va per la seva banda?

—Hi ha de tot. Els del nostre passadís ens entenem força bé.

Durant una bona estona, el noi es recrea i li descriu els components de l'1B. S'anima a revelar alguna peculiaritat de cadascú. Li parla d'en Toni, el valencià rapat, i del seu vici amb la consola; i també de l'Iria, la petita gallega de caràcter enèrgic i el seu inseparable Julen, el navarrès a qui tothom aprecia molt. Després li parla de l'Óscar i la seva guitarra i de l'Ainhoa, que acaba de tornar a Madrid després de passar algun temps a Las Palmas, tot i que prefereix no explicar-li els motius de l'absència de la canària. Quan esmenta l'Elena, no li parla de com estan les coses entre ells ara mateix, ni que va sortir uns quants mesos amb la Marta, la seva germana petita.

—És la perfeccionista de la colla —diu, fent referència a la toledana—. Però s'ha anat relaxant amb el pas de les setmanes. Segur que us entendreu.

Això espera. Després de la mala experiència del pis compartit, no vol més enemics. Han sigut uns mesos molt durs. Quan va marxar de Càceres, mai no s'hauria imaginat que l'atzar li buscaria unes companyes tan complicades. De seguida li van posar la creu perquè era diferent d'elles: no fumava marihuana, no sortia de nit i intentava no saltar-se les classes. Per acabar-ho d'adobar, van descobrir allò de l'argentí i des de llavors encara va ser pitjor.

—A la teva habitació hi havia la Nicole —continua en David—, una noia peruana que ha tornat a València, amb la seva mare i els seus germans.

—Per què hi ha tornat? Que no es va adaptar?

—No, no va ser per això. Abans de Nadal va patir un atac racista a la cafeteria on treballava, a Callao. Se'n va anar a València per recuperar-se, i la seva mare no l'ha deixat tornar.

—Però està bé?

—Sí, físicament s'ha recuperat del tot de la pallissa que li van clavar. I mentalment és molt forta. Ella vol tornar a Madrid, però a la seva família li fa por que li passi una altra vegada el mateix i no la deixen venir. La trobem molt a faltar, perquè és una noia encantadora. Sempre té el somriure als llavis. Era la que aportava més energia positiva al passadís. L'estimem molt.

—Ostres, em sap greu. Potser no és gaire agradable per a vosaltres veure que ara la seva habitació l'ocupa una altra.

—No pateixis. Tu no en tens la culpa. Ens encantarà que formis part de la colla.

En David li somriu amb aire tranquil·litzador perquè la noia no se senti malament. La Silvia acota el cap i omple la cullera de cereals. Quan torna a mirar-lo, el noi continua somrient. Nota un pessigolleig a l'estómac. Es ruboritza i intenta refugiar-se sota la visera de la gorra. S'ha posat nerviosa i no sap per què.

—Encara no m'has dit d'on ets —recupera la conversa el noi, després d'uns segons de silenci.

—Sóc extremenya, de Càceres.

—Una ciutat preciosa.

—Hi has estat?

—Sí, dues vegades —contesta en David, tot content, mentre recorda els moments feliços de la seva infantesa—. No conec ningú d'Extremadura aquí a la residència. Ets la primera.

Un altre cop el somriure. Però en aquesta ocasió, tot i que li ha tornat a venir el pessigolleig, la Silvia no aparta la mirada. Aguanta, sense abaixar-la, sense amagar-se. Ella també somriu i tot seguit inicien una animada conversa sobre aspectes relacionats amb la comunitat autònoma de la qual prové la noia. Després, ell li diu que és sevillà i comencen a parlar d'Andalusia i la seva capital. L'esmorzar s'allarga, i el menjador es va omplint. Arriben l'Ainhoa i l'Óscar, que seuen a la taula de la Silvia i en David. El noi els presenta l'extremenya, i la canària i el val·lisoletà de seguida s'interessen per la nova companya de passadís.

—Què estudies?

—Arquitectura —respon la noia a l'Óscar.

—Jo també vaig estudiar arquitectura a Valladolid abans de canviar-me a psicologia!

—De debò? Que no et va agradar?

—Prefereixo el que estudio ara. Ho trobes difícil?

—Home, de fàcil no ho és gens. S'ha de tenir paciència i dedicar-hi moltes hores. Des que he arribat a la residència, gairebé no he tingut temps de sortir de l'habitació.

La Silvia els explica la quantitat de pràctiques que ha de fer i el temps que es passa davant dels llibres, però evita revelar-los què fa amb el que té lliure. D'aquest tema, prefereix no parlar-ne.

—On vivies abans de venir a la residència? —intervé l'Ainhoa, que per esmorzar menja unes quantes peces de fruita tallades a rodanxes.

—En un pis compartit del carrer Guzmán el Bueno. Però no tinc un bon record de l'experiència.

—Ah, no? Què ho fa?

—No he tingut precisament les dues millors companyes del món. M'han fet la vida impossible. Sort que ha quedat una habitació lliure aquí i he pogut fugir del pis. Sí, he tingut molta sort.

La noia mira els companys de taula i s'adona que potser no s'ha expressat prou bé. Si hi ha una habitació disponible és perquè la Nicole ja no hi és, tal com li acaba d'explicar en David. I les circumstàncies per les quals va abandonar la Benjamin Franklin són prou delicades per anar amb peus de plom amb el que diu.

Per això mira de rectificar-ho ràpidament.

—Ho sento. Sé el que li va passar a la vostra amiga, i no volia que semblés que...

—No pateixis —la interromp el sevillà, sense perdre el somriure—. Ja t'ho he dit abans, tu no tens la culpa del que ha passat.

—Ja, però això no treu que em senti una mica estranya.

—La Nicole és la Nicole, i tu ets tu. No la substitueixes, només has ocupat una habitació que havia quedat lliure.

Les paraules d'en David animen la Silvia, que constata que l'expressió dels altres també es relaxa. Això la tranquil·litza. El que menys desitja ara mateix és posar-se en contra els nous companys amb els quals conviurà els tres mesos següents.

—Aquí et tractarem bé. No serà com al pis que comparties. I per a qualsevol cosa que necessitis, pots comptar amb nosaltres.

L'extremenya assenteix i dóna les gràcies a en David. El noi del fènix al coll és encantador. I els altres dos joves també li han caigut bé. Pel que sembla, en aquesta residència tot és bon rotllo i companyonia. Només espera que la resta del passadís 1B sigui igual d'amable.

Finalment, acaben d'esmorzar i pugen per parelles fins a la recepció. La Silvia va amb en David. Llavors, li ve al cap una cosa que abans s'ha oblidat de demanar al seu nou amic.

—Si ho he entès bé, he conegut l'Ainhoa i l'Óscar, i m'has parlat de quatre persones més. Comptant-nos a tu i a mi, això sumen vuit. I el passadís té nou habitacions. No falta algú?

En David queda inexpressiu i continua caminant en silenci. És veritat, no ha esmentat el resident de la 1156. Ho ha fet expressament. Però què n'hi pot explicar i què no?

CAPÍTOL 2

Quan es desperta, comprova que són gairebé les deu del matí d'aquell dissabte d'abril. Havia sortit a la nit i va anar a dormir tard. Va prendre un parell de copes en un pub d'Alonso Martínez. Res de l'altre món; ni tan sols té ressaca. Tot i que no es troba gaire bé. Però d'això no en té la culpa l'alcohol.

Es queda cinc minuts més al llit, recordant la xerrada de la nit anterior amb l'Iria. Van decidir sortir a fer un volt per oblidar les penes i van acabar explicant-se-les a la barra d'un bar. Carn i ungla. Cadascuna amb la seva pròpia història, però totes dues plenes de dubtes i d'incerteses.

Algú truca a la porta de l'habitació. Es lleva i obre després de fer un llarg badall. La seva amiga gallega ja està vestida.

—Va, vesteix-te. Et convido a esmorzar —li diu l'Iria, que entra a la 1151 sense que la convidin—. I després faré aquella bogeria que et vaig explicar ahir.

—Ho faràs? De debò?

—Sí, és hora de canviar.

Ostres, i quin canvi! Després d'esmorzar a l'Starbucks de la plaça d'Espanya, l'Iria i l'Elena van cap a Malasaña. Pel camí, recorden la conversa de la nit abans:

Estaven assegudes en un tamboret d'un bar d'Alonso Martínez, amb una copa a les mans, i després d'unes quantes bromes, van passar a temes més seriosos.

—Va dir que dilluns el tornaríem a veure. Som a la matinada de divendres a dissabte i encara no en sabem res. Ni rastre. No ho entenc.

—Després de passar dos mesos i mig desaparegut, sense donar senyals de vida, no em sorprèn.

—A mi tampoc. Però em preocupa. I si li ha passat alguna cosa? El número des d'on em va trucar em surt sempre desconnectat. A l'antic ja ni em molesto a trucar-li, perquè fa molt que està inoperatiu. Aquesta situació em provoca una terrible impotència. És que no puc fer res més!

—Ja hem parlat moltes vegades d'això, Iria. No pots continuar estant pendent d'una persona que no vol ni deixa ajudar-se. Encara que sentis alguna cosa per en Manu.

—Ja no sé què sento per ell.

—Sí que ho saps.

La noia fa un xarrup de la seva copa de rom amb Coca-Cola i repenja els colzes a la barra. Al llarg d'aquelles setmanes ha intentat oblidar-se del malagueny. Fins i tot durant les vacances de Setmana Santa que va passar a Las Palmas amb les seves amigues va tenir la temptació d'enrotllar-se amb algun dels nois amb qui va lligar. Però no hi ha manera de desfer-se de la sensació de buit que sent des que en Manu es va esfumar i es va tornar invisible. I això que l'Elena l'ha ajudat molt durant aquests mesos. De sobte, van començar a parlar, a explicar-se coses. Es van unir, es van conèixer més i es van servir mútuament de suport, i van aparcar per sempre les seves diferències. Eren enemigues i no se suportaven, i tot i així es van convertir en confidents inseparables. Un canvi que la colla no s'explica però que ha servit per alleujar tensions.

—Mira, algun dia apareixerà i hauràs de parlar amb ell. Mentrestant, no t'atabalis. No podem fer res perquè es comporti d'una altra manera. Ell viu i pensa per a si mateix.

—Però no és fàcil, Elena. No és gens fàcil ignorar el que sents i enterrar-ho, com si res.

—Què m'has de dir, a mi? —diu la toledana, després de beure un trago de la seva copa—. Jo parlo molt, però em passa el mateix que a tu.

La seva història amb en David ni funciona ni deixa de funcionar. El que sent per ell no ha desaparegut. Però és l'exnòvio de la seva germana i això és una càrrega massa feixuga, impossible d'aixecar. La Marta encara no ha superat la ruptura, i quan l'Elena va tornar a Toledo de visita familiar, les converses sobre aquell tema no van parar. La petita de les Guillermo Casanova vol demanar una segona oportunitat al sevillà, una cosa que ella li ha desaconsellat moltes vegades. Per por que tornin a estar junts? Perquè creu que el noi li farà encara més mal si la rebutja? El cas és que, tot plegat, no és gens fàcil conviure amb en David estant enamorada d'ell. Seria millor oblidar-se del company de passadís d'una vegada per totes? Seria el més sensat, però també la solució més difícil. Abans de les vacances, van tornar a estar a punt de fer-se un petó. Va ser ella la que es va contenir i la que li va advertir que no podien continuar d'aquella manera. De fet, es van prometre no trucar-se ni escriure's durant els deu dies que estarien separats. En aquell moment ja va sospitar que la mesura no serviria de res, però va pensar que almenys li permetria descansar una mica. Un descans que després de la tornada a la universitat havia sigut insuficient.

—Això teu també és ben complicat.

—I encara no t'ho he explicat tot —reconeix l'Elena, que sospira i torna a beure fins que s'acaba la copa.

—Què? Que ha passat alguna cosa amb en David?

—Que si ha passat? Com pots aturar un petó que et mors de ganes de fer però que saps que és l'error més gran de la teva vida?

—Us vau fer un petó? Quan?

—Dilluns. A la seva habitació. Aquesta vegada no ho vaig poder evitar i va passar.

—Déu n'hi do. I com heu quedat?

L'Elena arronsa les espatlles abans de cridar el cambrer i demanar una segona copa. Serà l'última d'aquesta nit.

—Em va dir que si jo no feia un pas endavant, el faria ell —continua explicant la toledana—. Però cap a una altra banda. Que l'error havia sigut sortir amb la Marta, perquè mai no ha sentit per ella el que sent per mi. I que m'estima però que no pensa esperar-me tota la vida.

—Uf. Sí que s'ha posat intens. No fa per a ell fer ultimàtums.

—Ja, però té raó. Tot i que és veritat que des que ha tornat de Sevilla el noto diferent.

—Potser allà li ha passat alguna cosa.

—Pot ser. No m'ha explicat res. La veritat és que hem parlat poc.

Des que va sortir de la seva habitació dilluns al vespre, quan es van fer el petó, amb prou feines han coincidit, malgrat que viuen l'un al davant de l'altre. En David no li ha trucat per anar a dinar ni per quedar per sopar. Ella tampoc. Les vegades que han coincidit, estaven amb la resta de la colla.

—Quin panorama. Veig que som unes expertes en temes de desamor —comenta l'Iria, tot removent el gel de la copa amb un dit.

—Ja veus. Hauríem de canviar els objectius.

—I les estratègies.

—No t'has despertat mai amb ganes de canviar-ho absolutament tot i fer una gran bogeria?

—Ara que ho dius, fa temps que hi ha una cosa que em volta pel cap —confessa l'Iria, mentre s'eixuga el dit amb un tovalló—. Però no m'hi atreveixo.

—Què és?

La noia ho explica a l'Elena, que aplaudeix i anima la seva amiga perquè tiri endavant aquella idea.

—Va, fes-ho. Jo t'hi acompanyaré.

—No n'estic segura.

—Va, no t'ho pensis més! Tampoc no n'hi ha per a tant!

L'endemà al matí, la gallega, tot i haver-hi donat moltes voltes, ha decidit fer el canvi que tenia pensat. Un cop a Malasaña, entren en un establiment. No és gaire gran ni lluminós, però a l'Iria n'hi han parlat molt bé.

Les rep una noia amb rastes.

—Qui és la víctima? —pregunta la noia, que deu tenir uns trenta anys.

L'Elena no triga ni una dècima de segon a assenyalar la seva amiga. Ella esbufega i alça la mà, per oferir-se.

—Em farà mal?

—Només quan et vegis al mirall.

L'Elena, que se sent orgullosa de la valentia que està demostrant la seva amiga, riu entre dents quan sent el comentari burleta de la perruquera.

—Déu meu! No sé si m'ho vull fer —es lamenta la gallega.

—No pateixis, maca. Sóc la millor. Seu aquí.

L'Iria obeeix a contracor i s'asseu a la butaca que li indica la noia de les rastes. Mira l'Elena i ella somriu i li fa el senyal d'OK amb el polze.

—Comencem?

—Quin remei. Ara ja no em puc fer enrere.

—Doncs som-hi.

Tot plegat els ocupa menys d'una hora. Quan acaben, l'Iria, que fins ara duia els ulls tapats, es mira en un mirall. El primer que fa és cridar.

—Aquesta sóc jo? —pregunta, exaltada, observant el nou pentinat d'un costat i de l'altre.

—Estàs increïble! —exclama l'Elena, també emocionada.

Quan la nit anterior la seva amiga li va explicar el

que volia fer, no va tenir cap dubte que era una bona idea. Un canvi d'imatge radical. Havia sentit a parlar d'una cadena de perruqueries extremes, que en diuen. Et tallen els cabells a la seva manera, al gust del perruquer que et toqui. Una de les peculiaritats és que et tapen els ulls fins que el resultat és definitiu, perquè l'impacte sigui més fort. I en aquest cas, ha sigut realment impactant.

—Em veig raríssima!

No sembla ella. Durant els últims mesos, l'Iria s'havia deixat créixer els cabells i la seva cabellera era d'una llargada considerable. Fins ara. L'Elsa, que és el nom de la perruquera, ha optat per talla'ls-hi ben curts, rapar-li la nuca i tenyi'ls-hi de color platí, gairebé blanc.

—Estàs impressionant!

—Jo també et veig estupenda —diu la noia de les rastes—. Crec que hem fet una bona feina.

—Bé, serà qüestió d'acostumar-s'hi.

—Els cabells curts et queden genials. De debò.

L'Iria no para de mirar-se al mirall, per intentar familiaritzar-se ben ràpid amb la seva nova imatge.

—Els deixaràs a tots amb la boca oberta, quan et vegin —diu l'Elena, durant el camí de tornada a la residència.

—Espero que no sigui de l'espant.

—Però què dius! Marcaràs tendència a la Benjamin Franklin! Tothom voldrà el teu nou *look*!

L'Iria somriu tímidament. No n'està gens segura, però agraeix els elogis de l'Elena. Es paren a prendre una Coca-Cola a la terrassa del Rodilla de Callao. Treu el mòbil per mirar-se a la càmera. Es fa una selfie i examina la foto detingudament. Bé, potser no ha quedat tan malament. Potser el color és una mica massa clar, però sempre és a temps de tenyir-se al seu gust d'aquí a uns quants dies. I si no l'acaba de convèncer el nou tall, els cabells creixen. Si més no, ha aconseguit el que volia: un canvi radical. I amb això han d'arribar altres canvis en la seva vida. El primer el té clar: desfer-se definitivament dels confusos sentiments pel malagueny. Si en Manu passa de tot, ella passarà d'ell. Per tant, que aparegui quan li doni la gana, o que no torni a aparèixer mai més. A ella tant li fa. O almenys intentarà convence's que no li importa.

CAPÍTOL 3

—Quants subscriptors tens, ja?

L'Isa entra a la seva pàgina de YouTube i clica a «El meu canal». Fa un mig somriure de satisfacció quan veu el nombre de seguidors.

—Trenta-nou mil cinc-cents vuitanta-un.

—Quatre mil més que la setmana passada! —exclama en Toni, que s'ha assegut al llit de la noia.

—Està bé, però no és suficient. En necessito molts més si vull ser una youtubera de debò.

—No et queixis. El teu canal ha crescut molt en aquests últims mesos. Quantes visualitzacions té, el vídeo de la xocolata amb xurros?

La noia ho busca i diu el nombre al valencià: més de cent mil. És el més popular de tots els vídeos que ha penjat. El van gravar fa més de dos mesos i mig, i malgrat que no hi surt gaire afavorit, ara li sembla graciós.

—I mira que et vas enfadar quan el vaig penjar

—diu l'Isa, abans de tancar-lo i tornar al programa d'edició amb què està treballant.

—Amb raó.

—Hem de tornar a discutir sobre això?

—No, tinc força clar què significa per a tu YouTube: espectacle, visites i *likes* per sobre de tot.

—Exacte. M'alegro que hagis après bé la lliçó.

El noi somriu. Tot i que aquesta teoria no és exacta i té una excepció: la prova que no tot s'hi val per augmentar els subscriptors. Va ser la mateixa Isa la que va decidir no penjar el *challenge* del petó a la xarxa perquè era massa íntim i personal. Va guardar el vídeo en un *pendrive* i l'hi va donar perquè només el tingués ell. Des de llavors, en Toni l'ha mirat unes quantes vegades i somia en el dia en què fer-li petons es converteixi en una cosa habitual. Perquè, malgrat el que els altres insinuen i s'imaginen, no són nòvios. Però la major part del temps es comporten com si ho fossin: dinen i sopen junts, s'esperen a la universitat i es passen bona part del dia a l'habitació de l'un o de l'altre.

—A tu què et sembla, si l'he après! M'ho has repetit milers de vegades des que et conec.

—M'estàs dient pesada?

La noia aparta els ulls de l'ordinador i, amb aire amenaçador, clava la mirada en en Toni. Ell no respon. També s'ha après de memòria aquesta reacció. L'ha experimentat en incomptables ocasions. El millor és canviar el rumb de la conversa.

—Tens ganes de sortir aquesta nit a fer un volt?

—Un volt? Per què?

—No ho sé. Podríem anar a sopar i després a prendre alguna cosa, tranquil·lament.

—Amb els del teu passadís?

—Home, no. Tu i jo. Sols.

—Com una parelleta?

—Com uns amics.

—No puc. He d'editar —diu l'Isa. La noia es torna a girar cap a l'ordinador abans de continuar—. Vull penjar aquest vídeo demà.

—Però si gairebé el tens acabat. Tornarem d'hora.

—No insisteixis.

—Només una estona. T'ho prometo.

—I ara qui és el pesat?

El valencià ho deixa córrer i es queda alguns minuts en silenci. Pensatiu. No hi ha cap terme al diccionari que pugui definir la relació que mantenen. S'han enrotllat unes quantes vegades, en concret cinc, comptant la del vídeo del *challenge*, però no han anat junts al llit. Només petons, sense sexe. No són nòvios, però conviuen moltes hores dins la mateixa habitació. Fins i tot per Setmana Santa van estar connectats per Skype els deu dies que van durar les vacances. No és gens estrany que els altres es pensin que són parella. I si fos per ell, ho serien. Sent alguna cosa per l'Isa. Alguna cosa més que un enamorament sobtat o ocasional. Amor? Podria ser. Del que està segur és que ella no ho veu de la mateixa manera. Parlar de sentiments amb la youtubera és impossible, i esbrinar-los encara més. Per què sempre s'ha d'enamorar de les més difícils?

—Me'n vaig a la meva habitació —diu en Toni, mentre s'aixeca del llit.

—D'acord. Fins ara.

La fredor amb què l'acomiada fereix el noi, que baixa les escales fins al seu passadís una mica descollocat. Li agrada molt aquesta noia, però la seva actitud li resulta indesxifrable. Les vegades que s'han enrotllat ha sigut perquè l'Isa va dur la iniciativa i en Toni es va deixar portar. Ell es pensava que potser després la seva relació avançaria una mica més. Tot i així, res no havia canviat. La situació continuava sent la mateixa.

Quan arriba al passadís 1B, la porta de l'habitació 1152 és oberta. Hi treu el cap i veu en David assegut al davant del portàtil. El sevillà s'adona de seguida de la seva presència i li demana que entri i tanqui. En Toni ho fa.

—Que estàs investigant? —pregunta en Toni, mentre s'acosta al seu amic. Es col·loca darrere seu i examina la pantalla de l'ordinador, per sobre de la seva espatlla.

—Sí, segueixo buscant alguna cosa que em doni una pista. Però de moment no hi ha hagut sort.

—David, és gairebé impossible que el trobis, en Fernando. Podria ser a qualsevol lloc.

—Ho he d'intentar.

—I si avises la policia? Ells segur que duen tenir més mitjans i més possibilitats d'esbrinar on és.

—Toni, no penso anar a la policia. Ja ho saps. Això s'ha convertit en una cosa entre ell i jo.

El valencià assenteix. Entén que, després de tot el que ha passat aquestes últimes setmanes, en David no vulgui buscar ajuda oficial. Ell també té coses per amagar i en sortiria malparat, si es revelessin.

—En Manu tampoc no ha aparegut avui —comenta en Toni, que està repenjat a l'escriptori.

—Ja ho sé.

—No et sembla que hauríem de parlar amb els altres?

—No. És millor que ho mantinguem en secret. No cal alarmar tothom.

—I si li ha passat alguna cosa?

—Si li ha passat alguna cosa, ell s'ho ha buscat.

—I tant.

—Tard o d'hora això es resoldrà. Només hem d'anar amb compte i tenir paciència. I no comentar-ho a ningú més. Ni tan sols a la teva nòvia.

—L'Isa no és la meva nòvia, t'ho he dit mil vegades.

—Doncs el que sigui —diu en David, que tanca les pàgines que té obertes i apaga l'ordinador—. Vine, que et vull presentar una persona.

Els dos nois surten de l'habitació i van fins a la 1155. El sevillà truca a la porta. No triguen a obrir. Una noia rossa amb una gorra blava al cap els rep amb un somriure. En Toni es queda mirant atentament aquella cara tan dolça. El que li crida més l'atenció són els ulls grans i blaus. Té la mirada transparent, neta. Mai no ha vist una mirada tan cristal·lina.

—Hola, Silvia. Molestem? —pregunta en David, també somrient.

—No, en absolut.

—Fantàstic. Et volia presentar en Toni, el milloret que trobaràs en aquest passadís i en tota la residència. Ja te n'he parlat abans.

—Encantada —diu ella, i es fan dos petons—. Ets el que viu a la 1154?

—Sí, exacte.

—Molt bé. Gairebé som veïns. Voleu entrar?

En David assenteix i entra ell primer, seguit del seu amic. El quarto de la Silvia està molt ordenat. El llit fet, ni una peça de roba per allà tirada, i tot el que hi ha a l'escriptori està ben col·locat i alineat. Pel contingut del faristol que té en un extrem de la taula, en Toni intueix que estudia arquitectura.

—Això és el plànol de la residència? —pregunta el valencià, mentre dóna una ullada a la cartolina que hi ha a sobre de l'escriptori.

—Sí, tens bon ull. Ho estem estudiant. A final de curs ens proposaran dissenyar un edifici adjacent a aquest.

—Una segona residència?

—Sí, més o menys. Em sembla que estan pensant a construir un altre edifici. Evidentment, som estudiants i no tindran en compte els nostres projectes, però serà divertit.

—Sembla complicat —comenta en David.

—És que ho és. Però aquesta és la feina dels arquitectes —diu la Silvia, inclinant-se sobre el plànol. Amb una goma, esborra amb molta cura una mesura que havia anotat amb llapis i bufa per netejar les restes—. Suposo que cada professió té les seves complicacions, oi?

Durant una estona tots tres parlen de les seves respectives carreres. Intercanvien opinions sobre la dificultat dels seus estudis i sobre les escasses possibilitats de trobar feina un cop tinguin la llicenciatura.

—Però tot just fem primer. No podem perdre l'esperança tan aviat —diu la Silvia, amb un somriure que deixa encisats els dos nois.

En Toni i en David pensen que la nova resident serà una ràfega d'aire fresc per al passadís 1B. Han passat tantes coses negatives durant els últims mesos, que l'ambient s'ha anar enrarint. La Silvia pot aportar il·lusió i entusiasme, cosa que troben a faltar des de fa temps. Sobretot des que se'n va anar la Nicole.

La conversa s'allarga una bona estona. Els temes van variant, s'enllacen els uns amb els altres. Fins que, sense saber com, acaben parlant d'una qüestió complexa per a tots tres.

—Tens nòvio? —pregunta en David, després que la Silvia hagi dit que va complir els divuit a finals de l'any passat i que no es planteja en absolut això de casar-se i ser mare.

La noia de Càceres dubta a l'hora de contestar; no sap què respondre a en David.

—No, no tinc nòvio —diu, finalment. Prefereix estalviar-se l'explicació de la relació a distància que manté amb un argentí que va conèixer per internet, per evitar que la jutgin. Ja va tenir una mala experiència amb les dues anteriors companyes de pis, quan es van assabentar de l'existència d'en Gabriel. Aquests nois li cauen bé, però és massa aviat per confiar-los una cosa tan personal—. I vosaltres teniu parella?

En David i en Toni es miren. De fet, cap dels dos no en té, malgrat que tots dos viuen una curiosa història d'amor i desamor a la residència.

—No.

—No.

Tots dos contesten gairebé al mateix temps i es tornen a mirar. S'han unit molt en aquestes últimes setmanes, s'han convertit en grans amics i saben el que l'altre pensa perquè s'ho han explicat. Ni l'Elena ni l'Isa són les seves nòvies, tot i el que senten per elles. La Silvia nota la tensió que s'ha creat a l'habitació. Segurament, els dos nois també tenen alguna cosa per amagar.

—A quina hora dineu, normalment? Em moro de gana —confessa la noia, que canvia de tema expressament.

—Si vols, ja podem baixar —proposa en David—. Anem a buscar els tiquets.

—Jo... ja vindré després —diu en Toni, un cop a fora del quarto de la Silvia. Acaba de rebre un whatsapp de l'Isa, que li demana que pugi a la seva habitació.

En aquell moment, s'obre una altra porta del passadís 1B. Just a temps perquè l'Elena vegi que en David surt de la 1155. Què hi feia, allà a dins? En David la veu i fa un gest amb la mà per saludar-la. No està sol. També hi ha en Toni. I una noia rossa, amb una gorra. La desconeguda la mira amb curiositat. Tot d'una, l'envaeix una sensació estranya. Una sensació incòmoda que preferiria no haver experimentat.

Ja la va avisar... No pensa esperar-la tota la vida.

CAPÍTOL 4

Penja el telèfon i es lamenta en veu baixa. L'Ainhoa acaba de parlar amb la Nicole. L'Óscar, que és al seu costat, estudiant una partitura que interpretarà amb la guitarra, s'adona de la seva frustració.

—Que no van bé, les coses?

—No. S'ha posat a plorar. Està molt desanimada —respon la canària, mentre s'estira al llit de panxa enlaire—. Cada vegada es discuteix més amb la seva mare. No la deixa ni respirar.

—L'està sobreprotegint.

—Sí, massa. A més, la Nicole l'ha d'ajudar al restaurant, i el poc temps que li queda lliure l'ha de dedicar a cuidar els seus germans.

—S'hauria de rebel·lar i tornar a Madrid —diu l'Óscar, que agafa la guitarra i col·loca la pua sobre les cordes.

—No ho farà. Ja la coneixes.

El noi torna a examinar la partitura i toca els primers acords d'un tema d'un grup italià que ha descobert explorant YouTube: «Tappeto di fragole», de Modà. Mentre sona la guitarra, la noia pensa què podria fer per ajudar la seva amiga peruana. La seva mare no vol baixar del burro. Ja no només perquè la Nicole torni aquest curs —cosa que pràcticament és impossible, perquè està molt avançat i ha perdut la plaça a la residència—, sinó perquè tampoc torni l'any que ve.

—I tot per culpa d'aquells imbècils —protesta la canària, quan s'atura la música—. Si no haguessin atacat la Nico... —afegeix, mentre s'incorpora per seure al llit.

—No hi donis més voltes.

—Em fa molta ràbia que una persona no pugui fer el que vol perquè té por. No és just.

—No, no ho és.

—I tampoc és just que la seva mare es comporti amb ella d'aquesta manera. Segons com, fa que aquests indesitjables s'hagin sortit amb la seva.

—No s'han de barrejar mai els dolents amb els que es preocupen per tu —diu l'Óscar, sense deixar de puntejar la guitarra.

—Què?

—La mare de la Nicole només vol el millor per a la seva filla, encara que s'equivoqui. Els que la van agredir i insultar van fer just el contrari. No la podem ficar en el mateix sac que aquells malparits.

—Evidentment, no els comparo. Però ella també està condicionant la vida de la seva filla, tal com ho van fer aquells criminals. I no se n'adona, o no se'n vol adonar. I és així, Óscar.

El noi assenteix sense rebatre la seva opinió. No vol discutir amb la seva amiga. Aquell panorama no només afecta la Nicole. L'Ainhoa sembla molt neguitosa i preocupada per la peruana. No vol que s'alteri tant, perquè en podria sortir perjudicada. Malgrat que li han donat permís per tornar a Madrid, passant controls setmanals, no està recuperada del seu problema amb el menjar. L'especialista que la va tractar a Las Palmas li va dir que s'agafés les coses amb calma i que evités situacions d'estrès. Fins i tot els exàmens finals de primer seran una cosa secundària. Per descomptat, se'ls prepararà i mirarà d'aprovar-los, però sense gens de pressió.

—I si...? —diu el de Valladolid, després de meditar uns segons.

—I si què?

—Ara vinc.

—On vas?

La canària es queda perplexa quan veu que l'Óscar surt esperitat de l'habitació, sense donar-li cap explicació. No entén la seva reacció ni per què té tanta pressa. Només sap que ha anat al seu quarto perquè ha sentit que obria i tancava la porta.

Al cap d'un quart d'hora, el noi torna.

—Per què te n'has anat així? Estaves a punt de dir una cosa i t'has quedat a mitges!

El val·lisoletà no contesta, es limita a entregar un full a l'Ainhoa i ella l'agafa tota encuriosida. Se sobresalta quan veu que és un bitllet d'autobús a València.

—Què vol dir això?

—L'AVE és molt car, o sigui que m'he hagut de conformar amb l'autobús. També he reservat habitacions en un hotel per passar-hi la nit. Un tres estrelles que té bona puntuació al Booking i està bé de preu.

—Però...

—Surt d'aquí a una hora, o sigui que ja ens podem afanyar.

—No sé què dir.

—Que no tens ganes de veure la Nicole? —pregunta l'Óscar, amb un somriure.

—Sí, esclar. Moltes.

—Doncs no en parlem més. Me'n vaig a la meva habitació a preparar la motxilla. Quedem d'aquí a deu minuts a la recepció?

L'Ainhoa se'l queda mirant amb els ulls molt oberts. Per què ho ha fet? Simplement, perquè ell és així. Des que va tallar amb la Naiara les aigües havien continuat el seu curs. L'Óscar s'ha bolcat en ella i ha intentat estar al seu costat constantment. Com a amic, gairebé com si fos el germà gran. Ha sigut un suport fonamental en aquests mesos de calvari, fins i tot quan se'n va anar a Las Palmas a tractar-se. Parlaven cada dia unes quantes vegades, i mai no va deixar d'animar-la i de confiar que se'n sortiria.

—Molt bé —aconsegueix dir amb prou feines. Està emocionada.

—Fins ara. I no triguis, o perdrem l'autobús.

El val·lisoletà obre la porta i quan ja està a punt de sortir del quarto de l'Ainhoa, sent que ella el crida. Quan es gira, rep una forta abraçada de la seva amiga.

—Gràcies —xiuxiueja la noia, abans de separar-se d'ell.

—Faria qualsevol cosa per veure't una mica més feliç.

Li fa un petó al front i li repeteix que no tenen gaire temps per anar a buscar el bus que els durà a València. Quan es queda sola, l'Ainhoa repenja l'esquena a la paret i sospira. Dins del cap li ressonen les paraules que li acaba de dir: «Faria qualsevol cosa per veure't una mica més feliç». L'Óscar s'esforça per ajudar-la a estar bé, perquè no perdi el somriure. Tot i així, ella necessita més. És impossible evitar sentir el que sent. Però no vol cometre més errors com els que va cometre en el passat. Des que van tornar a ser amics, no s'han fet més petons ni s'han ficat al llit. Simplement, són amics. No s'equivocarà una altra vegada.

Els deu minuts al final s'han convertit en vint. Per tant, decideixen anar en taxi fins a l'estació Méndez Álvaro. Malgrat el trànsit, finalment hi arriben a temps i pugen a l'autobús uns segons abans que es posi en marxa.

—Que just!

—Ha sigut culpa meva, perdona'm. No sabia quina roba endur-me'n —es disculpa la noia, que, després de treure's la jaqueta i guardar-la al portaequipatges de sobre seu, agafa el cinturó i es corda.

—No pateixis. Ara ja som aquí, que és el més important.

—El que t'has estalviat amb l'AVE t'ho has gastat en el taxi.

—No siguis exagerada. No n'hi ha per a tant. Ara relaxa't i gaudeix del viatge. Ens esperen més de quatre horetes.

A ella tant li fa el que duri el trajecte Madrid-València. És amb l'Óscar i amb això en té prou. Encara que s'hagi de conformar només a parlar amb ell... si és que el noi no s'adorm pel camí, esclar.

—Ha sigut tot tan precipitat que ni he trucat a la Nicole —diu la noia, traient el mòbil de la bossa.

—No li truquis i li fem una sorpresa.

—Però és que no sé la seva adreça.

—Sabem el nom del restaurant de la seva mare, no? Segurament és allà.

L'Ainhoa sospesa la proposta de l'Óscar. Li agrada la idea de fer una sorpresa a la peruana, i decideix no avisar-la. Només espera que la seva mare no s'enfadi amb ells, cosa que no té gaire clara.

Sona el mòbil i en Julen salta per agafar-lo. No és qui s'esperava. És l'Óscar. Li explica que és amb l'Ainhoa en un autobús de camí a València per fer una sorpresa a la Nicole. Tornaran demà a la nit. No ho han dit a ningú perquè això del viatge se'ls ha acudit fa poc més d'una hora i mitja. Li demana que avisi els altres i que no en diguin res al grup de WhatsApp del passadís perquè la peruana no se n'assabenti.

Quan acaba la conversa, en Julen deixa el telèfon a l'escriptori i mira per la finestra de l'habitació. El sol presideix el cel blau en aquell dissabte d'abril. De sobte, té moltes ganes de fumar un cigarret. Hi ha un paquet amagat darrere dels llibres de l'estanteria, però va prometre que no tornaria a fumar. Quants dies fa que no es posa un cigarret a la boca? Quaranta-un. Els mateixos que han passat junts com a parella.

—Només sortiré amb tu si deixes de fumar —li havia exigit ell.

—De debò?

—Per descomptat. És l'única condició que et poso.

Llavors, en Marc i ell ja s'havien enrotllat un parell de vegades. Però per a en Julen allò no era un simple rotllo; aquell noi li agradava de debò, a en Julen. Tant com per deixar de fumar i començar una relació amb ell. I no els anava gens malament. Almenys, fins ara.

Va fins a l'estanteria, aparta un parell de llibres i troba el paquet. L'havia amagat allà per no veure'l constantment. La temptació és terrible. Això no està bé, però el neguit s'ha apoderat d'ell. Necessita aquell cigarret. Tot i així, com si l'estiguessin vigilant, truquen a la porta de l'habitació just en el moment que en treu un del paquet. Ràpidament, el torna a amagar darrere dels llibres i s'afanya a obrir la porta del quarto. En aquell moment, es queda amb la boca oberta.

—Què passa? Que no has vist mai una noia amb els cabells curts? —pregunta l'Iria, que entra sense demanar permís.

—Que has perdut alguna aposta?

—No siguis burro!

El navarrès examina atentament el nou *look* de la gallega. Fa temps, ja li va comentar que li agradaria canviar d'imatge, però que no s'atrevia a fer-ho. Un canvi radical. Aparentment, al final s'havia arriscat a fer el pas.

—M'agrada.

—No diguis mentides. Ho trobes horrorós.

—De debò que m'agrada —insisteix en Julen, i li demana que es giri—. Et queda molt bé el rapat del darrere. I el color és impactant. Em recordes...

—Val més que no m'ho diguis —el talla l'Iria—. Encara m'he d'acostumar a veure'm així.

Estan una estona parlant de la nova imatge de la noia. Això fa que a en Julen li passi el mono del tabac. Ha estat a punt de trencar la promesa que va fer a en

Marc. Per sort, sense saber-ho, la seva amiga l'ha ajudat a no faltar a la seva paraula.

El so del mòbil del noi interromp la conversa. Ara sí, és ell.

> «Ja sóc amb els meus pares. Ara dinarem. Encara no els he dit res. Com estàs, tu? Penses en mi?».

—Que és en Marc? —pregunta l'Iria, que s'adona que a en Julen se li tensa la cara.

—Sí. Els seus pares han vingut a Madrid. Els confessarà que és gai.

—Els explicarà això vostre?

—No sé si s'hi atrevirà. Potser és massa informació de cop.

El noi respon al missatge d'en Marc mentre continua parlant amb l'Iria.

> «Que provi. Segueix-me informant de tot. Esclar que penso en tu».

Espera que tot vagi bé. Amb la mare no hi hauria d'haver problemes. Parlen per telèfon cada dia, i en Marc creu que ella intueix que és homosexual. En canvi, el pare és diferent. Més clàssic, més tradicional. Un home de seixanta-sis anys pastat a l'antiga.

—Et veig preocupat.

—És que ho estic —reconeix en Julen. El navarrès s'acaricia la barbeta frenèticament amb un gest de nerviosisme—. Per a ell és molt important la reacció dels seus pares.

—És normal. A tots ens afecta el que la nostra família pensi de nosaltres.

El noi assenteix. Tot i que es mostra sempre molt segur de si mateix i que de vegades fins i tot sembla pretensiós, en Marc és un noi molt sensible. L'ha vist plorar, emocionar-se i parlar de sentiments profunds, cosa que només fa en privat. La gent coneix en Virus, el guaperes descarat, que viu per sobre del bé i del mal. Però ell ha pogut accedir a l'autèntic Marc, un nano de vint anys fenomenal del qual s'ha penjat més del que mai s'hauria imaginat.

—Vols jugar a tennis després de dinar? Així desconnecto una mica del tema i em desfogo.

—Perfecte, a mi també m'anirà bé.

—Seguim sense tenir notícies d'en Manu?

—Sí, però he decidit no preocupar-me més per ell —diu l'Iria, que intenta mostrar-se tan ferma com les seves paraules—. Que faci el que vulgui. Si vol aparèixer, que aparegui, si no vol tornar a la residència, que no torni. Passo. S'ha acabat tant de patiment.

—M'alegro que pensis així. Estaves obsessionada.

—Nova imatge, nova manera de pensar.

Només li falta creure's les dues coses: el seu nou aspecte i la seva nova actitud. Tal com ha dit en Julen, el canvi de perspectiva era necessari. Va arribar a obsessionar-se amb la desaparició d'en Manu. No sabia on era i això no la deixava dormir. L'endemà de la seva desaparició el mes de gener, l'Eva, la noia que li va confessar el problema que el noi tenia amb les drogues, va rebre un missatge del malagueny en el qual demanava que el deixessin en pau i que no el busquessin, perquè on millor podia estar era ben lluny de tots els que l'havien traït. També la va amenaçar dient-li que passaria alguna cosa molt greu si avisava la seva família o la direcció de la residència. A l'Iria li va saber greu que ni tan sols li escrivís a ella. Va passar unes setmanes fatals. El trobava a faltar i li va costar molt treure-se'l del cap. Quan ja semblava que ho havia aconseguit, va rebre aquella trucada a Las Palmas. En Manu li va dir que tornaria a la Benjamin Franklin dilluns. Però encara no havia aparegut. En canvi, els que sí que havien tornat, com per art de màgia, eren els seus sentiments. I, al mateix temps, la preocupació per la seva absència i la falta de notícies. I si li havia passat alguna cosa? I si s'havia desmaiat i no es recordava de res, com li va passar a principis d'any? I si...? I si...?

No podia controlar-ho. Res del que tingués relació amb en Manu era al seu abast. Per això ha de deixar enrere els sentiments. Ha de continuar vivint, allunyada del joc del malagueny. Perquè, possiblement, tot allò només és un joc i l'únic que s'està divertint és ell.

La realitat és una altra. Però ni l'Iria ni cap dels seus amics es poden imaginar la veritat sobre la desaparició del resident de la 1156.

CAPÍTOL 5

La noia desconeguda es diu Silvia i resulta que és la nova ocupant de l'habitació 1155, on abans residia la Nicole. L'hi ha presentat en David quan s'han trobat abans al passadís. Anaven a dinar. El noi li ha preguntat si els acompanyava, però l'Elena ha contestat que no. O sigui que han marxat sols, perquè en Toni se n'anava al quarto de l'Isa.

La toledana engega el portàtil, pensativa. Se li ha fet un nus a l'estómac i es nota una pressió molt forta a les temples.

«No penso esperar-te tota la vida».

I què se suposa que ha de fer? Aquella noia té un somriure molt sincer i uns ulls blaus preciosos. Segur que a en David l'han impressionat. I si a ella li agrada? No li estranyaria gens.

—Merda —se li escapa en veu alta, quan s'adona que se li ha activat l'actualització de Windows i que l'ordinador trigarà alguns minuts a estar disponible.

La Silvia sembla una noia molt simpàtica. En la

poca estona que han parlat, li ha dit que és extremenya i que estudia arquitectura, una carrera que reconeix que l'apassiona malgrat la dificultat. Guapa, agradable i intel·ligent. I a sobre, amb les idees clares. No com ella, que encara no veu clar el seu futur. No ha pres cap decisió sobre el que farà l'any que ve. La carrera no li desagrada tant com fa tres mesos, i de mica en mica s'ha anat adaptant a la classe i als professors. A més, les noves assignatures són més interessants que les que feia al començament. No obstant això, encara està indecisa. A final de curs haurà de triar si segueix o no segueix estudiant dret.

L'actualització de Windows ja està a punt. Repassa els comentaris que té a Twitter i a Facebook i després clica a la barra de preferits la pestanya que la porta al seu blog. Té ganes d'escriure. Últimament, ho fa tot sovint. Almenys un o dos cops per setmana. Tanmateix, quan posa els dits sobre les tecles per iniciar el post, truquen a la porta. S'aixeca de seguida i obre.

—Hola —diu en Martín Arias Carmona, desviant la mirada a un costat, tot nerviós.

—Ho... hola.

—Puc entrar un minut?

L'Elena fa un gest tímid amb la mà per convidar-lo a entrar a l'habitació. No recorda l'última vegada que va ser allà. Encara eren nòvios. Des que van tallar, no es dirigeixen la paraula, i quan es troben per la residència procuren no mirar-se.

—Com estàs? —pregunta la noia, més per cortesia que per interès.

—Bé. Però... però no venia a parlar de mi —diu en

Martín, precipitadament, i no sap si seure o quedar-se dret. Opta per la segona opció—. El meu pare m'ha dit que ahir va trucar la mare del teu amic Manu.

—La mare d'en Manu?

—Sí, li ha dit que no sap res d'ell des de divendres passat.

El dia que va trucar a l'Iria, pensa l'Elena. En Manu li va dir que tornaria a la Benjamin Franklin després de les vacances de Setmana Santa. Dilluns, exactament. Però encara no ha aparegut.

—Fa molt que no el veig —continua en Carmona—. Saps on pot ser, o on pot haver anat?

—No en sé res.

—Però continua anant amb la vostra colla?

La toledana es grata el cap, dubitativa. No pot dir-li que en Manu no apareix per la residència des de fa més de dos mesos. Ni parlar-li del tema de les drogues. Només ho saben els del passadís 1B i l'Eva, i van decidir no comentar-ho amb ningú més.

—Sí, és amic nostre —respon l'Elena, buscant alguna manera de sortir d'aquell mal pas—. Però no l'he vist des que hem tornat de Setmana Santa.

—I no has parlat amb ell? Ni un whatsapp?

—No, tampoc.

—Que estrany.

—És un noi peculiar.

—Doncs així, segur que no saps si...

En aquell moment, sona el mòbil de l'Elena. Mira la pantalla i veu que és la Marta. Salvada. No estava segura de cap on tiraria l'interrogatori d'en Martín.

—Si no et sap greu, he de contestar. És la meva germana.

—Esclar, saluda-la de part meva. Ja ens veurem per la residència. I si saps alguna cosa d'en Manu, avisa'm.

—D'acord, ho faré.

—M'alegro d'haver tornat a parlar amb tu. Adéu.

—Adéu.

En Carmona se'n va de la 1151 amb la sensació que la seva ex no li explica tot el que sap, però ell ja ha fet el que li ha demanat el seu pare. No tenia gaire clar que fos una bona idea parlar amb ella, però ara se sent una mica més bé. Com si s'hagués tret un pes de sobre.

—Digues, Marta —xiuxiueja l'Elena quan tanca la porta i es queda sola. Amb prou feines li surt la veu després d'aquesta inesperada visita. Massa emocions contraposades.

—Hola, què fas?

—Acabo d'arribar d'acompanyar l'Iria a la perruqueria. I tu?

—Sóc a casa. Avorrida.

—Ja has dinat?

—No tinc gana. Estic desganada —diu, amb un to de veu que la seva germana gran reconeix perfectament. Tot i que, de cop i volta, el to li canvia i sona més incisiu—. Et puc venir a veure?

—Marta, ja saps que això no és bona idea.

—Per què no? Aquí no tinc res a fer.

—Surt amb les teves amigues.

—Passo. No tinc ganes de quedar amb elles. Em fa la impressió que em critiquen a l'esquena —es queixa llastimosament, tot i que de seguida li passa la pena—. Si m'afanyo, encara sóc a temps d'agafar el pròxim tren.

—No insisteixis.

—Ostres, Elena. Estic farta d'estar-me aquí. Deixa'm venir a passar la nit amb tu. Sortim a sopar totes dues i després mirem una pel·lícula al teu quarto. Va, digue'm que sí, sisplau.

—Marta...

—Si em quedo un altre dissabte a la nit tancada a casa, amb el pare i la mare, em tornaré boja.

Realment, la seva germana té una increïble capacitat de persuasió. Però està convençuda que les seves intencions en realitat són unes altres.

—No deus voler veure en David, oi?

El silenci que es produeix a l'altra banda de la línia val com a resposta. En canvi, quan la germana petita torna a parlar, ho nega rotundament.

—Esclar que no.

—I què faràs si el veus?

—Res. El saludaré i ja està —diu la Marta, amb un punt de tristesa—. Què vols que faci?

—No et llançaràs a sobre d'ell per demanar-li que torneu a ser nòvios, oi?

—Ho dius de debò? Creus que faria una cosa així? Com una nena de quatre anys?

Sembla molesta de debò. O està fent l'enfadada perquè l'Elena se senti culpable i acabi deixant-la anar amb ella. El cas és que sí, se la imagina llançant-se als braços del seu ex i suplicant-li una segona oportunitat. La seva germana té aquest punt de melodramàtic que tantes vegades ha explotat.

—Sopar, pel·lícula i a la una al llit. I promet-me que si et trobes amb en David no muntaràs cap numeret.

—Sembla mentida que em coneguis tan poc.

—Precisament ho dic perquè et conec massa.

—Doncs em coneixes malament —protesta la Marta—. Et prometo que, si me'l trobo, em comportaré com l'adulta que no creus que sóc. No li faré ni dos petons. Simplement, li diré hola i adéu. Et sembla correcte?

—Correctíssim.

—Va, doncs penjo, que si no se m'escaparà el pròxim tren! —exclama la germana petita, eufòrica—. No cal que em vinguis a buscar a l'estació. Ja vindré a la residència amb taxi. Fins ara!

Abans que l'Elena tingui temps d'acomiadar-se, la Marta ja ha penjat. Deixa el mòbil a l'escriptori i es fa un massatge al front amb el tou dels dits. S'acumulen els esdeveniments. En pocs minuts, ha conegut aquella rossa d'increïbles ulls blaus que se n'ha anat a dinar amb en David, ha tornat a parlar amb en Martín després de més de dos mesos sense fer-ho, i s'ha deixat convèncer per la seva germana per venir a passar la nit a la residència. Esbufega i torna a seure davant de l'ordinador. Les pròximes hores es presenten mogudetes.

Potser hauria d'haver sigut més contundent amb la seva germana i no permetre que se sortís amb la seva. No confia gens que es comporti tal com li ha promès. Està enamorada, i l'amor fa perdre el cap. Han sigut moltes converses de llàgrimes i mocadors, des de gener. La Marta continua pensant que tot funcionaria entre ells si en David no l'hagués vist fent-se un petó amb aquell noi que va conèixer a Instagram. Un error que està pagant molt car.

La toledana respira fondo i intenta concentrar-se. Encara té ganes d'escriure, però les coses han canviat des que ha obert la porta de l'habitació fa uns minuts.

Hola, tafaners, quins plans teniu per al cap de setmana?

Jo volia estar tranquil·la, però em fa l'efecte que no ho aconseguiré. Se'm comencen a acumular una altra vegada les coses. I ja sabeu que a vegades em col·lapso quan em vénen de cop unes quantes històries. Però això és cosa meva i no us vull avorrir amb els meus rotllos.

Només us revelaré que avui he tornat a parlar amb M. Sí, el meu exnòvio. Feia dos mesos i mig que no ens dirigíem la paraula. No vam acabar bé, tal com us vaig explicar en un altre post. I tot i que vivim a la mateixa residència i ens hem creuat un munt de vegades, cap dels dos no ha fet res per acostar-se a l'altre. Les relacions són així. O si més no, m'ho sembla, perquè M ha sigut la meva primera experiència com a parella. De cop *i volta, una persona a qui veus despullada, a qui fas petons o li expliques un secret passa a ser un autèntic desconegut. Més que un desconegut, és algú a qui ja no mires amb els mateixos ulls. Però no puc negar que quan m'he trobat amb M al davant, els records m'han arrasat la ment. No, no és que vulgui tornar amb ell ni res d'això. El meu cor és amb un altre, una història impossible i interminable. Potser ja no tan interminable. En fi...*

En aquell moment, l'Elena para d'escriure. Es posa les mans a les galtes i rellegeix les últimes paraules del post. «Potser ja no tan interminable». És així com ha de ser? La història ha d'acabar amb en David sortint amb una altra noia perquè ella pugui superar els seus sentiments? Potser això seria el millor, però està convençuda que també seria el més dolorós.

CAPÍTOL 6

Diumenge, 25 de gener

—I l'Elena? —pregunta en Julen, mentre s'asseu en una de les butaques de la tercera planta.

—Al tren —respon en David, examinant el mòbil—. Està a punt d'arribar.

—Doncs comencem sense ella. Després l'hi expliques —comenta l'Iria, nerviosa.

—Què passa? Per què ens hem reunit? Què és tan urgent?

La gallega busca alguna cosa en el seu nou telèfon que s'havia comprat el dia anterior i diu en veu alta:

—«En Manu ha sortit del grup».

—Ja ho he vist —diu en Toni, que també revisa el seu *smartphone*—. Però no hi he donat importància.

—Jo tampoc —intervé l'Óscar.

Tots els integrants del passadís 1B, excepte la Nicole, en Manu i l'Elena són allà reunits. Els ho ha demanat l'Iria. Els ha d'explicar una cosa.

—En Manu no només se n'ha anat del grup de WhatsApp —diu la noia, amb veu amoïnada—. Divendres se'n va anar de la residència i encara no ha tornat.

—Tampoc no ho trobo gens estrany —diu ara l'Ainhoa—. Ja ho ha fet moltes vegades.

—Sí, però aquest cop és diferent.

La noia els explica detalladament el que va passar divendres mentre jugaven a tennis. Els parla de l'Eva i del missatge amenaçador que va rebre el malagueny, dels lapsus de memòria i dels seus problemes amb les drogues. Quan acaba d'explicar-ho tot, es produeix un gran silenci.

—No m'ho puc creure —diu finalment la canària, que ha quedat totalment sorpresa, com els altres—. Pren drogues? Des de quan? Tu ho sabies, Julen?

El navarrès fa que no amb el cap. Ell el coneix des de fa anys, però mai no s'ho hauria imaginat.

—Creus que aquestes pèrdues de memòria que pateix es deuen a la merda que consumeix?

—No ho sé, Óscar —contesta l'Iria, inquieta, retorçant-se a la butaca—. L'únic que és segur és que se n'ha anat, i pel que li ha escrit a l'Eva, no vol que el busquem ni que parlem amb ningú de la residència ni de la seva família. Després de discutir-ho, en Julen i jo hem pensat que era millor que vosaltres també ho sabéssiu.

—És un tema lleig —diu en Toni, passant-se una mà pel cap rapat.

Un altre silenci. Tots sis valoren la informació de la qual disposen. En David pren la paraula.

—Doncs si ell ha demanat això, per la meva part no hi ha res més a dir.

—Què vols dir?

—Que si en Manu està ficat en un embolic de drogues i es comporta d'aquesta manera, no hi podem fer res. És impossible ajudar algú que no vol que l'ajudin.

—Això sona molt fred.

—No és fred, Iria. Tots tenim problemes. Alguns de nosaltres, molt complicats. I si en Manu demanés ajuda, podríem intentar donar-li un cop de mà. Però ell fa just el contrari. Et trenca el mòbil, se'n va sense dir on i després amenaça de fer alguna cosa si avises els de la residència o la seva família.

—En David té raó —diu l'Óscar, defensant el sevillà—. Si en Manu decideix canviar d'opinió i torna, podríem intentar parlar amb ell i mirar d'ajudar-lo. Però amb aquesta actitud i sabent com és, ara mateix és impossible. En sortiríem perjudicats d'una manera o d'una altra.

L'Ainhoa i en Toni tenen la mateixa opinió que els seus companys de passadís.

—Així, no farem res? —insisteix l'Iria, amb llàgrimes als ulls.

—Em sembla que és millor esperar a veure què passa —diu en David, mentre s'aixeca de la butaca—. Si en Manu apareix, parlarem amb ell. Si no torna a la residència... és la seva decisió.

La gallega no està gaire d'acord amb la postura d'en David, malgrat que, pel que sembla, tots els altres pensen el mateix que ell. Potser és l'única que discrepa perquè per a ella en Manu és molt especial. És la persona de qui s'ha enamorat. I la idea de no veure'l més la supera. Perquè hi ha aquesta possibilitat: que els seus camins no es tornin a creuar.

Es resigna i accepta el que la resta dels amics decideixen fer. Pacten no dir res a ningú sobre aquell tema, excepte a l'Elena, i esperar el pròxim moviment del malagueny.

Quan la reunió s'acaba, se separen i cadascú agafa un camí diferent. L'Iria i en Julen van junts cap a la recepció.

—En què penses? —pregunta el navarrès, quan s'adona de la cara de preocupació de la seva amiga.

—No me'l puc treure del cap, Julen. Tinc gravats els crits que em va fer quan es va assabentar que l'Eva i jo ens coneixíem. Quan hi penso, em vénen ganes de plorar i em tremola tot el cos.

—T'entenc. És lògic que et passi això.

—Em sento tan malament...

—És dur, però ho superaràs. I jo et faré costat amb el que calgui.

En Julen agafa la gallega pel braç i l'atrau cap a ell per abraçar-la ben fort. L'Iria li enganxa la cara al pit, tanca els ulls i es posa a plorar d'impotència. Encara que li dolgui molt, els seus amics tenen raó. No poden ajudar en Manu si ell no es deixa ajudar. Però això no vol dir que deixi de pensar en ell. Ni tan sols s'ho planteja. Està segura que el malagueny li apareixerà en somnis i que recordarà els seus petons mentre sigui a classe escoltant el professor que toqui. No l'oblidarà tan fàcilment, encara que vegi ben clar que enamorar-se d'aquest noi ha sigut el pitjor error de la seva vida.

Divendres, 30 de gener

Al llarg de la setmana, ha trucat unes quantes vegades al seu número de mòbil, però sempre ha obtingut la mateixa resposta: «Apagat o fora de cobertura». L'Iria necessita sentir-li la veu, encara que només sigui per dir-li que es troba bé. Ni tan sols vol que en Manu li digui on coi és. Simplement, el vol sentir parlar, respirar. Notar-lo una mica més a prop.

Asseguda tota sola al menjador, ho intenta una altra vegada. Res. De nou aquella veu femenina que li anuncia que el telèfon al qual truca no està disponible. Es queda mirant la pantalla del seu nou *smartphone*, decebuda. Abatuda. Amb prou feines ha tastat el que s'ha servit per sopar. Igual que en els últims dies. Sap que si continua així es posarà malalta, però no li entra res.

—Gairebé no arribo a temps —diu sufocada la noia que acaba de seure davant seu—. La meva germana m'ha tingut fins ara al telèfon. No m'havia adonat que era tan tard.

L'Iria alça la mirada i observa l'Elena amb posat seriós. La toledana beu aigua i punxa una de les patates al forn que acompanyen els filets de pollastre a la planxa.

—No et sap greu que m'hagi assegut aquí, oi?

—No, no pateixis.

Durant l'última setmana, les coses entre elles han canviat bastant. Ja no s'eviten, i fins i tot han intercanviat opinions sobre els nois i les relacions. Tot i així, cap de les dues sap els sentiments de l'altra. Estan enamorades d'una persona a la qual, per un motiu o altre, no poden accedir.

—Que no et penses menjar això? —pregunta l'Elena, mentre observa que l'Iria remena amb la forquilla un tros de peix que ja s'ha refredat.

—M'ho hauria de menjar, però no tinc gana.

—Et trobes bé? Fa uns quants dies que et veig molt desanimada.

—Estic bé —menteix l'Iria, però en el mateix instant se'n penedeix—. No, en realitat no estic bé.

La gallega deixa la forquilla al plat i sospira exageradament. Acota el cap i encreua els braços davant del pit. Li costa respirar.

—Si vols parlar, pots explicar-me què et passa.

—M'he enrotllat amb en Manu —deixa anar l'Iria, sense pensar-ho.

L'Elena fa cara d'absoluta sorpresa. Ella també deixa els coberts al plat i escolta atentament la seva companya de passadís.

—Però on és?

—No en tinc ni idea. Em referia a abans d'anar-se'n divendres passat. Ens vam ficar al llit.

—De debò? Caram.

—Ja sé que no fem bona parella i que no ens entenem gens bé. Però va passar. No sé gaire com, però va passar. I de cop i volta...

La noia li explica amb detalls el que va passar durant els últims dies amb en Manu. Sense adonar-se'n, s'està confiant amb una persona a qui ha detestat des que la va conèixer.

—T'has enamorat d'ell.

—Una mica —diu l'Iria, somrient i alhora aguantant-se les llàgrimes.

—Una mica? A mi em sembla que t'ha agafat molt fort, això d'en Manu.

—No sé com hi he pogut caure. Sóc una imbècil!

—No, per descomptat que no ho ets.

—És l'única explicació coherent per justificar que m'hagi quedat penjada del tio més xulo i complicat del planeta.

—Això no es pot controlar.

De fet, l'Elena se sent identificada amb la situació que està vivint l'Iria. Ella s'ha enamorat d'en David: l'única persona del món amb qui no pot mantenir una relació.

—Mira, tant si es pot controlar com si no, en Manu se n'ha anat i no té intenció de tornar. No agafa el telèfon, ni s'ha posat en contacte amb cap de nosaltres. S'ha esfumat. I gran part de la culpa és meva.

—No diguis ximpleries. Tu no tens la culpa de res —afirma l'Elena, que recupera els coberts enèrgicament—. L'únic culpable del que li passi és ell mateix.

L'Elena s'adona de seguida que ha alçat massa la veu. Per sort, són les últimes residents que sopen aquell divendres i ningú no l'ha sentit.

—Espero que estigui bé. Estic molt amoïnada.

—En Manu ja és prou gran. I encara que no et pugui dir que ja se sap cuidar tot sol, perquè ha demostrat que no, és descarat, intel·ligent i té forces per tirar endavant. El dia que menys t'ho esperis tornarà com si res no hagués passat.

—El món aquest en què s'ha ficat és molt perillós, Elena. No puc deixar de pensar que la pròxima notícia que tinguem d'ell sigui que...

L'Iria no acaba la frase. El cor se li accelera perquè s'imagina el pitjor.

I malgrat que durant setanta dies va patir per la salut del malagueny, aquella trucada a l'abril li va tornar l'esperança i la il·lusió. Una il·lusió que al cap d'una setmana, amb un canvi d'imatge i d'actitud, s'ha tornat a evaporar. Interiorment, lluita per no pensar més en el noi que li està complicant la vida. En canvi, els propers esdeveniments no li permetran allunyar-se d'aquest malson, tot i les seves intencions.

CAPÍTOL 7

El poder que l'Isa té sobre ell es demostra en moments com aquell. Ella li ha demanat que pugi, sense dir-li el motiu, i en Toni, evidentment, ha pujat. Quan arriba al davant de la porta de l'habitació de la noia, es planteja si ha de trucar o no. Què deu voler? Finalment truca, per descomptat. Sent el soroll d'una cadira que s'arrossega i després passos accelerats cap a la porta. Quan obre, l'Isa li fa un somriure preciós.

—Entra —diu la youtubera, amb una amabilitat sospitosa.

El valencià obeeix i entra a l'habitació, darrere d'ella. La noia seu al seu lloc habitual davant de l'ordinador i espera que en Toni s'assegui al llit. Gira la cadira cap a ell i el mira amb un somriure d'orella a orella.

—Què passa? Per què rius tant?

—Que no puc ser feliç?

—I tant. Per descomptat que sí.

—Quina sort! —exclama l'Isa, que es gira i, una

vegada més, guarda en el disc dur del portàtil el vídeo en el qual ha estat treballant—. M'ho he repensat. Anem a sopar.

—Què? Vols que anem a sopar junts?

—Sí. En tinc ganes.

També està acostumat als canvis d'humor i d'opinió d'aquesta noia, i al fet que gairebé sempre és ella la que té l'última paraula. Malgrat tot, aquesta vegada l'ha deixat ben sorprès.

—Molt bé, doncs, ja tenim un pla per a aquesta nit —diu en Toni, encantat pel nou aspecte que agafa la història.

—Puc triar el lloc?

—I tant. On vols anar?

—Aquí —li diu, assenyalant la pantalla de l'ordinador.

En Toni s'aixeca i s'hi acosta. L'Isa li ensenya el lloc que ha triat per anar a sopar. Es diu Poncelet i està especialitzat en formatges.

—No sabia que el formatge t'agradés tant.

—Després de la pizza, és el meu menjar preferit.

El valencià se sorprèn de saber-ho. Li sembla que s'ha mirat tots els seus vídeos a YouTube, i mai no li ha sentit dir que fos una de les seves passions. Li deu haver passat desapercebut. Però el més important és que aquesta nit han quedat per sopar junts fora de la residència. És molt més del que tenia fa un parell de minuts.

—Després de sopar vols fer alguna cosa més?

—Ja ho veurem. Depèn de com tingui d'avançat el vídeo abans de marxar —respon l'Isa, que no triga ni quatre segons a tornar a dedicar tota l'atenció al portàtil. D'esquena a en Toni, i quan s'adona que ell no s'ha mogut d'on és, afegeix, sense girar-se—: Per tant, si no et sap greu, em torno a posar amb això.

—No baixes a dinar?

—No, ara no. Si de cas després.

—Vols que t'esperi?

—No! —exclama la noia, que es gira força irritada—. Hem quedat per a aquest vespre, no? Doncs ja està.

—D'acord, no cal que t'enfadis.

—No m'enfado —replica ella, fent un esforç per dominar el seu caràcter, a vegades massa fort i impetuós—. Però he de treballar. I si no pares de preguntar-me coses, no avanço.

El valencià assenteix i es disculpa. Tot seguit, obre la porta i se'n va tot sol cap al menjador. Mentre baixa les escales, té una mena de sensació agredolça. Per una banda, està content per la cita del vespre, però per l'altra li sap greu que l'Isa s'hagi molestat. És una noia especial, potser per això li agrada tant. O sigui que ha d'aprendre a mesurar els seus actes i a no atabalar-la.

Al menjador no hi ha ningú dels del passadís, i s'afanya a dinar ben ràpid. En deu minuts ho enllesteix. De camí cap a l'habitació, queixala una poma vermella que ha agafat de postres. Quan entra al quarto, engega l'ordinador de seguida. Té curiositat per saber més coses sobre el restaurant que l'Isa ha triat per sopar. Entra a Google i escriu el nom del restaurant al buscador: Poncelet. A la segona opció hi apareix l'enllaç del web. Clica a sobre i al cap d'un instant veu una imatge del local i un calendari per fer-hi reserves. El noi va baixant amb el cursor a poc a poc i llegeix la informació que va apareixent a la pantalla. A la carta, hi descobreix que no només hi ha formatges de tota mena, sinó que la varietat de carns, peixos i amanides és considerable. No obstant això, el sorprèn que l'Isa hagi triat aquest restaurant. I llavors, a l'apartat de notícies, hi troba l'explicació que li resol tots els dubtes.

Youtubers amb formatge.

Dissabte vinent, 11 d'abril, es durà a terme al nostre restaurant un gran tastet de formatges en el qual uns quants youtubers tastaran les millors especialitats del nostre ampli assortiment. Emetrem l'esdeveniment en streaming *a través de la nostra pàgina web i podràs comentar-ho a les xarxes socials amb el* hashtag *#Youtubersambformatge.*

Hora: 21.00

Lloc: carrer José Abascal, 61

En Toni es passa una mà pel cap rapat i esbufega. O sigui que aquest és el motiu pel qual l'Isa vol anar a sopar amb ell a aquell restaurant. Hi havia trampa!

Molt empipat, apaga l'ordinador i deixa que els seus passos i la seva profunda indignació el guiïn de nou cap al pis de dalt. Puja les escales, i a cada esglaó que trepitja nota com li bull la sang. Aquesta noia està jugant amb ell i amb els seus sentiments. YouTube, sempre YouTube.

Un cop al davant de la porta de l'habitació, hi truca amb força, fins al punt que s'esgarrapa els artells amb la fusta. La noia no triga gens a obrir.

—Què vols ara? —pregunta l'Isa, amb aire desafiador.

El valencià es mossega el llavi i entra al quarto aïrat, com una ràfega de vent. La sorpresa de la noia pel comportament del seu amic és evident. Ell es queda dret, al costat del llit, mirant-la i intentant ordenar les idees abans de recriminar-li res. En canvi, un cop superat l'estupor inicial, és ella la que s'avança i l'escridassa tota enfadada.

—Es pot saber què et passa? Estic treballant!

—Que què em passa? Digue-m'ho tu!

—Jo? Com vols que ho sàpiga, jo, què et passa?

—Doncs ho hauries de saber! —crida en Toni, amb el mateix to que fa servir l'Isa—. Ha sigut idea teva que anem al restaurant dels formatges.

—I què? Per això ets així?

—Hi ha un esdeveniment per a youtubers allà aquest vespre. O potser ara em diràs que no ho sabies?

—Esclar que ho sabia! Hi aniran a tastar formatges!

—I per què no me n'has dit res?

—Per què? No m'ho has preguntat!

—No sóc endeví! —diu en Toni, cridant encara més—. Jo em pensava que volies anar a sopar amb mi perquè en tenies ganes, no per veure youtubers.

La noia branda el cap i seu al llit.

—No hi aniria amb tu, si no en tingués ganes. Ja saps que no faig coses que no vull fer.

—Però jo no sóc la prioritat d'aquest sopar.

—Ja saps què penso. No és cap novetat.

—Sé què penses. I què sents? Alguna vegada em diràs què sents?

L'Isa no contesta la pregunta d'en Toni. Ni tan sols el mira. S'aixeca, va fins al lavabo i s'hi tanca. El noi no la segueix i es queda dret al mateix lloc on era des que ha arribat a l'habitació. Potser s'ha passat i l'ha tornat a atabalar. Passen uns quants minuts i, al final, com que veu que no surt, decideix acostar-se a la porta del lavabo i trucar.

—Ei, perdona. No et volia pressionar. Va, surt i parlem-ne. No vull que estiguem empipats.

Però les paraules d'en Toni no obtenen resposta. Aquell silenci el comença a neguitejar.

—Va, Isa —insisteix—. No ho allarguem més. Només era una pregunta.

—No era només una pregunta —respon la noia, amb brusquedat—. Per què vols que tot sigui d'una manera o d'una altra? Que no estem bé tal com estem?

—Estic bé, però...

—Però necessites més, oi? Vols que anem junts al cine, que ens agafem de la mà quan anem a dinar o que ens petonegem mil vegades al dia. Oi?

El noi esbufega. Sí, li encantaria fer tot això amb ella. Però no està gens segur que aquest desig sigui recíproc.

—Per què no surts i en parlem cara a cara? Em molesta força tenir una porta entremig.

—No et conformes amb res —rondina l'Isa, però tot i així obre la porta i, sense dir res, passa per davant d'en Toni i va fins a l'escriptori per repenjar-s'hi. Des d'allà mira el valencià, que de seguida li agraeix que hagi sortit.

—Així és molt millor —diu el noi, mentre s'acosta a l'Isa. Ella, en canvi, fa un gest amb les mans per indicar-li que no s'hi apropi més.

—Ja no ens separa cap porta. Digue'm el que m'hagis de dir. I ràpid, que tinc molta feina.

—No t'agrado prou per tenir una relació amb mi? No sents res per mi?

—Em caus bé. Et sembla poc?

—Sí, Isa. Em sembla poc. A vegades actues com si no t'importés gens.

—Sóc així.

—Això és una resposta egoista —diu en Toni, fent un petit pas cap a ella—. Què sents per mi? Perquè jo m'he enamorat de tu.

La noia el mira fixament, en silenci. Es nota que està nerviosa, parpelleja més del normal i li tremola una mica el genoll dret.

—Fes-te youtuber.

—Què?

—Que et facis youtuber. Així m'enamoraré de tu.

—M'ho estàs dient de debò?

—Completament —contesta l'Isa, recuperant l'enteresa de la qual sempre fa gala—. No m'has dit unes quantes vegades que en una relació s'ha de donar i s'ha de rebre?

—Sí, però...

—Doncs sortiré amb tu si et converteixes en un youtuber famós.

—Això no és just! És impossible que d'un dia per l'altre em converteixi en algú famós a YouTube!

L'Isa menja Pizza torça el llavi i arronsa les espatlles.

—És el repte.

—Doncs és un repte que no puc superar —protesta el valencià—. Saps que no ho aconseguiré.

—No he sortit mai amb ningú, no he donat mai cap oportunitat a cap noi. No m'agraden les persones. Pots sentir-te afortunat —diu, amb un somriure conciliador, abans d'admetre el que és obvi—. Però tens raó: és un repte impossible.

—Sort que ho reconeixes.

—Sí. Per tant, canvio l'aposta: seré la teva nòvia si aconsegueixes més subscriptors que jo.

—Que estàs sonada? En tens gairebé quaranta mil! I jo no tinc ni canal!

—Avui és 11 d'abril. Tens un mes per superar-me. L'11 de maig, a les 23.59, has de tenir en el teu canal almenys un seguidor més que jo. Si ho aconsegueixes, serem nòvios. I si no et sembla just, t'aguantes. És la meva proposta final.

CAPÍTOL 8

El so del mòbil el desperta. No ha passat una bona nit, cosa habitual últimament. Per això necessita uns minuts de migdiada. En David es lleva i examina el telèfon. Té malestar. Ha tornat a veure la Rocío Costa en somnis. I també en Fernando i la Verónica. Però no recorda res més. Ostres, semblava tan real...

La trucada és de l'Elena.

—Sí?

—David, que dormies?

—No —menteix, tot i que per la veu se li nota que s'acaba de despertar—. Què passa? On ets?

—A la meva habitació.

—I em truques per telèfon estant a cinc metres de distància?

—No et volia molestar.

El noi es pentina amb la mà i comença a caminar amunt i avall amb el mòbil enganxat a l'orella.

—No molestes, Elena. Ara vinc.

—No cal. Només et volia avisar que la meva germana ve cap aquí.

—A la residència?

—Sí. Li he dit que no era una bona idea. Però ha insistit tant que no m'hi he pogut negar.

—Però per què ve?

—Per passar la nit amb mi. Diu que està cansada d'estar amb els meus pares els dissabtes a la nit a Toledo. Tu et quedaràs per aquí?

—En principi, sí. No tenia plans. —El sevillà fa una breu pausa i, tot i que està una mica endormiscat, de seguida entén el motiu de la trucada—. T'estimes més que me'n vagi?

—Sí, sisplau. És el millor. No estic segura de com reaccionarà si et veu. I sospito que ve per això.

En David esbufega. No vol veure la Marta. La seva relació s'ha acabat i no té cap intenció de repetir la història. Durant aquests mesos, des que van tallar, gairebé no han parlat. Al principi, s'enviaven algun missatge per WhatsApp, i poca cosa més. Però no s'han tornat a veure.

—Ja sortiré una estona perquè no ens trobem.

—Jo soparé amb ella per la zona de Sol. Marxarem d'aquí cap a les vuit i tornarem d'hora per mirar una pel·lícula a la meva habitació.

—D'acord, ho tindré en compte. Gràcies per avisar-me.

—De res.

Tots dos es queden en silenci. De fet, el noi fins i tot pensa que ella ha penjat. Però quan ja està a punt de deixar el telèfon a l'escriptori, sent la veu de l'Elena.

—Em sap greu tot això, de debò.

—A mi també.

—Estàs bé? Et comportes d'una manera molt estranya des que vam tornar de Setmana Santa —s'atreveix a dir la noia—. Gairebé no hem parlat aquests sis dies.

—Estic normal.

—És per...?

—No és pel petó que ens vam fer dilluns —la interromp en David, molt sec—. Les coses estan molt clares.

—Quines coses?

—Això nostre, Elena. No ets valenta.

—Que no sóc valenta? És la meva germana, i sorties amb ella fins fa dos mesos. La Marta continua sentint alguna cosa per tu.

—Deixem-ho estar. M'has dit que només em trucaves per avisar-me que ve cap aquí. Gràcies. D'aquí a una estona me n'aniré perquè no ens trobem.

—D'acord. Que vagi bé.

—Igualment. Adéu.

—Adéu.

Aquest comiat el fastigueja. No li agrada discutir-se amb l'Elena, però últimament no ho ha pogut evitar. Hi ha molta tensió entre ells dos, això és evident. I la fletxa es pot disparar tant en una direcció com en la contrària. Dilluns es van fer un petó, i ara, en canvi, han acabat discutint. És una moneda a cara o creu. No obstant això, si ell està estrany, tal com la noia ha intuït, no és només per la seva negativa d'iniciar una relació després d'haver tallat amb la Marta. També hi ha una altra qüestió. Una cosa afegida de la qual no pot parlar amb la toledana.

No hi vol pensar més, en això. S'hi nega, necessita

desconnectar. Ara s'ha de preocupar d'organitzar-se un pla per a aquesta nit. Potser a en Toni li vindria de gust quedar amb ell. Surt de la 1152 i va cap al quarto del seu amic. Truca unes quantes vegades però no respon ningú. Segurament és amb l'Isa. Malgrat que li ha assegurat moltes vegades que no hi ha res entre ells, li costa de creure-s'ho. Passen molt de temps junts.

Al final desisteix. Però precisament quan torna cap a la seva habitació, el valencià apareix per la porta verda del passadís 1B. Està tan absort en els seus pensaments, que no s'adona de la presència d'en David fins que pràcticament el té al davant. Després d'una breu salutació, en David va directament al gra.

—Aquest vespre ve la Marta i no em puc quedar a la residència; tens ganes de sortir a sopar a algun lloc i després anar a prendre una copa?

—No puc.

—Per què? No em diguis que et quedaràs aquí jugant amb la consola.

—No, he quedat amb l'Isa per anar a un tastet de formatges.

—És una broma, això?

—No, hi van uns quants youtubers i vol que l'hi acompanyi.

—Ah, ara ho entenc —diu en David, donant-li un copet a l'esquena—. I ara em diràs que no sou nòvios.

—Si fos la meva nòvia, no m'hauria de crear un canal a YouTube i superar-la en subscriptors d'aquí a un mes.

—No t'entenc. Vols dir que ara et faràs youtuber?

—Exacte, aquest és el repte.

En Toni explica a en David la proposta de l'Isa.

Quan acaba, el sevillà no sap si riure o plorar, i opta pel primer.

—Perquè després algú vingui i ens digui que l'amor és fàcil —comenta en David—. Que encara no vas fer prou el burro amb el vídeo de la xocolata amb xurros? Vols empastifar-te una altra vegada? Sí que t'agrada aquesta noia, no?

En Toni prefereix no contestar i obre la porta de la seva habitació amb la clau que es treu de la butxaca de la dessuadora.

—No te'n culpo, tio —continua en David, des del passadís—. Si la noia t'agrada de debò, llança-t'hi. Supera en Rubius! Tu pots!

La cara d'en Toni després d'aquest comentari no és gens amistosa, però acaba somrient. Fer-se youtuber i intentar aconseguir una quantitat tan gran de subscriptors en tan poc temps és completament surrealista. Però l'amor és així, una successió constant de surrealisme. Almenys té una carta per jugar. Una única carta guanyadora que, si surt, li donarà el que més desitja.

—Et deixo. Ara crearé un compte a YouTube, gravaré un vídeo curtet de presentació i pensaré què puc fer per guanyar seguidors ràpidament.

—Pots gravar un vídeo de xocolata amb xurros, però aquest cop despullat.

—Adéu, David.

La porta de la 1154 es tanca. En David sap que en Toni no s'ha enfadat. El seu amic és un bon nano, i tot i que les coses de l'amor no li acaben d'anar prou bé, espera que algun dia trobi la seva altra meitat. L'Isa i ell fan molt bona parella, però aparentment la relació no està tan avançada com ell es pensava.

Sense en Toni disponible, i amb l'Óscar i l'Ainhoa de camí cap a València, les possibilitats de trobar algú per sortir es redueixen bastant. En Julen? Últimament l'ha vist molt amb en Virus, un dels veterans de la residència. Allò de la seva bisexualitat no s'ho esperava, quan el noi els ho va explicar en una reunió de la colla algunes setmanes enrere. No volia que es quedessin perplexos si el veien petonejant un noi. Potser ell i en Marc tenen pensat sortir junts aquest vespre, i decideix anar-l'hi a preguntar. Però quan es dirigeix cap a l'habitació del navarrès, se li acut una idea que li agrada més. S'atura al davant de la 1155 i truca a la porta. La Silvia triga uns segons a obrir.

—Hola —diu la noia, que encara porta la gorra que duia al matí.

—Hola, que estàs molt enfeinada? Estàs dissenyant un estadi de futbol? Un parc d'atraccions?

—No, només una estació espacial —respon irònicament, amb un somriure encomanadís—. No t'amoïnis. Ara estava fent una pausa. Vols entrar?

En David assenteix i entra al quarto de la Silvia. És curiós, però s'acaben de conèixer i han congeniat de seguida. Potser aquesta noia el podria ajudar a desconnectar de tot el que té al cap.

—Has pensat fer alguna cosa aquest vespre? —li pregunta en David, directament.

—Sopar i anar a dormir.

—A la residència?

—Sí, les dues coses.

Un nou intercanvi de somriures còmplices. Salvant les distàncies, perquè les seves personalitats semblen molt diferents, aquest començament li recorda els primers dies amb l'Elena. Les seves converses s'assemblen a les que tenien ells dos a principi de curs. Enyora el setembre i tot el que va viure durant aquells dies amb la toledana.

—És que tinc ganes de sortir aquesta nit, i cap dels companys del passadís està disponible. T'hi animes?

—La veritat és que no em fa gaire il·lusió ser l'últim recurs de ningú —respon l'extremenya, molt seriosa.

—No he volgut dir això —diu en David, una mica incòmode. Que s'ha posat vermell?

—Tranquil, home, que era broma! —exclama la Silvia, sense poder-se aguantar el riure—. Però no sé si podré —diu, quan es calma una mica—. Tinc molta feina pendent.

—És dissabte —diu en David, alleujat. Per un moment, s'ha pensat que l'havia ofès—. No hi ha cap feina de dissabte que no es pugui fer un diumenge.

La noia el mira sorpresa. Mou el cap i li assenyala el plànol que té sobre l'escriptori.

—I qui posarà les columnes a la galeria d'aquest teatre?

—No deu ser gaire difícil.

—Ah, no? Si no té les mides exactes perquè no has fet els càlculs adequats, l'edifici caurà quan el construeixin.

—Pots comptar, són un parell de sumes i restes que pots fer demà —torna a atacar en David, intentant convèncer la Silvia—. Va, vine amb mi aquesta nit, si no, hauré de sortir sol.

—Això serà així durant el que queda de curs? Perquè jo he vingut aquí a estudiar.

Això li sona. L'Elena ho va dir moltes vegades quan

va arribar a Madrid. I, evidentment, no ha sigut així. Estudiar no és l'únic que ha fet, la de Toledo. Ha viscut tota mena d'experiències, algunes relacionades amb ell. De sobte, en David se sent culpable d'estar flirtejant amb la nova resident. Els seus sentiments no han canviat, però tal com va advertir a l'Elena, no la pot esperar tota la vida.

—D'acord. No insisteixo més. Espero que les columnes del teu teatre quedin perfectes.

La Silvia s'adona que el to de veu del sevillà ha canviat. Veu que el noi es gira i es disposa a anar-se'n.

—Escolta, deixa'm mitja horeta per pensar-m'ho —diu, abans que en David se'n vagi—. D'aquí a una estona et dic alguna cosa, d'acord?

—Molt bé, seré a la meva habitació.

La noia treu el cap per la porta, i just abans que el seu company de passadís entri a la 1152, s'acomiaden amb la mà.

I ara què?, pensa, quan torna a estar sola a l'habitació. Surt amb ell? Sincerament, en té ganes. Sopar i anar a prendre alguna cosa amb en David l'ajudaria a integrar-se més. És molt agradable. A més, se'l veu sincer i se li nota que no busca res amb ella. Només sortir una mica, oi? O és que un noi i una noia no poden sortir junts un dissabte a la nit, simplement com a amics?

S'asseu a l'escriptori i obre la tapa del portàtil. Entra a l'Skype i el veu connectat. El convida a una videoconferència. Ràpidament, s'obre una pantalla on veu un home moreno amb barba de tres dies. Els seus encantadors ulls verds brillen sobre un somriure d'anunci de dentífric. En Gabriel i el seu somriure la van conquistar des de la primera vegada que es van veure.

—Perdona, ja torno a ser aquí —diu la Silvia, mentre s'ajusta la gorra.

—Qui era?

—Un noi del passadís.

—I què volia?

—Res en concret. Parlar —contesta, vacil·lant, sense explicar-li l'autèntic motiu de la visita d'en David.

—Parlar? —El somriure d'en Gabriel desapareix—. Parlar de què?

—Doncs parlar de... No ho sé, parlar. Em sembla que només volia ser amable amb mi.

—Cap tio que es presenta a l'habitació d'una noia vol ser amable amb ella. Ha intentat alguna cosa?

A la Silvia no li agrada que li faci tantes preguntes. Alguna vegada en Gabriel s'ha mostrat gelós dels seus companys de classe, però ella li ha aclarit que no n'hi ha cap que li agradi, i que encara que sigui a l'Argentina, el que li agrada de debò és ell. L'hi ha demostrat durant els quatre mesos que fa que estan junts.

—No, Gaby. No ha intentat res. Ja t'he dit que només volia ser amable. Vivim al mateix passadís.

—No me'n fio, d'aquest tio.

—Però si no el coneixes!

—Conec els homes. I a aquesta edat l'únic que els interessa és sumar trofeus.

—Sumar trofeus?

—Sí, tenir sexe amb tantes com puguin. I aquest noi no és diferent dels altres.

—Au va, para.

La noia s'aixeca i s'allunya de l'ordinador. Sent una cosa molt intensa per ell, però no suporta que es comporti d'aquesta manera. Sent la seva veu que li reclama que torni demanant-li perdó. La Silvia sospira i seu de nou davant de la càmera del portàtil.

—Perdona'm. És que em fa posar malalt ser tan lluny de tu i pensar que altres es poden guanyar el teu cor.

—El meu cor te l'has guanyat tu —diu la noia, ruboritzant-se—. Ja ho saps.

—Malgrat els meus trenta-set anys?

—T'ho he dit moltes vegades: m'és igual l'edat que tinguis.

Però això ho pensa ara. Quan es van veure per primera vegada per Skype i va saber la seva edat real, els trenta-set anys d'en Gabriel van ser un handicap, perquè a la noia l'espantava que entre ells hi hagués una generació de diferència. Malgrat que físicament en Gabriel semblava més jove, es notava que ja no era el noi universitari que havia vist a les fotos que li va ensenyar quan es van conèixer. En aquell fòrum li va mentir, es va treure un bon grapat d'anys de sobre. Per això la Silvia va estar una setmana sense parlar-li quan li va confessar l'edat real i la seva autèntica dedicació: advocat en un petit bufet de Buenos Aires. Després va arribar el perdó, el fet de donar més importància a la persona que no pas als anys, les converses per Skype, el cibersexe i la promesa de volar a Espanya per poder-se conèixer en persona.

—Me n'he d'anar, Silvi. Ens veiem a les nou, hora espanyola, les cinc d'aquí?

—No sé si podré. Tinc molta feina.

—No descanses ni el dissabte.

—Si ho vull aprovar tot al juny, m'he d'esforçar cada dia. Ja et compensaré.

—Ah, sí? Quan?

—Un altre dia.

—I per què no ara?

—Que no te n'havies d'anar?

—Puc quedar-me deu minuts més —comenta en Gabriel, mentre es descorda els botons de la camisa blanca—. O vint.

—No hi ha ningú per aquí?

—És dissabte. Avui no ve ningú al despatx.

En Gabriel gairebé sempre es connecta des del seu despatx a Buenos Aires perquè la connexió a internet és molt millor que la de casa seva. Per sort, viu només a un parell de carrers de distància.

—Molt bé, doncs comencem, no?

La noia tira la gorra a terra i s'allibera la llarguíssima cabellera rossa. No és l'únic que es treu. De mica en mica, va desapareixent la roba que porta posada i l'excitació d'en Gabriel augmenta a cada segon que passa. Una excitació no compartida del tot, perquè els pensaments de la Silvia són en una altra banda. Sí, definitivament, aquesta nit sortirà amb en David.

CAPÍTOL 9

La primavera es va instal·lant a poc a poc a Madrid i la temperatura va pujant els primers dies d'abril. Aquell dissabte, arriben gairebé als vint-i-cinc graus. L'Iria i en Julen baixen a les pistes de tennis per donar uns quants cops de raqueta i alliberar la tensió acumulada. Han substituït el xandall d'hivern pels pantalons curts, malgrat que tots dos porten jersei per no refredar-se amb la suor de l'esforç. Caminen en silenci fins que la gallega s'adona que el seu amic la mira de reüll.

—Ja sé que estic rara amb aquest pentinat, però para de mirar-me!

—T'han dit quant dura, aquest color?

—No. No ho he preguntat. Per què?

—Perquè crec que aviat faran una altra pel·lícula de *Star Trek* i necessitaran extres.

—Mira que ets burro —protesta la noia, i prova de donar-li un cop de raqueta però no ho aconsegueix—. No has dit abans que t'agradava, el platí?

—Sí, m'agrada. Et queda molt bé. Perdona la broma, és que estic nerviós.

—Pels pares d'en Marc?

—Sobretot pel que digui el pare. Espero que l'home no s'ho prengui gaire malament.

—Ningú no s'hauria de prendre malament que el seu fill sigui homosexual.

—Ja ho sé. Però una cosa és la teoria, i l'altra, la pràctica.

El navarrès esbufega. Examina el mòbil per enèsima vegada, però no hi té cap missatge nou. Tampoc no vol insistir. Potser, just en aquell moment, els ho està confessant. Els parlarà d'ell?

—Digui el que digui el seu pare, en Marc és el que és. I et continuarà estimant. D'això, no en dubtis gens.

—Tu creus que m'estima de debò? No m'ho ha dit mai.

—He vist com et mira, Julen.

El noi no pot evitar que se li escapi un somriure, encara que per dins els nervis segueixin rosegant-lo. Tant de bo tot surti bé i puguin gaudir de la seva relació al cent per cent, lluny dels contratemps familiars.

La parella arriba a les pistes de tennis. La que acostumen a fer servir està ocupada, de manera que van fins a la que hi ha al fons. Mentre treu la raqueta de la funda, l'Iria veu que el partit de l'altra pista s'atura i algú els crida. Un dels jugadors se'ls acosta.

—Quina casualitat, veure-us aquí! Precisament havia de parlar amb vosaltres —diu en Carmona, entrant a la pista on en Julen i l'Iria es disposaven a jugar—. Abans he anat a les vostres habitacions però no hi éreu.

—Devíem estar dinant. Què vols? —pregunta la

gallega, amb veu neutra, intentant dissimular que en Martín no li cau gens bé.

—Sabeu on és en Manu?

La pregunta deixa la noia glaçada, i de seguida mira en Julen. Ell decideix respondre per evitar-li el mal tràngol.

—A Màlaga, amb la seva família. Encara no ha tornat de les vacances de Setmana Santa.

—No pot ser.

—Per què no?

—Perquè la seva mare ha trucat a la residència. No té notícies d'ell des de fa més d'una setmana.

L'Iria es tapa la boca amb una mà, incapaç de dissimular la seva preocupació. Aquesta notícia li ha provocat un mal pressentiment. Segur que al malagueny li ha passat alguna cosa. N'està convençuda. No obstant això, no diu res i deixa que en Julen continuï parlant amb en Carmona.

—Doncs nosaltres no en sabem res.

—Quant fa que no el veieu?

—Em sembla que des d'abans de marxar de vacances —menteix el navarrès.

—I no us va dir si aniria a algun lloc després de Setmana Santa?

—No.

—Tot això és molt estrany. No us escriviu per WhatsApp?

—No el fem servir gaire.

—Puc veure els missatges del grup que teniu els del passadís 1B?

—Ostres, quin interrogatori! Que has deixat dret per entrar a la Policia Nacional? —intervé ara l'Iria, enfadada—. Qui et penses que ets, per demanar-nos això?

—Només vull ajudar a trobar en Manu. Els seus pares estan molt preocupats.

—Doncs que posin una denúncia!

—Suposo que és el que faran, si el seu fill no s'hi posa aviat en contacte.

En Carmona els explica per sobre la conversa del seu pare amb la mare del malagueny. Abans de Setmana Santa, en Manu li va trucar per dir-li que passaria les vacances fora de Màlaga amb uns amics. A ella li va estranyar, perquè no es veien des del gener. Però no va insistir. Les coses mai no han anat gaire bé entre ells i, pel que sembla, quan li porta la contrària, ell es posa agressiu. Això no treu que el noi truqui a casa seva una vegada, o excepcionalment dues vegades per setmana. Però ara, des de Divendres Sant, és a dir, des de fa vuit dies, no n'ha sabut res i quan truca al seu número li surt desconnectat o fora de cobertura.

—Nosaltres no tenim notícies d'en Manu —diu en Julen, també preocupat pel seu amic—. Si ens assabentem d'alguna cosa, t'avisarem.

—D'acord, doncs, me'n vaig. Bon partit!

El veterà s'acomiada de la parella i torna a la pista on estava jugant amb una altra de les veteranes de la residència.

En Julen espera que en Carmona sigui prou lluny per parlar del tema de la desaparició d'en Manu.

—Què penses, Iria?

—No vull pensar —diu la gallega, mentre s'asseu al petit banc a peu de pista i guarda la raqueta a la funda—. Estic bloquejada. No tinc ganes de jugar.

—Vols que tornem a la residència?

—Dóna'm un parell de minuts.

—D'acord, tranquil·la. Pren-te el temps que calgui.

L'Iria no para de sospirar. Es nota una forta pressió a les temples. La incertesa i la por l'afecten cada vegada més. Per molt que es vulgui oblidar del malagueny, sembla una missió impossible. Sempre sorgeix alguna cosa nova que la fa pensar en ell, que impedeix que pugui allunyar-se'n definitivament.

Hi ha massa qüestions per resoldre que l'atabalen: per què no truca a la seva mare? Per què no va tornar dilluns a la residència, tal com li va dir la setmana passada? Per què té el telèfon desconnectat?

—Tinc un mal pressentiment, Julen. Crec que a en Manu li ha passat alguna cosa molt greu.

—No ho pensis, això. Segur que tard o d'hora apareixerà somrient i burlant-se de nosaltres per haver-nos preocupat tant per ell.

—No, està malament. Ho sé —insisteix la noia, cada vegada més neguitosa—. Sé que li ha passat alguna cosa dolenta.

—Calma't, sisplau.

—Déu meu! I si s'ha mort?

—No diguis això! Com vols que es mori! —exclama en Julen, que també s'ha posat molt nerviós—. Segur que hi ha una explicació lògica per a tot això. Ja saps com és en Manu.

—Ja es trobava malament abans d'anar-se'n. Perdia la memòria. Es quedava en blanc. Podria haver empitjorat i... estar tirat en qualsevol cuneta de carretera.

—Prou, Iria! No vull que pensem el pitjor!

En Julen crida tan fort que en Carmona i la seva

acompanyant es giren cap a ells. El noi els ignora, recull les seves coses i se'n va de la pista. L'Iria el segueix. Caminen de pressa pel sender que porta fins a la residència. Pel camí, en Julen rep un missatge de WhatsApp. S'atura i el llegeix.

«Hem de parlar. Et puc trucar d'aquí a cinc minuts?».

—És en Marc?

—Sí.

—Que ha passat res?

—No ho sé. Però el missatge que m'ha enviat és molt sec —diu en Julen, mentre respon el missatge d'en Virus amb un OK.

—Això no té per què significar res.

—Ara ho sabré. Em trucarà d'aquí a cinc minuts.

De sobte, el navarrès està amoïnat per una altra cosa. Ja no pensa en en Manu ni en on deu ser. Ara el seu principal dilema és què ha passat durant el dinar d'en Marc amb els seus pares i què li vol explicar. Els joves arriben a la residència capcots. En Julen va directament a l'habitació i l'Iria es queda a la recepció. Han quedat que es veuran abans de sopar. La gallega va fins al taulell, on en Jesús, el bidell de guàrdia, emplena un informe. És el seu recepcionista preferit. L'home s'adona de la seva presència i li dedica un somriure.

—Estàs molt guapa amb aquest nou *look*.

—Moltes gràcies. No et sembla massa atrevit?

—I tant que sí. Jo no me'l faria pas —diu en Jesús, tocant-se el cap gairebé calb—. Però a tu et queda fantàstic.

—Això segur que ho dius a totes les noies.

L'home somriu i nega amb el cap. Després torna a l'informe i marca una casella amb un bolígraf blau. L'Iria es queda allà, observant-lo.

—Escolta, Jesús, segurament no és res important, però abans he vist un paio estrany rondant per l'aparcament.

—Un paio estrany? —pregunta l'home, alarmat.

—Sí, un tio amb una barba molt llarga i amb gorra. Mirava els cotxes amb molt d'interès.

—Què dius, ara! —exclama l'home, abans de sortir esperitat del taulell de recepció—. Vaig a donar-hi una ullada. Pots quedar-te aquí un moment?

—I tant, no pateixis.

En Jesús corre cap a l'aparcament amb l'esperança que l'intrús no hagi robat o punxat la roda de cap vehicle. Mentrestant, l'Iria aprofita l'absència del bidell per entrar al quarto que hi ha darrere del taulell, on hi ha el quadre de les claus. Agafa la clau mestra, que obre totes les portes de la residència, i se la guarda al jersei. Esbufega alleujada quan comprova que ningú no l'ha vist. A la nit ja buscarà un moment per tornar-la, però ara necessita entrar a l'habitació d'en Manu, com aquell dia de gener que el seu amic va desaparèixer.

CAPÍTOL 10

Encara dóna voltes a la conversa telefònica que ha mantingut amb en David. Que no és valenta, diu. Imbècil. Si la situació fos al revés, ja li agradaria veure com es comportaria ell. La seva exnòvia és la seva germana! Com podria trair-la d'aquesta manera!

L'Elena beu un glop del cafè amb llet que s'acaba d'anar a comprar al quarto de les màquines expenedores. Està massa calent. Bufa i es passa la llengua pels llavis molls mentre continua reflexionant, asseguda a la seva habitació.

Que no és valenta...

Si les coses fossin fàcils, no dubtaria ni un segon. O és que es pensa que ella no pateix, per poder estar junts? Hòstia, però si el té a la porta del davant!

Mira l'hora al mòbil. La Marta està a punt d'arribar. Espera que compleixi el que han pactat i vingui amb l'únic objectiu de veure-la i de passar el cap de setmana amb ella. Li fa por que es trobi amb en David i munti un numeret. No té ganes d'enfrontaments, ni de més nits de plors i lamentacions. Sent que s'obre la porta del passadís. És ella? Espera que algú truqui a la seva habitació, però no ho fan. Potser és l'Iria, o en David. Sigillosament, treu el cap per veure qui és i descobreix la seva germana al davant de la porta de la 1152.

—Marta! Què fas? —exclama l'Elena, sortint del quarto.

—Ostres! M'has espantat! —crida la noia, que es gira fent un bot.

—Va! Vine cap aquí!

La noia acota el cap i obeeix la seva germana gran, que tanca la porta quan totes dues són a dins.

—No feia res de dolent. Només recordava els bons moments que he passat allà amb ell.

—No has vingut per recordar això! —exclama l'Elena.

—Ja ho sé, però no ho he pogut evitar —diu la Marta, amb tristesa. Tanmateix, no triga a fer un somriure—. Va, ja ha passat el moment nostàlgic. Com va tot per aquí?

—Com sempre. Va, vine. Fes-me una abraçada.

—Ets molt cursi —diu la noia, que s'acosta a l'Elena i li fa l'abraçada que li ha demanat.

Quan se separen, seuen al llit de costat i es queden mirant fixament.

—No et torturis més, d'acord? Has vingut per estar amb mi. Passem-nos-ho bé i oblidem-nos de tota la resta.

La Marta assenteix amb el cap i ara és ella la que té ganes d'abraçar la seva germana. S'inclina cap a l'Elena, l'estreny ben fort i després li fa un petó a la galta.

—Només nosaltres —diu la Marta, mentre s'eixuga els ulls negats.

—Exacte. Les germanes Guillermo Casanova i ningú més.

—Ja saps on anirem a sopar?

—Què et ve de gust? Foster's Hollywood?

—Perfecte.

—Podem anar al que hi ha a Ópera —proposa l'Elena, que s'aixeca i va cap a l'altra banda de l'habitació. Té el mòbil a l'escriptori—. Aviso la mare que ja has arribat.

—D'acord. Et fa res que em dutxi? He sortit tan ràpid de casa que no he tingut ni temps.

—I tant. Tens una tovallola penjada darrere la porta del lavabo. La rosa.

—Gràcies. Penses en tot.

La Marta s'aixeca i va cap al lavabo. L'Elena respira alleujada. Agafa el mòbil i envia un missatge a la seva mare per dir-li que la seva germana ja és a la residència. Però no és l'únic whatsapp que envia. El segon és per a en David.

> «La Marta ja ha arribat. Som a la meva habitació. Sisplau, intenta no coincidir amb nosaltres mentre ella sigui aquí. Anirem a sopar al Foster's d'Ópera cap a dos quarts de nou. Quan acabem tornarem a la residència per mirar una pel·lícula. No estic segura que no intenti alguna cosa. Ja parlarem demà quan se n'hagi anat».

El sevillà rep el whatsapp que li envia l'Elena i el llegeix estirat al llit. Respon amb un simple «D'acord». Fa petar la llengua i deixa el telèfon sobre el coixí. Farà el que li demana, encara que hagi de sortir tot sol aquesta nit. Trobar-se amb la Marta no és bo per a cap dels tres. Per tant, val més evitar riscos. Examina el rellotge del portàtil que té a sobre del llit i decideix que se n'anirà d'aquí a mitja hora. Però abans, torna a navegar per internet per buscar més informació sobre una notícia que ha trobat fa una estona en un diari digital. El titular és d'allò més morbós:

Troben a Edimburg un cos amb el rostre desfigurat i sense dits.

Edimburg. És on van anar en Fernando i en Manu, segons el que li va dir ella. El final de la notícia és el que li crida més l'atenció.

Uns testimonis argentins asseguren que van sentir uns nois espanyols discutint a prop del lloc on van trobar el cadàver a Calton Hill. La víctima podria ser un d'ells, però encara no ha sigut identificada. El mal estat del rostre i la impossibilitat d'analitzar-li les empremtes dactilars complicaran la tasca.

La notícia està molt mal redactada i no està ni firmada. Segurament l'han traduït d'algun diari escocès i els ha interessat perquè el mort, presumptament, és espanyol. Tot i que tampoc no està confirmat.

En David fa una cerca entre la premsa escocesa. Triga uns minuts a trobar informació, però pràcticament diu el mateix que la publicació espanyola.

Si a en Manu li hagués passat una cosa així, justificaria la seva absència i el fet que el seu telèfon estigui desconnectat. Però a Edimburg hi viuen quaranta mil espanyols. Per tant, les possibilitats que siguin ells els nois dels quals parlen els testimonis argentins són remotes. Sense rostre no hi ha identificació facial, i sense dits, no hi ha empremtes. Mala cosa.

En David no ho veu gens clar. Potser ella sap alguna cosa més. Agafa el mòbil i marca un número que abans se sabia de memòria. No l'agafa. Ho torna a provar i aquesta vegada una tímida veu femenina contesta tremolosa.

—Què vols?

—Hola, Verónica. Que t'agafo en un mal moment?

—Fa molt de temps que tots els moments són dolents, David. Saps què? Em sembla que m'estan caient els cabells.

—Deu ser pel xampú que fas servir.

—Pel xampú? No siguis malparit —replica la noia, enfurismada—. Des de quan et comportes així? No et reconec. Queda alguna cosa de la persona de qui em vaig enamorar?

—No et facis la víctima amb mi. Vas ser tu la que va atropellar la Rocío.

—Amb la teva moto, amb el teu permís. Sabies que havia begut i que no estava en condicions de conduir. Va ser tan culpa teva com meva, i l'única que ho ha pagat he sigut jo. No ho oblidis!

En David es mossega la llengua. El que li havia de dir ja l'hi va deixar anar el Divendres Sant. Potser no va ser gaire elegant i va traspassar els límits del que era raonable. Fins i tot la va amenaçar amb la daga que va trobar al pis d'en Fernando, l'adreça del qual havia obtingut al despatx del subdirector. Sabia que era ella la que havia revelat al nòvio de la Rocío on era ell: que estudiava a Madrid i que vivia a la residència Benjamin Franklin. Tot quadrava. La Verónica va confessar fins a l'últim detall, i fins i tot va descobrir una cosa que ni li havia passat pel cap.

Fa vuit dies, a Sevilla

—Tu també et mereixies patir —comenta la noia, que nota a l'esquena la punta de la daga que té en David a la mà. És la mateixa que en Fernando va fer servir per acoquinar-la fa uns quants mesos, quan va entrar a casa seva.

Després d'empènyer-la cap a un carreró pel qual no hi passa ningú, s'asseuen tots dos a l'entrada d'un edifici abandonat.

—On és?

—No t'ho penso dir.

—Sí que m'ho diràs —xiuxiueja el noi, que pressiona la fulla de la daga contra la pell de la que abans havia sigut la seva nòvia.

—No t'atreviràs a fer-me mal.

—Posa'm a prova. Estic realment fart de tot això, Verónica.

La noia nota la punxada al costat i després el dolor. Com una picada de vespa. S'aixeca la samarreta i veu el petit tall.

—Estàs sonat! —exclama ella, amb llàgrimes als ulls quan veu la sang.

—On és en Fernando?

—No m'ho puc creure.

—Digue'm on és i no et faré més mal.

—A Escòcia.

—A Escòcia?

—Sí, és a Edimburg des de finals de gener —diu, mentre s'eixuga les llàgrimes abans de tornar-se a mirar la ferida que li ha fet en David.

—És només una esgarrapada, no et dessagnaràs. I m'envia les cartes des d'allà?

El sevillà es treu tres petits sobres de la butxaca. N'obre un, n'extreu un foli plegat de l'interior, l'allisa i l'ensenya a la Verónica. Tot seguit, llegeix en veu alta:

> «Això no s'ha acabat. Has de pagar pel que vas fer. No et pensis que m'he oblidat de tu. És impossible. Jo vaig perdre la meva Rocío, el que més estimava en aquest món. Tu encara tens molt per perdre. Quan menys t'ho esperis, em venjaré».

El noi guarda el full a dins del sobre i es disposa a llegir la segona carta.

—No cal que llegeixis més. Sé què diuen. En Fernando me les va passar per e-mail, les vaig imprimir i jo mateixa te les vaig enviar per correu.

—M'imaginava que havies sigut tu. Estàs enamorada d'ell?

—Què? Definitivament, has perdut el cap! —crida la Verónica, tremolosa—. Si l'ajudo és perquè tinc por. S'ha tornat boig i és capaç de fer qualsevol cosa. Per això li segueixo el rotllo.

—Doncs a partir d'ara me'l seguiràs a mi i tindràs por de mi. Entesos?

La noia acota el cap i es tapa la cara amb les mans. Torna a plorar i es queixa de la desgràcia de la seva vida.

—Per què no em deixeu en pau? Ja he patit prou!

—Ets l'única persona que té contacte amb ell i que em pot ajudar a trobar-lo.

—No sóc l'única.

—Què? Hi ha algú més ficat en tot això?

La Verónica sospira. Ha parlat massa i ara ja no es pot fer enrere.

—El teu company de residència. El malagueny. Són tots dos a Edimburg.

—Però què cony dius? En Fernando i en Manu estan junts?

—Sí. Tots dos se'n van anar a Escòcia.

—No m'ho puc creure. Què tenen a veure l'un amb l'altre?

—Encara no ho has entès, David? En Fernando i en Manu són els que t'han fet la vida impossible a la residència.

La noia li explica que es van conèixer en un local de Madrid. En Fernando els va estar espiant a tots durant unes quantes setmanes, i de seguida va captar que el malagueny no suportava el sevillà. La rivalitat era evident. Per això s'ho va fer venir bé per quedar amb ell en un bar de la capital i explicar-li el que en David havia fet. En Manu es va oferir ràpidament a ajudar-lo. Ara tenia un motiu real per anar contra aquell noi que semblava tan perfecte però que amagava un secret tèrbol: la mort d'una noia.

—Segons el que em va dir en Fernando, en Manu va entrar en un ordinador de la residència i ho va preparar tot perquè ell pogués treballar com a cambrer de la Benjamin Franklin i així poder estar més a prop teu.

En David està atònit. Amb prou feines pot digerir el que la Verónica li explica. Tot estava preparat. Un pla ideat durant setmanes. Ara s'explica també allò de l'ouija. La seva intuïció era encertada: en Manu estava al darrere de l'esperit de la Rocío Costa, tot i que no s'imaginava en absolut que col·laborés amb en Fernando.

—T'han dit quan tornaran a Espanya?

—No, no sé res més. De debò.

—Segur que no saps res més?

—T'ho juro —diu la noia, sanglotant perquè es torna a notar la fulla de la daga que li penetra la pell.

Els seus ulls no mentien. La Verónica no tenia més informació de la que li havia revelat. Ni tampoc no sabia, vuit dies després, si la notícia que havia aparegut a la premsa sobre el cadàver d'Edimburg tenia relació amb en Fernando i en Manu. L'únic que li podia dir era que havia trucat a aquell noi unes quantes vegades i que el seu mòbil estava apagat o fora de cobertura des de feia més d'una setmana.

CAPÍTOL 11

Més o menys a la meitat del trajecte entre Madrid i València, l'autobús es desvia per fer una parada en un hostal de carretera. Encara falten cent cinquanta quilòmetres per arribar. Sota l'atenta mirada de l'Ainhoa, l'Óscar es desperta i mira tot despistat per la finestra. Ha dormit bona part del camí. La canària amb prou feines li ha tret l'ull de sobre, i ha tingut temptacions d'inclinar-se cap a ell i arraulir-se a la seva espatlla. Però no ho ha fet. Simplement, el contemplava i pensava com seria de feliç si aquell noi fos el seu nòvio, i la quantitat de viatges com aquell que farien junts. Una fantasia que és impossible que es faci realitat.

El conductor anuncia que la parada durarà quinze minuts.

—Vols baixar? —li pregunta el val·lisoletà, estirant tot el cos per treure's la mandra.

—Sí, tinc ganes de beure alguna cosa freda. Véns?

L'Óscar assenteix i tots dos s'aixequen. Agafen les

motxilles, se les pengen a l'espatlla i baixen de l'autobús. Mentre caminen cap a l'hostal, sona el mòbil de l'Ainhoa. Treu l'*smartphone* i examina la pantalla.

—És un whatsapp de la Nicole —diu, i llegeix en veu alta:

«La meva mare em farà parar boja. Diu que tinc el cap en una altra banda i que no em concentro en el que faig. I el pitjor és que té raó. Com m'agradaria ser a la residència amb vosaltres!».

—Pobreta. Sembla desesperada.

—Ho està. A veure si la nostra visita l'anima una mica.

—Segur que sí. Per això hi anem. Quan et vegi, s'endurà una alegria immensa.

L'Óscar intenta tranquil·litzar la seva amiga amb un somriure, cosa que aconsegueix de seguida. Entren a l'hostal i seuen en els únics tamborets que queden lliures, al final de la barra. Només hi ha un cambrer, que s'afanya per poder atendre tots els viatgers de l'autobús. Sembla que ells seran els últims. El mòbil del noi, que ha col·locat a sobre la barra, s'il·lumina, però no sona. Li ha tret el volum per no molestar els passatgers durant el viatge. Dóna una ullada a la pantalla i arruga el front. Precipitadament, prem el botó de penjar i es guarda el mòbil a la butxaca dels pantalons. L'Ainhoa el mira estranyada.

—Que no respons?

—No, és un número que no tinc anotat a l'agenda. Ja hi trucaré després per veure qui és.

La noia no se'l creu. No ha tingut temps de veure-ho bé, però està segura que a la pantalla hi apareixia el nom d'algú, no pas un número. Per tant, la persona que li trucava sí que és a la seva llista de contactes. Per què no li ha dit la veritat? Que amaga algú? No deu ser la Naiara? Es tornen a parlar? Tornen a sortir junts?

No és problema seu, però l'empipa que li hagi dit una mentida. I també el molestaria que fos la seva exnòvia, no ho pot evitar. Odia aquella noia amb totes les seves forces. Té unes ganes terribles de saber qui era, però decideix no dir-n'hi res, al seu amic.

Finalment, el cambrer els atén. Demanen una Coca-Cola cadascú i un paquet de patates fregides al punt de sal per compartir, tot i que la canària amb prou feines les tasta. Ell se n'adona i s'inquieta, perquè sap que són les seves preferides.

—Tot bé?

—Estic nerviosa per veure la Nicole. A més, em preocupa que la seva mare no s'agafi bé que l'anem a veure —respon l'Ainhoa, tot i que en realitat pensa en aquella trucada i en la mentida de l'Óscar.

—Només això? Res més?

—Res més. Per què ho dius?

—Gairebé no has tocat les patates. Les he demanat per tu.

—És que no em vénen de gust. Només tenia set —respon l'Ainhoa, molesta, mentre s'aixeca del tamboret—. Vaig al lavabo. Però no t'esveris, no vomitaré. Ja no ho faig, entesos?

—Ni tan sols m'havia passat pel cap.

—Sí, segur.

La noia s'allunya de la barra i desapareix per unes escales que condueixen al soterrani. Segueix la fletxeta que guia cap als lavabos fins que els troba. Entra en el de noies, un cubicle molt petit però que almenys està net. Tanca amb baldó i es queda al davant del mirall. Suportaria una altra vegada una relació entre l'Óscar i la Naiara? Seria molt difícil. Li vénen nàusees només de pensar-hi. Però no té cap prova que tornin a estar junts. S'ha de calmar. Ho ha de fer. Es renta la cara i es torna a mirar al mirall. Segur que hi ha una altra explicació per a la mentida que li ha dit. Una de lògica, que no tingui res a veure amb aquella bruixa.

—Ainhoa! Et falta gaire? Ens en hem d'anar!

La canària sent la veu de l'Óscar a l'altra banda de la porta del lavabo. Mira el mòbil. No se n'ha adonat i ha passat cinc minuts allà a dins, pensant en aquella trucada de telèfon.

—Si no ens afanyem, el bus se n'anirà sense nosaltres! —insisteix el seu amic, una mica angoixat.

La noia surt del petit lavabo i, moguda per un fort impuls, es llança als braços de l'Óscar. Però no es limita a abraçar-lo. Acosta la cara a la del noi, fins que li nota la respiració. Vol fer-li un petó, necessita fer-ho. Tanca els ulls i busca la seva boca. Però no la troba. Obre els ulls i se separa d'ell, avergonyida.

—Ho sento. No pot ser —diu l'Óscar, mirant a terra.

—Perdona, és culpa meva. No hauria...

—No passa res.

—Sí que passa. Sóc una idiota.

—No diguis això. No ets una idiota.

—Ha sigut un lapsus. Se me n'ha anat el cap. No tornarà a passar.

«No tornarà a passar». Quantes vegades a la vida ho ha pensat, això? Però l'ha tornat a cagar. Li sap greu haver comès aquest error i li agradaria tornar-se a tancar en aquell minúscul lavabo per desfogar-se plorant. Però no hi ha temps. L'Óscar l'hi recorda. L'agafa de la mà i pugen l'escala corrents. Travessen l'hostal a tot drap i surten a fora. S'aturen i miren al seu voltant.

—On cony és l'autobús? —pregunta la canària, que ha repenjat les mans als genolls i intenta recuperar l'alè.

—Se n'ha anat —diu l'Óscar, mirant el rellotge—. Han passat vint minuts des que hem baixat. Merda.

—Però no és responsabilitat del conductor, comprovar que hi ha tots els passatgers?

—No ho sé, Ainhoa, no ho sé.

—I ara què fem?

—Trucaré a la companyia d'autobusos. A veure si em donen una solució.

El val·lisoletà s'allunya alguns metres amb el telèfon enganxat a l'orella. L'Ainhoa l'observa, immòbil. Se sent fatal. Tot això és culpa seva. No només ha intentat fer-li un petó, sinó que han perdut l'autobús cap a València perquè ella s'ha estat massa estona al lavabo. No fa res bé. És normal que l'Óscar no vulgui estar amb ella.

—No m'agafen el telèfon —diu el noi, quan torna cap on és la canària—. Hi he trucat quatre vegades, i res.

—Hòstia. I no hi ha més autobusos, avui, que vagin a València?

—En surt un a les set des de Madrid, però no sé si es pararà aquí, ni si ens hi deixarien pujar —diu l'Óscar, mentre busca informació al mòbil—. Ara miro si puc comprar dos bitllets per internet.

—Si no fos tan tonta, això no hauria passat.

—Ostres, va ple —anuncia el noi, desesperat, fregant-se els ulls amb una mà.

—De debò?

L'Óscar ensenya a l'Ainhoa la pantalla del telèfon perquè ho comprovi ella mateixa. El panorama es va posant cada vegada més negre. Són en algun lloc entre Madrid i València i no saben com sortir d'allà.

—A veure, calmem-nos. Anem a dins de l'hostal i pensem què podem fer.

La parella torna al restaurant de carretera i seu en una de les taules. El local està completament buit, tret del cambrer que els ha atès abans i que ara mata el temps llegint un diari vell a la barra. Quan els veu, l'home s'acosta als dos joves i, de manera molt poc amable, pren nota dels refrescos.

—I si l'hi preguntem a ell? —diu l'Ainhoa, un cop l'home se n'ha anat.

—No sembla gaire simpàtic. No crec que ens ofereixi gaires solucions. Tornaré a trucar a la companyia, a veure si tenim sort.

Però continua sense respondre ningú a l'altra banda de la línia. L'Óscar es rendeix després d'intentar-ho tres vegades.

—No tinc cap altre remei que anul·lar l'hotel de València.

—Què? Vols anul·lar la reserva?

—Sí, em sembla que haurem de passar la nit aquí. I si no l'anul·lo, me la cobraran.

—Ostres, tu! Quin embolic!

—Podria ser pitjor.

—Ah, sí? No sé com...

—Imagina't que haguéssim deixat les motxilles a dins de l'autobús quan n'hem baixat.

CAPÍTOL 12

Després de parlar amb la Verónica, en David té encara més dubtes que abans. Ella no ha tornat a tenir notícies d'en Fernando i, per tant, tampoc n'ha tingut d'en Manu, des de la setmana anterior. I està segur que no menteix. Feia tan sols uns dies, havia posat la seva exnòvia entre l'espasa i la paret, l'havia amenaçat amb una daga clavada sobre la pell. En aquell carrer de Sevilla la noia li va oferir tota la informació que tenia. Mai no ha cregut en aquesta dita, però en aquesta ocasió, el fi sí que justificava els mitjans. La seva intenció és trobar en Fernando abans que pugui causar-li més mal. En les tres cartes, l'amenaçava de venjar-se d'ell en qualsevol moment. Què pensava fer-li, aquell paio?

L'antic cambrer de la cafeteria de la residència és un tio perillós. El cap no li funciona correctament i actua per desesperació. Això el fa imprevisible i capaç de tot. Com, per exemple, de vigilar pacientment tots els integrants del passadís 1B, i convèncer en Manu perquè l'ajudi o infiltrar-se a la Benjamin Franklin per estar més a prop del sevillà. Una història digna d'una pel·lícula de cap de setmana durant la sobretaula d'Antena 3.

Potser la notícia d'Edimburg ho canvia tot. És possible que siguin ells, els protagonistes? Si és així, un d'ells estaria mort i l'altre... seria l'assassí. No desitja mal a ningú, però ha d'admetre que no sent gens de llàstima. El temps i les circumstàncies de la vida l'han fet tornar més dur i més fred del que ell voldria.

Ha d'avisar en Toni del que ha descobert. Ell es mou molt millor per internet i potser aconsegueix trobar més informació sobre el cadàver de Calton Hill.

Està a punt de sortir de l'habitació per anar a la del valencià quan algú s'anticipa i truca a la porta. En David obre de seguida.

—Quina rapidesa! Que m'estaves esperant? —pregunta la Silvia, que s'ha canviat la gorra. Ara en porta una de blanca amb el logo de Nike de color blau.

—Sí, sabia que vindries.

—Que ets endeví?

—Més o menys. Escolta, quantes gorres tens?

—Aquí? Unes vint-i-cinc. A Càceres, més de cinquanta.

—Quina passada!

—Mira, n'hi ha que col·leccionen sabates o bosses, i jo col·lecciono gorres —diu la noia, somrient—. Però no he vingut a parlar del meu petit vici. Continua vigent la teva oferta de sortir aquest vespre?

—Vols venir?

—Sí, ho he pensat bé i tens raó; puc continuar treballant demà.

—Doncs m'alegro que t'hagis decidit. Havia pensat marxar d'aquí a vint minuts.

—Vint minuts? Doncs vaig corrents a canviar-me de roba. M'he d'arreglar gaire?

—Així ja vas bé —diu el sevillà, després de mirar-la de dalt a baix.

La Silvia va vestida de manera molt senzilla, amb una samarreta blanca llisa de màniga curta i uns texans blaus.

—No, home. Per una vegada que surto un dissabte a la nit, deixa'm arreglar una mica.

—Com vulguis, però no cal.

—M'afanyo, que no et vull fer esperar.

La noia es gira i se'n va cap a la seva habitació. En David tanca la porta de la seva i camina darrere d'ella, que es gira i el mira estranyada.

—Tranquil·la, que no et persegueixo ni et vinc a triar la roba. És que vaig al quarto d'en Toni.

—Vaja, es veu que en aquest passadís hi ha molta vida social, oi?

—Més de la que voldríem, a vegades. Et vinc a buscar o véns tu?

—Vinc jo, que ho tinc de camí.

—Perfecte. T'espero d'aquí a... divuit minuts? Tindràs temps de triar la gorra que et posaràs?

La Silvia somriu i branda el cap. S'acomiada d'ell i entra a l'habitació mentre en David truca a la porta de la 1154. En Toni no triga a obrir.

—Puc entrar un moment? Et vull ensenyar una cosa.

—Estic molt enfeinat creant-me el canal de YouTube.

—Només serà un segon.

El valencià s'aparta i deixa entrar en David a l'habitació. El noi s'acosta a l'ordinador i demana permís a en Toni per buscar una notícia a Google. En Toni assenteix i s'hi acosta.

—Mira això i digue'm què en penses.

El noi del cap rapat llegeix amb atenció la informació que apareix a la pantalla del portàtil. No és una notícia gaire llarga, o sigui que triga poc.

—Creus que són ells? —pregunta en Toni, quan acaba.

—No ho sé. Hi ha poques dades. Aquest diari ho ha copiat i traduït de la premsa escocesa, gairebé al peu de la lletra. No he trobat res més. Per això t'ho he vingut a dir.

—Vols que busqui alguna cosa que relacioni en Manu i en Fernando amb aquest crim?

—Hi ha una possibilitat entre quaranta mil que siguin ells. Però tu et saps moure per internet molt millor que jo. Potser trobes alguna cosa que a mi m'ha passat per alt.

—Quan acabi amb això del canal de YouTube, m'hi posaré. Tot i que no tinc gaire temps.

—Ah, sí, que després te'n vas amb l'Isa al restaurant aquell dels formatges a veure youtubers, oi? —comenta en David, en to burleta—. Tot i que ben aviat tu seràs un d'ells i potser et convidaran a aquesta mena d'esdeveniments.

—No m'agraden aquestes coses, tothom està pendent de tu.

—Pensa-ho, ells soparan gratis, i tu no.

—No deixo de repetir-me que m'estic ficant en una cosa per a la qual no serveixo. I tot per una noia.

—L'amor és així. Ja t'has posat nom al canal?

—Més o menys —respon el valencià, mentre es frega el cap amb nerviosisme.

—Més o menys?

—Sí, se me n'ha acudit un, però no sé segur si serà el que faré servir.

—Digue-me'l.

—Si te'l dic, te'n riuràs.

—No me'n riuré, t'ho prometo.

—He volgut jugar amb el meu nom, amb el canal de l'Isa... Encara no és definitiu, ho he de pensar bé.

—Va, no et facis pregar tant! Com et diràs?

—Toni Pepperoni.

La riallada d'en David és immediata. En Toni es ruboritza i remuga en veu baixa per haver confiat en el seu amic.

—Està molt bé, de debò —diu el sevillà, al cap d'uns segons, mentre s'eixuga una llàgrima solitària amb la mà—. Té molt ganxo.

—No te'n fotis, almenys. Sona molt ridícul?

—En absolut. Serà un èxit. Ho tinc claríssim. I quan sortiu junts l'Isa menja Pizza i en Toni Pepperoni, gravareu les vostres col·laboracions per a YouTube a Ginos.

—O a La Tagliatella, no?

—Sí! També! —exclama en David, que torna a riure, però aquesta vegada amb més moderació—. Escolta, me n'he d'anar, ja m'explicaràs com ha anat el sopar de formatges.

I després de clavar un copet a l'esquena del seu amic i de recordar-li que l'ajudi amb la informació d'Edimburg, en David s'acomiada i torna a la seva habitació. Obre la porta i just abans d'entrar a la 1152, sent la veu de l'Elena a l'habitació del davant. De seguida li arriba també la de la Marta. Com que no vol que el trobi al passadís, entra ràpidament al seu quarto i tanca vigilant de no fer soroll.

Un cop a dins, respira fondo i es deixa caure a la cadira de l'escriptori. L'empipa molt haver-se d'amagar d'aquesta manera, però potser és l'única solució possible per no perjudicar la que fins fa dos mesos era la seva nòvia. Si ha vingut fins aquí, no creu que es conformi a passar la nit tranquil·lament amb la seva germana. Per això, com més temps sigui fora de la residència, millor.

Si la Silvia és puntual, d'aquí a tres minuts se n'aniran. Es deu haver arreglat molt per sortir? Ell no va gaire de dissabte a la nit. Potser s'hauria de canviar de roba. Ràpidament, s'aixeca i va cap a l'armari. Treu una camisa blanca amb ratlles blaves i uns texans, menys gastats que els que porta posats. Es despulla i es torna a vestir en un minut. Després, es posa unes botes negres. Per acabar, una mica de colònia i espuma per als cabells. Perfecte.

L'extremenya és com un rellotge suís i truca a la porta a l'hora que havien quedat. Quan en David obre, es queda bocabadat. La Silvia només porta un vestit blanc de tirants que li arriba fins als genolls, i unes sabates de taló. També du una jaqueta texana, però penjada al braç. S'ha deixat anar els cabells rossos llarguíssims, que li cauen per l'esquena. S'ha maquillat amb una mica de rímel per ressaltar el blau dels ulls, i s'ha pintat els llavis d'un to vermell molt suau.

—I la gorra? —És l'únic que li surt a en David, evidentment impressionat.

—Home, no em puc posar la gorra per sortir un dissabte a la nit. I encara sort que m'he arreglat una mica, perquè veig que tu també t'has canviat.

—Bé, només ho he fet perquè tu m'has dit que et canviaries.

La noia somriu. En David va molt guapo. De fet, amb qualsevol cosa estaria guapo, pensa la noia. El canvi d'habitatge no ha pogut ser més positiu. I pensar que fins fa uns quants dies havia de suportar les seves companyes de pis. Ha substituït les germanes dolentes de la Ventafocs per un príncep blau. Tot i que el seu autèntic príncep viu a Buenos Aires i no sap res d'aquesta sortida.

—Marxem?

—Sí —contesta en David, mentre tanca la porta de l'habitació—. És molt d'hora encara. Vols que anem a prendre un cafè?

—D'acord.

Els joves surten del passadís 1B i de l'edifici. Parlen animadament, riuen, fan broma i qualsevol que els veiés pensaria que fan molt bona parella. Tanmateix, algú els ha vist des d'una de les habitacions de la residència i pensa just el contrari.

—Digue'm que això no és el que sembla! —crida la Marta, fora de si, mirant per la finestra del quarto de la seva germana.

—El què?

—Això! En David va amb una rossa!

L'Elena s'acosta a la finestra i contempla l'escena a través del vidre. En David i la Silvia caminen junts cap a la sortida de la residència. Van tots dos arreglats per sortir de nit. Sent com si li clavessin un cop de puny a la panxa.

—Hòstia! Qui és aquesta meuca? —pregunta la Marta, exaltada.

—No parlis així! —la renya l'Elena—. És la noia nova. La que ha ocupat la plaça de la Nicole. Viu a la 1155.

—I per què surten junts? Que són nòvios?

—Que jo sàpiga, no. S'acaben de conèixer.

—Doncs aquesta puta no ha perdut el temps!

—Marta! No parlis així!

—Què passa? Que no em puc enfadar una mica? Què vols que faci? Que em quedi encantada sense dir res mentre m'assabento que el noi de qui estic enamorada es tira una altra noia? I què més? Aplaudeixo? Em fot molt que en David vagi amb aquesta rossa! Tinc sentiments, jo!

I després dels crits, la petita de les germanes s'estira al llit i es posa a plorar tapant-se la cara amb un coixí. L'Elena sospira. Ja sabia que això no era bona idea i que tard o d'hora hi hauria merder. S'ha acabat la tranquil·litat. Ara s'haurà de passar la nit consolant la Marta, però qui la consolarà a ella?

CAPÍTOL 13

—Res?

—Res. Continuen sense agafar el telèfon. I gairebé no tinc bateria.

L'Óscar es comença a desesperar de debò. Sembla mentida, però en ple segle XXI, a l'era de la tecnologia, són en un hostal, al mig del camp, sense saber com sortir-ne. I per acabar-ho d'adobar, no hi ha ni un endoll a les parets del voltant per poder carregar el mòbil.

—I si fem autoestop? —pregunta l'Ainhoa, que se sent culpable pel desastre.

—No pujarem al cotxe d'un desconegut. A més, som a més de cent cinquanta quilòmetres de València. No tothom deu anar cap allà. Ara truco per anul·lar la reserva de l'hotel abans que se m'apagui el mòbil.

—I on dormirem?

—Aquí —diu el val·lisoletà, assenyalant la pantalla de l'*smartphone*.

—En un motel de carretera?

—Sí, és només a un quilòmetre i mig. Excepte que

tinguis un pla millor que no suposi pujar al cotxe d'un desconegut.

—No tinc cap pla, ni millor ni pitjor.

El noi beu l'últim trago de refresc i després truca a l'hotel de València per anul·lar la reserva. Quan acaba, s'esgota la bateria del mòbil.

—Ens en hem d'anar. No vull estar gaire estona sense telèfon.

—Per què? Que esperes una trucada? —pregunta la canària, suspicaç.

—No. Simplement és que no m'agrada tenir el mòbil apagat. I aviat es farà fosc. No vull que estiguem per aquí fora, de nit.

A l'Ainhoa no la convencen les raons de l'Óscar, però s'acaba el refresc i s'aixeca. El noi la segueix i surten de l'hostal.

—Bé. Cap on hem d'anar?

—Em deixes mirar el teu mòbil, per veure com hi podem arribar abans? —li pregunta el noi.

Ella l'hi dóna i l'Óscar busca el nom del motel a Google. Ràpidament obté la informació i la localització del punt en el mapa.

—Ja està, hem d'anar per aquest camí i després a la dreta —diu l'Óscar, abans de tornar el mòbil a l'Ainhoa.

La noia no guarda el telèfon i l'observa mentre avancen en silenci. No se sent gens bé per tot això que ha passat. Se suposava que havia de ser un dia especial. Estava desitjant veure la Nicole i abraçar-la. I tot se n'ha anat en orris. Ni tan sols la companyia de l'Óscar l'anima. Es comporta de manera estranya, i l'ha enganyat sobre aquella estúpida trucada que ha rebut. I cony, ha intentat fer-li un petó! Què deu pensar, d'ella? Segur que res de bo.

—T'has quedat molt callada. No pensis més en el que ha passat.

—Em fa molta ràbia haver-ho espatllat tot.

—No passa res. Quan arribem al motel reservaré dos bitllets per demà a València, i ja està.

—Deixa'm pagar a mi aquesta vegada, és el mínim que puc fer.

El noi assenteix i continuen caminant pel sender que han decidit agafar. Estan completament sols i només se sent la piuladissa dels ocells i el soroll dels cotxes que circulen per una carretera d'allà a prop, tot i que no la veuen.

—Perdona per allò d'abans —diu l'Óscar, de sobte—. No havia d'haver insinuat res quan no has volgut menjar patates. M'he preocupat sense cap motiu.

—Cada vegada que no tingui gana o que no vulgui menjar, no significa que hagi recaigut.

—Ja ho sé, per això et demano disculpes.

—Ja saps que si veig que estic malament o tinc una crisi, t'ho diré. Gràcies per preocupar-te per mi.

Entre ells dos es va crear un vincle d'extrema confiança durant les setmanes que l'Ainhoa va estar tractant el seu problema amb el menjar, primer a Madrid i després a Las Palmas. Ella li explicava el que sentia per WhatsApp, per Skype o per telèfon, i ell intentava ajudar-la. Cada dia parlaven, ell l'animava i li preguntava si havia menjat bé o si havia vomitat. Sobre aquell tema, no hi havia secrets i podien parlar obertament de les seves sensacions. La noia fins i tot li explicava les converses amb l'especialista que l'havia visitat a l'illa, i li ensenyava els progressos que anava fent a la bàscula.

—Jo també et demano perdó —diu l'Ainhoa, després d'alguns segons de silenci—. No sé què m'ha passat abans. Em refereixo a... al petó. Bé, al no-petó.

—Ja t'has disculpat abans —diu l'Óscar, que somriu per aquella definició que n'ha fet la canària.

—Ha sigut un moment de debilitat i de confusió. Ja t'he dit que no tornarà a passar.

El val·lisoletà assenteix sense parlar i continuen caminant en silenci. Comença a vesprejar i ja no fa calor. Bufa un vent suau que bressola les branques dels arbres que hi ha a banda i banda del camí. És un aire fred que fa estremir la canària. La noia s'atura i obre la motxilla per treure la jaqueta i abrigar-se.

—Merda.

—Què passa?

—M'he deixat la jaqueta al bus. Juraria que l'havia guardat a la motxilla.

—Potser tenies la cremallera oberta i t'ha caigut.

—No, em sembla que me l'he deixat al portaequipatges de dalt.

—Té la meva.

El noi es treu la jaqueta que porta lligada a la cintura i la dóna a l'Ainhoa. Al principi s'hi resisteix, però acaba acceptant-la. Se la posa a les espatlles i continuen caminant. Evidentment, no li pensa confessar que li encanta portar la seva caçadora posada. Els gestos com aquest fan que continuï estant enamorada de l'Óscar. Un amor que va quedar adormit durant un quant temps, però que mai no va acabar de desaparèixer. Encara que només pugui aspirar a ser la seva amiga. Amics, només amics.

Al cap de vint-i-cinc minuts caminant, arriben al motel, que és a prop de la carretera. A l'aparcament hi ha una desena de cotxes i algun camió. La façana d'aquell edifici de dues plantes necessita urgentment una bona mà de pintura. El que crida més l'atenció és un llampant cartell lluminós amb el nom del local: Dolços Somnis.

—A mi em sembla que aquí de somiar, ben poc —diu l'Óscar, fent broma.

—No em vull ni imaginar què ens trobarem aquí a dins. Si els meus pares sabessin on passaré la nit...

—Nosaltres només venim a dormir.

—Sí, però els altres clients potser no. Déu meu! Espero que les parets no siguin tan primes com les de la residència.

L'Óscar somriu amb la sortida de l'Ainhoa i es dirigeix cap a la porta del motel. Obre, i a tan sols un parell de metres, es troba amb una petita i modesta recepció. Darrere del taulell hi ha un home d'uns cinquanta anys, baixet, encorbat, amb una cara desagradable. Tecleja alguna cosa en un mòbil vell amb els dits ossuts que acaben amb unes ungles llargues i brutes. Els pocs cabells que li queden els té greixosos i els porta pentinats cap a la banda dreta del cap, pràcticament sense ratlla. Quan veu la parella, amaga el telèfon i els dedica un somriure tebi. Segurament el que fa a tots els hostes.

—Bona tarda —saluda l'Óscar, que sent repugnància per aquell paio només de veure'l—. Té habitacions lliures?

—Heu reservat? —pregunta l'home, amb un accent que sembla de l'Europa de l'Est.

—No, no hem reservat.

El recepcionista consulta si li queda alguna habitació lliure en un antic ordinador de sobretaula. L'Ainhoa també el mira amb desaprovació, i es lamenta una vegada més d'haver perdut l'autobús que els duia a València.

—Heu tingut sort. Em queda una habitació.

—Una? En necessitem dues —diu l'Óscar.

—Dues? —pregunta l'home, sorprès. Normalment no hi ha cap parella que vagi al motel demanant dues habitacions—. A veure, deixeu-m'ho mirar.

L'home es torna a concentrar en l'ordinador i dóna una ullada al plafó de les habitacions.

—Ho sento, només en tinc una de lliure. Els caps de setmana això s'omple.

Una altra vegada aquell somriure tebi tan desagradable. L'Óscar i l'Ainhoa es miren. La noia arronsa les espatlles, com si delegués al seu amic la responsabilitat de decidir. Ella no té cap problema a compartir habitació. I ell?

—D'acord, doncs ens quedem aquesta habitació.

—Perfecte, necessito els vostres DNI.

Els dos joves obren les motxilles i treuen la documentació. La donen al recepcionista procurant no tocar-li aquelles mans llardoses.

Mentre l'home pren nota de les dades, els informa del preu de la nit, cinquanta euros, i de l'horari de l'esmorzar. També els diu la contrasenya per connectar-se al wifi.

—La sortida és a les dotze. Si us passeu, haureu d'abonar deu euros per hora de més.

—Marxarem d'hora.

—Això ja és cosa vostra. Per cert, que no us ho he dit: només hi ha un llit a l'habitació. Però és de matrimoni. Pagareu en efectiu o amb targeta?

CAPÍTOL 14

Fa més o menys una hora que ha parlat amb en Marc. Encara està assimilant el que ha passat. En Julen es mor per fer un cigarret, però no es deixarà vèncer per les ganes de fumar. Assegut al llit, mirant al mòbil les fotos que té d'ells dos junts, no es pot treure del cap la conversa.

—He parlat amb els meus pares.

—I què t'han dit? Explica-m'ho! Estic molt neguitós!

En Julen camina amunt i avall per l'habitació, nerviós. En Marc finalment li ha trucat. Pel seu to de veu, no aconsegueix desxifrar si el que ha passat durant el dinar ha sigut bo o dolent.

—La meva mare ha reaccionat bé.

—I el teu pare?

—S'ha aixecat i se n'ha anat del restaurant.

—Què? Se n'ha anat?

—Sí, sense dir res —diu en Marc, amb un to de veu en el qual en Julen percep una barreja d'enuig, de tristesa i de decepció—. No ha tingut ni collons de recriminar-me res ni d'esbroncar-me. Li he confessat que sóc gai, que fa temps que em vaig adonar que m'agraden els nois. I ell ni tan sols s'ha molestat a mirar-me als ulls i dir-me què en pensa.

—Ostres, em sap greu.

—Tu no en tens cap culpa.

—I la teva mare què ha fet?

—Res. Diu que és el meu pare i que l'he de respectar. Però l'he vist molt tocada, i no per mi, sinó per la seva reacció. Ella ja ho havia intuït, que jo era homosexual.

No és gaire bona notícia, però més o menys sospitava que passaria una cosa així. Malgrat tot, això no treu que se senti malament pel seu nòvio. Sap que ho deu estar passant fatal, després de la reacció del seu pare.

—Com estàs?

—Em sento estrany. Molt estrany. No és gens fàcil assumir el rebuig i el menyspreu de la persona que se suposa que t'estima més del món.

En Julen entén el seu malestar. Té ganes d'abraçar-lo i d'amanyagar-lo. En Marc no acostuma a mostrar senyals de debilitat, però és evident que aquest tema l'ha superat.

—Quan vindràs a la residència?

—No ho sé. Ara estic amb la meva mare, fent un tomb pel centre. Hem entrat en una cafeteria perquè es prengui un te. I jo m'estic prenent una til·la per calmar-me. M'agradaria intentar parlar amb el meu pare, però no estic segur que ho pugui fer.

—Li has dit alguna cosa de mi, a la teva mare?

—Vols que li expliqui això nostre?

—Tu mateix. Si creus que això complicaria les coses, potser és millor deixar-ho per a un altre moment —diu el navarrès, dubitatiu—. Vindràs a sopar? Tinc moltes ganes de veure't.

—Jo també. D'aquí a una estona et trucaré, a veure com va tot, i et diré si sopo amb ells o a la resi. Ara et deixo, que la meva mare està sola.

—D'acord. Fins ara... Marc... T'estimo.

Es ruboritza quan diu aquestes últimes paraules i espera expectant que el noi trenqui el silenci i s'atreveixi a dir-li el mateix.

—T'estimo, Julen.

Quan sent això, se li posen els pèls de punta. No necessita res més. Penja i es queda assegut una bona estona, immòbil, pensatiu, amb el regust dolç d'aquell primer «t'estimo».

A la mateixa hora, a l'habitació del davant

S'acosta a la finestra i abaixa la persiana. L'últim que vol és que algú la vegi fent el que ha pensat fer. L'Iria apaga el llum, encén el flexo de l'escriptori i obre la tapa de l'ordinador portàtil. Després, es treu de la butxaca del jersei un paquetet transparent i l'examina amb curiositat. Ja l'havia vist abans, però la primera vegada el va deixar allà on el va trobar: a dins d'aquell exemplar d'*Àngels i dimonis* que hi havia a l'habitació d'en Manu el dia que se'n va anar. Era perillós tenir-ho al seu quarto o al d'en Julen. L'Eva tampoc no se'n va voler fer càrrec, per por de la temptació i de recaure en una cosa que semblava que ja havia superat. Per tant, tots tres van decidir no canviar-ho de lloc.

Què deu tenir aquesta pols blanca perquè tanta gent es torni boja per obtenir-ne?

Ella ni tan sols sap com es consumeix. S'inhala pel nas? S'ingereix per la boca? De l'única cosa de què està segura és que ho havia de treure de l'habitació del malagueny. És molt possible que aviat vinguin a registrar-la, si el noi no apareix. I si la gent de la residència o la policia trobés la bosseta, les coses es posarien encara més lletges.

Escriu a Google la paraula «cocaïna» i prem la tecla *enter*. Hi ha més de set milions de resultats. El primer és el de la Viquipèdia. Clica l'enllaç i espera que es carregui la pàgina. Necessita més informació, entendre a què s'està enfrontant. Llegeix, concentrada, mentre fa baixar el cursor amb la mà dreta i ho analitza tot amb molta atenció.

> *La cocaïna o benzoilmetilecgonina, segons la denominació comuna internacional, també coneguda simplement com a coca, és un alcaloide tropà cristal·lí i un fort estimulant utilitzat sobretot com a droga recreativa. Les formes més comunes de consum són la inhalació, la insuflació o la injecció a la vena. Els efectes mentals que provoca inclouen la pèrdua de contacte amb la realitat, agressivitat, agudització de l'estat d'alerta i mania persecutòria, una intensa sensació de felicitat i agitació psicomotriu. Els símptomes físics* són una ràpida freqüència cardíaca, sudoració i dilatació de les pupil·les. En altes dosis, pot provocar tensió arterial alta i augment de la temperatura corporal. Els efectes comencen al cap d'alguns segons (o minuts) després

del consum, i duren entre cinc i noranta minuts. Malgrat que gran part del consum es produeix de manera il·legal, la cocaïna té un petit nombre d'usos mèdics acceptats com a anestèsic tòpic i antihemorràgic durant cirurgies nasals, entre d'altres.

Se li fa un nus a la gola i l'estómac se li regira. A mesura que va llegint la resta de la informació de la Viquipèdia, més malament es troba. Però també nota que se li activa una estranya curiositat. Què es deu sentir amb aquesta substància a dins de l'organisme? Li passarà alguna cosa, si la tasta? No s'hi enganxarà, per una mica de res. Només vol experimentar el mateix que en Manu quan consumeix aquella pols blanca. Només una vegada.

Recupera el sobret transparent que havia deixat al costat de l'ordinador. L'obre i en posa una petita quantitat a sobre de l'escriptori. I ara què? Ho farà a la seva manera. Amb la llengua, es mulla el dit índex i el del mig de la mà dreta. Tot seguit, els impregna de la droga. El cor li batega a mil per hora. N'està segura de fer-ho?

Es col·loca la caputxa negra del jersei al cap per tapar-se el màxim possible. No les té totes. Ni tan sols està segur que hagi d'aparèixer per allà. Massa risc. Però ha sigut inevitable anar a la residència Benjamin Franklin. El vincle que l'uneix a aquest lloc encara és molt fort, tot i que desaparèixer durant un temps era completament necessari. La seva vida està marcada, mai no podrà ser com abans. I menys després del que va passar la setmana passada a Edimburg.

Recorda amb dolor el cop que va rebre a la cara, a la panxa, a les costelles... I els cops de puny que al mateix temps ell clavava al seu adversari. Que estúpids que van ser!

—Gairebé em mates! —crida en Fernando, confós, mentre s'aparta del seu rival arrossegant-se. Durant uns segons ha perdut la consciència—. Ets imbècil o què cony et passa?

—Has començat tu, estúpid!

En Manu escup sang a l'herba del turó de Calton Hill. Té un tall al llavi i les mans plenes d'hematomes. Li fa molt de mal el pit. Espera que aquell idiota no li hagi trencat cap costella.

—La culpa és teva, per no voler compartir la coca.

—T'he dit que et guardis el mono per a quan arribis a casa. Aquí ens poden enxampar.

—Com vols que ens enxampin? Si estem sols!

En Fernando aconsegueix aixecar-se i s'acosta al malagueny, que continua assegut a l'herba. Li mostra els palmells de les mans en to de pau. No vol més guerra, només una mica de la pols blanca que té en Manu i que no ha aconseguit prendre-li.

—Abans he vist una parella de sud-americans que rondaven per aquí.

—Ja se n'han anat. Et dic que estem sols!

En Manuel mira al seu voltant. Sembla que no hi ha ningú per allà a prop. Però tot i així, no se'n fia.

—Me'n deus una de molt grossa —diu el malagueny, mentre li passa el sobret transparent—. Afanya't, que no vull que ens vegin.

En Fernando fa un gran somriure i prepara la pols blanca per inhalar-la. En Manu l'observa mentre es treu un mocador i es neteja la sang de la boca.

—Tu no en vols?

—No. Passo. I tu també n'hauries de passar. Estàs massa enganxat.

—I m'ho dius tu? Si per culpa teva vaig començar a consumir-ne jo!

En Manu s'aixeca i intenta estirar els músculs. Li fa mal tot el cos i està una mica marejat. En què s'ha convertit? En un tio detestable, com el que té al seu costat. Troba a faltar l'Iria. Però encara no pot tornar a Espanya. O sí? Ja fa més de dos mesos que és fora, allunyat de tot. No ha parlat amb els companys de passadís, que ni tan sols saben on és. I si torna? Els hauria de donar un milió d'explicacions. Segurament tots s'han assabentat del seu problema. De la seva gran addicció a les drogues. Com ho pot fer per sortir d'aquesta merda en què s'ha ficat?

Mira en Fernando i sent llàstima d'ell mateix. No són res més que dos ionquis inútils. Ha de fer un pas endavant per apartar-se d'aquest món.

—Queda-t'ho, jo no en vull —diu en Manu, referint-se al sobret transparent. Tot seguit, es treu el mòbil de la butxaca.

—M'ho dónes tot?

—Tot per a tu.

—No m'ho puc creure. Què et passa? De sobte vols ser una bona persona?

—Ho vull deixar.

—Deixar-ho? —exclama en Fernando, amb ironia—. No t'ho creus ni tu! Ets un drogoaddicte!

Però en Manu no el vol sentir més. S'allunya i marca el número de l'Iria. S'empassa la saliva quan la noia contesta a l'altra banda de la línia. El cor li va molt ràpid.

—Sí?

—Hola, gallega.

S'imagina la sorpresa que es deu haver endut. I somriu. Somriu emocionat. Fins i tot se li escapa una llàgrima, a ell, que no plora mai.

—Manu!

—Veig que te'n recordes de mi.

—On ets? On t'has ficat?

—He estat viatjant.

—Viatjant? Per on?

—Per diferents llocs, pots comptar, no té importància. Res no en té. Torno a la residència.

Ho ha deixat anar de sobte. Sense pensar-ho. És una bona idea? Potser no, potser és la pitjor idea de la història. Però ja ho ha dit.

—Què? De debò?

—Sí, ens veiem dilluns. Només volia que ho sabessis perquè no us agafi desprevinguts.

I penja, sense dir res més i sense deixar que la noia li pregunti res. Ràpidament es posa les mans al cap. Què cony acaba de fer! Tornar a Espanya? No és el moment! Però el pessigolleig que sent per dintre li diu el contrari. Ho ha de preparar tot per tornar dilluns.

Una tornada que finalment es complicarà.

CAPÍTOL 15

Baixen del metro que els ha deixat a Gregorio Marañón i avancen pels passadissos abarrotats de l'estació cap a la sortida. L'Isa agafa en Toni de la mà i l'estira. Vol fer-lo anar més de pressa.

—Va, que arribarem els últims al restaurant! —crida la noia, desesperada—. És molt tard. No veurem ningú.

—Però si són dos quarts de nou, i la cosa comença a les nou. I ho tenim aquí al costat!

—No parlis tant i afanya't.

—Que no parli tant, diu. M'estresses!

La noia fa un somriure murri, amb la boca torçada, i accelera una mica més el pas. Surten de l'estació i caminen a bon pas pel carrer José Abascal. Al número 61 hi ha el Poncelet, el *cheese bar* on uns quants youtubers faran un tastet de formatges.

De cop i volta, l'Isa s'atura en sec. Pressiona el braç del valencià i comença a fer saltirons.

—Què et passa?

—Déu meu, és ella. Mira —xiuxiueja l'Isa, contenint un crit, mentre assenyala una noia que ve de cara i es dirigeix cap al restaurant.

—No sé qui és.

—De debò? Però en quin món vius? És la Rebeca Stones!

La noia sent el seu nom i es queda mirant la parella abans d'entrar al Poncelet. L'Isa s'adona que l'està observant i corre cap a ella. Quan la té al davant, li fa una abraçada.

—Que contenta que estic de veure't! Sóc una gran seguidora teva! —exclama, mentre l'estreny entre els braços.

La Rebeca aconsegueix separar-se de la noia i fa un somriure forçat però amable. Li dóna les gràcies i s'arregla la camisa. Després saluda en Toni, que ha arribat fins on són elles.

—De debò, m'encanten els teus vídeos.

—Moltes gràcies... Perdoneu, però us he de deixar perquè m'estan esperant —diu la youtubera, mentre obre la porta del restaurant.

—Nosaltres també venim a sopar aquí. Quin és el teu formatge preferit?

—Mmm, em sembla que la mozzarella.

—El meu també! M'encanta la mozzarella!

—Tens bon gust —diu la Rebeca, fent broma, a punt d'entrar al restaurant—. Bé, doncs, fins ara —s'acomiada la noia.

L'Isa i en Toni també travessen la porta del Poncelet. Un cambrer els demana que s'esperin, després d'indicar a la Rebeca Stones que pugi per una escala que porta a una mena de biblioteca.

—Que simpàtica que és. Potser després li demano una col·laboració.

—Els penses assetjar tots d'aquesta manera?

—No l'he assetjat! Som col·legues de YouTube. Encara que ella tingui un munt de subscriptors més que jo. I això que és superjove!

—Espero que el teu nombre de subscriptors no continuï creixent gaire. Almenys durant aquest mes.

La noia somriu quan sent el comentari d'en Toni. Li dóna un copet a l'espatlla i entra a través del mòbil al canal que ha creat el valencià. No es pot aguantar el riure quan veu el vídeo de presentació provisional força nyigui-nyogui que el noi ha penjat i que ha gravat amb el mòbil. El segueixen sis persones.

—No et desanimis. Encara tens trenta dies per superar-me, Toni Pepperoni —diu l'Isa. I fa una riallada.

—Et passes molt amb mi.

—Jo? Qui alguna cosa vol, alguna cosa li costa. Jo només tinc un amor.

—YouTube.

—Exacte. Però perquè vegis que no sóc tan capgròs i que no tanco portes, t'he donat una oportunitat.

—Ets molt generosa.

—Sí, oi?

En aquell moment, un cambrer se'ls acosta. Els demana que l'acompanyin i els condueix cap a l'interior del restaurant. El menjador principal és immens però molt acollidor. Està pràcticament ple. El taulell del fons, on hi veuen un gran assortiment de formatges, l'han preparat especialment per al tastet dels youtubers. L'Isa suplica al cambrer que els deixi seure a la taula que hi ha just al davant, perquè no hi veu ningú, però el noi li diu que està reservada. Per tant, els condueix fins a una altra taula, una mica més allunyada, col·locada sota un curiós jardí vertical.

—Si fos famosa, ens haurien donat la taula del davant del taulell.

—No et queixis. Des d'aquí també es veu molt bé.

—Però ells no em veuran a mi, entremig de tanta gent —es lamenta l'Isa, mentre agafa la carta de formatges que el cambrer els ha donat després d'explicar-los el funcionament del restaurant.

Tenen un menú exclusiu de formatges, en el qual s'inclouen diferents taules. Una és l'especial del dia, amb sis tipus diferents. Les peces estan col·locades i s'han de menjar en un ordre determinat: de més suau a més fort. També disposen d'una altra carta variada on hi ha indicats els plats que contenen formatge entre els ingredients.

—Tot això té una pinta espectacular —comenta la noia. Li ve salivera només de pensar en el suculent banquet que estan a punt de fer.

—Sí, només hi ha un problema.

—Quin?

En Toni comprova que no hi ha cap cambrer per allà a prop abans de parlar. Després s'inclina sobre la taula i xiuxiueja.

—Has vist els preus?

—No, ni m'hi he fixat. Com que pagues tu...

—Què? Com, que pago jo? Anem a mitges!

—Doncs només podré demanar un got d'aigua —diu l'Isa, tancant la carta—. No he portat diners.

—Per què no n'has dut?

—Perquè m'he pensat que em convidaves. O això

és el que he entès quan has dit que volies sortir a sopar amb mi.

El valencià es queda astorat amb aquesta resposta. En quin moment li ha dit que ell pagava el sopar? En cap! Quina cara! Treu la cartera i comprova els diners que porta. Dos bitllets de vint euros i un de deu. Veient els preus de la carta, els anirà molt just, però segurament encara podran sopar tots dos.

—D'acord. Et convido a sopar. Però la pròxima vegada pagues tu.

—D'acord. Quant tenim de pressupost?

—Si no vols que ens quedem a rentar plats, cinquanta euros.

—Suficient. Demanem la taula del dia i un parell de cerveses?

El noi examina els preus de la carta i assenteix. Criden el cambrer, que ràpidament els pren nota amb la proposta de l'Isa. Abans de retirar-se, el noi els felicita per la bona elecció.

—Aquest lloc és molt *top* —comenta l'Isa, nerviosa i pendent de si apareixen els youtubers.

—Si t'agrada el formatge.

—A tothom li encanta el formatge. És com la xocolata amb xurros. Hi ha algú de l'univers a qui no li agradi?

—No em parlis de xocolata amb xurros, sisplau —protesta en Toni, que no està segur que la seva amiga no ho hagi esmentat expressament.

—Potser hauries de fer un vídeo d'aquest tipus, perquè et pugin els subscriptors.

—M'ho pensaré.

En Toni percep el sarcasme en el comentari de la

noia i decideix no seguir-li la veta. Sempre està igual. Li encanta ficar-se amb ell, fer-lo empipar. Què li deu haver vist, per estar tan penjat d'ella? Amors estranys, que cantava la Laura Pausini.

El cambrer els porta les cerveses i immediatament després se sent una remor que acaba amb aplaudiments. Els youtubers entren en escena. Són la Rebeca Stones, OMGlobalNews, en Julen Hernández, la Marta Riumbau, l'Abi Power, l'Andrea Compton, en Zeus Santorini i en Rush Smith.

—Ostres! Ja vénen! Quina emoció! —exclama l'Isa, mentre beu un trago de cervesa. Fins i tot s'ha posat dreta per aplaudir-los.

L'actriu Paula Dalli, que fa de conductora de l'esdeveniment, presenta els vuit joves. Al seu costat, hi ha un cambrer i un dels encarregats del restaurant. El tastet que faran serà de la taula del dia.

—La que hem demanat nosaltres! —crida l'Isa, tota satisfeta—. Anirem menjant al mateix ritme que ells. Què et sembla?

A en Toni tant li fa, però accepta, li agrada veure la noia tan contenta. Li veu l'emoció als ulls. El seu somriure és natural i sincer mentre escolta els seus ídols parlant. Irradia energia, força, carisma... Potser és el que li falta a ell. Llavors entén el motiu pel qual s'ha enamorat d'ella. Aquella jove aspirant a youtuber d'èxit és única i especial, i ell farà tots els possibles per poder estar junts. De moment, es conforma veient-la somriure al seu costat, tot i que la raó del seu somriure no és ell. El tastet de formatges es converteix en un xou dels vuit youtubers, que no paren de fer-se bromes entre ells. Interactuen constantment amb els assistents, que mentrestant sopen. L'Iria intenta intervenir el màxim de vegades possible, i fins i tot rep un afalac d'en Rush, un dels seus referents.

Quan els youtubers acaben, l'ovació al *cheese bar* és estrepitosa. Es retiren amb una reverència i un cambrer els guia fins a una zona privada del restaurant perquè puguin sopar.

—Són increïbles. Tant de bo algun dia arribi fins on han arribat ells —mussita l'Isa, admirada, fent l'últim xarrup de la segona cervesa.

—Segur que ho aconsegueixes.

—De debò?

—Esclar. A tu t'apassiona tant com a ells, YouTube. I ets molt bona. Ja et veig en actes d'aquest tipus, et convidaran a menjar formatge i conquistaràs a tothom. Ho faràs genial. Igual que ells. Ja veuràs que no m'equivoco.

L'Iria li fa un somriure d'orella a orella. S'aixeca de la cadira, s'inclina sobre la taula i li agraeix el comentari amb un petó als llavis. És molt curtet, però a en Toni li sembla immens. En un mes, el seu canal ha de superar en subscriptors el de la noia, com sigui.

—No t'emocionis. Només ha sigut un petó —diu l'Iria, mentre torna a seure.

—Tranquil·la, no ho he interpretat com a res més —replica en Toni, que s'aixeca de la cadira—. Vaig al lavabo.

—T'espero aquí. A veure si apareix algun dels youtubers i m'hi puc fer una foto.

—Sort.

El valencià se'n va i avança pel menjador fins a una escala. Hi puja i de seguida troba un petit passadís que condueix als lavabos. A la porta de les dones, hi reconeix una noia amb els cabells pèl-rojos. És l'Abi Power. A en Toni li fa vergonya saludar-la i entra directament al lavabo d'homes. Però està ocupat. Per tant, torna a sortir i s'espera repenjant l'esquena a la paret. De reüll, veu que la youtubera escriu al mòbil. Tot d'una, se li acut una idea. Però per dur-la a terme ha de vèncer el seu mur d'inseguretat i parlar amb la noia. Pensa en l'Isa i s'hi llança.

—Hola. Ets l'Abi, oi?

La noia alça la vista i dedica un somriure al noi del cap rapat, que li resulta simpàtic.

—Exacte. Com va?

—Fins al capdamunt de formatges.

—Jo he demanat peix —diu la noia, mentre es guarda el mòbil a la caçadora texana—. Però el formatge que ens han donat al tastet era molt bo.

—Sí, genial.

En aquell moment, una dona surt del lavabo. La youtubera hi entra després d'acomiadar-se d'en Toni amb un «Fins aviat».

Merda. Se li ha escapat l'oportunitat. Però no pensa rendir-se.

Al cap d'uns segons, el lavabo d'homes també queda lliure. Però el valencià no hi entra. Espera pacientment que l'Abi torni a aparèixer. Quan la noia surt, respira fondo. Es treu la vergonya de sobre i va directe al gra, deixant l'Abi ben sorpresa.

—Perdona que et molesti, et pensaràs que estic boig, però és una qüestió de vida o mort.

CAPÍTOL 16

Després de prendre un refresc a la plaça dels Cubos, de recórrer la Gran Vía i Fuencarral, aturant-se en alguna botiga, i de sopar en un antre de Malasaña, la Silvia i en David busquen un local per prendre una copa. Durant les hores que han estat junts s'han conegut una mica més, i no hi ha dubte que han congeniat. Es cauen bé, però no s'ho han explicat tot. Potser és massa aviat. La noia no li ha parlat de la seva relació a distància amb un argentí molt més gran que ella, i ell no li ha parlat dels seus sentiments per l'Elena, ni el que va passar temps enrere amb la Rocío Costa. Tampoc no li ha explicat res sobre la Verónica, en Fernando ni la desaparició d'en Manu. D'aquest últim, li ha dit que és un vers lliure i que va pel seu compte.

—Al passadís tots som ben diferents —comenta en David, evitant donar-li més informació sobre el malagueny—. És normal, venint de llocs d'Espanya tan diferents. Som com una mena de família, encara que a vegades no ens entenguem o ens discutim.

—Home, és comprensible.

—En un grup, sempre hi ha algú amb qui t'entens més bé. Una persona que et genera més confiança. Per exemple, l'Óscar i l'Ainhoa són carn i ungla des del principi, tot i que van passar una època complicada i es van distanciar algun temps.

—Doncs ara semblen molt units. Són parella?

—No. Ell sortia amb una noia, però van tallar al gener. I ella també ha tingut les seves històries. Només són amics. Igual que l'Iria i en Julen.

—Tampoc són nòvios?

—No. Són molt bons amics. Però no tenen una relació.

—I l'Elena? No surt amb ningú?

En David s'empassa la saliva i pensa uns instants què li ha de respondre. Finalment, decideix dir-li una veritat a mitges.

—Va sortir uns quants mesos amb en Martín Arias Carmona, el fill del subdirector de la residència.

—De debò? I van tallar?

—Sí, fa un parell de mesos. No s'acabaven d'entendre.

—Hi va haver tercers?

En David torna a dubtar. Instintivament, li ve al cap el petó que es van fer abans de Nadal. No s'imaginava que hauria de contestar unes preguntes tan complicades. No vol dir-li mentides, a la Silvia, però tampoc no pot ser completament sincer amb ella.

—No ho sé. Crec que simplement no estaven fets l'un per l'altre.

—L'Elena és molt guapa. Segur que no li falten pretendents a la universitat.

En David decideix callar i no dir res més sobre aquest tema. Ja ho ha pensat moltes vegades: l'Elena no vol sortir amb ell perquè és l'exnòvio de la Marta, però tard o d'hora podria aparèixer un altre noi que li agradés. De la seva classe o de la residència, o algú que conegués sortint de festa. Com ho afrontaria ell? No en té ni idea, però sap que no seria gens fàcil.

En qualsevol cas, en David prefereix canviar de tema i no pensar més en l'Elena aquesta nit.

—I a tu? No t'agrada cap noi de la teva classe o algú que hagis conegut a la universitat?

—La veritat és que... estic molt enfeinada amb la carrera per poder conèixer gent. A més, no he sortit gaire durant aquests mesos que he viscut a Madrid.

—Arquitectura deu ser interessant.

—Sí. Tal com et deia abans, s'ha de treballar molt i cada dia. Però tampoc no he sortit gaire perquè no m'entenia gens bé amb les noies amb qui compartia pis. No congeniàvem de cap manera.

—No deu haver sigut gens fàcil.

—Ha sigut un malson. Però, per sort, ara tot això ja és aigua passada.

La parella continua caminant i parlant per la zona de La Latina. Veuen un pub que fa bona pinta i on encara no hi ha gaire gent, i decideixen entrar-hi. Seuen en uns tamborets alts de la barra i demanen una cervesa cadascú. Sona una cançó de Justin Timberlake.

—M'encanta aquest tema —diu en David, ballant sobre el seient.

—A mi també. Però m'inclino més per l'altre Justin.

—T'agrada en Bieber?

—Estàs de broma? És el millor! —exclama eufòrica l'extremenya—. I el que digui que el seu últim disc no és una passada, és que no hi entén de música.

Durant més de cinc minuts, la Silvia parla a en David de les virtuts d'un dels seus grans ídols. Li diu que aquell noi ja no és el nen de *Baby* i que, malgrat els problemes que ha tingut últimament, la seva evolució com a artista ha sigut espectacular.

—Sí que n'ets fan.

—És el meu gran amor platònic! Però, sobretot, el que m'agrada és la seva música, que és molt millor del que la gent es pensa.

—Doncs l'hauré d'escoltar atentament, perquè jo m'hauria d'incloure entre aquesta gent que dius.

—No fotis! M'estic prenent una cervesa amb un *hater*!

La noia es tapa la cara amb les mans, teatralment. Quan les aparta, li fa un somriure.

—No sóc *hater* de res —la corregeix en David, agafant l'ampolla de cervesa—. I t'ho penso demostrar.

El sevillà baixa del tamboret, beu un trago de cervesa i va fins al fons del pub. La Silvia l'observa intrigada. Què està fent? Mentre espera que el seu acompanyant torni, dóna una ullada al mòbil, que amb prou feines havia mirat en tota la tarda. Entra a Facebook i s'hi troba un missatge privat. Ja s'imagina qui és.

«Hola, nina d'ulls blaus. No t'he vist connectada a l'Skype, i tampoc no has passat per les xarxes socials. Estàs treballant? Pots fer una pauseta per mi? M'ha agradat molt allò d'abans. Però se m'ha fet curt. En necessito més. Tu ho ets tot per a mi. Ets el millor que m'ha passat a la vida. Escriu-me quan puguis. No vull que te'n vagis a dormir sense desitjar-te bona nit».

Ho ha escrit fa una hora. En Gabriel no deu estar gaire content, sense haver rebut cap resposta. De fet, hi ha un altre missatge, de fa un quart d'hora, on li torna a preguntar on és i si hi ha algun problema. La Silvia es disposa a contestar-li, però en aquell moment comença a sonar «As long as you love me» de Justin Bieber. I tot seguit, apareix en David.

—Veus com no sóc cap *hater*?

—Com t'ho has fet perquè la toquin?

—Doncs parlant amb el que posa la música. Així de fàcil. T'agrada aquest tema?

—Moltíssim. Gràcies.

El somriure de la Silvia és un premi per a en David, que s'ho està passant molt bé amb ella aquesta nit. El noi alça l'ampolla i la convida a brindar.

—Per la gent que creu que Justin Bieber no és tan bo però li dóna una oportunitat —diu l'extremenya, que s'aixeca del seient.

—Per les *believers* d'ulls blaus.

La noia es ruboritza i abaixa la mirada un instant, avergonyida. Però de seguida la torna a alçar i clava la mirada a en David. Brinden amb les cerveses. Beuen un trago i tornen a seure als tamborets. La cançó s'acaba i en comença a sonar una de la qual desconeixen l'intèrpret. Continuen parlant sobre música i cantants amb una segona cervesa. La Silvia s'ho està passant tan bé, que s'oblida de respondre a en Gabriel. No obstant això, l'argentí no es rendeix. El mòbil de la noia sona, i veu que la trucada prové de l'altra banda de l'Atlàntic.

No és habitual, ja que gairebé sempre es comuniquen per Skype per estalviar-se el cost de les trucades telefòniques d'un continent a l'altre. Es disculpa amb el seu company de passadís i surt corrents del pub amb el mòbil a la mà. Un cop al carrer, contesta.

—Sí? Gaby?

—Per què no m'escrius? —pregunta l'home, sense ni tan sols saludar-la—. Fa més d'una hora que espero el teu missatge.

—Perdona. És que...

—On ets? Sento soroll...

—Sóc... al carrer —diu la Silvia, que no pot improvisar cap altra resposta.

—Al carrer? No ets a la residència?

—No. He sortit a... fer un volt.

—Amb qui?

—Amb gent del meu passadís. Ho he decidit a última hora. Et volia escriure, però no tenia bona cobertura al lloc on érem.

La noia s'adona immediatament que és una excusa horrible. El silenci que es produeix tot seguit és d'allò més tens.

—Que ja no t'importo? —pregunta l'argentí, amb un to de veu més dur—. Que has oblidat el que sents per mi?

—No! Esclar que no! Per què ho dius?

—Perquè prefereixes sortir amb gent que acabes de conèixer que no pas parlar amb mi.

—No siguis així, Gaby. Ja saps que t'estimo. Que estic enamorada de tu. T'ho he demostrat moltes vegades.

—Últimament, no tant. He de demanar audiència

per parlar amb tu; abans no era així. Que vols acabar això nostre?

A la Silvia li comença a tremolar el cos. Se sent molt malament, no li agrada això que li ha dit en Gaby.

—No, esclar que no.

—Perquè si vols, només cal que m'ho diguis.

—No segueixis, sisplau. T'estimo i no et vull perdre —insisteix l'extremenya, mentre s'eixuga les llàgrimes—. Només he sortit a prendre alguna cosa amb uns amics. Res més.

—Entenc que ets jove. Que has de sortir amb nois de la teva edat. Però entén-me tu a mi també. Som molt lluny, i la persona a qui estimo surt a divertir-se amb altres. No és normal que tingui dubtes o que em senti malament? Ets tan guapa que segur que tots els nois volen anar amb tu.

—No sortiré amb ningú que no siguis tu. M'encantaria que fossis aquí amb mi i que anéssim a sopar junts i a fer tot el que fan les parelles.

—Ja arribarà aquest dia, nena. Però has de tenir paciència.

—Ja ho sé. I en tinc. Però, sisplau, no pensis que vull trencar la nostra relació. I si no he estat a l'altura, perdona'm. No era la meva intenció.

—D'acord. Tranquil·la —diu en Gabriel, que ja s'ha calmat—. Perdona'm tu també per la reacció que he tingut. Estic tan enamorat de tu que els meus sentiments es descontrolen.

La Silvia torna a somriure, tot i que té les galtes plenes de llàgrimes. Li sap greu no ser a prop d'ell, però encara li sap més greu la seva desconfiança. És veritat que l'ha enganyat, no li ha dit que ha sortit amb en David i no pas amb una colla de la residència. Però no el vol alarmar ni vol que pensi coses que no són. En David només és un noi que acaba de conèixer i amb ell s'ho passa bé. Com a amics. Únicament com a amics.

—No trigaré gaire a tornar. Vols que em connecti a l'Skype quan arribi?

—No sé si tindré cobertura a casa per poder-nos veure per la càmera. Ja saps que el wifi em va molt malament. Però podem parlar per missatges de Facebook o de WhatsApp.

—D'acord. Quan arribi a la residència, t'aviso.

—Perfecte, nena. I encara que a vegades perdi els nervis, no oblidis mai que t'estimo.

—Jo també t'estimo, Gaby.

La parella s'acomiada amb un petó i un altre «t'estimo» abans de penjar. La Silvia s'eixuga les galtes i els ulls amb un mocador i torna a entrar al pub. En David la rep somrient, tot i que li nota alguna cosa estranya quan la veu.

—Que has plorat?

—Una mica. La meva mare m'ha fet emocionar.

—Ah, sí? Què t'ha dit?

—Que Justin Bieber em segueix a Twitter —diu, fent broma. Agafa l'ampolla de cervesa i se l'acaba d'un glop. No suporta dir mentides, i al llarg del dia no ha tingut cap altre remei que fer-ho unes quantes vegades—. Estic cansada. Tornem a la Benjamin Franklin?

CAPÍTOL 17

«Ja hem acabat. Tornem a la residència. Intentaré que la meva germana no surti de l'habitació. Bona nit. Demà parlem».

L'Elena envia el whatsapp a en David mentre la Marta és al lavabo del restaurant. Han sopat al Foster's Hollywood d'Ópera i ara ja volen tornar a la Benjamin Franklin. En el missatge, no li ha dit que abans l'han vist marxant amb la Silvia, una cosa que les ha afectat, tant a l'una com a l'altra. Però ella no es pot permetre el luxe d'exterioritzar-ho. S'ha de mostrar forta, encara que noti una fiblada al pit cada vegada que li ve al cap la imatge d'ells dos junts.

La seva germana ha estat trista tot el vespre. No tenia ganes de sortir, però l'Elena l'ha convençut perquè no es quedessin tancades a la residència i que almenys anessin a sopar, tal com havien planejat. Tenir-la allà a dins hauria significat unes quantes hores de queixes i de llàgrimes. Confiava que de mica en mica s'anés calmant i pogués passar una nit més o menys tranquil·la.

—Ja estic a punt. Marxem? —diu la Marta, que s'ha passat més d'un quart d'hora al lavabo.

Es nota que ha plorat i que ha fet tot el que ha pogut per amagar-ho, sense èxit: la delaten els ulls irritats i la veu, una mica més nasal del normal.

—Estàs bé?

—El màxim de bé que podria estar. No pateixis.

L'Elena assenteix i acaricia dolçament els cabells de la seva germana. És un mal tràngol que no sap quan s'acabarà. Ja fa més de dos mesos que ella i en David van tallar. Però la Marta encara està molt malament, com si tot just acabés de passar ara. Les noies se'n van del restaurant i caminen pel carrer Arenal cap a Callao, per anar a agafar el metro.

—Quina pel·lícula tens ganes de mirar?

—No ho sé, la que vulguis.

—Em sembla que una de riure, que per avui ja has plorat prou —diu l'Elena, buscant el somriure de la seva germana petita.

No ho aconsegueix. La Marta continua seriosa i desanimada. De fet, no té gens de ganes de mirar una pel·lícula. Tot i que s'ha desfogat abans de sortir a sopar i ara al lavabo del restaurant, les ganes de plorar no han disminuït gens.

—Com vulguis.

—N'hi ha una de francesa molt divertida que es titula *Déu meu, però què t'hem fet?*, que diuen que és molt bona. Podríem comprar llaminadures en una botiga i...

—Seiem aquí —la interromp la Marta, assenyalant

un bar de copes al carrer Preciados—. Vull prendre alguna cosa abans de tornar a la residència.

L'Elena queda sorpresa amb la petició de la seva germana, però accepta per no dur-li la contrària. Van cap a la terrassa del local, seuen en una taula i donen una ullada a la carta de begudes.

—Què demanaràs?

—Aquest còctel que es diu Sexy Madrid.

—Però porta vodka i Cointreau. No poden servir alcohol a menors d'edat —l'adverteix l'Elena.

—Ah, no? Doncs demana'l tu per mi.

—Marta, no et fa cap falta beure alcohol.

—Com si no l'hagués provat mai! —protesta la petita de les germanes Guillermo Casanova—. Me'l demanaràs o no?

L'últim que vol l'Elena ara mateix és discutir-se amb la Marta. Per tant, quan el cambrer s'acosta a la taula per prendre nota, ella demana un còctel Sexy Madrid i la Marta, un suc de pinya. Quan els ho serveixen, s'intercanvien les begudes.

—Moltes gràcies. Em sap greu haver-te obligat a cometre un acte delictiu.

—No siguis tonta. Estàs més bé?

—Tinc ganes de plorar —diu la Marta. Aparta la palla i es beu mitja copa d'un trago—. Però ho superaré. Tard o d'hora ho superaré. Suposo.

—Segur que quan hagi passat més temps ho veuràs d'una altra manera i riuràs de tot això.

—No crec que em pugui fer mai gràcia.

—No volia dir això. Volia dir que arribarà un moment que ja no t'afectarà. I que et quedarà només com un bonic record.

—Això és el que et passa a tu amb en Martín?

L'Elena ho pensa. Ella mai no va estar tan enamorada del seu ex com la Marta d'en David. Acabar la relació amb en Carmona va ser un alleujament, no pas un drama. Però decideix assentir i no dir-li la veritat.

—Sí, més o menys.

—Ara t'agrada algú? Han passat moltes setmanes, ja, des que vau tallar. Bé que hi deu haver algun noi, no?

—Només penso en la carrera i a acabar el curs tan bé com pugui. Ho vaig prometre al pare i a la mare.

No li vol dir que en David segueix ocupant un lloc en el seu cor i que si la Marta no fos la seva ex, les coses haurien sigut diferents entre ella i el sevillà. Cada vegada que li ha dit que no, li ha fet la sensació que perdia una oportunitat amb la persona a qui més ha estimat en tota la vida.

—Ja saps què faràs l'any que ve?

—Encara no. Encara estic una mica indecisa. Les meves notes han millorat i trobo que cada vegada em sento més bé amb la classe, amb els professors... Però no sé si dret em donarà el que busco en el futur.

—El pare està convençut que continuaràs.

—Ah, sí?

—Sí. La mare té molts dubtes. Però ell pensa que deixaràs enrere tot el que vau parlar al gener i que seguiràs amb la carrera —comenta la Marta, fent un altre xarrup al còctel—. Em sembla que això m'està pujant al cap.

—És que t'ho estàs bevent molt de pressa!

La Marta fa un somriure sorneguer. Nota que de sobte l'envaeix una sensació agradable. S'acaba la beguda amb un últim trago i nota l'escalfor del vodka i el Cointreau que li recorre tota la gola.

—Ara en demanaré un altre.

—No. No en demanaràs cap més.

—Au, va! No fotis! —exclama la Marta, enfadada—. Va, em prenc un altre còctel i ens en anem a la residència.

—No. No beuràs més alcohol. Ja només ens faltaria que agafessis una trompa.

—Només per dos còctels? Impossible! Si això porta més fruita que res més. Només m'ha pujat una mica, però ha sigut perquè me l'he begut molt ràpid. Et juro que amb el pròxim no ho faré.

—Hauríem de tornar a la residència.

En aquell moment, dos nois de vint-i-pocs anys s'acosten a la seva taula. Un és alt i moreno, i porta un pírcing a la cella dreta. L'altre també té els cabells foscos i és una mica més baix; els ulls, de color verd clar, li destaquen en una cara de pòmuls molt marcats. Van tots dos vestits amb camisa i texans, de tons foscos, preparats per a la nit de dissabte.

—Perdoneu, noies —diu el més alt—. Podem seure? És que no hi ha més llocs lliures.

L'Elena mira al seu voltant i, efectivament, veu que està tot ocupat. No obstant això, tot i que el noi ha sigut educat, li sembla molt descarat que vulguin seure a la seva taula. Tenen uns vuit o deu anys més que ella. A més, s'ha adonat de la mirada que han llançat a la seva germana i no li ha agradat gens.

—Ho sento, estem esperant...

—I tant! Seieu! —crida la Marta, que aparta la seva cadira cap a l'esquerra per deixar més espai lliure—. Estàvem a punt de demanar una altra copa. Ja us hi podeu apuntar!

L'Elena perfora la seva germana amb la mirada i després observa els dos nois mentre s'asseuen a les dues cadires lliures. El cambrer que les ha atès abans torna ràpidament cap a la taula i els demana què volen prendre. Aquesta vegada, la mateixa Marta es demana un Sexy Madrid, sense por d'haver d'ensenyar el DNI, cosa que no passa. Quan el cambrer es retira, els dos nois es presenten. El del pírcing a la cella es diu Javier, i el dels ulls verds es diu Miguel Ángel, però prefereix que li diguin Miki. La Marta s'encarrega de revelar el seu nom i el de la seva germana.

—Som gaditans, però hem vingut aquest cap de setmana a Madrid per una reunió de la feina —explica en Javier, que no treu l'ull de sobre a la Marta—. Treballem en una editorial com a comercials.

La Marta, mentre els nouvinguts expliquen els motius de la seva visita a la capital, agafa el mòbil dissimuladament i envia un whatsapp. Al cap d'un parell de segons sona el mòbil de l'Elena, a qui no li agrada gens aquella doble cita improvisada. Examina l'*smartphone* i llegeix el missatge que li acaba d'arribar.

«Sisplau, no diguis que tinc setze anys. Em portaré bé. Has vist que guapo que és el dels ulls verds?».

L'Elena li clava una coça per sota la taula, i la seva germana no fa ni un gest. Aquesta noia no té remei! Això no pot sortir bé de cap manera.

—I vosaltres, què feu? —pregunta en Javier.

—Estudiem a la universitat —s'afanya a contestar la Marta a en Javier—. Ella fa dret i jo... periodisme.

—Sou germanes?

Les dues noies es miren.

—No, només amigues —diu l'Elena, que no sap ben bé per què ha dit una mentida—. Però la gent diu que ens assemblem molt.

—Teniu la mateixa edat?

—Sí, vint-i-un —respon ara la Marta.

—Nosaltres, vint-i-sis. Bé, en Javi vint-i-cinc, però farà els vint-i-sis d'aquí a deu dies.

—Exacte! No em facis més gran del que sóc! —comenta el noi del pírcing a la cella—. Ho porto fatal, això de fer anys. No fa res que era a la universitat com vosaltres, i mira ara. Reunions, viatges, lloguer... Aprofiteu aquesta etapa, perquè ja no tornarà més.

El cambrer els serveix les begudes mentre ells parlen de la seva època universitària a Sevilla, on es van conèixer malgrat que tots dos són de la província de Cadis, un de Sanlúcar de Barrameda i l'altre de la capital. Sense saber com, la conversa es va allargant i va derivant cap a altres temes, entre rialles i alguna copa més. L'Elena està desesperada, però veu que la seva germana s'ho passa bé xerrant amb aquells nois i s'ha oblidat d'en David momentàniament. Per això no insisteix a tornar a la residència.

—Us agraden els carnavals? Heu de venir un any.

—Jo sóc del de Juan Carlos Aragón i aquest del d'Antonio Martín. Heu sentit mai la comparsa Los Inmortales? És del bo i millor, noies.

I mentre en Miki s'aixeca i canta la presentació de la comparsa Los Inmortales, que a les dues toledanes no els sona de res, l'Elena ho aprofita per enviar un whatsapp a en David.

«Encara no hem tornat a la residència. Som a Preciados prenent una copa. No vinguis per aquí, sisplau. Ja t'ho explicaré demà quan la Marta torni a Toledo».

L'Elena es guarda el mòbil, sospira i escolta el noi dels ulls verds impactants. Gairebé no entén el que diu, però canta molt bé. I tal com afirma la seva germana, és un tio realment guapo. Es relaxa per primera vegada en tota la nit i beu un trago de la seva copa. Pràcticament sense voler, una pregunta li comença a rondar pel cap: «Té nòvia?».

CAPÍTOL 18

L'habitació no és cap meravella. De fet, la troben més aviat lletja. Les parets estan esgrogueïdes, els mobles gastats i la llum de l'aplic del sostre parpelleja una mica. No obstant això, és bastant més gran del que l'Ainhoa i l'Óscar s'imaginaven. Això sí, tal com els ha comentat el recepcionista del motel, només hi ha un llit de matrimoni. El sopar que els pugen, en canvi, és un banquet digne d'un restaurant amb estrella Michelin: la sopa és boníssima i la carn és sorprenentment tendra, igual que les verdures de l'acompanyament. Però, sens dubte, el millor són les postres. Tots dos reconeixen que mai no han menjat un pastís de formatge com aquell. Després de sopar, planifiquen la jornada de l'endemà. El primer que fan és buscar la manera d'arribar a València com més aviat millor.

—Hi ha un autobús amb places lliures que surt a dos quarts de nou de Madrid —diu el noi, examinant el mòbil, que ja torna a estar carregat.

—I on para?

—Aquí diu que para a uns tres quilòmetres d'on som ara. Hauríem de caminar una bona estona. Què et sembla?

La canària arronsa les espatlles i fa un somriure tebi. Els tocarà matinar i caminar un bon tros.

—Si no hi ha cap altre remei...

—Sembla que no. Això, o bé demanem un taxi que ens acompanyi fins a la parada. Però no sé quant ens costaria que vingués a recollir-nos.

—Ja ens hem gastat molts diners en aquest viatge. Val més que ens llevem d'hora i hi anem tot passejant.

—D'acord. Doncs compro dos bitllets per al bus de demà a dos quarts de nou.

L'Óscar fa les gestions a través d'internet i al cap d'uns minuts ja ho té tot lligat.

—Ja està. Tema solucionat.

—Espero que no tornem a perdre l'autobús —diu l'Ainhoa, que ja s'ha donat la culpa unes quantes vegades del que ha passat abans.

—Segur que tot anirà bé. Demà veuràs la Nicole i li podràs fer una abraçada ben forta. Arribarem a València entre dos quarts d'una i la una.

—I l'autobús de tornada, a quina hora el tenim?

—A la tarda. A les vuit.

—Hi serem poca estona, doncs, a València. M'hauria agradat poder estar més temps amb ella.

—Mira-ho amb optimisme. Fa unes quantes hores, ni tan sols teníem previst poder veure la peruana —diu l'Óscar, mentre agafa la safata amb la qual els han pujat el sopar—. Vaig a baix a tornar això i a prendre una mica l'aire. Pujo d'aquí a un quart. Ja m'enduc la clau.

L'Ainhoa observa atentament el seu amic mentre surt de l'habitació. A prendre l'aire? Que s'atabala pel fet d'estar amb ella al mateix quarto? Potser no se sent a gust compartint l'habitació i necessita respirar una mica. Estar sol. Fa moltes hores que estan junts i és comprensible. De sobte, es troba malament. Feixuga. Amb l'estómac massa ple. Es maleeix a si mateixa per haver sopat tant. Els fantasmes la tornen a rondar i no es pot treure de sobre aquella pressió que li resulta tan familiar.

S'aixeca i va cap al lavabo, que fa conjunt amb la resta de l'habitació. Unes quantes rajoles de la paret i del terra estan esquerdades, i la cortina de la dutxa té petits forats. El sostre també necessita una mà de pintura. Si més no, les tovalloles semblen netes i hi ha ampolletes de gel i de xampú sense estrenar a sobre d'un prestatge de fusta.

Tremolosa, amb les mans encreuades sobre la panxa, l'Ainhoa es col·loca davant del vàter. Una terrible sensació de culpabilitat l'aclapara quan aixeca la tapa. Han passat molts dies des de l'última vegada. Llençarà per la borda tot el que ha aconseguit? No és gens fàcil sortir d'una cosa així, però ella ho està aconseguint. I, malgrat que li queda molt camí per davant, cada vegada es troba millor. Per què li ha vingut aquesta sobtada debilitat? Per què torna a tenir la necessitat de vomitar el que ha menjat? Ningú no ho entendria. Ningú, excepte qui hagi passat pel mateix que ella.

Obre l'aixeta de l'aigua freda del lavabo, que té a un metre de distància, i després s'agenolla. De debò que tornarà a caure dins del pou del qual començava a sortir?

Sense adonar-se'n, li cauen llàgrimes que van a parar al fons del vàter. Una pluja amarga que la fa pensar en el noi del qual està enamorada. L'Óscar l'ha ajudat tant... Li haurà d'explicar aquest pas enrere. Li haurà de dir que la situació ha tornat al punt de partida. S'imagina la cara que farà mentre l'escolti. Decebut? Enfadat? Trist? Però si aquest viatge l'ha organitzat per a ella! Perquè vegi la Nicole i sigui una mica més feliç!

No pot fer-ho. Collons, no pot fer-ho!

Traient les forces d'on no en troba i vencent aquelles terribles sensacions, abaixa la tapa i s'inclina endavant, repenjant-hi el cap a sobre. Les llàgrimes no desapareixen, però s'obliga a aixecar-se. Ho aconsegueix fent un esforç titànic, a càmera lenta. No es vol ni mirar al mirall vell i atrotinat que reflecteix la seva cara. Sap què hi veurà. Es refresca els ulls i s'humiteja els llavis, completament ressecs.

Ha guanyat la batalla. Una de les moltes que ha lliurat i de les que potser encara li queden per combatre contra aquell mal.

En canvi, continua tremolant. No sent ni un bri de felicitat. Està espantada perquè ha tornat a viure l'experiència de qui no pot controlar el que fa. De qui necessita cedir al cruel impuls de la ment.

Triga cinc minuts a refer-se i a sortir del lavabo. L'Óscar encara no ha tornat. Treu el cap per la finestra per respirar una mica, i l'aire d'aquella nit d'abril li refresca la cara. Es va recuperant de mica en mica, es va desfent de l'angoixa. I llavors el veu.

El val·lisoletà camina dibuixant cercles, fent petits passos, amb el mòbil a l'orella. Parla per telèfon, bastant seriós, però no sent què diu. Qui hi deu haver a l'altra banda de la línia? La Naiara? És possible que sigui aquella bruixa?

Com si sabés que l'està observant, l'Óscar alça la mirada cap a la finestra del segon pis i veu l'Ainhoa. Ella, instintivament, s'ajup perquè no la vegi. Ho fa d'una manera tan brusca, que cau de cul a terra i queda en una posició estranya, amb les cames i els braços estesos.

No entén per què ha reaccionat d'aquesta manera. No l'estava espiant ni res semblant. Simplement, mirava per la finestra. Per què es comporta així? És l'Óscar, el seu Óscar, no ha de desconfiar d'ell.

La noia s'aixeca i seu en una butaca que hi ha en un racó de l'habitació. Es diu a si mateixa que s'ha de tranquil·litzar. Respira fondo i intenta recuperar l'aplom que ha perdut en els últims minuts. En gran part, depèn d'ella. Tanca els ulls i comença a fer una tècnica de relaxació que li va ensenyar una de les seves germanes a Las Palmas. Quan està a mig procés, sent que s'acosten uns passos pel passadís del segon pis. Després, la clau al pany de la porta, que s'obre fent un grinyol molt desagradable.

—Ja sóc aquí —diu l'Óscar, que s'acosta cap a l'Ainhoa només entrar.

Porta una cosa amagada a l'esquena. La noia el mira, estranyada, sense saber què pretén. Fins i tot sent una ràfega de pànic quan el té al davant. De sobte, amb un moviment ràpid, el noi li ensenya el que estava amagant. Una bosseta de plàstic cau sobre les cames de l'Ainhoa i la noia fa un crit d'horror.

—Només són uns ossets de goma —diu ell, que ha fet un bot amb el crit de la seva amiga—. Els he comprat en una màquina que he trobat a baix. Però si m'hagués pensat que et feien tanta por, hauria comprat Huesitos.

—Perdona. Estic una mica alterada després de tot el que ens ha passat avui.

—Tranquil·la. Entenc que aquest lloc et faci posar tensa. Espero que aquesta nit no apareguin fantasmes.

—Només faltaria això.

El noi somriu i seu al llit. Es treu les sabates i s'estira posant les mans darrere la nuca.

—Escolta, has tret el cap per la finestra, abans, o he vist visions?

—No has tingut visions. Era jo —reconeix l'Ainhoa, que continua asseguda en aquella butaca vella mentre examina la bossa d'ossets. N'hi ha pocs de grocs, que són els que li agraden—. He obert la finestra perquè també necessitava una mica d'aire fresc i t'he vist parlant pel mòbil. Però no t'espiava, que consti.

—Doncs sort que m'ho has aclarit, perquè per un moment m'he pensat que hi havia un fantasma a la nostra habitació. Com que has aparegut i desaparegut de sobte...

—És que m'he entrebancat i he caigut a terra just quan has mirat cap amunt.

—Segur que ha sigut culpa del terra. L'haurien d'arreglar.

—No només el terra. Aquesta habitació cau a trossos.

L'Óscar assenteix, tot i que la impressió que ha tingut ell ha sigut una altra. Li ha semblat que la canària s'ajupia expressament quan ell mirava cap a la finestra del quarto.

—He trigat una mica més perquè finalment he pogut contactar amb l'empresa d'autobusos.

—De debò?

—Sí. Els he esbroncat perquè el conductor se n'ha anat sense nosaltres i ens han deixat tirats en aquell hostal. Però sobretot els he trucat per preguntar per la teva jaqueta. Demà a primera hora em trucaran per veure si l'han trobat.

O sigui que parlava amb algú de l'empresa d'autobusos, i no amb la Naiara. L'Ainhoa fa un somriure, tota contenta. Li vénen ganes de llançar-se a sobre d'ell i menjar-se'l a petons. Però es reprimeix. Avui ja l'ha cagat massa vegades.

—A més, m'han demanat disculpes i ens tornaran els diners dels bitllets —continua dient l'Óscar—. Demà, quan arribem a l'estació, hem d'anar a una finestreta i reclamar-ho. Ja tinc el codi de la incidència.

—Que bé! Això sí que és una bona notícia!

—És el més just. Han sigut ells els que han comès l'error. Un conductor no pot deixar tirats els passatgers al mig del no-res. No m'estranyaria gens que el sancionessin.

—El sancionaran?

—No ho sé, però és probable, segons el que m'han dit els de l'empresa.

—Pobre home. Ara em sento culpable. Si no hagués estat tanta estona al lavabo, no hauríem perdut l'autobús. En certa manera, també és responsabilitat meva.

—Au, para de fer això! —exclama l'Óscar, que canvia de postura i es repenja sobre el costat dret.

—De fer què?

—De responsabilitzar-te de tot i de turmentar-te

constantment. Encara que cometis un error, no és res més que això: un simple error. En aquest cas, l'error no ha sigut ni teu. El conductor ha de comptar els passatgers abans de marxar.

La noia s'aixeca de la butaca i va cap al llit. S'estira al costat del seu amic i es col·loca de costat, paral·lela a ell.

—T'he de dir una cosa —comença a dir l'Ainhoa, i l'Óscar la mira preocupat—. Quan eres fora, he tingut un moment de debilitat. He estat a punt de provocar-me el vòmit. I si no ho he fet ha sigut per tu. Perquè he pensat en totes les nostres converses i en com et sentiries de decebut amb mi si recaigués. Potser hauria de ser forta per mi mateixa. Però es veu que l'única cosa que em dóna forces i que m'ajuda en aquests moments és estar amb tu. I això em fa por. Em fa tanta por, que no sé si algun dia aconseguiré desenganxar-me del que em dónes. Perquè encara que no estiguem junts com a parella, i que no siguem res més que amics, crec que no podria superar estar lluny de tu.

CAPÍTOL 19

—M'ha dit que m'estima. Ho entens? M'estima! M'ho ha dit!

En Julen és incapaç de pensar en res més. Ni tan sols li importa que en Marc li hagi tornat a trucar per dir-li que no soparia a la residència. S'ha quedat amb la seva mare i després intentarà tornar a parlar amb el seu pare. Tot i que les esperances de fer-lo canviar d'opinió són pràcticament nul·les.

—Me n'alegro molt per tu —respon l'Iria, que somriu tímidament—. Et mereixes ser feliç i que et passin coses bones.

—En Marc és una cosa molt bona. I encara que hàgim trigat bastant a confessar els nostres sentiments, jo també l'estimo molt a ell.

—És que ja us està bé. Heu esperat massa temps.

—A vegades no és fàcil, dir-ho. El primer «t'estimo» és el més complicat, perquè et fa por que no sigui recíproc o que t'estiguis precipitant —diu el navarrès—. Però un cop trencat el gel, ara no pararé de dir-l'hi cada dia.

—És molt important que us ho repetiu moltes vegades, perquè cap dels dos se n'oblidi. Per desgràcia, a vegades l'amor desapareix sense avisar.

Malgrat que està molt contenta per ell, una de les millors persones que ha conegut mai, la gallega sent enveja sana del seu amic. A ella també li encantaria tenir algú amb qui intercanviar un munt de «t'estimo». En Julen assaboreix aquest reconeixement de sentiments mutus com una gran victòria. És una llàstima que el pare d'en Marc ho estigui posant tan difícil al seu fill. Quan el seu amic li ha explicat la reacció de l'home, l'Iria s'ha enfurismat. No es pot creure que en ple segle XXI encara existeixin aquesta mena de mentalitats, i encara menys en el cas d'un pare. Quina importància té si la persona amb qui vol estar el seu fill és un home o una dona?

—No pateixis, ho faré —diu en Julen, que agraeix molt el fet de poder parlar d'aquest tema amb algú—. Moltes gràcies per escoltar-me.

—De res, no té importància. Tu sempre m'has ajudat quan he tingut problemes, i no han sigut pocs des que ens vam conèixer.

—Sí, està sent un curs força intens.

Molt intens. I em fa la impressió que encara ens queden moltes coses per viure —comenta l'Iria, mentre es frega els ulls perquè se'ls nota irritats—. Escolta, m'estic morint de gana. M'acompanyes a la màquina de sandvitxos?

—Esclar que tens gana, no has baixat a sopar.

—M'he adormit, ja t'ho he dit.

El noi ha trucat a la gallega unes quantes vegades per explicar-li el que havia passat entre en Marc i els seus pares i per demanar-li si volia sopar amb ell, però no ha obtingut resposta. El motiu és que l'Iria s'ha quedat profundament adormida i no ha sentit ni els trucs a la porta ni el soroll del mòbil. Per tant, el navarrès ha decidit baixar a sopar tot sol. Quan ha pujat, ha tornat a trucar a la seva amiga i llavors sí que li ha obert, però l'ha notat molt rara. S'ha imaginat que es devia acabar de despertar.

La parella surt de la 1157 i es dirigeix cap al quarto de les màquines expenedores.

—T'hauries de comprar un col·liri. Tens els ulls vermells —diu el noi, mentre caminen.

—Això és al·lèrgia primaveral.

—El que sigui. Però cuida-te'ls.

La noia assenteix, però no vol parlar més sobre el tema. Arriben al quarto de les màquines i l'Iria es compra un sandvitx de tonyina i tomàquet i una Coca-Cola light. Llavors recorda una cosa que ha de fer urgentment. Quan tornen cap al passadís 1B, passen per la recepció i saluden en Jesús, que està a punt d'acabar el torn. La gallega s'ajup, però quan es torna a aixecar té una cosa a la mà, i l'hi ensenya al bidell.

—Té, Jesús. Era aquí a terra —diu la noia, donant-li una clau.

—Era a terra? —pregunta l'home, confós, mentre agafa l'objecte i el mira astorat com si fos d'un altre planeta.

—Sí, aquí mateix.

—Que estrany. És la clau mestra de les habitacions. No sé com ha pogut anar a parar aquí.

—Li deu haver caigut a alguna de les dones de la neteja.

—Segurament, però és molt estrany. Gràcies, Iria.

La noia somriu, s'acomiada d'en Jesús i s'encamina amb en Julen cap al seu passadís. Quan obren la porta verda, el navarrès l'avança i se li posa al davant per barrar-li el pas.

—Em pots explicar de què anava això?

—Què vols dir?

—Doncs aquesta farsa de la clau. He vist com te la treies de la butxaca dels pantalons. No te l'has trobat a terra!

—Delires, nen.

—Va, no em tractis com si fos un ximple! —exclama en Julen, molest—. Sé el que he vist. A més, no seria la primera vegada que agafes la clau mestra de recepció sense permís. No deus haver tornat a entrar al quarto d'en Manu, oi?

L'Iria es posa un dit als llavis per indicar a en Julen que calli. Després, agafa el seu amic de la mà i l'arrossega fins a la seva habitació. Un cop a dins, encén el llum i tanca la porta. Les persianes estan abaixades.

—Seu —diu la noia, mentre obre l'armari.

—Què passa? M'estàs fent posar nerviós.

—Ara ho entendràs.

De la butxaca d'un dels seus abrics, penjat al fons de l'armari, en treu una bosseta de pell tancada amb un cordill i s'acosta a en Julen. Desfà el nus, en treu una bosseta de plàstic transparent amb pols blanca a dintre i la posa a sobre de l'escriptori.

—Això és...

—Sí, exacte.

—I per què la tens tu, la droga d'en Manu? Vam quedar que es quedaria amagada a la seva habitació!

—Perquè tinc por que la trobin i tot plegat encara es compliqui més.

—Però si ningú no sap que existeix, excepte l'Eva, tu i jo... Qui vols que la busqui?

—La policia! —respon l'Iria, alterada—. En Manu continua desaparegut, i els seus pares ja ho saben. És qüestió de temps que recorrin a la policia per localitzar el seu fill, si no és que ja ho han fet. I suposo que tard o d'hora escorcollaran les seves coses. T'imagines l'embolic que s'organitzaria si trobessin cocaïna a la seva habitació?

—I si la troben a la teva?

—A mi no m'escorcollarà ningú. Jo no he desaparegut.

—T'estàs arriscant molt. Si t'enxampen, et ficaràs en un embolic terrible. Podries anar a la presó!

—Au, va, no exageris!

—No exagero. T'acusarien de possessió de cocaïna. Això és molt greu.

—I què en faig, de la droga? Si la trec de la residència, sí que corro el perill que algú em descobreixi —diu l'Iria, que recupera el paquet i el torna a guardar a la bosseta de pell.

—Dóna-me-la, jo m'encarregaré de fer-la desaparèixer.

—No!

El crit de la gallega sorprèn en Julen. La noia va cap a l'armari i guarda la bosseta al mateix abric on estava amagada abans.

—No la pots deixar aquí.

—I tant que puc. És el que farem. Al meu armari no la trobarà ningú.

—Segueixo pensant que és una bogeria i un risc innecessari que la tinguis a la teva habitació.

—Ja me'n desfaré quan tingui una bona oportunitat —insisteix l'Iria, amb fermesa—. Mentrestant, es quedarà aquí.

—Podríem llençar-la al vàter ara mateix —proposa en Julen.

—He dit que no! —replica l'Iria, en un to que no admet discussions.

A en Julen no li agrada com li parla la gallega. Normalment no es comporta així amb ell. La seva manera d'actuar li continua semblant estranya.

—D'acord. No vull discutir-me amb tu.

—Jo tampoc. I menys ara, que acabes de rebre el teu primer «t'estimo» —diu la noia, canviant l'expressió de la cara—. Tu cuida't d'estar content i de pensar en en Marc. D'això altre ja me n'ocupo jo.

—És una càrrega molt feixuga per a tu sola.

L'Iria esbufega i obre la llauna de refresc que ha comprat. En beu un trago i mou el cap.

—No en vull parlar més, d'això, Julen. Deixa-ho córrer —diu la noia, molesta—. Per què no te'n vas al teu quarto i truques al teu nòvio, per veure com està?

El noi capta l'hostilitat de la gallega i es dóna per vençut. Hi ha alguna cosa que grinyola, en el seu comportament, alguna cosa sospitosa. No és l'Iria de sempre. Només espera que el motiu no sigui el que la intuïció li diu.

—D'acord. Tal com acabes de dir tu mateixa, no

vull discutir en un dia tan especial per a mi. Me'n vaig a la meva habitació. Parlem demà.

—És el millor.

—O potser no. Però bona nit.

—Bona nit.

En Julen se'n va de la 1157 amb la sensació que la seva amiga ha evitat explicar-li alguna cosa important. A més, s'ha mostrat massa agressiva i inusualment hostil amb ell. És veritat que té motius per sentir-se malament. La desaparició d'en Manu i el que els ha dit en Carmona són motius suficients per estar més alterada del normal. Però ell no està en contra seu. Sempre li ha fet costat. Per tant, el seu comportament amb ell no té cap mena de lògica.

Hi ha alguna cosa més. Per força hi ha de ser.

Tot amoïnat, el navarrès entra a la seva habitació. Ha de fer una trucada. No és a en Marc, tal com li ha proposat l'Iria. Abans de parlar amb el seu nòvio, ha d'intercanviar opinions amb una altra persona.

Agafa el mòbil i explora la llista de contactes. Quan troba el número que busca, prem el botó de trucada. Al tercer to, una veu femenina respon.

—Hola, Julen! Quina alegria.

—Hola, Eva. Com estàs?

—Anar fent. I tu?

—Jo molt bé, però no estic segur que l'Iria ho estigui gaire. T'he de preguntar unes quantes coses.

CAPÍTOL 20

No està gaire segura de com ha arribat aquí. L'Elena s'ha oblidat ràpidament dels sucs al Gramabar, el local on s'ha assegut amb la seva germana per prendre un còctel, i ha passat a les begudes alcohòliques. Després han arribat els *chupitos*, als quals les han convidat els nois de Cadis. Ells són els que han proposat anar a Kapital, la discoteca de la qual han sentit a parlar tant. Al principi, la noia s'hi ha negat, però ha acabat cedint. O ha sigut l'alcohol el que ha acabat acceptant? La seva germana i els gaditans també hi han tingut molt a veure. Tots tres han insistit fins que han aconseguit que acceptés.

I aquí estan tots quatre, a la sala llatina, ballant al ritme de Shakira.

—He d'anar al lavabo! M'acompanyes? —crida a cau d'orella la Marta a la seva germana.

L'Elena li respon que sí, i després d'avisar els nois, abandonen la pista. La zona dels lavabos és molt més tranquil·la i no han de cridar per comunicar-se. Mentre fan cua, la Marta revela les seves intencions.

—Penso enrotllar-me amb en Miki.

—Però què dius? Si l'acabes de conèixer!

—És guapo, està bo i és molt simpàtic. No necessito res més.

—No pots enrotllar-te amb ell.

—Per què?

—Perquè només hem sortit una estoneta —comenta l'Elena, nerviosa, tot mirant el rellotge—. Escolta, tornem a la residència. Són més de les tres de la matinada.

—Vés-te'n tu, si vols! Jo em quedo! A veure si no m'ho puc passar bé ni un dia!

Els crits de la Marta fan que les altres noies de la cua es girin per mirar-les. L'Elena es posa vermella quan veu que tothom les observa. No vol muntar cap numeret allà al mig. Agafa la Marta de la mà i l'estira amb força per fugir de les mirades curioses. S'atura quan arriba a un passadís on pràcticament no hi ha ningú i que dóna a l'escala que uneix les plantes de la discoteca.

L'Elena deixa anar la mà de la seva germana i se la queda mirant fixament.

—Es pot saber què coi et passa? —la recrimina.

—Què et passa a tu? —replica la Marta—. Jo només vull divertir-me.

—Enrotllant-te amb un tio que acabes de conèixer?

—Quin mal hi ha? Sembla un bon noi.

—Un noi a qui hem enganyat i que té deu anys més que tu.

—Ara és important, l'edat, per sortir amb algú?

—Ho és quan ell treballa en una editorial com a comercial i tu encara vas a l'institut.

—Però això en Miki no ho sap! A més, demà tornarà a Cadis i ja no el tornaré a veure mai més.

L'Elena deixa anar un gruny de desesperació. Quin mal moment que va tenir quan va acceptar que la seva germana anés a passar la nit amb ella. Se'n penedeix molt. De fet, es penedeix de totes les vegades que ha cedit als seus capritxos.

—Molt bé, Marta. Enrotlla't amb ell. Endavant. És més, vés-te'n a un reservat i tira-te'l. Fes el que et doni la gana. Passo d'insistir més. Jo me'n vaig a la residència, estic molt cansada.

Com que ja ho ha dit, la noia es gira i es dirigeix ràpidament cap a l'escala. No pensa aguantar més tonteries. Per a aquesta nit ja n'ha tingut prou.

—Elena! Espera't! —crida la Marta, que corre darrere seu—. No te'n vagis!

Però la gran de les Guillermo Casanova no la vol escoltar i continua baixant l'escala.

—D'acord! Tens raó! Vinc amb tu! Però no t'enfadis, sisplau!

Quan l'Elena sent les súpliques de la Marta s'atura. Es gira i observa la seva germana, que també s'ha aturat. Totes dues es queden mirant fixament.

—Ho dius de debò? No estic per a tonteries.

—Sí, ho dic de debò. Prefereixo tornar a la residència que no pas barallar-me amb tu. Ja ens vam enfadar una vegada aquí, i no vull repetir-ho. Te'n recordes?

—Per descomptat que me'n recordo.

Va ser el mes de setembre, a principi de curs. Els

joves del passadís 1B van sortir junts per primera vegada i la Marta els va acompanyar. Van acabar a Kapital, on les dues germanes van tenir una enganxada espectacular.

—Em vas acusar de ballar provocativament —diu la petita de les germanes.

—Va ser un error acusar-te d'això. Cadascú pot ballar com vulgui.

—No ho sé. Potser em vaig passar una mica. Volia cridar l'atenció. Em vaig sentir molt malament quan em vaig pensar que insinuaves que era una noia fàcil per als tios i que era una escalfabraguetes.

—Mai no diria ni pensaria una cosa així.

—Ja ho sé. Però en aquell moment... em volia morir. No podia suportar que pensessis això. Va ser horrible.

—Jo tampoc m'ho vaig passar gens bé, aquella nit.

I no només per la baralla amb la seva germana. Aquella va ser la primera nit que la Marta i en David es van enrotllar. Ho van fer davant d'ella, i d'alguna manera, en aquella discoteca, van començar la seva relació.

—Em deixes anar a acomiadar-me dels nois?

—Sí, t'hi acompanyo. Però no els donis el mòbil ni les teves xarxes socials.

—Tranquil·la, no ho pensava fer.

Les dues noies tornen a la planta de la música llatina. Sona un tema de Pitbull. Busquen els gaditans a la pista de ball, però no hi són. Finalment, els veuen a la barra, demanant una copa.

—Només volia venjar-me d'en David —diu la Marta, mentre s'acosten cap als nois.

La seva germana no està segura d'haver-la entès bé. Hi ha molt de soroll i no té gaire clar a què es refereix. No diu res i espera que la Marta continuï parlant.

—Tot i que el primer petó ens el vam fer a Atocha, aquí ens vam enrotllar per primera vegada. Per això em volia enrotllar amb en Miki. Per venjar-me d'ell.

—Marta, això és absurd.

—Ja ho sé, però m'ha fet molta ràbia veure'l amb una altra.

—La vida és així, germaneta. En David té dret a sortir amb qui vulgui. Encara que sigui dur, ja no surt amb tu.

La Marta acota el cap i es mossega el llavi. N'han parlat moltes vegades, d'aquest tema. Potser és del que han parlat més, durant els últims dos mesos. Per què no pot passar pàgina?

—Potser el fet de venir aquí amb els gaditans és un senyal.

—Un senyal de què?

—Un senyal per aparcar per sempre allò amb en David. Tancar el cercle que es va obrir en aquesta discoteca.

—N'estàs segura?

—No. En tot el que tingui a veure amb ell, mai no n'estaré segura. L'estimo moltíssim —diu la Marta, amb tristesa—. Però hi ha més peixos al mar, no?

L'Elena la mira amb admiració i li fa una abraçada, els gaditans les veuen des de la barra i els fan un gest perquè vagin cap allà.

—Trobaràs el teu Nemo, Dori —li xiuxiueja l'Elena a cau d'orella. I després li fa un petó ben sonor a la galta.

—Això espero. Tot i que sempre hi ha el risc que el pesqui una altra.

—Bon joc de paraules.

Totes dues somriuen abans d'arribar a la barra, amb els nois. Ells les reben amb exclamacions i una copa a la mà.

—On us heu ficat? Ens pensàvem que ja havíeu marxat amb uns altres! —exclama en Javier, passant un braç per la cintura de l'Elena.

—S'ha fet tard i ja ens en anem —respon l'Elena, que s'aparta de seguida del noi del pírcing a l'orella—. Només ens hem vingut a acomiadar.

—Ja? Però si és molt d'hora! Va, quedeu-vos una mica més!

—Ho sento. Estem cansades.

Els dos nois intenten convèncer les germanes perquè prenguin una última copa, però aquest cop no ho aconsegueixen. S'acomiaden d'ells, surten de Kapital i busquen un taxi que les porti fins a la residència.

—Perdona'm per haver-te tret així de la discoteca —li diu l'Elena a la seva germana, mentre baixen caminant pel carrer Atocha. Tots els taxis que veuen estan ocupats.

—No pateixis. M'ha vingut la son i vull anar a dormir.

—Aquests nois eren molt macos.

—Sí, és veritat. En Miki m'ha donat el seu número de telèfon.

—Què? Però no t'he dit que...

—Tranquil·la, no li trucaré. Està molt bo i és molt agradable, però no vull penjar-me d'ell. Viu a Cadis i és molt més gran que jo. Segurament té nòvia i no ens ho ha dit.

—Els dissabtes a la nit tothom diu mentides.

—Tu també?

L'Elena mira la Marta, estranyada. Què vol dir?

—Esclar. Alguna vegada ho faig. Als gaditans els he dit que no érem germanes —recorda, amb un somriure.

—I a mi m'has dit sempre la veritat?

—Doncs... no ho sé, Marta. En tots aquests anys, alguna vegada et dec haver enganyat. Suposo que com tu a mi.

—És veritat. Jo recordo haver-te enganyat unes quantes vegades, però la majoria per tonteries. Però, ara, si et pregunto una cosa, em promets que seràs sincera?

La serietat amb què parla la Marta espanta la seva germana. De sobte, la veu més madura, com si hagués crescut uns quants anys de cop. No sap què dir-li. Un taxi lliure la salva, de moment. L'Elena alça la mà i el cotxe s'atura. Les noies pugen al seient del darrere i diuen al taxista l'adreça de la residència.

—Així què, em diràs la veritat? —insisteix la Marta, mentre es corden el cinturó de seguretat.

—Ai, que pesada que ets. A veure, què vols saber?

—És una cosa que fa temps que em ronda pel cap. Potser és absurd i penses que sóc idiota. Però és l'ocasió perfecta per preguntar-t'ho. Sisplau, sigues sincera amb mi, Elena. Estàs enamorada d'en David?

CAPÍTOL 21

Dormir amb la persona que estimes pot convertir-se en un mal tràngol si ella només et considera un amic. El simple frec de la seva mà amb la teva significa caure en un permanent insomni al llarg de la nit. La sents respirar al teu costat i et preguntes què deu somiar, si formes part d'aquella pel·lícula confusa que roda i dirigeix amb els ulls tancats, o si el protagonista és un altre. Et sobresaltes amb qualsevol dels seus sobresalts. I encara que tu també tinguis els ulls tancats, no permets que Morfeu t'engoleixi del tot.

Més o menys això és el que li passa a l'Ainhoa amb l'Óscar la nit que passen al motel. Després d'una intensa conversa, en la qual la canària ha revelat al noi que, encara que no siguin parella, no podria imaginar-se la vida sense ell, tots dos han caigut derrotats al llit de matrimoni. La diferència és que ell s'ha adormit al cap de cinc minuts, i en canvi ella no ha pogut agafar el son durant més de mitja hora seguida al llarg de tota la nit.

Quan sona el despertador del mòbil i el val·lisoletà es desperta, l'Ainhoa ja s'ha dutxat i està preparada.

—Bon dia —diu el noi, fent el mandra—. A quina hora t'has llevat?

—Fa vint minuts. Temps de dutxar-me i vestir-me —menteix la canària, que no li diu res del seu insomni.

—Com va l'aigua calenta?

—No et diré cap mentida, va anar força millor el sopar.

L'Óscar es tapa la cara amb el coixí i amenaça de continuar dormint. No obstant això, es lleva fent un salt i va ràpidament cap al lavabo. No triga gaire, i de seguida està a punt per marxar. Fan un esmorzar ràpid al menjador del motel i es preparen per anar-se'n. Han de caminar tres quilòmetres fins al lloc on para l'autobús que els durà a València.

Aquell diumenge d'abril comença el dia assolellat i fresc. La temperatura a aquella hora del matí amb prou feines arriba a onze o dotze graus. La canària troba a faltar la jaqueta, però s'ha posat un jersei de coll alt que l'abriga força.

Durant la conversa que mantenen pel camí, eviten esmentar el tema de la nit anterior. Parlen de coses de la universitat, de la família o dels companys del passadís 1B. Són quaranta-cinc minuts que passen volant.

—Encara falta una estona perquè arribi l'autobús —comenta el noi, estirant el cos—. Hem vingut molt d'hora.

—Val més d'hora que tard. Imagina't que el tornem a perdre.

—Allò d'ahir va ser un descuit ben tonto. Quan arribem a València, anirem a una taquilla amb el codi de la incidència que em van donar ahir per telèfon perquè ens tornin els diners.

—A veure si tenim sort i no hem de fer gaire cua.

—Sí. Per cert, em van dir que trucarien a primera hora per dir-me què havia passat amb la teva jaqueta, però si no m'han dit res d'aquí a una estona, els trucaré jo.

—Tant de bo l'hagin trobat i la pugui recuperar abans de tornar a Madrid.

—Segur que sí. Sigues optimista.

La canària somriu i fa un petit crit d'entusiasme per demostrar a l'Óscar que afronta el dia de manera positiva. I és veritat. Tot i haver dormit poc i no haver descansat gaire, se sent amb energies renovades. La dutxa i l'esmorzar l'han revifat. No pot passar-se la vida queixant-se i plorant per ell. El té com a amic i això és el que ha de valorar per sobre de qualsevol altre sentiment.

L'autobús triga un quart d'hora a aparèixer. La parella s'enfila al vehicle i per fi reprenen el camí cap a València.

—Preparada per veure la Nicole?

—Preparadíssima. Estic molt emocionada.

Ha passat tant de temps des que ahir van iniciar el viatge, que gairebé podria haver-ne oblidat el motiu. En canvi, l'Ainhoa té ben clar l'objectiu amb el qual van sortir de Madrid. Té moltes ganes d'abraçar la seva amiga!

El trajecte es fa etern. Mentrestant, l'Óscar aconsegueix posar-se en contacte amb l'empresa d'autobusos, i li comenten que no han trobat la jaqueta de la canària. La noia se'n fa càrrec i prefereix no donar més voltes al tema. Malgrat que el conductor els hauria d'haver esperat, ella també es considera una mica culpable del que va passar. Al seu amic, en canvi, el molesta més que la jaqueta no hagi aparegut.

—Quan arribem, també reclamarem la teva jaqueta. I si no apareix, que et donin els diners aproximats del que et va costar.

—És igual, Óscar. No passa res.

—I tant que passa. Algú té una cosa que no és seva. Farem justícia!

L'última frase del val·lisoletà, mig de broma mig de debò, fa somriure l'Ainhoa. És una de les poques persones que ho aconsegueixen. No és un noi gaire graciós, ni té un sentit de l'humor especialment agut. Però a ella li encanta aquell puntet divertit que treu de tant en tant.

Abans de la una arriben a València. A l'estació, no triguen gaire a aconseguir que els tornin els diners dels bitllets. No tenen tanta sort amb el tema de la jaqueta. La dona que els atén a la finestreta diu que no poden demostrar que l'hagin perdut al bus, i que hi ha la possibilitat que algú l'hi prengués abans de pujar-hi. No tenen cap altre remei que resignar-se i centrar-se en el que han vingut a fer.

El restaurant de la mare de la Nicole és una mica lluny per anar-hi caminant, de manera que agafen un taxi i paguen amb part dels diners que els han tornat.

—M'estic posant molt nerviosa —diu l'Ainhoa, a mesura que el taxi s'acosta a la destinació—. No la veig des del desembre. No s'empiparà, oi, perquè hem vingut?

—Esclar que no! Estarà contentíssima!

—Això espero. Potser la trobem en un mal moment.

—Calma't. L'única que ens pot donar problemes és la seva mare. Però la peruana serà la persona més feliç del món quan ens vegi aparèixer al restaurant.

La seguretat que mostra l'Óscar calma els nervis i els dubtes momentanis de la canària. Elles dues van ser inseparables el temps que van viure juntes a la Benjamin Franklin, i tot i que han mantingut el contacte a través del mòbil, amb trucades i missatges per WhatsApp, la troba molt a faltar. Està neguitosa per llançar-se-li als braços i estrènyer-la ben fort. Però per fer-ho han de salvar l'escull de la seva mare: la persona que la reté a València i que no la deixa tornar a la residència amb ells.

El taxi s'atura just al davant del restaurant. El noi paga el taxista i baixen del cotxe.

—Som-hi —diu l'Óscar, donant la mà a la seva amiga. Ella l'hi agafa i l'estreny amb força. Després, la deixa anar, agafa aire i exhala amb un esbufec.

El noi obre la porta, tot decidit, i l'Ainhoa entra darrere seu. Un cop a dins, troben una barra a l'altra banda de la qual veuen una noia sud-americana, possiblement també peruana, que prepara unes begudes i les posa en una safata. Al fons hi ha el menjador. Encara no hi ha gaires clients asseguts a les dotze taules de què disposa el restaurant. Només n'hi ha dues d'ocupades. Un cambrer atén la família que està asseguda en una de les taules.

—Què fem? Seiem? —pregunta l'Ainhoa, en veu baixa.

—Val més que anem a preguntar per la Nicole a la cambrera de la barra.

—Parla tu, sisplau, que jo estic molt nerviosa.

—D'acord. No pateixis.

La parella s'acosta a la barra, on la noia ja ha acabat de col·locar les begudes a la safata. Quan veu els dos joves, s'eixuga les mans amb un drap i els atén.

—Hola, que voleu dinar?

—No. Bé, ara mateix no —contesta l'Óscar, vacil·lant—. Busquem la Nicole, la filla de la mestressa del restaurant. És per aquí?

—La Nicole? No l'he vist, però acabo d'entrar al meu torn.

—Podries anar a mirar si és aquí?

—Un moment.

La cambrera abandona la barra i travessa el petit passadís que condueix cap al menjador. Després, desapareix per una porta estreta a la banda esquerra.

—Al final, li haurem de trucar per dir-li que som aquí —diu l'Ainhoa, una mica desenganyada.

—A veure què ens diu la noia. Potser és a la cuina donant un cop de mà. Sigues optimista.

—D'acord, sóc optimista. Sóc optimista.

Però l'optimisme dels joves desapareix quan la que surt no és la Nicole, sinó una senyora grassa, de pell morena i amb un davantal blanc una mica tacat de farina. La canària de seguida la reconeix.

—Nois, què hi feu aquí? —pregunta la mare de la seva amiga, sense poder dissimular la sorpresa.

Ella també els ha reconegut. La seva amiga li ha ensenyat un munt de fotos dels seus amics de Madrid.

—Hem vingut a veure la Nicole —contesta l'Óscar, somrient i mirant de ser simpàtic amb la dona.

—En sap res, ella?

—No, és una sorpresa.

—Doncs ho sento molt. La Nicole Katherine no hi és.

—No? I on la podem trobar?

—Se n'ha anat a passar el dia amb els seus germans i uns amics de la família a l'Albufera. Tornarà al vespre.

A l'Ainhoa li cau l'ànima als peus. Li vénen unes ganes immenses de plorar. Que no hi ha res que li pugui sortir bé a la primera?

—A l'Albufera?

—Sí. Com que avui els seus germans no tenen escola, els està cuidant. Uns amics hi anaven a passar el dia i se n'ha anat amb ells. Li he donat el dia lliure al restaurant.

—D'acord.

—Quan tornareu a Madrid?

—Aquest vespre. Amb l'autobús de les vuit.

—A aquella hora encara no hauran arribat. Mala sort. Per cert, no deveu haver vingut per intentar emportar-vos-la a Madrid o per convence'm que torni a la residència, oi?

—No, només la volíem veure. La trobem a faltar.

—Li hauríeu d'haver trucat abans. Heu fet el viatge en va —diu la dona, que no ha somrigut ni una vegada durant la conversa—. I ara, si em disculpeu, he de tornar als fogons. Això d'aquí a poc estarà ple.

—Gràcies, senyora. I perdoni les molèsties.

—Gràcies a vosaltres. Ja li diré a la Nicole Katherine que heu vingut.

La parella surt del restaurant amb el cap cot, i la dona se'n torna a la cuina. Es dirigeix a la tauleta on està preparant un *cebiche*, segurament el millor *cebiche* que es pugui menjar a València. Però abans, agafa el mòbil que té al prestatge del costat de la porta del darrere. L'apaga i se'l guarda a la butxaca dels pantalons. Ha sigut més fàcil del que s'imaginava, i ha tingut la sort de la seva part. Ni tan sols han trucat a la seva filla per avisar-la que venien. Que estúpids. I mentiders. Segur que les seves intencions eren diferents de les que li han dit.

No permetrà que s'enduguin la seva nena a Madrid.

Quan es posa de nou amb el *cebiche*, s'obre la porta del darrere, que estava ajustada. És la que dóna al magatzem del restaurant. En surt una noia eixugant-se la suor del front. Mira el prestatge i veu que no hi ha el mòbil.

—I el meu telèfon?

—El tinc jo. M'he quedat sense bateria i he de trucar a uns quants proveïdors. Em dius la contrasenya per desbloquejar-lo?

—Tres, u, u, vuit.

—Gràcies. Després te'l tornaré.

—D'acord, cap problema —respon la noia, cansada—. Ja he comptat tots els refrescos, els sucs i les ampolles d'aigua que ens queden. Demà haurem de fer una comanda urgent de begudes. Segueixo fent inventari del magatzem?

—Gràcies, maca. Ja continuaràs després. Ara, em pots treure de la nevera dues copes de sospirs de llimenya i posar-hi una mica més de canyella? Els han demanat a la taula tres.

—I tant, de seguida ho preparo, mare.

CAPÍTOL 22

Arriba a la residència una mica baixa de moral. Acaba de deixar la seva germana a Atocha perquè agafi un tren cap a Toledo. Ha insistit a acompanyar-la, tot i que la Marta li ha repetit un munt de vegades que preferia anar-hi sola. Finalment, però, l'ha convençut, malgrat que pel camí pràcticament no han parlat. Ja s'ho van dir tot ahir a la nit.

Fa unes ulleres considerables, perquè amb prou feines ha dormit. Cap de les dues, de fet.

L'Elena entra a l'edifici de la Benjamin Franklin i va directament cap al passadís 1B. Obre la porta i es queda uns instants al davant de l'habitació 1152. Hi truca suaument i espera que en David obri. No el veu des d'ahir a la tarda, i durant aquestes hores han passat tantes coses que serà difícil triar per on comença.

El sevillà obre la porta i la convida a entrar. La noia accepta l'oferiment, sospirant.

—Ja se n'ha anat?

—Sí. Necessita estar sola —li confirma l'Elena, abans de seure al llit acabat de fer.

En David seu al seu costat. La seva amiga no fa bona cara i es nota que la nit ha sigut llarga per a ella.

—Va, explica-m'ho tot. Què ha passat amb la Marta?

Aquest matí, molt d'hora, l'Elena ha enviat un whatsapp molt llarg a en David en el qual li deia que la seva germana se n'aniria després d'esmorzar i que havien de parlar d'una cosa important. No li ha dit el motiu exacte, però li ha deixat caure que estava relacionat amb ell, amb ella i amb els sentiments de tots dos. També hi ha afegit que aquesta nit ha sigut una de les més difícils de la seva vida.

«Però ja t'ho explicaré després. Prefereixo que en parlem personalment». Així s'acabava el whatsapp de l'Elena. En David simplement li ha contestat amb un «OK. Seré a la meva habitació treballant tot el matí. Avisa'm quan vulguis parlar».

I el moment de parlar ja ha arribat.

Després de fer-li un resum del sopar al Foster's Hollywood, dels còctels al bar de Preciados i de l'anada a Kapital amb aquells gaditans, l'Elena fa una pausa abans d'afrontar el moment crucial de la història.

—Eren més de les tres de la matinada i vam agafar un taxi per tornar cap a la residència. La Marta em va preguntar unes quantes vegades si jo sempre li havia dit la veritat. Li vaig dir que suposava que en alguna ocasió potser no, tal com segurament ella havia fet amb mi. Llavors em va comentar que em volia preguntar una cosa i que li agradaria que fos totalment sincera amb ella. Va insistir molt en això.

—I la pregunta era... sobre nosaltres?

—Exactament em va preguntar si estic enamorada de tu.

La mirada de l'Elena fuig ràpidament dels ulls d'en David, que triga a reaccionar i a comprendre la situació.

—I què li vas contestar? —s'atreveix a preguntar finalment el noi.

—Doncs... al principi, vaig intentar desviar el tema. Estava molt cansada. Havia begut alcohol, havia ballat amb els gaditans i fins i tot m'havia discutit amb la Marta a la discoteca. No em venia gens de gust aquella conversa. I a més, anàvem en taxi. Vaig posar unes quantes excuses per eludir el tema, però la meva germana va suposar que si callava, era per alguna cosa.

—I ho va interpretar com un sí?

—Ho va interpretar com va voler. Sempre fa igual. Em va dir que si no contestava, era perquè era que sí, però que volia sentir-ho de viva veu. Em va turmentar fins que vam arribar a l'habitació.

L'Elena recorda la conversa amb la Marta com si fos ara. Eren gairebé les quatre de la matinada...

—No se m'ha acudit ara, això. Ho penso des del primer dia que el vaig conèixer i us vaig veure junts —diu la Marta, un cop a dins de la 1151—. Et mirava d'una manera molt particular. A en David li brillaven els ulls cada vegada que us creuàveu o quan parlàveu. I a tu et passava el mateix. Però després hi reflexionava i em deia a mi mateixa: «No lliguen». El seu caràcter és molt diferent i acabarien barallant-se constantment si fossin parella. Em ve a la memòria que t'ho vaig comentar, abans que ell i jo comencéssim a sortir. No te'n recordes?

—No. Vaig a posar-me el pijama. Ara torno.

La germana gran entra al lavabo amb el pijama a les mans, per mirar de guanyar una mica de temps. Necessita una solució, una sortida per a aquell laberint en el qual l'ha ficat la Marta.

—Per què no en vols parlar? Això vol dir que la meva intuïció és correcta. Estàs enamorada d'en David. I ell de tu?

L'Elena no contesta. Es canvia i després es renta les dents, obrint l'aixeta al màxim per no sentir-la. Està esgotada i li costa pensar amb claredat. En canvi, la seva germana continua insistint a l'altra banda de la porta. Tot i que només sent el murmuri de la seva veu, sap que va recitant el mateix discurs.

Quan surt del lavabo, troba la Marta asseguda al llit, també amb el pijama posat. La mira un instant, amb aire desafiador, i torna a la càrrega.

—Ara ja és un bon moment perquè em puguis respondre a la meva pregunta?

—Ets molt pesada.

—Pesada? Per voler saber si la meva germana està enamorada del meu exnòvio? Veig que no tenim el mateix concepte de la paraula «pesada».

—De debò que ara vols discutir pel significat d'una paraula? Són més de les quatre. Vull dormir.

—Si vols dormir amb la consciència tranquil·la, contesta'm. Només vull que em diguis si estàs enamorada d'en David. Et prometo que quan em diguis la veritat no et donaré més la tabarra amb això.

La proposta de la Marta és clara. Simplement, li ha d'aclarir el que sent per en David i la deixarà tranquil·la.

—No estic enamorada d'ell —diu l'Elena, amb la màxima serietat i fermesa que pot.

—De debò?

—De debò.

—No m'ho crec. És mentida.

—No és mentida!

—Sí que ho és! Se't nota un munt!

—No pararàs fins que no et digui el que vols sentir?

—Pensaves en ell quan estaves amb en Martín?

—Però què t'empatolles, ara?

—Et ficaves al llit amb el teu nòvio i t'imaginaves que ho feies amb el meu? Confessa-ho!

En aquell moment, l'Elena se sent tan ofesa que no es pot reprimir i alça la mà per clavar una bufetada a la Marta. Per sort, es reprimeix a l'últim instant, just quan està a punt d'arribar-li a la cara. Com que no la vol ni mirar, es gira i va fins a l'altra punta de l'habitació.

—Sisplau, para de dir ximpleries —mussita entre dents, mentre intenta calmar-se.

—No dic ximpleries. M'ha quedat molt clar el que sents per en David. Potser ho has sentit sempre. I ell també. Des del principi. En Martín i jo només hem sigut una mena de tapadora. Algú amb qui passar l'estona. Oi?

—Per descomptat que no. —L'Elena es gira per enfrontar-se a la seva germana cara a cara—. Tu has sigut molt important per a en David, i jo amb en Martín he viscut coses noves, diferents, moments increïbles. Simplement no ha funcionat, tal com passa amb milions de relacions.

—No et crec, Elena. Si no ha funcionat és perquè vosaltres no ens estimàveu. Ens heu pres el pèl. Ha sigut tot una gran mentida. Us heu rigut de nosaltres.

—No et permeto que parlis d'aquesta manera.

—Si fossis sincera amb mi, no hauríem arribat fins aquí. Ets tu mateixa la que m'obliga a parlar-te així.

La germana gran s'estira les mànigues de la brusa del pijama i les mossega rabiosa. No entén com han arribat fins a aquesta situació. Des de quan la Marta tenia guardats aquests sentiments? Potser s'ha assabentat dels seus petons amb en David, o li ha pres el mòbil en algun moment i ha llegit alguna de les seves converses de WhatsApp. No ho sap, però és possible. I si és així, és inútil continuar amagant la veritat. Tenia molts dubtes sobre la seva visita a la residència, però no s'imaginava que aniria tan malament, ni que s'obstinaria tant amb aquest tema. Potser ha arribat el moment d'obrir-li el cor d'una vegada per totes. La nit de la sinceritat absoluta.

—Molt bé, juguem a ser sinceres, doncs. Pregunta'm el que vulguis i jo respondré —diu l'Elena, mentre seu sobre l'escriptori de l'habitació—. Vinga, dispara.

—Seràs sincera, aquesta vegada?

—Totalment sincera. T'ho prometo.

La Marta no n'està del tot convençuda. Mira la seva germana amb una mica de recel. Però tot això s'ha d'acabar. D'alguna manera ha de posar punt final a la seva història amb en David. I per passar pàgina, ha de saber la veritat.

—Estàs enamorada d'en David?

—No sé si n'estic enamorada, però sento alguna cosa per ell —respon l'Elena, i s'empassa la saliva.

—Alguna cosa molt forta?

—És complicat d'explicar amb paraules la intensitat dels sentiments. Però sí, em sembla que és bastant intens el que sento.

La Marta es tapa la boca amb les mans i després s'eixuga els ulls amb les mànigues del pijama. Li fa molt de mal el que li diu la seva germana, però és necessari passar el tràngol.

—Des de quan t'agrada?

—No n'estic segura. Potser des del primer dia que vaig venir a la residència.

—Va ser un amor a primera vista?

—Aquesta pregunta és molt difícil. No ho sé. Una cosa és que una persona t'agradi, i una altra és enamorar-te'n.

—I ell, què sent per tu?

L'Elena encreua les cames, incòmoda, alça el cap i llança una mirada trista cap al sostre. Si ja és prou difícil parlar dels seus sentiments, encara és més complicat explicar a la seva germana els sentiments del sevillà. Si li explica tota la veritat, li farà molt de mal.

—Avui l'has vist sortir amb la Silvia, la noia nova —respon, adornant una mica la realitat—. Em sembla que té molts dubtes sobre els seus sentiments.

—Alguna vegada t'ha dit que t'estima?

—No.

—Mai?

—Mai.

—No sé si em dius la veritat.

—Pots pensar el que vulguis, Marta. T'he promès que seria sincera. Si em creus o no, és cosa teva.

La petita de les germanes assenteix i somica. S'aixeca del llit i entra al lavabo. Al cap d'uns segons apareix amb el paper higiènic a la mà. Es moca i torna a mirar fixament l'Elena.

—Alguna vegada heu intimat?

—Què vols dir?

—Us heu... ficat al llit? —A la Marta li tremola el llavi quan fa la pregunta. Li fa por la resposta.

—No, no ens hem ficat al llit. T'ho juro.

—I... us heu fet mai un petó?

Aquesta vegada, la resposta no arriba tan ràpid. Però l'Elena sap que no la pot enganyar. La seva germana se n'adonaria i tot l'esforç que ha fet fins ara no serviria de res.

—Sí.

—Sí?

—T'ho acabo de dir.

—Quan?

—És igual, quan. Ens hem fet un petó i ja està.

—Ostres, Elena, quan?

—Aquesta setmana. Dilluns. Quan vam arribar de les vacances de Setmana Santa.

—Hòstia. Collons, collons, collons —balbuceja la Marta, tremolant—. I només ha sigut aquesta vegada?

—No.

—No? Doncs quan?

—Per Nadal. Ens vam fer un petó per Nadal.

CAPÍTOL 23

Quan en Marc va tornar a la residència ahir a la nit, en Julen encara no dormia. Eren poc més de les dotze. El català no feia gaire bona cara. Semblava esgotat, abatut. El seu pare no baixava del burro i seguia sense voler parlar amb ell. Ni tan sols no havia servit de res que la seva mare hagués fet d'intermediària, per intentar millorar les coses entre ells.

El navarrès tampoc no es trobava gaire bé. Aquell dissabte havia sigut agredolç. S'havien dit el primer «t'estimo» i això el feia molt feliç. Però la qüestió dels pares del seu nòvio i tot el que passava amb l'Iria el tenia molt amoïnat.

Tanta tensió per una banda i per l'altra va desembocar en el que era previsible. Van fer l'amor desenfrenadament al llit de la 1158. Amb la intensitat i el furor dels qui necessiten desfogar-se i alliberar-se d'una càrrega feixuga. No es van reprimir els gemecs i no es van preocupar per si algú els sentia. En aquells minuts de passió i de desig, tant els feia tot. Després, en Marc es va acomiadar d'en Julen i va anar a dormir al seu quarto, a la tercera planta de l'edifici.

A l'hora d'esmorzar no parlen gaire. No els cal. Se somriuen, es donen la mà i tots dos repeteixen de cafè amb llet. Assossegats, amb calma.

—Vindràs a dinar? —pregunta en Julen, mentre pugen de nou cap a la recepció.

—No. Els meus pares se'n van a les set. Dinaré amb ells. Tornaré a intentar parlar amb el pare.

—Sort.

—Gràcies. Tot i que, més que sort, necessito un miracle. I molta paciència per no acabar boig amb tot això.

El somriure trist d'en Marc commou en Julen, que intenta animar-lo amb un petó als llavis i un altre «t'estimo». Ja n'hi ha dit una quants més des del primer i no pensa parar de dir-ne.

La parella queda que es veuran a la tarda i s'acomiaden amb un altre petó.

El navarrès mira l'hora que és i torna a la seva habitació. Ell també ha quedat amb algú d'aquí a una estona, malgrat que no n'ha dit res al seu nòvio. Agafa una jaqueta, es pentina una mica i se'n va. Al passadís es troba amb en Toni, que just en aquell moment surt de la 1154. Quan arriba davant de la seva porta, se saluden picant-se les mans.

—Que vas a fer un volt? —pregunta el noi del cap rapat.

—Sí, vaig al centre. I tu?

—Jo també. He quedat a Callao.

—Jo a Sol. Vas en metro?

El valencià assenteix i tots dos van cap a l'estació

més propera per agafar la línia verda. Durant el trajecte, en Toni li explica la seva última bogeria.

—Saps que he creat un canal de YouTube?

—De debò? Què ho fa?

—És una llarga història. Però necessito aconseguir molts subscriptors en un mes.

—No deu tenir res a veure amb la teva estimada Isa menja Pizza?

—L'has clavat. Està relacionat amb ella.

Llavors li explica el repte que ha d'aconseguir en trenta dies i el motiu pel qual ho fa. En Julen l'escolta atentament, tot i que li costa de creure el que el seu amic li està explicant.

—Serà la teva nòvia si la superes en nombre de subscriptors?

—Exacte. No serà gens fàcil. En té gairebé quaranta mil, i d'aquí a un mes segurament ja anirà pels cinquanta mil.

—I tu quants en tens?

En Toni treu el mòbil, entra al seu canal de YouTube i ensenya la pantalla a en Julen.

—Vint subscriptors —diu el navarrès, aguantant-se el riure—. No sé gaire com va el tema, però no ho tens una mica impossible?

—En principi, sí. No és gens fàcil arribar a aquestes xifres si no graves un vídeo que es converteixi en viral i així et comencin a ploure seguidors per art de màgia. I aconseguir que un vídeo sigui viral, sent un desconegut, és pràcticament un miracle. O és com si et toqués la loteria.

—Sí, i què penses fer?

—Tinc un pla. Per això vaig a Callao. He quedat amb una youtubera.

—Amb qui?

—Amb l'Abi Power. Però potser la coneixes com a Adelita.

—Ja sé qui és. He vist alguns dels seus vídeos.

Un cop al metro, en Toni i en Julen continuen parlant d'aquesta noia. El valencià li explica que la va conèixer ahir al vespre en un tastet de formatges i que va ser molt amable amb ell. En Toni li va explicar la seva situació i l'aposta que havia fet amb l'Isa menja Pizza. I, increïblement, la noia va acceptar donar-li un cop de mà.

—Avui gravarem un vídeo per al seu canal i un per al meu. És un primer pas per obrir-me camí a YouTube.

—Ostres, és una bona idea. Ho sap, l'Isa?

—No, no n'hi he dit res. S'endurà una sorpresa quan ho vegi.

—La sorpresa se l'endurà sobretot si la superes en subscriptors.

—Si això passa, el primer que se sorprendrà seré jo —diu en Toni, passant-se una mà pel cap, tal com fa sempre que està nerviós—. Encara que l'Abi m'ajudi, continua sent un repte pràcticament impossible.

—No perdis l'esperança, nano. I si et puc ajudar en alguna cosa, m'ho dius.

El valencià li dóna les gràcies i continuen parlant del tema fins que arriben a l'estació de Callao, on en Toni baixa. Després d'acomiadar-se del company de passadís, en Julen es queda al metro una parada més, fins a Sol. Quan surt al carrer, va fins a la cantonada de la botiga d'Apple. Mira el mòbil i veu que ha arribat d'hora. Però tot just al cap d'un minut apareix la noia amb qui ha quedat.

L'Eva porta un vestit llarg de color verd fosc, i a sobre, una jaqueta negra curta. Quan la noia s'acosta, en Julen sent una olor de coco que l'embriaga. S'ha pintat els llavis d'un to fosc i s'ha posat rímel. Quan veu el navarrès, li fa una forta abraçada i després dos petons.

—Quina alegria, tornar-te a veure! —exclama la noia, repassant-lo de dalt a baix. Feia més d'un mes que no quedaven.

—Jo també me n'alegro. Encara que sigui en aquestes circumstàncies. Per cert, estàs molt guapa.

—Gràcies. He quedat per dinar amb el meu nòvio. No tindré temps de tornar a casa per canviar-me, per això m'he arreglat.

—Ostres, jo que em pensava que ho havies fet per mi!

—També! Però tu ja estàs ocupat! Però si et canses d'ell, avisa'm —diu l'Eva, de broma, i li treu la llengua i li ensenya el pírcing.

En els últims mesos, tant ell com l'Iria han tingut molt contacte amb aquesta noia, especialment les setmanes posteriors a la desaparició d'en Manu. Poder parlar amb l'Eva ha sigut com una mena de teràpia per a la gallega, i en Julen sempre les acompanya. És l'única cosa positiva que ha portat l'estranya desaparició del malagueny.

—Estic molt preocupat —diu el noi, canviant el to de veu.

—Jo també. Escolta, anem a prendre alguna cosa i m'ho expliques tot bé.

El noi accepta i proposa la cafeteria del Círculo de Bellas Artes, molt a prop d'on són. Un cop allà, s'asseuen a la terrassa, demanen una Coca-Cola cada un i continuen la conversa.

—Tal com et vaig dir per telèfon, l'Iria es comporta d'una manera molt estranya. Això podria ser relativament normal. Aquests mesos ha patit molt. De fet, s'ha canviat el pentinat i ara sembla acabada de sortir de *Bola de Drac*. Mira, li vaig fer aquesta foto sense que se n'adonés.

En Julen ensenya la foto a l'Eva, que contempla molt sorpresa la nova imatge de la seva amiga.

—No li queda gens malament. És normal que les noies canviem el *look* de manera radical de tant en tant. Són etapes.

—Sí, ho comprenc. Però no és això el que em va cridar més l'atenció, sinó el que va passar ahir a la tarda.

—Allò de l'agressivitat i dels ulls vermells?

—Sí. El seu comportament no va ser gens natural.

En Julen li explica com va anar tot: que va anar a la seva habitació i va picar a la porta unes quantes vegades, però la noia no va obrir; que també li va trucar per telèfon i no va contestar; i que després de sopar ho va tornar a provar i llavors la gallega va donar senyals de vida.

—Tenia els ulls irritats. Fins i tot li vaig dir que s'hauria de comprar un col·liri. Ella em va dir que segurament era una al·lèrgia primaveral.

—I no t'ho vas creure?

—No hi vaig donar importància fins una mica més tard.

Tot seguit, en Julen li explica l'engany amb la clau mestra i el bidell de la residència.

—Tal com ho expliques, ho va fer amb molta naturalitat, no? —diu la noia, després de beure un glop del refresc.

—Bé, ja va agafar la clau mestra de la recepció per entrar al quarto d'en Manu aquella vegada al gener.

—Sí, ja me'n recordo. El fet que hagi actuat així és la prova que l'Iria sap dir mentides i que és capaç de fer-ho sota pressió.

El noi es queda pensatiu després de les paraules de l'Eva. En això té raó. La seva amiga havia enganyat en Jesús amb una facilitat extraordinària. I ni tan sols tenia remordiments per haver-ho fet.

—Em fas dubtar. Ara ja no sé si també m'ha enganyat a mi.

—En una cosa gairebé segur que t'ha enganyat.

—En què?

—La vermellor dels ulls no crec que sigui per culpa d'una al·lèrgia —diu l'Eva, mentre treu un inhalador de la bossa—. Jo sóc asmàtica, i a més al·lèrgica a mil coses, sobretot a les gramínies, el pol·len i tot el que tingui a veure amb la primavera. I et puc assegurar que encara no he tingut ni un sol atac d'al·lèrgia aquest any.

—Ja m'ho vaig imaginar, que aquella vermellor no era d'una al·lèrgia.

—Per desgràcia, em sembla que no. Parla'm de la droga. On l'ha amagat?

—En una bosseta de pell que va ficar a dins de la butxaca d'un abric. El té penjat al fons de l'armari.

—Si més no, ha pres precaucions perquè ningú no la trobi.

—Sí, això sí. Però quan li vaig proposar que jo mateix em desfaria de la droga, s'hi va negar. Va ser quan es va posar més violenta. Va fer un crit que em va deixar glaçat.

—Agressivitat excessiva.

—Sí. I no és habitual que es comporti d'aquesta manera amb mi —diu en Julen, molt seriós—. L'Iria té molt de caràcter, ja ho saps, però sempre m'ha respectat, fins i tot quan ens hem barallat. Ahir, en canvi, no vaig notar que ho fes, i pràcticament em va fer fora de la seva habitació. Era com si parlés amb una altra persona.

—Això sol passar amb la gent que ha consumit cocaïna. Desdoblen la seva personalitat.

—Estàs convençuda que és això el que va passar, oi? En va prendre.

—Sí. No en sé el motiu, ni si alguna altra vegada ha tastat aquesta droga o d'altres. Jo diria que no, que aquest ha sigut el primer cop. Per això es va quedar profundament adormida, potser fins i tot es va desmaiar, i tenia els ulls irritats i es va mostrar agressiva. Fa tota la pinta que ahir l'Iria va consumir coca.

L'expressió d'en Julen s'enfosqueix. Mou el cap i es maleeix a si mateix per no haver impedit que la seva amiga hagi arribat fins aquí.

—Es pot convertir en una addicta?

—De moment, no. A veure, un no es torna drogoaddicte d'avui a demà. Però si va sentir alguna mena d'alleujament o de sensació agradable, podria ser perillós. Això sense comptar amb la possibilitat que el seu cos no ho toleri i pateixi alguna mena d'infart o de vessament.

—Li hem de prendre aquell sobret com més aviat millor.

—Sí, això és urgent. Però cal trobar la manera de fer-ho sense atabalar-la. Si se sent pressionada, pot ser pitjor.

—I com ho faig?

—No ho sé —respon l'Eva, arronsant les espatlles—. Però val més que no actuïs sol. Aquesta tarda vindré a berenar a la residència i mirarem a veure què ens podem inventar per desfer-nos del maleït sobret.

CAPÍTOL 24

—Vas reconèixer que ens vam fer un petó?

—Sí, no vaig tenir cap altre remei. No podia enganyar-la, ni volia fer-ho. I encara menys amb un tema tan seriós. M'ho hauria notat.

—I què va dir la Marta?

—Es va quedar en estat de xoc durant uns minuts. Em vaig disculpar unes quantes vegades, però no reaccionava —explica l'Elena, molt tensa, mentre recorda aquell moment—. Després, va anar cap al lavabo i va seure a terra. Vaig intentar consolar-la, però no em volia veure. O sigui que la vaig deixar sola.

—Hòstia. Em sento culpable.

A en David li costa assimilar el que la seva amiga li està explicant. No s'imaginava que les coses anirien d'aquesta manera. Ja han passat més de dos mesos des que van tallar, i aquesta situació ja hauria d'estar superada. Aparentment, la Marta tenia molts dubtes sobre el que ell sentia. I amb raó. Tot i que s'hi va esforçar, mai no va aconseguir enamorar-se d'ella.

—En aquell moment, m'hauria agradat poder desaparèixer. Em va saber molt de greu veure-la tan enfonsada.

—Devia ser molt dur.

—Sí, molt —reconeix la toledana—. Ni tan sols va plorar. Es va quedar asseguda al terra del lavabo, sense parlar, durant més d'una hora i mitja.

—Pobra Marta. Es deu haver sentit enganyada. No li podries haver evitat el mal tràngol?

—Com, David? L'error ja l'havíem comès. No podia amagar-l'hi més. Era impossible, li acabava de prometre que li diria la veritat i ella m'ho va demanar mirant-me als ulls.

El sevillà assenteix amb el cap i es toca el coll, a la zona on té tatuat el fènix. Entén l'Elena i la seva decisió de no voler enganyar més la seva germana, però potser aquesta no ha sigut la millor de les solucions.

—Sigui com sigui, ja no hi ha marxa enrere.

—Ja ho sé. Vam cometre un gran error i ara ho haurem de pagar. Sobretot jo, que sóc la seva germana i viuré sempre amb ella.

—Se n'ha anat molt enfadada?

—Més que enfadada, decebuda. Molt decebuda —diu l'Elena, afectada—. Quan va sortir del lavabo vam continuar parlant, però ja només ho repetíem tot, i llavors vam començar un espiral de retrets, lamentacions i disculpes. A les set del matí li he proposat que dormíssim una mica, i ha acceptat. Però ni ella ni jo no hem aclucat l'ull, tot i que ja no hem discutit més. Com que no estava bé, ha decidit agafar el primer AVE que sortia cap a Toledo.

—Heu quedat en alguna cosa?

—No. L'he acompanyat a l'estació però amb prou feines ens hem dit res.

—Vols que parli amb ella? Li puc trucar i...

—No, val més que no —l'interromp l'Elena—. Potser més endavant. Ara val més deixar-la tranquil·la.

—D'acord.

La noia es passa la mà pel front i tanca els ulls. Té mal de cap i li fa la sensació que es mareja.

—Me'n vaig a l'habitació. Necessito dormir i desconnectar de tot. Ha sigut una nit molt difícil.

—I nosaltres?

—I nosaltres què?

—Què passa ara, amb nosaltres dos? La teva germana ja sap que estem enamorats.

—No és el moment, David.

—Mai no és el moment. Estic tip de sentir això. Que ja no sents res per mi?

La noia torça la boca en una ganyota de fastigueig. Va cap a la porta de l'habitació i des d'allà observa en David amb severitat abans d'anar-se'n.

—Jo també et podria fer la mateixa pregunta.

—No entenc per què ho dius, això. Ho dius de debò?

—Per descomptat que sí —diu l'Elena, que continua dreta a la porta de la 1152—. O no eres tu el que ahir al vespre va sortir amb la noia nova? Potser era un noi que s'assemblava molt a tu.

—T'estimaves més que hi anés sol? Que jo sàpiga, vas ser tu la que va insistir perquè sortís per no coincidir amb la teva germana per la residència.

—La Marta també us va veure junts.

—A la Silvia i a mi?

—Sí. Es va enfadar molt i la vaig haver de calmar. Això va ser l'origen de tot.

En David es dóna un cop de mà al front i s'acosta a l'Elena. S'adona que no només la Marta es va empipar quan el van veure amb l'extremenya.

—Vaig sortir amb la Silvia perquè ningú més del passadís estava disponible —li explica—. De totes maneres, no hi ha res de dolent perquè surti a sopar amb una noia, no?

—No.

—Estàs gelosa?

—En absolut. Tens tot el dret de fer el que vulguis i amb qui vulguis. Però hauries d'anar més amb compte quan hi ha la teva exnòvia a prop.

—Una altra vegada amb això. La Marta i jo vam tallar fa més de dos mesos!

—No em repeteixis mil vegades una cosa que ja sé.

—Doncs no em demanis que organitzi la meva vida depenent de la teva germana.

En David és a menys d'un metre de l'Elena, cara a cara. Li veu perfectament els preciosos ulls marrons, dels quals està completament enamorat. Però...

—Crec que ens hauríem de donar temps —diu la noia, rotunda, aguantant la mirada a en David.

—I això què vol dir? Temps per a què?

—Per a tot. Últimament, no parem de discutir-nos.

—Les persones discuteixen quan no estan d'acord en alguna cosa.

—Però no cada vegada que parlen. Això s'ha convertit en un estira-i-arronsa permanent. I el pitjor de tot és que no ens porta enlloc.

—Vols que deixem de parlar-nos fins que s'acabi el curs?

—No és el que vull, David. Esclar que no vull això. I encara que ho volgués, seria impossible no dirigir-nos la paraula vivint al mateix passadís i formant part de la mateixa colla d'amics.

—Doncs què proposes?

—Que ens oblidem dels sentiments i que ens tractem només com a amics durant una temporada.

—Jo no puc oblidar el que sento durant una temporada —diu el sevillà, fent un parell de passos enrere—. Ni tan sols ho puc oblidar durant un minut.

L'Elena esbufega i obre la porta de l'habitació. Per a ella tampoc no és gens fàcil plantejar-se una cosa així. Però no hi ha cap altra sortida. S'arrisquen a carregar-se la seva amistat i a fer més mal a la Marta.

—No sé si l'any que ve continuaré aquí. Potser aquests són els meus dos últims mesos a la residència i a Madrid. No fem que es converteixin en un infern, sisplau. Ja hem passat prou coses.

—I creus que tot serà millor, ignorant el que sentim?

—No serà millor. Però necessito estar bé amb tu, amb la meva germana i amb mi mateixa. I en aquest moment, no estic bé amb ningú. És una mala solució, però és la menys dolenta de totes.

El noi no la contradiu, tot i que no està d'acord amb el que diu l'Elena.

—O sigui que no hi ha manera de fer-te canviar d'opinió —afirma el noi, recordant totes les vegades que ella s'ha negat a començar res amb ell—. Em rendeixo.

—És l'únic que puc fer. Ho sento.

—Jo encara més. Ens veiem després al menjador.

—No sé si baixaré. Necessito dormir quatre o cinc hores perquè em passi el mal de cap. Ja t'avisaré quan em desperti.

—D'acord. Espero que et trobis millor.

—Gràcies. Només necessito dormir. Fins ara, David.

—Fins ara.

L'Elena somriu amb timidesa abans d'anar-se'n de l'habitació. Quan tanca la porta, sent dolor. Un dolor autèntic i intens. Aquest sacrifici que està fent és tan dur com si l'hagués rebutjat l'amor de la seva vida. De fet, és el que ha passat però a l'inrevés.

Mentre obre la porta de la seva habitació, li ve al cap aquella frase de la pel·lícula *Moulin Rouge*: «El millor que et pot passar és estimar i ser correspost». Que equivocats que estaven els guionistes!

El millor que et pot passar a la vida és ser estimat i poder correspondre aquest amor. Aquesta és l'única i autèntica realitat. Perquè en l'amor no només compta estimar i ser estimat, hi ha altres circumstàncies que ho condicionen tot. Com en el seu cas.

Entra a l'habitació i es tira directament a sobre el llit. Tanca els ulls i intenta no pensar en res. Ho aconsegueix fins que s'adorm. Perquè en els seus somnis torna en David. Són uns somnis en els quals es deixa endur pels sentiments i la frase de *Moulin Rouge* assoleix la seva màxima esplendor. Però en aquells dies d'abril, els seus somnis estan lluny de fer-se realitat. Molt lluny.

CAPÍTOL 25

Quan surten del restaurant de la mare de la Nicole, primer l'Ainhoa i després l'Óscar, truquen al mòbil de la peruana. A tots dos els surt el missatge de veu que anuncia que el telèfon està apagat o fora de cobertura.

—Segur que a l'Albufera no hi ha senyal —comenta la canària, desil·lusionada perquè no podrà veure la seva amiga—. Quina mala sort que tinc.

—No diguis això.

—És la veritat. Per molt optimista o positiva que vulgui ser, sempre em surt tot malament.

—Lamentar-se no serveix de res —diu el noi, intentant animar-la—. Va, anem a fer un volt i buscarem un lloc per menjar una bona paella. Tant per tant, aprofitem que som a València.

—No tinc gana —protesta l'Ainhoa, que ràpidament s'adona que l'Óscar la mira amb cara de preocupació—. No pateixis, només és que la decepció per això de la Nicole m'ha fet un nus a l'estómac.

—D'acord, doncs dinem més tard.

La noia està a punt de replicar i contestar-li que no cal que esperin que ella tingui gana per anar a algun lloc a dinar. Però calla i continua caminant. No vol discutir amb ell. A més, potser d'aquí a una estona li vindrà de gust tastar una paella de debò.

Passegen lentament, gaudint del sol i de la lleu brisa que bufa a la ciutat del Túria. L'Ainhoa envia un parell de whatsapps a la peruana, però no obté cap resposta. Es queixa en veu baixa perquè l'Óscar no la senti, tot i que el noi se n'adona de totes maneres.

—Si no té cobertura per rebre trucades, tampoc en té per als whatsapps.

—Ja ho sé, però no hi perdré res per intentar-ho.

—Perds energies. I sumes una enrabiada més. Va, mirem d'oblidar per què hem vingut i aprofitem el viatge.

—És difícil, però ho intentaré. Tens ganes de...?

El so d'un mòbil interromp l'Ainhoa, que se sobresalta. Però no és la Nicole. Ni tan sols és el telèfon de la canària el que sona. L'Óscar s'adona que li truquen a ell, s'allunya una mica i respon en veu molt baixa.

—Hola, ara no puc parlar. Et trucaré d'aquí a una estona... Sí, sí. D'acord... Jo també, adéu.

Quan penja, l'Óscar veu que l'Ainhoa l'està observant molt seriosa. S'hi acosta de pressa i li somriu com si no hagués passat res.

—Perdona, què em deies? —pregunta, sense deixar de somriure.

—No me'n recordo.

—No te'n recordes? Però si només fa un minut que...

—Doncs no me'n recordo. Tinc mala memòria.

El to sec i tallant de la noia deixa clar que està molesta per alguna cosa.

—Què et passa?

—Res.

—Home, és evident que et passa alguna cosa. I no em tornis a dir que no et passa res. És per la trucada de telèfon?

—No m'agrada que em deixin amb la paraula a la boca —li etziba l'Ainhoa, amb la mateixa brusquedat.

—Doncs què he de fer? No contestar la trucada?

—Jo no he dit això. Però t'has apartat com si no volguessis que sabés qui t'estava trucant.

—No ho he fet per això —diu l'Óscar, que intenta mantenir la calma—. Ha sigut un acte reflex. Si estic amb algú, sempre m'aparto una mica quan em sona el mòbil, per no molestar.

—Doncs a mi m'ha fet la sensació que el que volies era amagar-te de mi.

—T'equivoques.

—Molt bé. Com pots veure, torno a ser jo la que s'equivoca.

L'Ainhoa accelera el pas, clavant els talons amb força. L'Óscar sospira i intenta atrapar-la. Ja es comença a cansar d'aquests estirabots. Això sembla una rebequeria d'una nena de quatre anys que no ha aconseguit el que volia. Tanmateix, pensa en el que ha passat en els últims mesos i sap que les coses seran així durant un temps. L'hi va dir la Yaiza, una de les germanes de l'Ainhoa. El metge que la tractava a Las Palmas va avisar tota la família dels canvis d'humor que la noia experimentaria tot sovint i de les recaigudes que possiblement patiria.

—Sabem que ets un suport important per a la meva germana —li va dir la Yai per telèfon, quan van pactar que la canària tornés a Madrid—. Si no tingués algú com tu per fer-li costat, no podríem permetre que tornés a la universitat. Confiem en tu, Óscar. Tu ets l'únic que la pot cuidar a la residència. I, sisplau, no li diguis a l'Ainhoa que t'he trucat.

La responsabilitat que suporta el val·lisoletà és massa gran, però l'assumeix. L'estima moltíssim, a l'Ainhoa. Però a vegades és difícil tractar amb ella.

—Va, no t'enfadis. Només ha sigut una trucada de la meva mare, i li he dit que no podia parlar perquè estava amb una amiga —li explica l'Óscar, quan arriba al seu costat.

—No estic enfadada.

—Sí que ho estàs. Si no ho estiguessis, no caminaries tan ràpid ni em faries treure la llengua per seguir-te el pas.

La canària s'atura i agafa aire; ella també s'ha cansat d'anar tan de pressa. S'ha enfadat amb l'Óscar per una simple trucada de telèfon? I de la seva mare! Ja ho està exagerant tot una altra vegada. Però no ho pot controlar. A més, continua tenint l'estranya sensació que el seu amic no l'hi diu tot. És una de les seves paranoies?

—No tinc gana, però sí que tinc molta set. Vols anar a prendre una cervesa?

—Em sembla fantàstic.

—Era el que et volia proposar abans que et sonés el mòbil.

—Veig que has recuperat la memòria, doncs.

—És que la meva memòria és molt selectiva. Va i ve quan vol.

—Esclar. No deu ser perquè t'ha passat l'enrabiada, oi?

—T'he dit que no estava enfadada —insisteix l'Ainhoa, ara somrient—. Va, busquem un lloc per anar a fer una canya.

El noi assenteix, i al cap de cinc minuts s'asseuen a la terrassa d'un local que és a prop de l'estació de trens. Demanen una cervesa i continuen xerrant, ara més relaxats.

—Encara falta una eternitat per agafar l'autobús. Què vols fer? —pregunta l'Óscar, mentre s'acosta el got a la boca.

—No ho sé.

—Cine? Turisme? Botigues? Anar de tapes?

Ella es conforma a estar a prop seu i que no torni a sonar l'estúpid telèfon. Com que no ha pogut veure la Nicole, almenys que pugui gaudir de la companyia de l'Óscar sense la interferència d'altres persones.

—Podríem continuar passejant per la ciutat. Fa un dia molt maco.

—T'agradaria veure alguna cosa en concret?

—No conec València, o sigui que em pots portar on vulguis.

—Ho dius com si jo hi hagués vingut moltes vegades. Estem empatats a zero.

—Però tu t'orientes més bé que jo amb Google Maps.

El noi fa una riallada que a l'Ainhoa li sembla la cosa més encantadora del món. Beu l'últim glop de cervesa i es queda mirant l'Óscar fixament, mentre ell busca el cambrer amb la mirada per demanar una segona ronda. Què té l'Óscar perquè després de tants mesos de contrarietats encara l'atregui tant? No és el més guapo, ni el més simpàtic, ni tampoc el que explica els millors acudits. Però és autèntic i les seves paraules tenen màgia.

Fins i tot quan s'enfaden o es discuteixen, li encanta sentir-lo. Té molta sort de tenir-lo al seu costat i que no s'hagi cansat d'ella.

El noi que els atén de seguida pren nota de dues cerveses més. I d'una ració de calamars i una de tomàquet amb ventresca de tonyina. Mentre els ho preparen, el val·lisoletà s'aixeca per anar al lavabo. L'Ainhoa, que està asseguda d'esquena al local, no s'adona que el noi no entra al restaurant. Quan l'Óscar està segur que no el veu, s'afanya i gira la cantonada del carrer pel qual han vingut.

Mentrestant, l'Ainhoa no pot evitar pensar en ell; en tot el que té i el que podria tenir amb aquest noi tan fantàstic. Però no pot ni vol donar més voltes a aquest tema. No. Ha de gaudir de poder passar el dia amb l'Óscar. I prou.

Per no atabalar-se més, decideix entretenir-se mirant les xarxes socials fins que el seu amic torni. Agafa el mòbil i revisa Twitter i després Instagram. I allà hi descobreix una cosa que no entén. Entre les imatges que apareixen de la gent que la segueix, n'hi ha una que no té cap mena de lògica. L'Ainhoa la clica i mira a veure quan l'han penjat: fa dues hores.

—No pot ser, alguna cosa falla —mussita la noia, cada vegada més nerviosa i estranyada.

La imatge és una selfie de la Nicole en una mena de magatzem. Al darrere hi ha un munt de caixes, begudes i paquets de menjar. Sembla el magatzem d'un restaurant. Fa dues hores, se suposa que la peruana i els seus germans eren a l'Albufera, segons el que els ha dit la seva mare. Però el que contradiu més el que la dona els ha explicat fa una estona és la frase amb què la seva amiga ha titulat la imatge: «Diumenge d'inventari al restaurant de la mare».

Per molt que intenti trobar-hi una explicació més o menys comprensible, no se'n surt. Potser és mentida i la foto no és d'aquest diumenge. Però el títol ho deixa ben clar. A més, és de fa dues hores! Per què hauria d'enganyar els seus seguidors, la Nicole? No té ni cap ni peus!

Està tan obsessionada amb la imatge que, quan se n'adona, ja ha passat un quart d'hora des que l'Óscar ha anat al lavabo. Els calamars s'han refredat i l'escuma de les cerveses ha desaparegut. Beu un trago llarg de la seva, i tot d'una comencen de nou les sospites, les pors i l'empipament.

Se li barregen les emocions.

La mare de la Nicole els ha pres el pèl. És l'única explicació viable. Els ha enganyat perquè no poguessin veure la seva filla. Quina bruixa.

Intenta una vegada més trucar a la seva amiga. Res. Té el mòbil apagat.

I on coi s'ha ficat aquell imbècil?

Molt tensa, punxa un tros de tomàquet amb una mica de tonyina. Se'l fica a la boca, el mastega unes quantes vegades i finalment l'escup a terra.

—Què fas? —pregunta estupefacte l'Óscar, que acaba de tornar i ha observat l'escena molt sorprès.

—On eres? Que has anat a pixar a Madrid?

—No, és que no només he anat al lavabo —respon

el noi, ensenyant-li una bossa que duia amagada darrere seu—. Té, no és com la teva, però espero que t'agradi.

L'Óscar dóna a l'Ainhoa el que li acaba de comprar en una botiga que ha vist oberta allà a prop. La noia obre la bossa i hi veu una preciosa jaqueta negra.

—Hòstia, gràcies! No ho havies de fer... —diu la canària, avergonyida—. Perdona'm, no t'hauria d'haver parlat d'aquesta manera.

—No pateixis. Ho he fet perquè em venia de gust. T'agrada?

—Moltíssim.

La noia s'aixeca i se l'emprova. Li queda perfecta. Com la sap, la seva talla? De sobte, es posa a plorar desconsoladament. Es tapa la cara perquè l'Óscar no la vegi.

—Ei, no ploris, sisplau. T'he comprat la jaqueta perquè estiguessis contenta.

—Estic feliç.

—Doncs no ho sembla.

L'Ainhoa s'aparta les mans de la cara i mira el seu amic. Té unes ganes terribles de fer-li un petó als llavis, però es reprimeix. No cometrà una altra vegada el mateix error. Es limita a fer-li una forta abraçada i a donar-li les gràcies pel regal.

Amb l'emoció del moment, la noia encara no li ha explicat el que ha descobert a Instagram. Tornen a seure tots dos i, abans que l'Óscar pugui tastar els calamars, l'Ainhoa li ensenya el mòbil.

—Mira això i digue'm què en penses.

L'Óscar agafa el telèfon i examina atentament la imatge que la canària li mostra. Tal com li ha passat abans a ella, el noi no entén res. Fins que dedueix què deu haver passat.

—Això només pot tenir una explicació: la seva mare ens ha enganyat. La Nicole segur que era al restaurant quan hi hem anat.

—És el mateix que penso jo. Creus que té por que ens enduguem la seva filla a Madrid?

—No n'hauria de tenir. No hem vingut per això. Però podria ser el motiu de la mentida.

—I ara què fem?

—Doncs tornar al restaurant. Se'ns acaba de presentar una segona oportunitat —diu l'Óscar, després de beure un glop de cervesa—. Hem vingut a València per veure la Nicole i tenim temps fins a les vuit per trobar-la. No ens pot sortir tot malament en aquest viatge, no?

CAPÍTOL 26

La gravació amb l'Abi ha sigut molt divertida i s'ho ha passat molt bé. En Toni ha rigut moltíssim amb la youtubera andalusa. Ella penjarà el vídeo dimecres a les vuit, i ell intentarà poder-lo tenir aquesta mateixa tarda. Si vol que el seu canal creixi, s'ha d'afanyar i no perdre temps. Només té trenta dies per superar l'Isa.

La seva amiga li ha trucat un parell de cops per telèfon però no li ha contestat. Tenia por que sospités alguna cosa i que al final l'enxampés. La noia no s'imagina gens el que ha preparat. Ahir, al tastet de formatges, no li va dir res sobre el contacte que havia aconseguit perquè l'ajudés a superar el repte.

De nou a la seva habitació de la residència, en Toni engega l'ordinador i busca un programa d'edició prou bo perquè els seus vídeos tinguin la qualitat suficient. El que va fer ahir de presentació està gravat amb el mòbil i només el va penjar per fer-se visible a YouTube. Amb prou feines dura trenta segons. Ha sentit a parlar de Filmora, un editor de vídeos força popular i fàcil de fer servir. Tria aquest, el paga amb PayPal i se'l descarrega a l'ordinador.

Ja està preparat per començar la seva aventura com a youtuber. En aquell moment, té vint-i-un subscriptors. L'objectiu és arribar als cinquanta mil en un mes. No serà gens fàcil, però el premi final val la pena.

Les dificultats comencen molt aviat, perquè entendre el funcionament d'aquell programa no és tan fàcil com es pensava. Es passa més de mitja hora mirant tutorials d'internet. Amb la majoria s'hi perd de seguida. Però n'hi ha un d'una noia colombiana que el segueix pas a pas i l'entén a la primera.

Quan en Toni ja comença a agafar l'aire del programa d'edició, truquen a la porta de l'habitació. El primer pensament que té és de no obrir. Tanmateix, en vista de la insistència del visitant, s'aixeca, abaixa la pantalla de l'ordinador i va cap a la porta. Ja intueix qui pot ser.

I no s'equivoca.

—Escolta, per què passes tant de mi? —pregunta l'Isa, que es convida ella mateixa a entrar al quarto d'en Toni.

—No passo de tu.

—T'he trucat unes quantes vegades al mòbil i no m'has contestat.

—Estava estudiant.

—Estudiant? Un diumenge al matí? Au, va, no em facis riure!

La noia fa una riallada i seu a la cadira on fins ara seia en Toni. Instintivament, gairebé sense adonar-se'n, alça la pantalla del portàtil i es troba amb el vídeo tutorial que estava seguint el valencià. L'Isa fa un somriure sorneguer i xafardeja les pestanyes que estan obertes. Per sort, la carpeta on hi ha els vídeos amb l'Abi no apareix a la pantalla.

—O sigui que t'has descarregat el Filmora. És el que faig servir jo.

—N'he sentit a parlar bé. Alguns companys de classe el fan servir per editar, però ja m'he adonat que no és gens fàcil.

—Esclar que no és fàcil. Sobretot per a un principiant. Vols que t'ajudi?

—No, gràcies. Ja ho puc fer tot sol.

—Molt bé —diu l'Isa, tota divertida—. Tu mateix. Per cert, ja saps de què el faràs, el primer vídeo?

—No, encara no ho sé.

—Si vols, en podem gravar un tots dos junts per donar-te la benvinguda al món de YouTube i presentar-te.

—Tenia una altra idea al cap.

—Però si m'acabes de dir que no saps què faràs. T'aclareixes, o no?

En Toni es passa la mà pel cap. Està tens i insegur. Si la noia el continua pressionant i fent-li preguntes, al final esbrinarà els seus plans i adéu sorpresa.

—Bé, la veritat és que tinc una idea per al primer vídeo, però encara no sé si la tiraré endavant o no —improvisa el valencià.

—Quina idea?

—No t'ho puc dir.

—Per què?

—Perquè no.

—Quina merda de resposta. No m'agrada que juguis a fer el misteriós, Toni Pepperoni. Abans eres més guai.

—No sé de què em parles. Sóc el mateix de sempre.

L'Isa s'aixeca i s'acosta al seu amic. Li acaricia el cap i fa veure que està a punt de fer-li un petó a la boca, però llavors s'aparta i se'n va cap a la porta.

—No sé quina en portes de cap —diu, mentre es dirigeix en direcció a la porta—, però no penso anar tot el dia darrere teu perquè m'ho expliquis. Me'n vaig a dinar. Véns?

—No, jo hi aniré després.

—No tindràs temps. El menjador tanca d'aquí a vint minuts.

—Doncs em compraré un sandvitx a la cafeteria.

—D'acord, com vulguis —diu la noia, que fa cara de no entendre l'actitud d'en Toni—. Segueixo pensant que estàs molt estrany. Però, vaja, tu mateix.

La youtubera obre la porta de la 1154 i, quan surt, la tanca ben fort. Per fer-se sentir i perquè quedi clar que no està contenta amb el que en Toni porta entre mans. El valencià sospira alleujat quan torna a estar sol. En el silenci de l'habitació, sent el soroll que li fa la panxa. Té gana. Potser hauria d'haver baixat a dinar amb ella. Però està convençut que l'Isa hauria estirat el fil fins a descobrir la sorpresa.

S'ha de tornar a concentrar en el programa d'edició per aprendre a fer-lo servir ben ràpid. Clica el *play* i continua mirant el vídeo de la noia colombiana que explica els detalls del Filmora. Al mateix temps, obre la carpeta on té guardades les gravacions amb l'Abi i comença a fer proves. Pas a pas, va sumant segons de metratge editat. No té més interrupcions durant les dues hores següents, i l'estona davant del portàtil li passa volant.

Tanmateix, quan ja són gairebé les cinc de la tarda, la gana el supera i decideix fer una pausa.

El menjador ja fa estona que està tancat, o sigui que no pot fer res més que anar a la cafeteria o bé comprar-se un sandvitx a la màquina. S'inclina per la primera opció, encara que sigui una mica més cara.

Agafa diners i el mòbil i surt de l'habitació. No vol estar-s'hi gaire estona. Tot i que és pràcticament impossible que pugui penjar el vídeo aquesta tarda, no ho vol deixar per demà. Hi ha molts youtubers que llancen els seus continguts a la xarxa els diumenges. Ell també procurarà fer-ho així.

La cafeteria de la residència està més plena del que és normal. Hi ha moltes taules ocupades per joves que també han fet tard per anar al menjador, segurament perquè fa poc que s'han llevat, i també per famílies que han vingut a visitar alguns dels residents.

Dóna una ullada per veure si hi ha algú conegut i troba l'Iria a la zona més allunyada de la porta d'entrada. Està sola. El valencià demana un croissant mixt, patates fregides i un refresc de taronja, i quan l'hi serveixen, va cap a la taula de la gallega. Quan es disposa a seure, es troba amb la mirada de la companya de passadís.

—Hola —diu la noia, amb un somriure estrany. En Toni s'adona que té els ulls vermells—. Com va tot?

—Bé —respon ell, mentre s'asseu.

—Me n'alegro.

La noia fa una rialleta i beu un glop de cafè aguantant

la tassa amb les dues mans. Fa massa soroll quan xarrupa, i després de beure li surt una riallada exagerada.

—Et trobes bé? —pregunta en Toni, desconcertat—. Tens els ulls molt vermells.

—Ai, que pesats que sou, tots plegats. És per l'al·lèrgia de la primavera, cony!

El canvi d'actitud sorprèn el valencià, que no s'esperava aquesta reacció de la seva amiga. La gent que hi ha a la cafeteria es gira per mirar-los.

—Perdona, no et volia molestar —xiuxiueja el noi, mort de vergonya.

En Toni està a punt d'aixecar-se i anar a una altra taula, però no sap com reaccionarà l'Iria. Li fa la sensació que ha begut, però no fa pudor d'alcohol. Val més no fer-la alterar, menjar ben ràpid i tornar de pressa cap a l'habitació.

—Em dónes una patata?

—I tant, agafa les que vulguis.

La noia estira el braç i agafa un grapat de patates fregides del plat d'en Toni. Se les fica a la boca i les mastega fent molt soroll, com si no coordinés els moviments. Quan empassa, s'ennuega i comença a tossir escandalosament. De nou, totes les mirades es dirigeixen cap a ells.

Sense preguntar, l'Iria agafa el got de refresc i se'n beu gairebé la meitat de cop. El seu amic no entén res, però no protesta. Si més no, la tos desapareix i la gent deixa d'observar-los. En Toni no s'atreveix a dir-li res, però té clar que li passa alguna cosa, a la noia. S'acaba el croissant en silenci i s'aixeca.

—Vas al passadís? —pregunta la gallega, mentre agafa una patata que ha quedat al plat.

—Sí, estic treballant en un vídeo.

—Ah, sí? Que interessant. T'acompanyo.

El noi esbufega però accepta que vagi amb ell. No vol cridar més l'atenció i intenta sortir de la cafeteria amb la màxima discreció possible. L'han de travessar de punta a punta. Alguns miren la parella entre somriures i murmuris. En Toni se n'adona i li fa por que l'Iria també ho vegi i provoqui un enfrontament amb algú. Però miraculosament aconsegueixen arribar a la porta sense cap daltabaix.

—Saps què? —diu la gallega, un cop a fora.

—Què?

—Estic enamorada d'un malparit. Un autèntic, estúpid i cregut malparit!

En Toni es queda glaçat quan sent això. Què li passa a la seva amiga? Per què actua d'aquesta manera? I els ulls irritats?

No sap si li ha de preguntar o no a qui es refereix. Decideix no fer-ho i deixa que la noia continuï parlant.

—Els tios sou una espècie animal molt rara, saps? No hi ha qui us entengui. Creus que els orni... ornitorincs són bèsties rares? Doncs els tios sou pitjors. Fins i tot sou pitjors que els pingüins africans. Saps que hi ha pingüins que viuen a l'Àfrica? Doncs sí, amic meu, n'hi ha.

Mentre van cap al passadís 1B, l'Iria segueix fent comparacions estranyes entre animals i homes. Fins que obre la porta i veu al davant de la seva habitació en Julen i una noia amb un imponent vestit llarg que la mira fixament. En aquell instant, calla de cop. Reconeix la noia i no sap per què és aquí. Potser l'Eva té notícies d'en Manu? Si és així, no sap si les vol saber.

CAPÍTOL 27

—Tens algun pla perquè la mare de la Nicole ens permeti veure-la?

—Demanar-l'hi amb molta amabilitat.

—Molt meditat. Un pla realment elaborat —diu l'Ainhoa, fent broma.

L'Óscar somriu i continuen caminant; el restaurant de la seva amiga ja no és gaire lluny. Estan pràcticament segurs que la peruana és allà i que no sap que l'han anat a veure. Li han tornat a trucar, però s'han trobat per enèsima vegada amb la mateixa resposta. Sospiten que la dona ha pres el mòbil a la seva filla.

—Se t'acut alguna idea millor?

—Em costa pensar. Estic una mica desbordada per tot el que ens ha passat en aquest viatge —respon la canària, mentre es corda un parell de botons de la jaqueta nova per resguardar-se del vent.

—Si la dona segueix insistint que la Nicole ha anat a l'Albufera amb els seus germans, li ensenyarem la foto d'Instagram.

—Ens enviarà a fer punyetes.

—Segurament, però també la podem sorprendre, agafar-la desprevinguda, i llavors potser s'enfonsa i ens permet veure-la. L'únic que volem és passar una estona amb la seva filla. Per això hem vingut des de Madrid.

—Ella es pensa una altra cosa.

—Doncs li hem de deixar clar que hem vingut per això. Sempre hem respectat la seva opinió, des que ens va dir que la Nicole no tornaria a la residència, encara que no hi estiguem d'acord.

—A mi aquesta dona m'imposa. Entenc els motius perquè es comporti d'aquesta manera, però em fa una mica de por. No trucarà a la policia per assetjament?

L'Óscar torna a somriure. A ell també li fa respecte la mare de la Nicole. Tot i així, no creu que arribi fins a aquest punt.

—No pateixis, no ho farà —diu el noi, amb fermesa—. De totes maneres, hem d'estar preparats per a qualsevol reacció. Fins i tot per si hem de sortir corrents.

—Ho dius de debò? Sortir corrents?

—Esclar! Imagina't que la dona ens apareix amb un ganivet d'aquells tan grossos de tallar carn. Pots estar ben segura que no em quedaré allà palplantat per saber quines intencions té.

L'Ainhoa mira l'Óscar amb els ulls esbatanats i s'imagina la situació. Està fent broma, però podria passar perfectament. Bé, potser no d'una manera tan extrema, i per descomptat sense ganivet. Però realment la mare de la Nicole fa cara de males puces.

—No sé si riure o plorar —comenta la canària, després de deixar anar un sospir profund.

—Val més que riguis. Sempre és millor riure.

La noia li fa cas i esbossa un somriure. Una mica forçat, però és un somriure. El problema és que normalment sempre tria l'altra opció. És més fàcil ser pessimista que optimista, li surt de manera natural. Ella és negativa, i per molt que hagi intentat canviar la seva actitud, sempre acaba caient en les llàgrimes i el derrotisme. L'Óscar és l'únic que, de tant en tant, aconsegueix treure-li el costat bo. Ell i la Nicole, però ja fa temps que amb la peruana no hi pot comptar. La seva amiga ja en té prou de trobar-se en la difícil situació de no poder fer el que li agradaria. Tant de bo algun dia la seva mare s'ho repensi i la Nicole pugui tornar a organitzar la seva vida de la manera que ella vulgui.

—Així m'agrada —diu el noi, quan veu que somriu—. No canviïs d'expressió en els propers deu anys.

—Ostres, em farien mal les galtes.

—Però series més feliç. El mal se'n va amb una aspirina.

—No tots els mals se'n van amb una pastilla —diu l'Ainhoa, que perd un altre cop el somriure—. Per a alguns encara no han trobat cap solució.

El noi percep que la conversa es desvia cap a un terreny perillós. Ara que havia aconseguit que es relaxés i somrigués, no s'imaginava que tornaria a caure tan ràpid en el seu habitual i profund pessimisme.

—Tens raó. No tots els mals, ni tots els problemes, tenen solució. Però l'actitud amb què els encares és fonamental —diu l'Óscar, per animar-la—. I ja n'hi ha prou d'aquest color! Mira, ja arribem al restaurant. Anem a veure la nostra amiga peruana!

L'entusiasme de l'Óscar s'encomana a la noia. Tot

i que per dins sent aquell buit que no desapareix mai, a vegades aconsegueix apartar-lo i oblidar-se'n momentàniament. Ara ha d'estar contenta! La Nicole és tan sols a uns quants metres de distància!

—Va, som-hi, que tinc moltes ganes d'abraçar-la.

La parella està a punt de travessar el pas de vianants que porta fins a la vorera on hi ha el restaurant, i en aquell moment sona el mòbil de l'Ainhoa. La canària es queda parada quan examina el telèfon i veu el nom que apareix il·luminat a la pantalla.

—És la Nicole! —exclama, fora de si.

—Contesta!

—I si resulta que és la seva mare la que té el seu telèfon? —pregunta l'Ainhoa, histèrica.

—No ho sabrem fins que contestis!

L'Ainhoa no s'ho pensa més mentre la pantalla del seu *smartphone* continua parpellejant. S'arma de valor i finalment contesta.

—Nicole? —diu, amb por.

—Aino! Quina alegria sentir-te! On ets?

Una felicitat sobtada inunda l'Ainhoa quan sent la veu de la peruana. Li salten les llàgrimes i mira l'Óscar, emocionada.

—Just al davant del teu restaurant!

—Sí? De debò? Espera't un segon!

—Mare de Déu! Quina alegria! La teva mare ens ha dit que...

Però abans que pugui acabar la frase, la noia que al desembre va abandonar la residència Benjamin Franklin surt per la porta del restaurant. Sembla que el temps es congeli, però ràpidament totes dues corren per fer-se una forta abraçada. Durant uns segons no se separen ni es diuen res. Després, la Nicole també saluda afectuosament l'Óscar, amb dos petons i una abraçada més curta.

—Em sap molt de greu tot el que ha passat —diu la noia, que els convida a entrar al restaurant—. El que ha fet la meva mare no ha estat gens bé. Perdoneu-la, ha perdut els papers.

La Nicole els explica el que ha passat. Quan ells han vingut, ella era al magatzem i per tant no s'ha assabentat de la seva visita. La seva mare no n'hi ha dit res i li ha pres el telèfon amb l'excusa que el seu no tenia bateria, per poder trucar als proveïdors. Després, entre una cosa i l'altra, no l'hi ha tornat.

—La Mariana, una de les cambreres, és la que m'ha dit que havíeu vingut —continua explicant la Nicole, mentre seuen tots tres en una taula del local—. Al principi, no entenia res. Després he anat lligant caps i ho he preguntat a la mare, que no ha tingut cap més remei que dir-me la veritat. Aquesta dona és increïble!

—Nosaltres hem sospitat que ens havia enganyat quan hem vist la teva foto del magatzem a Instagram. Per això hem tornat.

—Quina sort! Ja em pensava que no us veuria! No m'ho hauria perdonat.

—Tu no en tens la culpa.

—Ja ho sé, Aino. Però em sento responsable del comportament de la meva mare. Em veniu a veure des de Madrid, perdent temps i gastant diners en el viatge, i us trobeu que us tracten d'aquesta manera. Em sap molt de greu, de debò.

—Va, el més important és que al final ens hem pogut retrobar després de tant de temps —diu l'Ainhoa, que estira el braç per agafar la mà de la seva amiga.

Les noies es fan un somriure, contentes de tornar-se a veure. L'Óscar també està satisfet. Al capdavall, el seu pla ha funcionat. És maco poder veure l'Ainhoa tan feliç. I malgrat que no ha sigut fàcil i han hagut de lluitar massa per arribar a aquest moment, l'esforç ha valgut la pena.

—A quina hora marxeu?

—L'autobús surt a les vuit —respon la canària, resignada—. Volíem estar més temps amb tu, però ens ha passat de tot en aquest viatge.

L'Ainhoa explica a la Nicole totes les peripècies de les últimes hores. La Nicole l'escolta bocabadada. El que abans era un desastre, ara s'ha convertit en anècdotes i fins i tot semblen divertides quan les expliquen.

—Déu meu! Sí que us han passat coses! I la meva mare, a sobre, afegint-hi dificultats.

—Ara ja està. No hi pensis més.

—És inevitable. Voleu alguna cosa per menjar o per beure? —pregunta la Nicole, mentre s'aixeca de la cadira—. Si més no, deixeu-me que us convidi a berenar. Tenim unes pastes boníssimes del meu país.

Els seus amics al principi diuen que no, però acaben cedint per la insistència de la noia. La Nicole se'n va cap a la cuina per preparar-los un bon berenar peruà i deixa l'Ainhoa i l'Óscar sols al menjador.

—Ho has aconseguit —diu la noia, dedicant un somriure al seu company de viatge.

—Ho hem aconseguit tots dos.

—Vull dir que això ho has fet perquè em senti més bé, oi?

—Has passat uns mesos difícils —diu l'Óscar, mentre posa els colzes a la taula i mira l'Ainhoa als ulls—. Et mereixes gaudir una mica de la vida.

—Gràcies. A hores d'ara ja te'n dec unes quantes.

—No em deus res. Ja t'he dit un milió de vegades que els amics són per a això.

—Sí, però no tots els amics són tan bons i pacients com tu.

—Nena, al final em faràs posar vermell.

L'Ainhoa abaixa la mirada i somriu. Donaria qualsevol cosa perquè aquest instant durés eternament. Però res més lluny de la realitat. Al cap d'uns segons, el mòbil de l'Óscar ja torna a sonar. El noi comprova inquiet qui li truca i s'aixeca amb el telèfon a la mà.

—Perdona, he de contestar.

Sense donar més explicacions, l'Óscar va cap a la porta del restaurant i surt a fora. L'Ainhoa l'observa desconcertada. Un altre cop? Qui li ha trucat, ara?

—Ja sóc aquí —diu la Nicole—. He portat una plata de pastes peruanes perquè les tasteu. Vols un cafè?

—No, gràcies.

—On és l'Óscar?

—A fora. Li han telefonat i ha sortit a parlar. Últimament, li passa tot sovint.

—Què és el que li passa sovint?

Que li piquen al mòbil i desapareix perquè no el senti —respon l'Ainhoa, molt seca—. I em sembla que sé quin és el motiu.

—Quin?

—S'està veient una altra vegada amb la bruixa de la Naiara i no vol que jo ho sàpiga. N'estic ben segura.

CAPÍTOL 28

—Què hi fas, aquí? Que saps alguna cosa d'en Manu? Si véns amb males notícies, prefereixo no saber-les. O sí. Potser sí. Digue'm el que sigui.

L'Iria es queda mirant l'Eva fixament, esperant una resposta. Tem el pitjor i no està preparada per rebre una mala notícia, però no hi pot fer res.

—No sé res de nou del malagueny —respon la noia, amb brusquedat—. Només us he vingut a veure, feia temps que no sabia res de vosaltres. Per cert, et queda molt bé aquest pentinat.

—Gràcies. Només véns de visita? Hòstia, doncs m'has ben espantat, nena.

L'Iria es relaxa i es deixa caure a sobre el llit. S'estira de costat, repenjant-se en una mà, i mira en Julen, que també és a la seva habitació. El seu amic l'observa preocupat i ella se n'adona.

—Per què avui tothom em mira com si fos una cosa rara?

—Encara tens els ulls irritats.

—Vés a prendre pel...

—Va, no us baralleu —diu l'Eva, que fa un gest al navarrès perquè no digui res més—. Que tens al·lèrgia?

—Sí, a la primavera. Bé, a l'estació no, esclar. A tota la merda aquesta de les flors i del pol·len.

Tant en Julen com l'Eva s'adonen que la seva amiga arrossega les paraules quan parla. El seu to de veu i els seus gestos tampoc no són els habituals. En general, és una Iria completament diferent de la que coneixen.

—Si vols, et puc portar alguna cosa per alleujar-ho. Jo també sóc al·lèrgica.

—No cal. Ja em passarà.

—Doncs almenys deixa'm posar-te una mica de col·liri als ulls. Els tens molt vermells. En porto una ampolleta al cotxe. El vaig a buscar. M'acompanyes, Julen?

El noi assenteix i surten junts de l'habitació de l'Iria, que continua protestant des del llit dient que no necessita cap col·liri.

—Va col·locada, oi? —pregunta en Julen, quan travessen la porta del passadís 1B.

—Sí, és evident que ha tornat a consumir la droga d'en Manu.

—Per què ho fa, això?

—No ho sé. Potser per curiositat, per provar alguna cosa diferent. O potser vol sentir el mateix que sent ell.

—S'hi pot enganxar?

—Si no li prenem la droga, sí. A veure, no t'enganxes d'avui a demà, però l'hi hem de prendre.

—I com ho farem? Ja em va deixar ben clar que no pensava desfer-se del paquetet.

—Hi he pensat una mica. Tinc un pla.

De camí cap al cotxe, l'Eva explica a en Julen el que se li ha acudit per prendre la droga a la gallega. El noi no veu del tot clar que la cosa pugui funcionar, però accepta col·laborar amb ella.

—Hem de ser decidits i no dubtar. De totes maneres, hem d'anar amb compte. Ara mateix, l'Iria és molt inestable. Ens podria sortir amb qualsevol estirabot.

—No entenc com pot ser que hàgim arribat fins aquí. Tot s'ha anat complicant. Setmana a setmana. Mes a mes. Primer amb en Manu, ara amb ella. Espero que siguem a temps d'evitar una cosa pitjor.

—Les drogues no porten mai res de bo —diu l'Eva, mentre obre la porta i dóna un cop sec a la guantera. En treu una petita capsa amb una ampolleta a dins—. Amb en Manu ho vaig intentar tot per ajudar-lo. I em vaig pensar que havia funcionat. Però estava ben equivocada. És evident que és molt més fàcil entrar en aquest món que no pas sortir-ne.

La noia es guarda la capseta amb les gotes a la butxaca de la jaqueta i tanca el cotxe. Mira en Julen i intenta animar-lo.

—Però amb l'Iria és diferent. Per tant, mirem de tallar el problema de soca-rel perquè la bola de neu no es faci més gran.

—Confiem que ens en sortirem...

Els dos joves tornen a entrar a la residència i, després de saludar el bidell de guàrdia, es dirigeixen amb pas ferm cap al passadís 1B. Van fins a la 1157 i truquen a la porta. L'Eva s'adona que en Julen està nerviós.

—Tranquil. Tot anirà bé.

—Això espero. Em suen les mans.

—Calma't —diu la noia, acariciant-li el braç—. Ens hem de comportar com si no sabéssim què està passant.

—Ho intentaré. Però per què no obre?

L'Eva torna a trucar a la porta de l'Iria. Passen uns segons i la noia segueix sense donar senyals de vida. Comencen a inquietar-se.

—Hòstia, on s'ha ficat ara?

—No et posis nerviós. Deu ser al lavabo.

—Sí, fotent-se més droga —afegeix el navarrès, molt alterat, mentre es toca els cabells amb les mans. Recorda que ahir va passar exactament el mateix—. No l'hauria d'haver deixat sola. I si està per terra, inconscient?

—Calma't, Julen. No ens precipitem.

L'Eva torna a trucar a la 1157, aquesta vegada amb més força. Ella també està impacient, però intenta dissimular-ho perquè en Julen no es neguitegi més.

—Res. I ara què fem?

—Queda't aquí per si de cas obre. Jo me'n vaig a fora, a veure si veig alguna cosa a través de la finestra —diu l'Eva, mentre comença a marxar—. Et truco d'aquí a un minut.

El navarrès esbufega i fa el que la noia li diu. Torna a picar a la porta de l'habitació, però obté el mateix resultat que abans. Li passen pel cap una infinitat de motius pels quals l'Iria no els obre, i cap no és bo. Té por que li hagi passat alguna cosa. Tal com l'Eva li ha dit, li truca al cap de pocs segons d'haver-se'n anat.

—Has vist res?

—No. Té la persiana abaixada, però no m'he fixat si ja l'hi tenia quan hem entrat abans a la seva habitació.

—Jo tampoc. Estava tan pendent d'ella que ni ho he vist.

—Vaig a fer un tomb per aquí, a veure si per casualitat la trobo.

—D'acord. Però què faig, jo? Em quedo al...?

Però abans d'acabar la frase, la porta verda del passadís 1B s'obre i en Julen observa l'escena molt alleujat: és l'Iria, que apareix amb una llauna de Coca-Cola a la mà.

—Eva, ja és aquí. Torna —xiuxiueja al mòbil, i tot seguit penja.

En Julen no es mou d'allà on és i espera que la gallega s'hi acosti. Sembla tranquil·la. Fa petits xarrups al refresc mentre camina lentament cap a la seva habitació. Només ha anat a buscar una Coca-Cola. Simplement això.

—I la nostra amiga? Ja se n'ha anat? —pregunta, mentre posa la clau al pany.

—No. Ara ve.

La parella entra a l'habitació. A en Julen li fa la impressió que l'Iria està una mica més bé. Se li nota sobretot en la manera de parlar. Vocalitza més clarament i ja no arrossega les paraules. Això sí, encara té els ulls irritats.

—Digue'm la veritat, Julen. Què ha vingut a fer, l'Eva, a la residència?

La pregunta agafa el noi desprevingut i triga uns segons a reaccionar. Suficients perquè l'Iria desconfiï de la seva resposta.

—Ja t'ho ha dit. Ens ha vingut a veure. Feia molt de temps que no quedàvem.

—Només això? No té res a veure amb en Manu?

—Que jo sàpiga, no.

—No m'ho crec. L'Eva és una tia molt competent i no fa res sense una raó de pes. Segur que ha vingut per alguna cosa més.

En Julen arronsa les espatlles i fa veure que no en sap res. Tot i que l'Iria l'ha ben encertat i s'imagina que l'Eva no ha anat a la Benjamin Franklin només de visita, no endevina el motiu real.

L'Eva apareix al cap de pocs segons. Es treu la capseta de col·liri de la butxaca i diu a l'Iria que l'acompanyi al lavabo per posar-li les gotes. La gallega, rondinant, finalment hi accedeix. Potser si està a soles amb l'Eva aconseguirà més informació sobre el motiu de la visita.

—Com va tot? —li pregunta l'Iria, abans que l'Eva obri l'ampolleta.

—Bé. Intentant ordenar la meva vida.

—Tots intentem fer-ho, però és complicat.

—Sí. No és fàcil deixar el passat enrere —reconeix l'Eva. Les seves mirades es troben al mirall del lavabo—. Però mira, hem de fer el que puguem per tirar endavant, i sobretot deixar de banda el que ens provoca malestar.

—I quin és el truc?

—Quin truc?

—El truc per oblidar que en Manu ha desaparegut.

—Això no ho he oblidat. Ho tinc ben present. Però no puc fer res perquè aparegui. No sé fer màgia —diu l'Eva, mentre destapa el col·liri—. A veure, tira el cap enrere, sisplau.

L'Iria ho fa. Tot seguit, nota una gota que li cau a dins de l'ull dret. Fa un petit crit i parpelleja unes quantes vegades.

—Ostres, com cou!

—Et passarà de seguida, no pateixis. Ara obre bé l'ull esquerre.

—Espera't un moment —li demana l'Iria, que es prem la parpella dreta amb els dits perquè el líquid es dilueixi—. Saps que els pares d'en Manu han trucat a la residència demanant per ell? Des de divendres passat que no els diu res.

L'Eva nega amb el cap, tot i que n'està al corrent. L'hi ha dit en Julen al matí. Però se suposa que ella i el navarrès no han parlat fins ara. Per tant, ha de fer veure que no en sap res perquè l'Iria no descobreixi l'autèntic motiu de la visita.

—Va, obre l'altre ull.

—I no t'amoïna?

—En Manu i els seus pares no s'han entès mai gaire. Segurament passa d'ells.

—Ostres, trobo que ho dius amb una fredor...

—Ja t'he dit que no puc fer aparèixer en Manu amb una vareta màgica.

L'Eva inclina l'ampolleta i una gota de col·liri cau a l'ull esquerre de l'Iria. La noia es queixa i deixa anar un renec.

—Ja està. Ja veuràs com la irritació et millora. De totes maneres, et deixaré el col·liri perquè te'n puguis anar posant durant uns dies.

—No cal, ja te'l pots endur.

—En tinc més a casa, de debò, queda-te'l.

La noia somriu, dóna un copet a l'esquena de l'Iria

i surt del lavabo. Mira en Julen de cua d'ull i el noi li fa discretament el senyal d'OK amb el polze.

—Nois, hem de quedar un altre dia amb més calma i anar a dinar junts. Què us sembla la setmana que ve? —pregunta l'Eva, tota animada.

—Per mi, d'acord.

—Jo no estic gaire d'humor ara mateix per quedar —respon l'Iria—. Però bé, ja ho veurem. Em fa l'efecte que la setmana que ve serà mogudeta.

—Per què ho dius?

—Si els pares d'en Manu denuncien la desaparició del seu fill, suposo que vindran a Madrid i ja tindrem la policia per aquí investigant i fent preguntes.

—Pot ser. Ja m'informareu.

L'Eva va cap a la porta i l'obre.

—Ja te'n vas?

—Sí. Abans, quan he sortit, m'ha trucat el meu nòvio per dir-me que és aquí a prop. M'ha demanat si el podia anar a buscar per acompanyar-lo a casa. Es veu que no se li ha posat gaire bé el dinar.

—Caram, ara t'has convertit en taxista? —pregunta l'Iria, amb sarcasme.

—Més o menys. L'amor té aquestes coses. A vegades et donen, i a vegades t'has d'oferir.

—Quina llàstima que te'n vagis. Ha sigut una visita molt curta.

—Sí, ho sento. Us trucaré per veure si podem quedar per dinar algun dia. Fins aviat!

L'Eva s'acomiada dels dos amics i surt de l'habitació de la gallega. Travessa a poc a poc el passadís 1B. Passa per la recepció i surt lentament per la porta giratòria de la residència. Quan baixa les escales de l'edifici, algú se li acosta per darrere i li fica la mà a la butxaca de la jaqueta.

—Gràcies, Julen.

—Què en faràs, ara?

—Encara no ho he decidit. Però la faré desaparèixer per sempre.

—I què li dic a l'Iria quan m'ho pregunti?

—Digue-li que la tinc jo. Que em vas explicar que ella l'havia agafat del quarto d'en Manu i et vaig demanar que mc la donessis per vendre-la perquè necessito diners urgentment. Digue-li que et vaig posar entre l'espasa i la paret.

—S'ho creurà?

—No ho sé. És l'única cosa que se m'acut ara mateix. Dóna-me'n la culpa. Així s'emprenyarà amb mi, però, amb el temps, segur que li passarà l'enrabiada. L'Iria és bona noia, però tria les opcions equivocades.

L'Eva fa un petó a la galta d'en Julen i accelera el pas, el deixa enrere i li promet que li trucarà per dir-li què ha fet amb la droga d'en Manu. El noi queda parat a les escales. Tot d'una, se sent aclaparat pels dubtes. Aquest problema és massa gran perquè se solucioni d'una manera tan senzilla.

Però no té temps de pensar en com acabarà tot plegat amb l'Iria, amb l'Eva i amb aquella maleïda pols blanca, perquè rep un missatge de WhatsApp d'en Marc que fa que tota la resta quedi en un segon pla.

«Amor meu, no t'espantis. Respira fondo. Necessito que vinguis a l'estació d'Atocha tan ràpid com puguis. El meu pare et vol conèixer».

CAPÍTOL 29

«Bon dia. Avui no em podré connectar a l'Skype en tot el dia. Seré amb uns amics preparant una barbacoa en un lloc apartat de Buenos Aires. Pensaré molt en tu, nina d'ulls blaus. T'escriuré de tant en tant si tinc cobertura. Gaudeix d'aquest bonic diumenge. Sempre teu, Gaby».

La Silvia repassa una vegada més el missatge de Facebook que li ha escrit en Gabriel fa unes hores. La discussió d'ahir al vespre ja està oblidada. Quan la noia va arribar a la residència van mantenir una conversa pujada de to a través de missatges de veu de WhatsApp. Aquest home li fa perdre el cap, encara que a vegades se senti pressionada. Suposa que la distància i el fet de no coneixe's personalment fa que les inseguretats siguin més grans. Tant les d'ell com les d'ella. Segur que quan estiguin junts, tot serà diferent.

És un diumenge tranquil. S'ha passat una bona part del dia entre plànols i mapes. Ha dinat amb en David, un noi que troba d'allò més encantador, i han parlat de la divertida sortida d'ahir al vespre. També han fet broma sobre en Justin Bieber. Aquest noi sap com fer-la riure. Li agrada la seva intel·ligència i el seu humor subtil. I també l'accent sevillà que, tal com diu ell, no sempre és el mateix. El fet de conviure amb persones d'altres llocs d'Espanya li ha fet canviar la manera de parlar. Fins i tot comença a pronunciar les esses i ja ha substituït el «vostès» pel «vosaltres».

Li fa la sensació que el coneix des de fa molt de temps, i s'ha sorprès a si mateixa distraient-se tot pensant en ell. Li encantaria poder-lo conèixer més i que es convertís en un bon amic, tal com ho és amb l'Elena o amb en Toni, malgrat que ella comença amb uns quants mesos de desavantatge.

Fa un parell d'hores que està sola a l'habitació, concentrada en un exercici de vectors que no li surt. Té ganes de prendre l'aire. Fa una setmana que és a la Benjamin Franklin, i amb prou feines ha sortit de l'edifici principal. De tota la residència, pràcticament no coneix res més que les habitacions i el menjador.

Finalment, decideix anar a fer un tomb. I si avisa en David? No, millor que no. No vol fer-se pesada, tot i que li encantaria tornar a gaudir de la seva agradable companyia.

Surt de l'edifici i recorre la vora del llac fins que arriba a la cascada. Fa una mica de vent, però no molesta. Al contrari. És una sensació plaent. Seu en un dels bancs, tanca els ulls i es delecta amb l'aire que li acaricia la cara.

—S'hi està bé, aquí —sent que diu una veu.

La Silvia obre els ulls i observa que l'Elena, que s'acosta al banc. Aquesta noia és guapíssima, i malgrat que no va gaire arreglada, sempre es veu elegant. Segur que molts tios de la residència estan enamorats d'ella.

—Hola, puc seure? —li pregunta la toledana, somrient.

—I tant.

La nouvinguda ocupa el costat dret del banc. Mira la Silvia i s'atura en els seus increïbles ulls blaus. No només els té preciosos, sinó que la seva mirada sembla transparent i neta.

—Com va la teva primera setmana a la residència?

—Bé. Encara m'estic adaptant, però tothom és molt amable amb mi.

—Me n'alegro. Com va anar ahir al vespre amb en David?

La Silvia se sorprèn que l'Elena sàpiga això, encara que ells dos siguin molt bons amics. Segurament en David l'hi ha explicat aquest matí. Però què li deu haver dit, exactament?

—Genial. Primer vam anar a fer un cafè, després vam sopar i vam acabar en un pub del centre. Vam tornar d'hora cap aquí. En David és un noi fantàstic.

—Sí, és fantàstic.

A la Silvia li fa la sensació que el to en què ho diu és amb segones. Potser estan enfadats. Però no vol preguntar li si té algun problema amb ell, això és cosa seva. Excepte que ella...

—Sou molt amics, oi?

—Bé, som més que això —diu l'Elena, que tria les paraules a consciència. Després ho aclareix—. Durant uns quants mesos vam ser cunyats.

—Cunyats?

—Sí, la meva germana va ser la seva nòvia fins al gener.

Aquesta revelació deixa l'extremenya ben astorada i es queda sense paraules. L'Elena li explica la relació de la Marta i en David des de principi de curs fins a després de les vacances de Nadal. També s'atreveix a contar-li que ahir la seva germana va ser a la residència, els va veure sortir junts i s'ho va agafar molt malament, perquè la ruptura va ser traumàtica i encara se'n ressent.

—Ostres, quin greu. No ho sabia. Però entre en David i jo no hi ha res. Només vam sortir una mica. De fet, encara no puc ni dir que siguem amics. Vam parlar per primera vegada ahir a l'hora d'esmorzar.

—T'agrada?

—No. Bé... és un noi guapo, atent, divertit... però... —La Silvia està a punt de confessar que està enamorada d'un altre, però es reprimeix. No vol parlar d'en Gaby. Encara no—. Però ens acabem de conèixer.

—Que us acabeu de conèixer no vol dir que no hi hagi hagut amor a primera vista per les dues parts. Hi ha parelles que es formen amb el pas del temps, i d'altres que amb un minut en tenen prou per enamorar-se.

—Pot ser. Però no és el que m'ha passat a mi.

—No has tingut mai un amor així, sobtat?

—Suposo que sí, quan era més petita. Però no me'n recordo.

—En David és un noi d'aquests per enamorar-te'n a primera vista, no et sembla?

La Silvia pensa la resposta durant uns segons. Si no fos perquè l'Elena li acaba de dir que el sevillà era el nòvio de la seva germana fins fa poc, pensaria que és ella mateixa la que està interessada en ell. Li fa la impressió que l'està interrogant, encara que intenti amagar les seves intencions amb amabilitat i educació.

—Segur que els ha passat a moltes noies —es limita a dir—. Jo només he sortit amb ell a fer un volt i a sopar. M'agradaria ser la seva amiga.

—La seva amiga...

—Sí, no tinc gaires amics a Madrid. I en David em sembla que és un bon tio. No vull res més amb ell.

L'Elena la mira fredament, analitzant-la. Sembla sincera. Segurament li està dient la veritat. Tot i que a ella no l'hauria d'amoïnar gens que la Silvia i en David acabessin junts. El sevillà és lliure per fer el que vulgui.

—Jo també puc ser la teva amiga. Vivim al mateix passadís, i les nostres habitacions són molt a prop —comenta la toledana, amb un mig somriure—. Pots comptar amb mi per al que calgui.

—Moltes gràcies. Igualment.

Les dues noies continuen parlant una estona. L'Elena explica a la Silvia el que li passa amb la carrera i els dubtes que té de cara al futur. També surt el tema de la Nicole, parlen d'en Martín Carmona i després de les companyes de pis de la Silvia. Mentre xerren, algú les observa des de l'altra banda del llac. En David té curiositat per saber què es deuen dir. S'hi acosta, i quan el veuen, les noies queden en silenci.

—Hola! Què, aprofitant el sol i l'airet? —pregunta el noi, que es queda dret davant del banc on estan assegudes.

—Coneixent-nos una mica més bé —s'avança a respondre l'Elena.

—I el mal de cap?

—Ja m'ha passat. Estic bé, gràcies. L'estona que he

dormit m'ha anat la mar de bé. Això sí, m'estic morint de gana.

—Vols que anem a la cafeteria? —intervé la Silvia—. A mi em ve de gust un cafè amb llet.

—Doncs va, som-hi. T'hi apuntes, David?

—No, ens veiem després. He quedat amb una companya de classe perquè em deixi els apunts. Fins al vespre.

El noi s'acomiada d'elles i se'n va pel camí que condueix fins al reixat de la residència. L'Elena i la Silvia el miren fins que desapareix del seu camp de visió. Tot seguit, l'extremenya s'aixeca i es fixa en la mirada de l'Elena. No és una mirada normal, d'excunyada, de companya de passadís o d'amiga. Hi ha alguna cosa més. Queda ben clar, no és només una sensació seva. Li agradaria parlar-n'hi, però no té dret a fer-ho. Segurament a l'Elena no li faria gens de gràcia.

—Anem?

—Sí. —És la breu resposta de l'Elena, que encara està com despistada des que ha vist que en David sortia de la residència.

Les dues noies tornen cap a l'edifici i van a la cafeteria. Allà continuen la conversa que han iniciat al costat de la cascada del llac. No tornen a parlar d'en David, malgrat que cap de les dues se'l pot treure del cap.

CAPÍTOL 30

L'estona que en Julen triga a arribar en metro a l'estació d'Atocha es converteix en un autèntic malson. S'està tornant boig! En Marc no li ha explicat gaire res, simplement, li ha dit per WhatsApp que el seu pare el vol conèixer.

«Què vols dir que em vol conèixer? Així, has pogut parlar amb ell? Què li has dit de mi? Déu meu, explica'm alguna cosa!».

Les seves preguntes no obtenen resposta. Només un missatge més del seu nòvio:

«T'espero a les sis a l'estany de les tortugues i t'ho explico tot detalladament. Sisplau, no t'enfadis. Sé que per a tu és una situació difícil, però a veure si de tot això en surt alguna cosa bona. T'he de deixar. T'estimo».

Després d'assimilar el que acaba de llegir, el navarrès li envia un últim whatsapp abans de dirigir-se a l'estació de metro.

«No pateixis. Tot anirà bé. Fins ara. Jo també t'estimo».

Són gairebé les sis de la tarda d'aquell diumenge d'abril. En Julen baixa a l'estació de metro d'Atocha Renfe i segueix les indicacions que condueixen fins al gran jardí botànic de la planta baixa, on hi ha el famós estany de les tortugues. No pot evitar donar voltes a tot el que podria passar d'aquí a uns minuts. Ni tan sols sap de què han parlat en Marc i el seu pare perquè l'home hagi demanat per coneixe'l. És en to de pau? O potser per iniciar una guerra? No en té ni idea, però el que sap segur és que ell no està preparat per a un enfrontament.

Mentre baixa les escales mecàniques, mira cap al punt on han quedat. Veu el seu nòvio, tot sol. I els seus pares? Potser l'estan vigilant des d'algun altre lloc? Dóna una ullada al seu voltant però no veu cap parella que s'assembli a ell. No creu que s'hagin fet enrere, perquè en Marc l'hauria avisat. Doncs què?

Quan arriba a la planta baixa de l'estació, s'acosta cap a en Marc, que el rep amb un petó apassionat als llavis.

—I els teus pares? Que s'ho han repensat? —pregunta en Julen, força nerviós, després del petó.

—No, són a la cafeteria. M'he estimat més poder parlar un moment a soles amb tu, per preparar-te una mica per al que et trobaràs.

—M'estàs espantant.

—Després t'ho compensaré. T'ho prometo.

En Marc li torna a fer un petó a la boca. Després, l'agafa de la mà, el guia fins a un banc i s'asseuen.

—A veure, digues, què ha passat? Per què m'has fet venir?

—No sé ni per on començar. Han passat moltes coses aquestes últimes hores.

—Fes-me un resum.

—La meva mare ha demanat el divorci al meu pare.

—Què? De debò?

—Sí, està tipa de la seva actitud —diu en Marc, posant una mà a sobre de la d'en Julen—. L'hauries d'haver vist. S'ha posat a cridar al restaurant on dinàvem. Semblava boja.

—I el teu pare què ha fet?

—Al principi, res. Com sempre. S'ha aixecat de la cadira i se n'ha anat al lavabo. S'hi ha passat més de mitja hora.

—Hòstia, quina situació més complicada.

—Sí, molt. Però era necessari que la meva mare donés un cop de puny a la taula. I collons, i tant que ho ha fet...

En Marc li resumeix els fets en un parell de minuts: la dona ha esbroncat el seu marit perquè no dirigia la paraula al seu fill des que els ha confessat la seva homosexualitat, li ha dit de tot al restaurant, i quan ha vist que el seu marit no reaccionava, l'ha amenaçat amb el divorci. Ultimàtum en tota regla.

—La cara del meu pare era un poema. La meva mare no se li havia encarat mai d'aquesta manera.

—Esclar. Però una mare fa qualsevol cosa per un fill. I després, què?

—El meu pare ha tornat a la taula bastant afectat. Fins i tot m'atreviria a dir que ha plorat. Se li veia als ulls. Jo no l'havia vist mai així. M'ha fet llàstima, pobre.

—Home, és que és el teu pare.

—I tant. I l'estimo.

El noi s'emociona quan expressa el que sent per l'home que li ha posat les coses tan difícils últimament. En Julen li eixuga una llàgrima amb els dits i li pregunta si vol un mocador. En Marc li diu que no i continua parlant.

—Quan ha tornat a la taula, m'ha preguntat per la meva orientació sexual, si estava ben segur que sóc gai. Li he contestat que sí, que això no es pot triar. Ell ha semblat que no ho acabava d'entendre. Es pensa que ser homosexual és una opció. Però no m'ha renyat, ni ha fet més comentaris. S'ha begut l'aigua que quedava a l'ampolla i després m'ha demanat perdó per la manera com m'havia tractat.

—Això és un punt a favor seu.

—Sí. No és fàcil que un home amb el seu caràcter i la seva manera de pensar demani perdó. Però ho ha fet. No crec que fos per mi, sinó més aviat per la meva mare. No suportaria que la meva mare el deixés.

—Deu ser una dona fantàstica.

—La millor. És una persona extraordinària.

En Marc fa un somriure d'orella a orella quan parla de la seva mare. Les llàgrimes desapareixen, tot i que l'emoció encara li fa tremolar la veu.

—Quan el meu pare i jo ho hem solucionat, la meva mare se li ha acostat i li ha fet un petó als llavis. Feia molt de temps que no els veia fent-se un petó. Després m'ha fet una abraçada i m'ha besat a la galta. I llavors ha sigut quan el meu pare m'ha demanat si tenia parella.

—T'ha preguntat això?

—Sí, així, directament. M'ha agafat per sorpresa —comenta en Marc, mentre s'aixeca—. I en aquell moment de bon rotllo i sinceritat, no podia enganyar-lo, Julen.

—Ho entenc.

—M'ha dit que et volia conèixer abans de tornar a Barcelona. Li he hagut de dir que sí. A més, a la meva mare li fa molta il·lusió, encara que fins ara no s'hagi atrevit a preguntar-me mai res.

En Julen s'aixeca i esbufega. En principi, la situació no l'ha d'amoïnar, però els nervis el roseguen per dins. Serà la primera vegada que coneixerà uns sogres. Sogres! És una paraula que fins ara no havia fet servir mai. Sona a relació de debò, a relació seriosa.

—Faré tot el que pugui per caure'ls bé.

—No has de fer res, Julen. Sigues tu mateix, i ja està. Ets una gran persona.

—Bé, tinc els meus dies.

—Com tothom. Però no hi ha ningú millor que tu per trencar el gel amb els meus pares. Això t'ho puc assegurar.

Els afalacs del seu nòvio l'animen i l'ajuden a asserenar-se. En Marc també és una gran persona. I això que molta gent de la residència el considera un xulo de gimnàs que no veu més enllà dels seus músculs i la seva cara bonica. Res més lluny de la realitat.

—Els has explicat alguna cosa de mi? —pregunta en Julen, tot caminant cap a la cafeteria on els esperen els pares d'en Marc.

—No gaire res. Que estudies fisioteràpia, que tens divuit anys i que ets de Pamplona.

—Una descripció molt per sobre.

—Què volies que els digués? Com ens ho muntem al llit?

—No! Esclar que no!

El català fa una riallada quan veu que en Julen es posa vermell. L'agafa de la mà i li fa un altre petó abans de continuar caminant. Al cap de poc ja són al davant de la cafeteria. S'aturen. En una taula de quatre, al fons del local, en Julen localitza els pares del seu nòvio. S'empassa la saliva i encreua els dits.

—Preparat per a una conversa interessant?

—No crec que hi hagi mai ningú preparat per conèixer els pares de la seva parella.

—Ànim, amor meu. Ho faràs molt bé.

En Marc entra al davant i en Julen el segueix. A mig camí entre la porta i la taula de la cafeteria, els pares del noi s'adonen de la seva presència. S'aixequen per rebre'ls, l'home ben seriós i la dona d'allò més somrient. Ella és la primera que saluda el navarrès.

—Julen! Quina alegria, poder-te conèixer! —exclama, i tot seguit li fa dos petons.

—Igualment, senyora. Encantat de coneixe-la.

—Senyora? Sisplau, digue'm Montse, i tuteja'm!

El noi assenteix i després mira cap a l'home, que no es mostra ni de bon tros tan efusiu com la seva dona. El pare d'en Marc continua dret, però no s'ha mogut del lloc.

—Sóc l'Enric, molt de gust.

—El gust és meu, senyor. Un plaer.

La fredor amb què l'Enric encaixa la mà a en Julen

és directament proporcional a la duresa amb què l'estreny.

—Seiem? —proposa la Montse, donant un copet a l'espatlla al seu fill, que seu a la cadira del seu costat. En Julen s'asseu entre en Marc i el seu pare.

L'home es queda mirant fixament el navarrès, com si esperés trobar-hi les respostes a totes les preguntes que s'ha anat plantejant des que ha sabut l'orientació sexual del seu fill.

—Voleu un cafè? —intervé de nou la mare, que de seguida s'adona que la situació és molt incòmoda per al nouvingut.

—Sí. Jo vull un cafè amb llet.

—Jo també —diu en Julen, que se sent molt observat.

La Montse crida el cambrer i demana el cafè amb llet per als nois. El cambrer en pren nota i torna cap a la barra.

—O sigui que tu ets el motiu pel qual el meu fill s'ha tornat gai —diu l'Enric, molt seriós, quan el cambrer desapareix.

—Pare, això no funciona d'aquesta manera.

—Ah, no? Doncs com funciona? —diu l'Enric, desviant la mirada cap a la seva dona—. Si em permeteu preguntar-ho.

Doncs funcionem com qualsevol altra persona —respon en Marc, una mica molest. No sap ben bé què pretén el seu pare—. En comptes d'agradar-me les noies, m'agraden els nois. I no ha sigut per culpa d'en Julen. Els nois ja m'agradaven abans de coneixe'l a ell. I encara que no l'hagués conegut, em seguirien agradant igualment.

—D'acord, però no ho entenc.

—És que no hi ha res a entendre, pare. Simplement, és que sóc homosexual. I ja està.

—I a tu sempre t'han agradat els homes?

En Julen triga una estona a adonar-se que l'Enric es dirigeix a ell. El cambrer porta els cafès amb llet i li permet disposar d'uns segons més abans de respondre.

—Bé, a mi... també m'agraden les noies —diu el navarrès, pensant que és millor dir-los la veritat.

—És bisexual, pare.

—No fotis. Que és què?

—Bisexual. Li agraden els homes i les dones. No és res estrany.

—Vaja, o sigui que et podries enamorar del meu fill i de la meva dona. Et va el que més et convingui en un moment determinat.

—Pare!

—Enric! —exclama la Montse, furiosa.

—Què passa? Què he dit? No és la veritat?

—Dit així sembla que l'acusis de ser un frívol —diu en Marc, també enfadat.

En Julen els va mirant ara l'un ara l'altre, com si fos un partit de tennis. El pare continua fent preguntes impertinents i el seu fill li respon intentant no alçar la veu. Així passen els següents quinze minuts. Però de mica en mica, l'Enric es va suavitzant. Fins i tot esbossa algun somriure, que sembla sincer, quan és en Julen el que contesta a la seva curiositat.

—Segueixo sense tenir gaire clar tot això que m'esteu explicant —diu l'home, bastant més relaxat—. Però no em caus malament, Julen. És una llàstima que no siguis una noia.

—Pare!

—Enric!

—És una broma —diu el pare d'en Marc, amb un somriure sorneguer—. Només és una broma.

La Montse esbronca el seu marit i en Marc no para de brandar el cap, desanimat. En canvi, el navarrès s'aguanta el riure. No sap per què, ni per quin motiu, l'Enric també li cau bé. És un home pastat a l'antiga i té una mentalitat de dos segles enrere. I no obstant això, li fa l'efecte que pot arribar a congeniar amb ell i fer-li entendre que ser hetero, bi o homosexual no té importància. El que és realment important és estimar de debò la persona que tens al costat. Tant si és home com si és dona.

CAPÍTOL 31

No en sap gens, de dissimular. L'Ainhoa s'ha passat la resta de la tarda emmurriada i pensant que l'Óscar li està prenent el pèl. I si hi ha una cosa que la fa empipar és que li diguin mentides a la cara. Des que han arribat al restaurant de la Nicole, li han trucat tres vegades al mòbil. Segons ell, una trucada era de la seva mare, l'altra d'un company de classe i l'altra d'un amic de Valladolid. Se l'ha de creure? És evident que no. No se'l creu. Té molt clar que la Naiara ha tornat a entrar en joc. I si ha intentat desentendre's del tema és perquè el retrobament amb la Nicole és el millor que li ha passat últimament. A més, la seva mare no ha aparegut en cap moment i han pogut gaudir amb tranquil·litat d'un berenar boníssim de pastes típiques del seu país. Els *picarones*, la *leche asada*, el *suspiro a la limeña* i la *mazamorra morada* eren sublims. Ha quedat ben tipa. I ara ja s'acosta l'hora de marxar. L'autobús cap a Madrid surt d'aquí a pocs minuts, i no es poden permetre el luxe de perdre'l.

—No vull que marxeu! —exclama la Nicole, abraçant la seva amiga.

—Jo tampoc em vull separar de tu! És impossible que tornis, oi?

—Ara per ara, sí. Completament impossible.

Durant el berenar, aquest tema ha monopolitzat la conversa. La noia els ha explicat que no ho està passant gens bé a València, però que no pot tornar a la capital. La seva mare l'atabala molt, i cada dia que passa la seva relació amb ella és pitjor. A vegades, se sent com una criada, o com la mainadera dels seus germans. Amb prou feines té temps per a ella. Enyora molt la universitat, la residència i els companys del passadís 1B. I, per descomptat, ser independent, prendre decisions.

—És molt injust que no puguis fer el que vols.

—Ja ho sé, Aino. Però enfrontar-me a la meva mare encara seria pitjor. Si tornés a Madrid, ella s'enfadaria molt, i ja heu vist el que és capaç de fer.

—Sí, ja ho hem vist —diu la canària, fent un esbufec.

—En realitat, no és mala persona, només vol el millor per a mi. Però aquesta sobreprotecció m'està matant. Però va, no en parlem més, sisplau. No vull que el final del vostre viatge a València sigui negatiu.

—Tens raó. Va, ens fem una selfie per recordar el moment?

—Sí! I que es repeteixi moltes vegades!

L'Ainhoa treu l'*smartphone* i es fan una fotografia abraçades i somrient. Després s'hi afegeix l'Óscar i repeteixen l'operació, tot i que l'expressió de l'Ainhoa és totalment diferent. El somriure li ha desaparegut de la cara i es mostra molt distant.

Després de la segona selfie, les dues amigues es tornen a abraçar i s'omplen les galtes de petons.

—Em sap greu, noies, però ens en hem d'anar —diu l'Óscar, molt seriós, tot mirant l'hora al mòbil.

La Nicole rondina, però entén que els seus amics s'han d'afanyar per no perdre el bus. Encara han d'agafar un taxi que els dugui fins a l'estació. La peruana fa una última abraçada i un últim petó a l'Ainhoa, i després també s'acomiada de l'Óscar.

—Envieu-me un missatge quan arribeu a Madrid!

—Tranquil·la, ho farem. I vine a veure'ns!

—Ho intentaré!

A les noies se'ls escapa alguna llàgrima quan se separen. L'Ainhoa mira cap al restaurant i diu adéu amb la mà a la Nicole. Després es gira i s'eixuga els ulls amb les mànigues de la jaqueta nova.

—Segur que aviat us tornareu a veure —diu l'Óscar, per mirar de consolar-la.

—No ho sé.

—Esclar que sí! Has de ser...

—No em tornis a dir que sigui optimista o positiva, sisplau —l'interromp l'Ainhoa, poc amable.

—D'acord. No t'ho diré més. Ho sento.

La parella continua caminant fins que troba un taxi lliure. Pugen al cotxe i l'Óscar diu al taxista que van a l'estació d'autobusos.

Durant el trajecte, no es dirigeixen la paraula. Tots dos estan pendents del mòbil. Envien missatges, revisen les xarxes socials i escriuen al grup de WhatsApp del passadís 1B per explicar-los com ha anat la visita a la Nicole.

Quan arriben a l'estació, el noi paga el taxista. Baixen, entren a l'edifici i busquen la parada des de la qual surt l'autobús cap a Madrid.

—És aquell —diu l'Óscar, assenyalant un vehicle aparcat a la parada número cinc—. Vols que comprem un entrepà per al viatge?

—Jo no vull res.

La resposta seca de l'Ainhoa fa desesperar l'Óscar. Ja torna a estar enfadada. I en sap el motiu. O almenys, el sospita. Però què hi pot fer? A vegades té la sensació que està entre l'espasa i la paret. La canària és molt important per a ell. L'estima moltíssim. Però...

—Espera'm aquí, jo me'n vaig a comprar un. Ara estic tip, però són més de quatre hores de carretera. Segur que no vols res?

—Segur.

—D'acord. Ara torno.

L'Ainhoa ni tan sols contesta. S'asseu en un banc al davant de l'autobús que han d'agafar i es limita a seguir amb la mirada els passos del seu amic mentre s'allunya cap a la cafeteria de l'estació. A ella no l'enganya. No va només a buscar un entrepà per al camí. Està convençuda que farà una trucada i que a l'altra banda del fil respondrà la Naiara, la seva ex. O potser ja torna a ser la seva parella?

Passen cinc minuts i la noia no pot parar de pensar quan, com i per què el seu amic ha tornat amb aquella meuca insuportable. Què li deu haver promès aquesta vegada? Es pensava que l'Óscar era més intel·ligent. Caure dos cops a la mateixa trampa es pot justificar. Però tres?

Quan el noi torna, els passatgers ja pugen a l'autobús. L'Óscar dóna el bitllet a l'Ainhoa i es posen a la cua.

—T'he comprat un entrepà de truita —xiuxiueja el noi—. El tinc a la motxilla. Quan tinguis gana, m'ho dius.

—Ja t'he dit que no volia res.

—Bé, per si de cas. Si no el vols tu, ja me'l menjaré jo.

L'Ainhoa sospira; fins i tot en moments com aquest, quan està empipada, l'Óscar es preocupa per ella. Sempre atent, mirant que estigui el millor possible. Per què no pot estar bé amb ell? Per què l'enganya? És tota una història.

Pugen a l'autobús i avancen pel passadís fins als seus seients. La noia tria la butaca de la finestra. L'Óscar deixa la motxilla al portaequipatges de sobre seu i s'instal·la al seient del passadís. Són dels últims de pujar, de manera que no triguen a posar-se en marxa.

—Fi de l'aventura —comenta el noi, mentre inclina una mica el respatller del seient—. Què vindrà, ara?

—Els exàmens finals.

—Falta molt encara!

—No tant. El curs ja s'està acabant —diu l'Ainhoa, que també reclina la butaca—. D'aquí a un parell de mesos, ja estarà.

—Ostres, això sona apocalíptic.

A l'Ainhoa li fa gràcia el comentari i somriu. Tanca els ulls. Està molt cansada després de tantes emocions en tan poc temps. Finalment s'han pogut retrobar amb la Nicole, i per sort ha pogut veure la seva amiga peruana. I tot gràcies al noi que té al costat, que també ha tancat els ulls. Tot d'una, l'envaeix un sentiment de culpabilitat mentre l'autobús surt de València. La seva ment ja torna a jugar amb el seu estat d'ànim. Apareixen de nou els fantasmes de la por. Hauria de parlar amb ell? No, ara no és el moment. Potser demà, o demà passat, o la setmana que ve. Potser mai. No té dret a saber més del que ell li explica. Només són amics. No. No és el moment. Tanmateix, les paraules se li escapen de la boca.

—Óscar, que dorms?

—No, només tinc els ulls tancats.

—Podem parlar?

—Esclar. Què passa?

—Mira, ja sé que no és cosa meva —comença a dir, temorosa—. És sobre... sobre aquelles trucades.

—Quines trucades?

La noia s'impacienta. L'Óscar sap perfectament a què es refereix. Per què li agrada tant fer-se pregar? L'obligarà a estirar el fil, centímetre a centímetre, perquè li expliqui això de les trucades?

—Les que has estat rebent durant tot el cap de setmana.

—No recordo haver parlat amb gaire gent, aquest cap de setmana.

—Au, vinga, Óscar, sisplau!

—A veure, que jo recordi, aquesta tarda m'ha trucat l'Héctor, un company de classe, en Miguel, un amic de Valladolid, i la meva mare.

—No m'enganyis.

—No t'enganyo, Aino.

La canària obre els ulls i mira el seu amic, que continua amb les parpelles tancades. Sembla tranquil, impassible. Com si estigués en possessió de la veritat i totes aquelles trucades fossin de qui ell afirma que són. Però està convençuda que no és així. Es fia de la seva intuïció, i no es quedarà tranquil·la fins que no l'hi preguntí directament.

—Has tornat amb la Naiara?

—Però què t'empatolles?

—És ella la que et truca? Tinc raó? Torneu a ser nòvios?

L'Óscar obre els ulls i observa la seva amiga. La calma que demostrava fins ara s'esfuma de cop. Està nerviós. Fins i tot es remou al seient, incòmode.

—Que no em penses respondre? —insisteix l'Ainhoa, que necessita saber la veritat, sigui quina sigui.

—Tens raó.

—Què? Tinc raó?

—Sí, he tornat amb la Naiara. Però no t'ho volia dir perquè no t'ho agafessis malament. Em feia por la teva reacció.

Tot i que s'ho imaginava, la confirmació de les seves sospites deixa l'Ainhoa desolada. Es tapa la cara amb les mans i es posa a plorar. L'Óscar s'inclina i intenta abraçar-la, però ella no es deixa. Li agradaria fugir, saltar per la finestra de l'autobús i marxar ben lluny d'ell.

—Aino, ei, Ainhoa. Tranquil·la, tranquil·la... Sisplau, calma't —sent que el noi li diu a cau d'orella—. Només és un somni. Aino, desperta't.

L'Ainhoa obre els ulls de cop i mira el seu amic, que està pràcticament a sobre seu. Li costa uns instants entendre què ha passat.

—Que m'he adormit?

—Sí, i jo també. Però m'has despertat quan t'has posat a cridar.

—Ai, quina vergonya. Perdona'm. He fet un espectacle?

—No pateixis, gairebé ningú no se n'ha adonat.

L'Ainhoa repenja la cara al vidre de la finestra, que està fred, i branda el cap. Només ha sigut un malson, però semblava molt real. El seu subconscient li ha fet una mala passada. Tot i que el que ha somiat és precisament el que la seva intuïció li ha estat repetint durant tot el cap de setmana. Ha de ser valenta i resoldre els dubtes.

—Óscar, puc preguntar-te una cosa?

—Esclar. De què es tracta?

—A veure... potser és una paranoia meva, però és que fins i tot hi he somiat.

—Què passa?

—És sobre les trucades... Les trucades que has rebut aquest cap de setmana. I sisplau, no em diguis que han sigut de la teva mare o dels teus amics. No m'ho crec. És la Naiara? Has tornat amb ella?

—La Naiara?

—Sí. No m'enfadaré si torneu a sortir. T'ho prometo. No vull que em protegeixis més. He d'aprendre a superar les meves pors. A més, és la teva vida i...

—No he tornat amb la Nai, ni penso tornar-hi mai més. Aquesta història s'ha acabat per sempre —respon l'Óscar, amb fermesa—. Però tens raó, no t'he dit tota la veritat sobre les trucades que he rebut aquests dies. La persona amb qui he parlat és una companya de classe... i no estic gaire segur del que sentim l'un per l'altre. Potser m'estic enamorant.

CAPÍTOL 32

Deixa a l'escriptori els apunts que li ha donat la companya de classe i engega l'ordinador. En David es passa més d'una hora navegant per internet per mirar d'esbrinar si hi ha alguna novetat sobre l'assassinat de Calton Hill a Edimburg. No troba més informació de la que ja havia llegit abans. No obstant això, repassa una vegada més totes les notícies sobre el cas i intenta lligar algun cap que relacioni aquests fets amb en Manu i en Fernando. No té èxit.

De moment, no hi pot fer res més.

Apaga el portàtil i s'aixeca de la cadira. Tot d'una li ve molta gana, i amb raó. Mira el rellotge i s'adona que ja és hora de sopar. Entre una cosa i l'altra, el temps li ha passat volant.

Surt de l'habitació i truca a la porta d'en Toni, que no triga gaire a obrir.

—Tio, fas mala cara —comenta en David, quan veu el seu amic. Sembla esgotat.

—És que fa unes quantes hores que sóc aquí editant

el vídeo per al meu canal de YouTube. Em sembla que em tornaré boig. Ja sabia que era complicat, però no tant.

—I ja has acabat? Véns a sopar?

—No, encara no. Ja baixaré més tard. A veure si puc acabar-ho abans que tanquin el menjador.

—Com vulguis, però trobo que estàs obsessionat.

—No estic obsessionat, però vull penjar el vídeo avui mateix. Ara ja es tracta d'un repte personal.

—Aquesta noia et farà posar malalt. Has vist les ulleres que fas?

—Res que no se solucioni amb unes quantes hores de son —respon en Toni, fregant-se els ulls—. Va, et deixo. Que aprofiti el sopar. Fins ara.

S'acomiaden i el valencià tanca la porta per continuar treballant en el seu primer vídeo editat. En David es queda al passadís, pensatiu. Hauria d'avisar l'Elena per anar a sopar junts? No han estat sols des del matí. No té ganes de discutir. La noia li ha deixat ben clar que entre ells dos únicament hi pot haver una cosa: amistat. I com a amics poden sopar junts, oi?

Va cap a l'habitació 1151 i truca a la porta. L'Elena obre de seguida, però està parlant pel mòbil.

—Mare, he de penjar. No, no puc fer-hi res. Ja li passarà... D'acord, adéu —s'acomiada, i finalitza la trucada.

La noia mira en David i arronsa les espatlles.

—Fa vint minuts que em pregunta què li ha passat a la Marta a Madrid, perquè s'ha passat tot el dia tancada al seu quarto queixant-se de la vida.

—I què li has dit?

—Res. No li puc dir que la meva germana està enfadada amb mi perquè em vaig enrotllar amb el seu nòvio quan encara sortien junts.

El sevillà es mossega el llavi i no diu res. No és un bon moment per opinar sobre el tema, ni per continuar la conversa que han començat al matí.

—Véns a sopar?

—Ja és hora de sopar?

—Sí, són gairebé tres quarts de nou.

—Ostres, estic ben despistada. No tinc gens de gana, però baixo amb tu.

La noia es guarda el telèfon a la butxaca dels texans i agafa el tiquet del sopar. Surten junts de l'habitació, i quan estan a punt de travessar la porta verda del passadís 1B, l'Elena fa un suggeriment a en David.

—Avisem la Silvia perquè vingui a sopar amb nosaltres?

—Que ja us heu fet amigues?

—Mira, hem passat una estona juntes i em sembla que és bona noia.

—A mi també em cau bé. I m'alegro que t'hagis convençut que no hi ha res entre nosaltres dos.

—No he dit això. Vés a saber què vau fer ahir a la nit...

L'Elena somriu tota divertida i es gira. En David la segueix a pocs passos de distància. S'aturen a la 1155 i la toledana truca a la porta. La Silvia apareix amb una gorra vermella al cap i una goma d'esborrar a la mà. Porta un llapis a la boca i se'l treu després d'obrir.

—Perdoneu, estava dibuixant —diu, convidant-los a entrar fent un gest amb el cap.

En David i l'Elena entren a l'habitació de la noia, que té un munt de coses per allà tirades però més o menys ordenades.

—Només et volíem preguntar si baixes a sopar amb nosaltres —comenta en David.

—Ja és hora de sopar?

—Jo he dit el mateix. La tarda m'ha passat volant.

—No tinc gana, però si m'espereu un minut, vinc amb vosaltres. Aquesta samarreta és massa vella per sortir d'aquí dins.

La noia agafa un jersei blau de l'armari i una gorra del mateix color i se'n va cap al lavabo.

—Quantes gorres té? —pregunta l'Elena, mentre dóna una ullada a la làmina que hi ha a l'escriptori. És un bodegó a mig fer. El que ha fet fins ara està molt bé. Aquesta noia és tota una artista.

—Moltes. Ahir m'ho va dir però ja no me'n recordo.

—És molt coqueta. Sempre porta la gorra de conjunt amb la brusa.

En aquell moment, sona la melodia d'un mòbil. La parella es mira i després es giren tots dos cap al llit de la Silvia. És el seu telèfon, que vibra sobre l'edredó. La noia surt corrents del lavabo per respondre ràpidament. Tanmateix, el número que s'il·lumina al seu *smartphone* no el té registrat a la llista de contactes. De fet, sembla estranger, i s'assembla al d'en Gaby, però no és el seu. I si li ha passat res? Dubta si ha de respondre o no davant dels companys de passadís. Ells no saben res del seu nòvio argentí a distància. Però pot més la preocupació que no pas la por de revelar el seu secret. Per tant, contesta.

—Sí?

—Qui ets?

La veu de l'altra banda de la línia és femenina i amb accent sud-americà, juraria que argentí. No té temps de pensar res més, perquè la dona de seguida continua parlant.

—De què cony el coneixes, en Fede?

—En Fede? Jo no conec cap Fede.

—Au, no em vinguis amb mentides ara, malparida. He agafat aquest número del mòbil del meu marit. Ell et va trucar ahir. D'on ets, tu? Sembles gallega.

La Silvia es queda mirant l'Elena i en David amb els ulls ben oberts. No entén absolutament res. Qui és aquesta dona?

—Perdoni, senyora, però em sembla que s'ha equivocat. No sé qui és vostè, ni qui és el seu marit. Jo em dic Silvia i sóc espanyola.

—Ets l'amant d'en Fede?

—Amant? Tinc divuit anys, sóc molt jove encara per tenir amants.

—Divuit? Però si ets una nena! La mare que el va parir. Cabró. El malparit aquest me la fot amb una nena de divuit anys. El mato ara mateix.

La dona penja sense acomiadar-se ni aclarir res més a la Silvia. Ella es queda mirant el mòbil, com si esperés que li tornés a trucar.

—Va tot bé? —pregunta en David, quan veu que la noia no reacciona.

—No ho sé. Ara mateix estic molt confosa. No sé qui era.

—Se sentien els crits de la dona des d'aquí —diu l'Elena—. Era argentina?

—Sí, m'ho ha semblat.

—I no t'ha dit per què trucava?

—No ho he entès gaire. Em parlava d'un tal Fede, el seu marit. Tot plegat és molt estrany.

—Es deu haver equivocat —comenta en David, mentre obre la porta de l'habitació—. Va, anem a sopar.

La Silvia assenteix, però no està del tot segura que aquella senyora s'hagi equivocat. I si és la dona d'en Gabriel? No pot ser. Ell és solter i l'estima a ella. L'hi ha dit un milió de vegades. Fa molts mesos que parlen per les xarxes socials i que es veuen per la càmera web. Com pot ser la seva dona? D'altra banda, és argentina i li ha dit que havia agafat el seu número del mòbil del seu marit. I que li havia trucat ahir! Massa coincidències. Hi ha d'haver una explicació coherent per a aquest malentès.

Mentre baixen al menjador, la Silvia no es pot treure del cap la trucada telefònica que acaba de rebre. L'Elena i en David van xerrant i li pregunten coses. Ella respon amb monosíl·labs i somriures. Ha de parlar amb en Gaby com més aviat millor. Li ha d'explicar això que li ha passat i necessita que ell li confirmi que no té ni idea de qui és aquesta dona.

Amb prou feines es posa menjar al plat. Se serveix una mica d'amanida i va ràpidament cap a la taula. Treu el mòbil i escriu a l'argentí. Els dits li tremolen mentre tecleja.

> «Amor meu, necessito parlar amb tu. Ja sé que avui ets amb els teus amics fora de Buenos Aires, i que potser no veus aquest missatge fins d'aquí a una estona. Sigui l'hora que sigui quan arribis, truca'm o escriu-me, sisplau. Estic bé, no pateixis. Però t'he de preguntar una cosa. T'estimo molt».

La Silvia envia el whatsapp i tot seguit es posa una fulla d'enciam a la boca i la mastega sense gens d'interès. Tampoc escolta la conversa dels seus amics. Només està pendent del mòbil, tot i que no té gaires esperances que en Gaby es posi en contacte amb ella immediatament.

Per si de cas, copia el text que li ha enviat per WhatsApp i l'enganxa a Facebook. Li envia el missatge en privat. Llavors pensa en una cosa que fins ara no se li havia acudit. Si el seu nòvio no és la persona que diu que és, ho detectaria a la seva pàgina? Des del mòbil, durant la resta del sopar, examina el Facebook d'en Gabriel Lopilato. Té dos-cents quinze amics. En el seu mur, l'últim que hi ha posat és l'enllaç a YouTube d'una cançó, «I Was Born to Love You», de Queen, el seu grup preferit. Bàsicament, la seva pàgina està plena d'enllaços que porten a cançons, notícies de la premsa argentina i vídeos de partits del River Plate. Res d'estrany, ni tampoc res gaire personal. No hi ha comentaris, però això no vol dir res.

—Silvia, que encara estàs amoïnada per aquella trucada? —li pregunta l'Elena, després de donar-li un copet de colze amistós.

—És que... no ho sé. Ha sigut molt estrany.

—Va, no en facis cas —diu en David. El sevillà sí que s'ha omplert un parell de plats amb tot el que ha pogut per sopar—. S'han equivocat, i ja està. Què hi tens a veure, tu, amb l'Argentina?

Quan sent això, la Silvia per poc no s'ennuega. Ara per ara, no hi ha ningú a la residència que sàpiga la seva història amb en Gaby, un home que té dinou anys més que ella i a qui ni tan sols coneix personalment. Els ho ha d'explicar a ells dos? Semblen bones persones, de confiança. Però té la mala experiència de les dues excompanyes de pis. Això la fa ser reservada i no parlar més del compte.

—Res. Però...

El so del mòbil l'espanta. Examina ràpidament la pantalla i veu que és el número d'en Gaby. El cor li fa un salt i tot d'una es nota un nus a la gola. Ha de contestar.

Es disculpa amb els companys de taula i surt corrents del menjador. Mentre puja les escales, contesta.

—Hola, amor meu —diu, angoixada, esperant que sigui l'argentí i amb por de tornar a sentir la veu d'aquella dona.

—Hola, nina d'ulls blaus. Com va tot?

CAPÍTOL 33

Està esgotat, però satisfet amb si mateix. Encara no són les deu, o sigui que fins i tot tindrà temps d'anar a sopar. Però abans de penjar el vídeo editat a internet, en Toni el vol veure una vegada més. *Play*. Durant poc més de tres minuts, manté una conversa amb l'Abi, durant la qual li explica per què ha creat un canal de YouTube i el repte que ha decidit afrontar. Per la seva banda, la youtubera l'escolta atentament i li dóna uns quants consells per conquistar la noia de qui s'ha enamorat.

Quan acaba, sospira orgullós. Encara no es creu que ho hagi aconseguit tot sol. Per ser el primer, no està gens malament. Gens malament? És genial! Ja s'imagina la cara de l'Isa quan el vegi. Quedarà allucinada!

El següent pas és penjar-lo a YouTube. D'aquí a uns minuts, el seu primer vídeo apareixerà al canal i tothom el podrà veure. Quina emoció!

Mentrestant, agafa el tiquet del sopar i s'afanya perquè no li tanquin el menjador. Però quan surt de l'habitació, sent que algú plora en una de les habitacions del passadís. Aviat descobreix que els sanglots provenen de la 1155. En Toni s'hi acosta i, sorprenentment, es troba la porta ajustada. El valencià hi treu el cap, i malgrat que sent la Silvia clarament, no la veu enlloc. Intueix que deu estar estirada al llit, que està col·locat en un racó de l'habitació que no pot veure des d'on és ell.

—Hola? Silvia? —diu el noi, i s'atreveix a fer un pas cap a dins de l'habitació—. Puc entrar?

No obté cap resposta immediata, però sent el grinyol de les molles del llit. Al cap d'un moment apareix la noia davant seu. Té les galtes ben vermelles i amb les mans s'eixuga les llàgrimes dels ulls. És impossible poder dissimular que estava plorant.

—Hola, Toni —diu la Silvia, que continua intentant esborrar el rastre de tristesa de la cara—. Com estàs?

—Em sembla que més bé que tu.

L'extremenya somriu amb tendresa. Es gira i agafa un mocador de paper usat que té a sobre del llit. S'eixuga les llàgrimes i es moca.

—Estic bé, no pateixis.

—Quan algú plora, o està trist o és molt feliç. I tu no sembles gaire contenta.

—M'ha vingut una mena de desànim, però no passa res.

En Toni assenteix, però no creu que sigui un simple desànim. De la manera que l'ha sentit plorar i amb l'aspecte desolat que té, li fa l'efecte que és alguna cosa més. Vol preguntar-li el motiu de les llàgrimes, per ajudar-la, però s'acaben de conèixer i no li sembla gaire adequat ficar-se allà on no el demanen.

—Has sopat? —li pregunta el noi, canviant de tema expressament.

—Sí. Bé, de fet... No, no gaire —respon la Silvia. En realitat, ha deixat mitja amanida a la taula quan ha sortit per respondre la trucada, i ja no ha tornat al menjador.

—Vols baixar amb mi? Encara hi som a temps abans no tanquin.

La noia se sorprèn a si mateixa acceptant la proposta d'en Toni. S'afanya a rentar-se la cara, es posa la gorra blava i agafa un altre tiquet. El mòbil, en canvi, no se l'endú. Surten tots dos de l'habitació i corren pel passadís. Travessen la recepció tan ràpid com poden i baixen els graons de dos en dos fins al menjador. Hi arriben un minut abans que tanquin, però aconsegueixen entrar. Només hi ha quatre veterans que sopen en una de les taules més properes al bufet.

—Ens ha vingut just —diu el valencià, esbufegant, mentre una de les encarregades tanca la porta darrere d'ells.

—Sí, ja ho pots ben dir.

La Silvia somriu, ja està més tranquil·la. La companyia d'aquest noi potser li servirà de bàlsam després del que ha passat. En Toni li cau molt bé, i li transmet molta confiança. Parlar una estona amb ell serà positiu.

Cadascun agafa una safata i se serveix. Aquest cop, la noia omple un plat amb una mica de pasta a la carbonara i agafa un flam de postres. Seu en una de les taules del mig de la sala i observa el seu amic, que parla amb una de les cuineres perquè li faci una truita de pernil.

—Ets un mimat —diu la Silvia, quan en Toni s'asseu al seu davant—. No sabia que es podia demanar a la carta.

—És que no es pot. Però m'entenc molt bé amb l'Ángela, i de tant en tant em deixa passar algun caprici.

—Coneixes les cuineres?

—Esclar. Totes. Després de tants mesos aquí, és normal. Però no abuso de la seva confiança cada dia. Només és que avui em venia molt de gust una truita. Vols que te'n demani una?

—No, moltes gràcies. Amb això en tinc més que de sobres —diu la noia, assenyalant el plat de pasta.

—De debò que no en vols una de pernil? L'Ángela les fa boníssimes, una mica cruetes.

—A mi les truites m'agraden molt fetes.

—De debò? No ho entenc.

—No entens que m'agradin les truites molt fetes?

—No. No entenc això ni els que es mengen la truita de patates amb ceba.

—A mi m'encanta amb ceba.

—De debò? Ostres, jo que em pensava que ens entendríem la mar de bé i que seríem amics! —exclama en Toni, de broma, mentre es passa una mà pel cap rapat.

La Silvia es posa a riure i després li explica per què prefereix la truita d'una manera o d'una altra. Llavors surt el tema del punt de la carn, i tampoc coincideixen. Ella se la menja molt feta, i ell just al contrari. El tema s'allarga fins a les postres. Prefereixes dolç o salat? Et faries vegà? Quins ingredients s'han de posar en una paella de debò? S'entretenen tant parlant, que no s'adonen de l'hora que és. L'Ángela, la cuinera, ha d'anar fins a la seva taula i dir-los que s'afanyin. Els joves es disculpen, s'aixequen i surten del menjador.

—No em puc creure que ja siguin les onze. Ens hem passat una hora sopant —diu en Toni. Mentre puja les escales, li ve una cosa al cap—. Ostres, el meu vídeo de YouTube! Ja es deu haver penjat!

—Has penjat un vídeo a YouTube?

—Sí, he creat un canal. És el meu primer vídeo.

—I de què va?

—Ara t'ho ensenyo.

Arriben al quarto d'en Toni i seuen tots dos al davant de l'ordinador. Efectivament, el vídeo ja s'ha penjat i està publicat al seu canal. Només té cinc visualitzacions i el nombre de subscriptors no ha variat. En Toni prem el *play* i ensenya la gravació a la Silvia. Quan s'acaba, mira la noia amb expectació. És la primera persona que jutjarà la feina que ha fet.

—Què et sembla?

—És genial! —exclama ella, admirada—. I el que faràs per aquesta noia és increïble! Tot i que... estàs molt malament del cap.

—Ja ho sé. Però t'ha agradat, doncs?

—Molt. No ho sembla, que sigui el teu primer vídeo. Ho has fet fantàstic.

Les paraules de la Silvia inflen d'orgull en Toni. És veritat, el vídeo li ha quedat molt bé, i l'aparició de l'Abi li dóna força, credibilitat i qualitat. Ara l'ha de promocionar a les xarxes socials i intentar que la gent se subscrigui al seu canal.

—M'alegro que t'agradi. Encara he de millorar i aprendre molt, però mira, ja he fet el primer pas, que és el més difícil.

—Ho has fet molt bé. Però el repte no és gens fàcil. Com has aconseguit que l'Abi t'ajudés?

—La vaig conèixer ahir en un tastet de formatges. Va ser molt amable amb mi.

En Toni explica a la noia tota la història sencera: des de l'obsessió de l'Isa per YouTube, fins a aquest matí, que ha quedat en secret amb la youtubera que apareix en el vídeo per gravar.

—L'Abi en farà un altre per donar-me suport i perquè els seus seguidors m'ajudin.

—Ostres, això et farà sumar molts subscriptors.

—Sí, però no sé si seran suficients per superar l'Isa —diu en Toni. En aquell moment, sent el so del mòbil. Acaba de rebre un whatsapp.

Agafa el telèfon i llegeix el missatge.

«Ben jugat, tot i que la carta dels youtubers del tastet era meva. T'has aprofitat de la meva idea, però no et guardo rancor. Només una mica. Avui he parlat amb la Rebeca Stones per fer una col·laboració amb ella. Ja veus que no t'ho posaré fàcil. Benvingut a YouTube, amic Toni Pepperoni. Bona nit».

Al cap d'uns instants, rep un altre whatsapp:

«Per cert, estàs molt guapo al vídeo. No et deixis els cabells llargs, m'agrades més així. Fins demà».

L'últim missatge li fa encendre les galtes, al noi, que no pot evitar una rialleta tonta. L'Isa és com una flamarada de foc sobre una superfície nevada. Sempre té una volta més, una bola extra. Potser per això li agrada tant.

—És la teva nòvia? —pregunta la Silvia, intentant desxifrar el somriure d'en Toni.

—Sí, és ella. Però només serà la meva nòvia si aconsegueixo el repte.

—L'aconseguiràs. Ets una bona persona, Toni. I les bones persones es mereixen assolir els seus objectius i ser felices.

—Això que dius és molt maco, però no s'ajusta gaire a la realitat —diu el noi, mirant-la fixament—. Tu també sembles bona persona, i, en canvi, fa una estona t'he trobat plorant a l'habitació. No semblaves gaire feliç.

—Això és una altra història.

—No ho sé, perquè no m'ho has explicat. Però si ploraves, segur que no era per una cosa bona.

La Silvia es mossega el llavi i mira cap a una altra banda. Se sent pressionada. No per en Toni, que és encantador i és evident que només vol ajudar-la; la pressió és perquè no pot deixar anar tot el que porta a dins. O almenys, no ho ha fet fins ara.

—És veritat. No plorava per un simple moment de desànim —comença a dir, mentre seu al llit—. M'he barallat amb el meu nòvio.

—Tens nòvio?

—Sí, no us vaig dir la veritat, perquè és tot molt complicat. Mantinc una relació a distància amb una persona.

Instantàniament, a en Toni li ve al cap el que li va passar a ell amb la Lauren. Una situació que sembla de mil anys enrere, però que va haver d'afrontar tan sols fa uns mesos.

—El coneixes personalment?

—No, viu a l'Argentina.

—Una mica lluny.

—És a més de deu mil quilòmetres de distància —comenta la Silvia, amb tristesa—. Però això no és tot. Avui... Avui he descobert que...

No pot acabar la frase sense que se li torni a formar el nus a la gola que li impedeix parlar. Els ulls blaus se li tornen a negar. En Toni s'asseu al seu costat i li dóna la mà. Ella l'hi agafa i intenta acabar el que ha començat a dir.

—He descobert que està casat.

—Casat? Però quants anys té?

—Trenta-set —confessa, una mica avergonyida—. Ja sé que la diferència d'edat és molt gran, però quan parlo amb ell me n'oblido del tot, d'això. No hi dono importància. Ens complementem molt bé. Parlem de tot...

—Estàs enamorada —afirma el noi, que entén els seus sentiments.

—Sí. Però... ara no sé què passarà. M'ha jurat que ja no sent res per la seva dona, i que està esperant el moment oportú per demanar-li el divorci. I que no me n'ha dit res precisament perquè no m'allunyés d'ell.

—Ostres, ho trobo molt estrany.

—Ara mateix, tot és molt estrany per a mi. Del que m'ha explicat, ja no sé què és veritat i què és mentida. Ja em va enganyar una vegada al principi, i se suposava que des d'aleshores tot era veritat.

—L'has vist per la càmera web?

—Sí, moltes vegades. Físicament sí que el conec. Però no es diu Gabriel Lopilato. El seu nom real és Federico Arias. I el Facebook que em va donar és un de fals que utilitza des de fa uns quants anys d'amagat de la seva dona, amb uns amics i una vida paral·lela a la seva.

—Has entrat al seu Facebook de debò?

—Sí, però només hi té uns quants amics i una foto de perfil. No el fa servir per a res més —diu la Silvia, repassant mentalment la confessió que li ha fet l'argentí durant més de mitja hora—. No sé què pensar, Toni. Em sento enganyada i frustrada. És com si tots aquests mesos no fossin reals, encara que ell m'asseguri que m'estima i que deixarà la seva dona.

—Només et puc dir que t'entenc i que vagis amb molt de compte. A mi em va passar una història que em recorda molt la teva.

—Ah, sí? Què et va passar?

En Toni agafa aire i li explica el seu cas. La Silvia escolta atentament, amb la boca oberta, l'increïble relat d'en Toni amb la Lauren. Quan acaba, no es pot creure el que acaba de sentir.

—Ostres, Toni! És molt fort!

—Ja ho sé. I em va costar moltíssim recuperar-me'n.

—Ja m'ho penso. Quina història...

—Internet està ple de mentides. Per això et dic que vagis amb compte. No sé si el teu argentí amaga més coses o no, però no te'n refiïs i assegura't que tot el que et diu a partir d'ara és veritat.

CAPÍTOL 34

Després de sopar i de tornar de nou al passadís 1B, l'Elena i en David van al quarto de la Silvia per preguntar-li per què no ha tornat al menjador. L'extremenya ha deixat la meitat del sopar a la taula. Però quan arriben a la 1155, veuen que la porta està ajustada i la senten que parla per telèfon. Sembla alterada, o sigui que decideixen no molestar-la.

—Potser li ha trucat una altra vegada aquella dona argentina —comenta l'Elena, mentre tornen a les seves habitacions—. Em fa la sensació que abans no ens ho ha explicat tot. És molt estrany que algú et truqui des d'un altre continent sense cap motiu.

—Sí, és molt estrany. Però no ens podem ficar en la seva vida.

—No, esclar que no.

La parella se separa quan arriben al davant de les respectives habitacions. Tots dos treuen la clau i es disposen a entrar, però a l'últim moment en David es gira cap a la seva amiga.

—Elena, què faràs aquest vespre? —li pregunta, una mica cohibit. Després de la conversa del matí, li fa por la seva reacció.

—No tinc cap pla. Hauria d'estudiar, però no en tinc ganes.

—Vols mirar una pel·lícula?

—No ho sé. Quina?

—La que vulguis —diu en David, arronsant lleument les espatlles—. Vull desconnectar una mica i oblidar-me de tot abans d'anar-me'n a dormir.

En David no es refereix només al que ha passat amb la Marta durant el cap de setmana. També es vol oblidar durant unes hores d'en Manu, d'en Fernando i de tot el que tingui a veure amb Edimburg, però d'això l'Elena no en sap res.

—Mirem a veure si hi ha alguna pel·lícula reservada a la sala de cine?

—D'acord. Tot i que és diumenge, i potser el que hi ha programat és un partit de futbol —comenta el noi.

—Anem a comprovar-ho.

Cada dia, els residents s'encarreguen de triar el que miraran a la pantalla que anomenen la «sala de cine». No hi ha privilegis ni imposicions. El primer que arriba és el que reserva el programa que vol en un full plantat en un tauler de suro. Només hi ha certs acords quan hi ha jornada de Lliga o de Champions, sobretot si són partits importants. Sempre hi ha algú que a principis de setmana s'encarrega d'escriure els partits que se suposa que volen veure la majoria de residents.

Per tant, els dos joves s'obliden momentàniament d'entrar a les habitacions i surten junts del passadís 1B.

Van fins al tauler que hi ha al costat de la recepció i examinen la llista d'emissions previstes.

—Doncs no hi ha futbol. Fa cinc minuts que ha començat *El quadern de Noah* —diu en David, sense gaire entusiasme.

—M'encanta! L'he vist mil vegades!

—No és una mica avorrida?

—Què dius! És preciosa! Tens ganes de mirar-la?

El noi reflexiona uns segons. A la sala de cine no estan permesos els mòbils, i serà al costat de l'Elena tota l'estona que duri la pel·lícula. És el millor pla que pot tenir per a aquesta nit.

—Va, mirem-la.

—Fantàstic! Només una cosa abans d'entrar a la sala —diu la noia, somrient.

—Digues, què passa?

—Res. Però he d'anar a l'habitació a buscar un paquet de mocadors.

Ha registrat l'armari de dalt a baix unes quantes vegades. Per no parlar de l'examen exhaustiu que ha fet a l'abric on guardava la bosseta de pell. Res... el puto paquet no apareix!

L'Isa està que s'enfila per les parets. Ni tan sols ha baixat a sopar. La droga d'en Manu s'ha evaporat. Però això és impossible. Bé ha de ser en algun lloc! Després de revisar l'habitació pam a pam i de mirar pels racons més insospitats, només li queden dues opcions: o bé se l'ha endut a algun lloc i l'ha perdut, cosa improbable però possible, perquè hi ha moments de la tarda que no recorda amb claredat, o bé algú l'hi ha pres. I per a aquesta possibilitat hi ha dos candidats ben clars: en Julen i l'Eva.

El seu amic no ha aparegut més des que se n'ha anat de la seva habitació. L'ha anat a buscar al seu quarto i li ha trucat per telèfon, però no l'ha localitzat de cap manera. Tampoc ha contestat el whatsapp que li ha enviat. Deu ser amb en Marc.

Amb l'Eva ha tingut la mateixa sort, o pitjor, perquè té el mòbil apagat.

Molt enfadada, camina amunt i avall de l'habitació. Com una bèstia engabiada. Havia deixat ben clar que era ella la que s'ocuparia de la droga!

Està desesperada. Està a punt de perdre els nervis. Clava un cop de puny al coixí i el mossega perquè el crit no surti de l'habitació.

Què coi li passa?

Ha de fer alguna cosa per treure's de sobre aquesta frustració. Si continua així, el cap li explotarà. Torna a obrir l'armari i agafa la primera jaqueta que troba. Se la posa i se'n va de l'habitació. Surt del passadís i després de l'edifici, sense molestar-se a saludar el bidell de guàrdia. Camina tota decidida cap a la reixa. La travessa i decideix anar cap a l'esquerra. No sap ben bé cap on va, però necessita desfogar-se, deixar anar adrenalina. I moguda per un impuls, comença a córrer. Sorprenentment, i després d'un primer instant d'ofec quan accelera, se sent molt bé. No es cansa. Sens dubte, aquests mesos jugant a tennis li han proporcionat una bona preparació física. De mica en mica, augmenta el ritme i es nota més forta. Poderosa. Controlant la situació per primer cop en molt de temps. El seu petit cos es mou a tota velocitat pels carrers de la capital. Sense fixar-se en les mirades alienes, ni en els comentaris desagradables dels mediocres amb qui es creua pel camí.

Al cap d'un quart d'hora, s'atura, repenja les mans als genolls i escup un parell de vegades a terra. Es posa una mà al pit i es nota el cor que li batega ràpid. Llavors li sona el telèfon.

—Hola... Julen. Què... passa? —respon la noia, panteixant.

—Hola, ets a la residència? —pregunta en Julen, que sent el soroll de cotxes de fons.

—He sortit... a córrer per Madrid.

—Que has fet què?

—Collons. Necessitava sortir de la residència. I tot d'una... m'he trobat corrent per la ciutat. No és res dolent, oi?

—No.

La gallega aprofita el silenci que es fa entre tots dos per tornar a escopir a terra i per estirar els músculs. Respira fondo i deixa anar una alenada d'aire.

—Perdona'm per no haver-te contestat la trucada i el missatge d'abans. Estava sopant amb en Marc i no me n'he adonat.

—No pateixis. M'ho he imaginat.

—Ara ja sóc a la residència. Va tot bé?

—No, Julen, no va tot bé —diu l'Iria, enfadada, mentre seu en un banc buit que troba al carrer—. I ja saps per què. Què cony heu fet amb la droga d'en Manu?

—No sé de què em parles.

—Au, vinga, collons. Que l'he buscat pertot arreu. No em tractis com si fos una nena. On és?

—Bé... La té l'Eva.

—Per què? Et vaig deixar ben clar que me'n desfaria quan trobés l'oportunitat.

—L'Eva la necessita i m'ha demanat ajuda per aconseguir-la —diu el navarrès, seguint les instruccions que l'Eva li havia donat per si arribava aquest moment.

—Hòstia! I per a què la necessitava?

—Per vendre-la. Té problemes de diners.

—I t'ho has cregut? Aquella vol la droga per consumir-la! Ets un imbècil, Julen! T'ha enganyat com a un autèntic imbècil!

El noi no replica i es nega a seguir el joc a l'Iria, tot i que li sap molt de greu que l'insulti d'aquesta manera. S'empassa la saliva i respon amb tota la calma que pot.

—Ho sento. He fet el que creia convenient. Estic cansat, ha sigut un dia esgotador. Fins demà —diu, i penja sense deixar que la noia contesti.

L'Iria es posa a cridar quan s'adona que no hi ha ningú a l'altra banda de la línia. Immediatament, torna a trucar a en Julen, però ha desconnectat el mòbil. S'aixeca del banc i tanca els punys amb força. El cor li continua bategant a mil per hora. Li costa pensar. Amb un rampell, es treu la jaqueta i la tira per terra. La trepitja unes quantes vegades fins que pren consciència del seu comportament. Esbufega, cull la jaqueta i l'espolsa amb les mans. Per què actua d'aquesta manera? Està massa agressiva, molt irascible. I no li falten motius per enfadar-se, però potser s'està passant una mica.

S'ha d'asserenar. Es torna a abrigar i emprèn lentament el camí cap a la residència. Es concentra en la respiració perquè no se li acceleri i per recuperar el ritme normal dels batecs del cor.

Triga mitja hora a arribar-hi. Quan travessa la reixa de l'entrada, està molt més tranquil·la. El passeig de tornada li ha anat bé per calmar-se i pensar. No pot continuar així. Sí, s'ho ha promès un munt de vegades. Però ara ja és urgent, necessita fer un gir i canviar-ho tot. Potser hauria de marxar de la Benjamin Franklin. Anar-se'n a un pis o llogar una habitació per a la resta del curs. Això seria una bona solució. Possiblement, l'única solució per començar de nou.

Puja les escales cap a l'edifici principal convençuda del que ha de fer. Demà parlarà amb els seus pares i els explicarà el que s'ha proposat. Travessa la porta giratòria i, abans d'entrar al passadís, en Carmona, que és al costat del taulell de recepció parlant pel mòbil, corre cap a ella.

—M'has de dir on és en Manu —li ordena directament el noi, agafant-la pel braç.

—No sé on és, ja t'ho vaig dir.

—Necessito saber-ho immediatament. La seva família no el localitza. He de parlar amb ell, ha passat una cosa molt greu.

Només hi ha quatre persones mirant *El quadern de Noah* a la sala de cine. A més, a la meitat de la pel·lícula, dues se'n van, o sigui que l'Elena i en David es queden completament sols.

—No entenc la gent —xiuxiueja l'Elena, que ja ha gastat uns quants mocadors del paquet que ha anat a buscar—. Se'n van en el millor moment.

—És tard i potser ja han vist la pel·lícula moltes vegades, com tu.

—És igual. No ho entenc —insisteix la noia, en veu baixa.

—No cal que parlis tan baix, estem sols.

—Ja ho sé, però no puc parlar més alt quan sóc al cine.

—Això no és un cine.

—A veure, em penses portar la contrària en tot?

—En tot el que no tinguis raó, sí.

L'Elena gruny amb desesperació, mentre que en David fa un somriure entremaliat. Encara que la pel·lícula no l'entusiasmi, li encanta estar amb l'Elena en aquest ambient tranquil i relaxat. Des que han entrat a la sala, té ganes d'envoltar-la amb el braç, inclinar-se a sobre seu i fer-li un petó de pel·lícula. Però no ho pot fer. S'ha de conformar a respirar el mateix aire que la seva amiga respira. Mirar-la de reüll mentre plora amb les escenes tristes. Veure com somriu quan recorda el diàleg que mantenen els personatges. S'ha de conformar a ser el seu amic, encara que la temptació li demani més. Molt més.

La pel·lícula va avançant i cap dels dos torna a parlar. S'acosta el final i les llàgrimes de l'Elena ragen a tot drap. En David la mira, aquesta vegada sense dissimular. Té un mocador al nas, gemega i sanglota discretament, sense exagerar. El noi la troba encantadora i té unes ganes boges de notar els seus llavis salats, fins al punt que li fa mal. Li fa mal que entre ells no hi pugui haver res més. Però ha de respectar la seva decisió.

Fi.

L'Elena sospira intensament per alliberar tota la tensió que ha acumulat en els últims minuts. S'eixuga les llàgrimes amb un mocador i es moca. Llavors mira en David, que no li ha tret els ulls de sobre. Es comuniquen amb la mirada. No hi ha paraules. Només sensacions. Sentiments. Desitjos. La noia també té unes ganes terribles de fer-li un petó. Però és conscient que no ho pot fer. I això és el que es repeteix mentalment tota l'estona, malgrat que el seu cos s'inclina cap al d'en David. Unint-se com imants que s'atrauen.

Però l'acostament s'acaba quan s'encén el llum de la sala de cine. En David i l'Elena es giren de cop. És en Martín Arias Carmona. El fill del subdirector s'acosta ràpidament a la parella, que no s'imagina en absolut el que els explicarà.

Des d'ahir que ronda per la residència Benjamin Franklin. No té gaire clar què ha de fer, ni sap segur si l'estan buscant. Té por. Molta por. I si la policia s'ha assabentat d'alguna cosa? Al matí ha entrat en un cibercafè i ho ha buscat per internet. Ha trobat la notícia. Un mort a Edimburg. Però la informació no era gaire exhaustiva. No poden saber què va passar, ni tan sols creu que siguin capaços d'identificar el cadàver. Tot i així, li tremolen les cames i no es pot desempallegar dels dubtes que l'aclaparen des de...

Els llums d'un taxi l'enlluernen. El vehicle s'atura al costat de la reixa. Des del seu amagatall, veu que en baixen dos dels companys del passadís 1B. L'Óscar i l'Ainhoa entren a la residència. No sent de què parlen, però els veu força alterats. Només capta paraules soltes: whatsapp, accident, morts, desgràcia, desaparegut. La parella camina molt de pressa fins que arriba a les escales de l'edifici principal. Les pugen ràpidament i desapareixen per la porta giratòria.

Alguna cosa ha succeït, però no sap què pot ser.

És molt tard i encara no ha decidit on passarà la nit. Té fred i gana. La residència seria un bon lloc, no? Encara li fan mal les ferides, tot i que ja fa més d'una setmana des de la baralla. Tanmateix, a dins del seu cap, és com si acabés de passar.

—Ei, estàs bé? Contesta. Sisplau, contesta. Què et passa? Collons! Contesta! Tio, no fotis, contesta, hòstia!

Però va ser inútil. Ja no va tornar a sentir la seva veu. La vida d'aquell noi se n'havia anat per sempre. I ell era al seu costat.

CAPÍTOL 35

—Has vist mai el programa *Catfish*?

—No, mai. Ni tan sols em sona. Per què ho dius?

En Toni es passa la mà pel cap i en busca algun capítol per internet. Mentrestant, explica a la Silvia el funcionament d'aquell programa de l'MTV.

—Jo en vaig mirar uns quants episodis després d'allò de la Lauren. Es tracta de dos nois que intenten esbrinar mentides i desemmascarar perfils falsos a la xarxa.

—No ho capto gaire.

—Ara ho entendràs.

Finalment, en Toni troba un dels capítols i l'ensenya a la seva amiga. En aquesta ocasió, una noia de Texas parla del que sent per un noi d'Ohio que ha conegut per internet. No l'ha vist mai per la càmera web, i ell tampoc no ha volgut quedar mai personalment amb ella. L'equip de *Catfish* investiga la informació que troba d'aquell noi i intenta localitzar-lo perquè tingui una cita amb la texana. L'estudi de les seves xarxes socials és clau per arribar a la veritat i esbrinar si diu mentides o no. Analitzen especialment el seu Facebook, que els deixa molts dubtes. Al final, localitzen el noi i s'hi posen en contacte, però resulta que no és el mateix que apareixia a les fotografies. Tot i així, el noi i la noia queden, i quan es coneixen personalment, ella decideix que no en vol tornar a saber mai més res.

—Ha sigut interessant —diu la Silvia, quan s'acaba el capítol—. Però el noi em fa una mica de pena.

—Doncs no te n'ha de fer. Ha sigut ell el que ha enganyat.

—Sí. Però en realitat estava enamorat de la noia. El que passa és que el seu físic li creava moltes inseguretats i es pensava que ella no voldria res amb ell.

—Li hauria d'haver dit la veritat des del principi. Era l'única manera de poder tenir alguna oportunitat.

La Silvia arronsa les espatlles. En Toni tanca la pàgina i obre el Google.

—La qüestió és que hem d'intentar esbrinar més coses sobre el teu Gaby o Federico, com li vulguis dir.

—I com ho farem?

—Estirant els fils que la xarxa ens vagi proporcionant —diu el valencià, decidit—. Si és que t'hi atreveixes i estàs preparada per assabentar-te de qualsevol mena de notícia sobre ell.

—M'estàs fent por.

—No, simplement volem buscar la veritat. Ja saps que t'ha enganyat amb el nom i amb l'estat civil. Ara hem d'esbrinar si t'ha enganyat amb alguna altra cosa. Preparada?

La Silvia esbufega, però al final assenteix. En Toni

agafa el portàtil i se l'endú al llit, s'estira de bocaterrosa i diu a la noia que es posi al seu costat. Ella el mira, molt sorpresa.

—Només tenim una cadira, i trigarem una bona estona. Val més que et posis còmoda.

La Silvia accepta i s'estira al llit al costat d'en Toni, repenjada sobre els colzes, com ell. El llit no és gaire gran, però hi caben tots dos. Ja estan preparats per rastrejar la xarxa i buscar qualsevol pista, dada o informació que estigui relacionada amb aquell argentí de qui l'estudiant d'arquitectura s'ha enamorat.

El Google no els aclareix gaire res. Primer tecleja el nom de debò, però a «Federico Arias» i «Fede Arias» hi ha massa soroll, tal com ho descriu en Toni. Hi ha moltes persones que es diuen així, una de les quals és un conegut futbolista. Per tant, allà hi té poc per gratar, tot i que s'està una bona estona analitzant les entrades una per una. Tampoc no obté res rellevant quan escriu «Gaby Lopilato», «Gabi Lopilato» i «Gabriel Lopilato» al buscador. L'únic enllaç vàlid és el que condueix al Facebook fals que l'home va donar a la Silvia.

—Bé, sembla que ens haurem d'endinsar a les seves xarxes socials per intentar saber més coses d'ell. Saps si té Twitter o Instagram?

—No, només Facebook.

—Bé, doncs som-hi. Estudiem la seva pàgina, a veure si tenim sort.

En Toni va directament al Facebook real de l'home. Curiosament, no és privat. Potser perquè aquí no hi té res per amagar. Tal com li ha comentat la Silvia, només hi ha una fotografia de perfil i un grup d'amics que no arriben al centenar.

—T'ha parlat mai dels seus amics?

—Poc. Alguna vegada m'ha dit que havia anat amb ells a veure jugar el River, o a fer una barbacoa, com avui, però no m'ha dit mai noms. Sempre parla dels amics en general.

—D'acord. Investiguem.

Aquesta feina és molt pesada. En Toni entra a la llista d'amics d'en Fede i els va estudiant tots, perfil a perfil. Són poc menys de cent. Està tan concentrat en la pantalla que no s'adona que la Silvia s'adorm. Decideix no despertar-la, però l'observa uns segons. És una noia preciosa, fins i tot sense que se li vegin els impressionants ulls blaus. La tapa amb la manta i continua la recerca.

Al cap d'una hora, ja es comença a donar per vençut. Potser s'equivoca i no hi ha res més sobre aquest paio. Potser sí que l'argentí està enamorat de la Silvia i té intencions de deixar la seva dona. Però llavors, per què la seva intuïció li diu que segueixi investigant? Què coi està buscant? Això ho està fent per ella, o pel que li va passar amb la Lauren? Sigui com sigui, és la una de la matinada i està com al principi. Sospira i entra en un altre perfil.

—Dionisio Calderón —llegeix en veu baixa, i clica a sobre de la foto.

És un home més o menys de l'edat d'en Federico i a la imatge de perfil apareix vestit amb la samarreta blanca i la franja vermella del River Plate. Potser és un dels amics amb qui va a veure el futbol. Pot entrar a la seva pàgina perquè tampoc és privada. Clica a les fotos que hi ha i revisa tots els àlbums, un per un, tal com ho ha fet amb la resta. I llavors el cor li fa un salt quan accedeix a l'arxiu «Barbacoa a Salta». Conté vint-i-cinc imatges, en dotze de les quals en Toni hi reconeix en Fede Arias, que no està etiquetat en cap. Però hi ha tres fotografies en concret, molt semblants, que criden l'atenció al valencià. Des d'aquell moment, tot és més fàcil i una cosa porta a l'altra. Finalment ha trobat el fil que ha d'estirar.

—Ja et tinc, xato —xiuxiueja tot satisfet mentre mira la Silvia, que encara dorm.

Suaument, li toca l'espatlla fins que la noia es desperta. Els seus espectaculars ulls blaus ara plens de confusió es fixen en en Toni. Triga uns instants a entendre on és.

—Perdona'm, m'he adormit. Quina hora és? —li pregunta, estirant-se.

—L'hora de saber la veritat sobre el teu estimat argentí.

La Silvia fa un bot i s'incorpora. Seu amb les cames encreuades, com si es disposés a fer ioga, i s'inclina endavant per mirar la pantalla del portàtil. En Toni, en canvi, s'afanya a abaixar-la.

—Què passa?

—Abans de mirar el que he descobert, has d'estar segura que ho vols saber.

—N'estic segura. Què has trobat?

—Després no hi haurà marxa enrere, Silvia.

—Ja ho sé, Toni. Prefereixo la veritat, encara que sigui un cop fort, que no pas viure insegura en una gran mentida.

—Bé. Jo penso el mateix, però t'ho havia de dir —comenta el noi, mentre obre de nou la pantalla del portàtil. Li ensenya la imatge d'unes quantes persones reunides al voltant d'una barbacoa plena de trossos de carn—. Aquest és en Federico Arias fent una barbacoa amb una colla d'amics.

La noia s'acosta a l'ordinador i de seguida reconeix l'argentí.

—Ja ho veig. En què més m'he de fixar?

—En la data.

—És de fa dos diumenges —diu la Silvia, en veu alta—. Em va dir que se n'anava a celebrar l'aniversari d'algú. Deuen ser d'aquell dia. Alguna cosa més?

—Un moment, tingues una mica de paciència.

En Toni clica a la fletxa per avançar i passa unes quantes fotos ràpidament, fins que s'atura en una imatge on hi ha en Dionisio Calderón, el propietari d'aquell compte del Facebook, juntament amb en Fede, dues dones, dues nenes petites i un nen. La Silvia es tapa la boca, espantada i astorada, quan intueix on vol anar a parar el seu amic.

—Aquesta és la dona amb qui has parlat —diu el valencià, mentre assenyala amb el cursor una de les dues dones de la foto. És una dona d'uns trenta anys i escaig, molt guapa i no gaire més baixa que en Federico. Està somrient—. Es diu Bruna Lombardo, i tal com pots veure ella sí que està etiquetada.

El noi clica amb el botó dret del ratolí i obre una altra pestanya en la qual apareix el Facebook d'aquella dona.

—La Bruna sí que té la pàgina en privat, reservada només als amics. Però podem veure la fotografia de perfil —diu en Toni, i fa zoom a sobre de la imatge. La dona no està sola. Abraça algú—. Mira atentament la nena que apareix a la foto amb ella. I ara mira atentament aquesta altra.

En Toni li torna a ensenyar la foto de la barbacoa i fa zoom sobre la cara d'una de les nenes.

—És la mateixa.

—Sí. La nena de la foto del seu perfil de Facebook i la que està al seu costat a la barbacoa és la mateixa.

—És... la seva filla?

—Sí, aquesta nena és la filla de la Bruna i en Federico. En els comentaris d'una foto semblant a aquesta, un altre dels seus amics se sorprèn de com ha crescut la Daniela i esmenta el teu argentí i la seva dona.

—Déu meu. És increïble. No m'ho puc creure.

—No només t'ha enganyat dient-te que estava solter i sense compromís. En Fede també és pare.

La Silvia es queda glaçada. Mira la imatge de la Daniela, que sembla molt feliç a les dues fotografies. L'engany d'en Federico s'ha multiplicat i ha agafat el pitjor rumb possible. No només s'ha ficat al mig d'una relació, sinó d'una família. Però encara que se senti culpable, no ho és. L'únic culpable és ell, i això la fa enfadar. La fa enfadar moltíssim. És el pare d'una nena!

Mira el rellotge del mòbil i descompta quatre hores. A Buenos Aires són poc més de les nou del vespre.

—Què fas, Silvia? —pregunta en Toni, que s'adona de la tremenda indignació de la noia quan veu que s'enganxa bruscament el telèfon a l'orella—. Que li truques?

Però la noia no diu res. S'aixeca i va cap a la porta, surt i la deixa oberta darrere seu. En Toni intenta seguir-la pel passadís, però en aquell moment el crida algú que s'acosta cap a la seva habitació. En David camina de pressa, esverat, amb la cara desencaixada.

—Tio, ara et venia a buscar. Estem reunits a la zona de descans de la tercera planta. Hem de parlar.

—Ara? Tan urgent, és?

—Sí, ha passat una cosa molt greu. Els pares d'en Manu han tingut un accident de trànsit quan venien cap a Madrid. Han mort tots dos.

CAPÍTOL 36

—Hi som tots? —pregunta en Carmona, quan en Toni i en David apareixen i s'asseuen en els sofàs de la tercera planta.

El veterà passa llista amb la mirada. En David s'ha assegut al costat de l'Elena, cosa que no li estranya gens. Al sofà de la seva dreta hi ha en Julen, l'Iria i en Toni. I al davant d'aquests tres hi ha l'Ainhoa i l'Óscar. En Martín ha agafat una cadira de despatx de la seva habitació i l'ha dut fins a la zona de descans.

—Sí, ja hi som tots.

—Si la reunió és dels membres del passadís 1B, falta la Silvia, la noia que ha substituït la Nicole a la 1155 —diu l'Elena.

—Ella no coneix en Manu, si no m'equivoco —diu en Martín, amb fredor—. Us he convocat a vosaltres perquè sou els seus amics i l'hem de trobar. I no em vulgueu fer creure que cap de vosaltres no sap res sobre el malagueny.

Les mirades entre uns i altres i el silenci generalitzat és l'única cosa que en Carmona aconsegueix de la colla. El noi es fixa en tots, un per un, en el sentit de les agulles del rellotge, buscant algun gest que l'ajudi a desxifrar per on començar a furgar. Cansat d'esperar, torna a prendre la paraula.

—Mireu, nois —diu, després d'escrutar tots els presents—. Els pares d'en Manu s'han mort i la seva família no l'ha pogut localitzar. Té el telèfon apagat i pel que sembla fa molt de temps que no posa els peus a la residència. Almenys des d'abans de les vacances de Setmana Santa. Vosaltres sou els seus amics. La colla amb qui va. No sé què cony està passant, però estic convençut que sabeu més coses del que em voleu fer creure.

En Martín fa una pausa, fa lliscar un parell de metres a l'esquerra la cadira amb rodetes i es col·loca al costat de l'Iria. Se la queda mirant fixament i continua parlant.

—D'aquest tema se n'havia de cuidar el meu pare, perquè és una cosa molt greu. Han mort dues persones a la carretera quan venien a Madrid per intentar esbrinar on és el seu fill. Estaven a punt d'avisar la policia. Tot i així, he demanat sisplau al meu pare que em deixi parlar primer amb vosaltres. Us puc ben assegurar que el subdirector de la residència no seria tan amable com ho estic sent jo.

—Nosaltres no hem fet res mal fet —protesta en David, tirant-se endavant, valent.

—Esteu ocultant informació i entorpint la investigació.

—No és veritat —insisteix el sevillà—. Ningú no

està investigant on és en Manu. Ni la residència ni la policia. És mentida.

En Carmona, enrabiat, s'humiteja els llavis ressecs. Mira en David amb un cert menyspreu i torna cap al lloc on era amb la cadira de rodetes.

—Tens raó. Encara no s'ha iniciat cap investigació. Però demà serem nosaltres mateixos els qui trucarem a la policia per explicar-los què passa. I, evidentment, vosaltres haureu de declarar. I si dieu mentides, estareu enganyant la policia. I això és un delicte.

—És igual, declararem —replica en David, assumint la responsabilitat de fer de portaveu del grup.

Tanmateix, després d'un altre silenci, se sent de sobte la veu de l'Iria.

—Jo no sé on és en Manu —diu la gallega, tremolosa—. Però vull ajudar i col·laborar per trobar-lo.

—És una decisió intel·ligent —comenta en Martín, que per primera vegada aconsegueix la complicitat d'algú de la colla.

—Però així és impossible que t'ajudem. Deixa'ns parlar entre nosaltres. A soles. Sense pressions. I quan traguem conclusions del que sabem i del que no, t'informarem de tot. T'ho prometo.

La iniciativa de la noia sorprèn la resta de la colla, i també en Carmona. El veterà la mira amb recel. Tanmateix, a la veu de la noia hi ha alguna cosa que fa que confiï en ella. Per tant, s'aixeca de la cadira i assenteix amb el cap.

—D'acord. Teniu mitja hora per parlar. Després, tornaré i tu m'explicaràs tot el que sapigueu d'en Manu i la seva desaparició. D'acord?

—D'acord.

El noi mussita alguna cosa entre dents i se'n va al seu passadís, després de mirar una última vegada tota la colla i recreant-se una mica més en l'Elena, que gira el cap per evitar els seus ulls plens de retret.

—Això ho has dit de debò? —s'avança a preguntar en David, en el moment que en Carmona desapareix—. No li podem dir res. En Manu ens ho va demanar.

—En Manu no sap que els seus pares s'han mort —diu l'Iria, sobresaltada—. A veure, deixem-nos estar d'estupideses d'una vegada! Si la policia ens interroga, serà pitjor!

—Jo tampoc no vull enganyar la policia —intervé en Julen, donant suport a la seva amiga—. Crec que hem de posar a la seva disposició tota la informació que tenim. Si això ajuda a trobar en Manu, millor per a tots. Té dret a saber això dels seus pares.

En David es frega amb els dits el tatuatge del coll. L'Elena el mira, sembla molt nerviós. En Toni també té els ulls clavats en el sevillà. Ells dos potser són els que saben més coses sobre en Manu. Ha d'explicar-ho, si no ho fa en David?

—A veure, quina informació tenim del malagueny que només sapiguem nosaltres? —pregunta l'Óscar, que fins ara no havia dit res.

—Després d'una discussió amb mi, se'n va anar el 23 de gener no sabem on i ja no va tornar —diu l'Iria—. Ens va demanar, amenaçant-nos a través d'un missatge a l'Eva, que no parléssim amb la seva família, ni amb ningú de la residència. Durant dos mesos no ha donat senyals de vida, tot i que pel que sembla sí que estava en contacte amb els seus pares. Fins divendres de la setmana passada, que em va trucar des d'un telèfon que no era el seu. Era un número desconegut. Em va dir que tornaria dilluns i que us avisés a tots. Però ja ha passat gairebé una setmana i encara no ha tornat.

Quan acaba de parlar, esbufega. Intenta ordenar tot el que té acumulat al cap i mira de distanciar-se una mica dels seus sentiments pel malagueny. No és el moment de mostrar símptomes de debilitat. En Julen li acaricia la mà i la noia continua:

—Després hi ha el tema dels lapsus de memòria i les seves desaparicions puntuals durant el primer trimestre de curs. Gràcies a l'Eva, vam descobrir on anava: a un centre de desintoxicació per deixar les drogues. Però creiem que no ho va aconseguir, almenys no del tot, i en continua consumint. —En aquest punt, la noia fa una pausa i estreny la mà del navarrès—. Us he de confessar una cosa: vaig trobar un paquetet de cocaïna a l'habitació d'en Manu el dia que va desaparèixer.

Tots, excepte en Julen, queden atònits quan senten això.

—I ara on és la droga? —pregunta l'Ainhoa, inquieta—. Encara és a la seva habitació?

—No. Me la vaig endur jo. La vaig agafar ahir, quan en Carmona em va dir que els pares d'en Manu anirien a la policia si el seu fill no apareixia. Vaig pensar que si registraven les seves coses podrien trobar-la, i llavors tot es complicaria molt més. Per tant, vaig agafar la clau mestra de la recepció, vaig entrar al seu quarto, vaig agafar el paquetet i el vaig amagar a la meva habitació.

—No fotis que ara la droga la tens tu!

—Fins fa una estona, sí, Óscar. Ara ja la té l'Eva. Ella es cuidarà de guardar-la.

—Millor. Et podries haver ficat en un bon merder, si t'haguessin enxampat! Tu, i potser tots nosaltres —es queixa el val·lisoletà.

—Tens raó. Però ja està solucionat. Ara la responsabilitat és de l'Eva.

—Ella segur que té més recursos que nosaltres per gestionar-ho.

La noia assenteix a l'últim comentari de l'Óscar. Després, busca en els ulls d'en Julen el perdó pel seu comportament. Si no hagués sigut per ell, encara tindria la droga a la seva habitació. Ha sigut ella mateixa la que ha anunciat al seu amic la mort dels pares d'en Manu, després que en Carmona l'hi comuniqués. No han tingut ni temps de parlar del tema, de manera que la qüestió dels insults durant la conversa telefònica continua pendent. Es penedeix tant de tot el que li ha dit i de la seva actitud, que esborraria les últimes vint-i-quatre hores de la seva vida sense dubtar-ho gens.

Ha sigut una estúpida!

—Bé. Hi ha alguna cosa més que sapiguem d'en Manu i que li hàgim d'explicar a en Martín? —pregunta l'Elena, que té ganes que tot això s'acabi com més aviat millor.

En Toni dóna un cop de colze a en David. El noi el mira de reüll i nega amb el cap. Tanmateix, en Toni no està d'acord amb la idea de mantenir el silenci. Ells saben una cosa molt important que pot ajudar en la investigació.

—Nosaltres dos ens hem assabentat d'una cosa —s'atreveix a dir el valencià—. En David i jo creiem que en Manu podria ser a Edimburg.

—A Edimburg? I què hi fa, allà? I com coi ho sabeu, això? —pregunta l'Iria, molt alterada.

—I per què no ens en heu dit res als altres? —protesta l'Elena.

En David travessa en Toni amb la mirada, i el noi simplement arronsa les espatlles. El sevillà branda el cap, molt molest, i es resigna. Ja no hi ha marxa enrere. Ha de parlar, però haurà de triar sobre la marxa què pot explicar i què no.

—No he dit... no hem dit res perquè no hi ha res confirmat. A més, la persona que m'ho ha dit no és gaire de fiar. Tot i que aquest cop em sembla que no m'ha enganyat.

—Qui t'ho ha dit? —torna a intervenir l'Iria, cada vegada més enfadada.

—La meva exnòvia, la Verónica.

—I com ho ha sabut, ella? I què hi té a veure amb en Manu?

El sevillà, cansat, es frega els ulls abans de respondre. Després s'aixeca i camina d'una banda a l'altra de la sala. Mentre es passeja entre les butaques, es dirigeix als seus amics.

—Primer de tot, us demano disculpes per no haver-vos explicat res fins ara. Només en Toni està al cas del que la Verónica em va revelar fa uns quants dies. L'hi vaig dir a ell precisament perquè m'ajudés a investigar per internet un tema que, en principi, no tenia a veure amb en Manu. Però la vida sempre dóna sorpreses i la meva exnòvia sabia on era el malagueny, perquè l'hi va dir en Fernando. Se'n van anar tots dos junts a Escòcia fa dos mesos.

—Això és una bestiesa. En Fernando? No entenc res.

—És molt fàcil, Iria. En Manu i en Fernando ja es coneixien abans que ell vingués a fer de cambrer a la residència. Eren amics.

En David els ho explica tot detalladament: des de com es van fer amics i còmplices per venjar-se per la mort de la Rocío Costa, fins a la fugida dels dos nois a Edimburg, així com el contacte que la Verónica i en Fernando havien mantingut durant tot aquell temps. Els parla de l'ouija manipulada, de les cartes d'amenaça que va rebre i de com en Manu va aconseguir infiltrar en Fernando a la residència per fer-hi de cambrer. Només omet la part sobre com va aconseguir que la seva exnòvia li donés aquesta informació.

—És com una pel·lícula de por. Increïble —diu l'Ainhoa, que és la primera de reaccionar quan en David acaba.

L'Iria té la mirada perduda; en Julen l'abraça. Ha escoltat la història del sevillà com si el seu cos i la seva ment circulessin per una dimensió diferent. No està enfadada, ni trista. De fet, encara no han inventat cap paraula que pugui descriure el seu estat d'ànim.

—Encara hi ha més coses —diu en Toni, que demana permís amb la mirada a en David per continuar el relat—. Fa un parell de dies va aparèixer aquesta informació a internet.

El valencià agafa el seu mòbil i llegeix en veu alta la notícia del cadàver de Calton Hill.

—Penseu que aquests dos nois de la notícia són ells? —pregunta l'Elena, esporuguida.

—A Edimburg hi viuen uns quaranta mil espanyols. Les probabilitats són molt baixes. Però la Verónica no sap res d'en Fernando des d'aquell dia. El seu mòbil, igual que el d'en Manu, està apagat des de Divendres Sant. I el malagueny no ha complert el que li va dir a l'Iria. Per tant, encara que sigui remota, és una possibilitat viable.

—Si són ells, això voldria dir que si un dels dos va morir, l'altre el va matar i després va desaparèixer —apunta l'Ainhoa.

—Encara que soni molt fort, si la notícia realment parla d'ells, no hi ha cap altra possibilitat —conclou en David.

La tensió que plana a la zona de descans de la tercera planta es podria tallar amb un ganivet. Els set joves del passadís 1B no diuen res més. No poden. La idea que en Manu s'hagi mort o sigui un assassí és massa irreal per poder-la assimilar. El silenci és tan solemne, que fins i tot se sent el soroll de l'ascensor que puja. L'Ainhoa és l'única que es gira quan les portes s'obren. La noia es queda petrificada quan veu la persona que surt de dins.

—Estic somiant —xiuxiueja.

La resta de companys del passadís 1B no es fixen en el nouvingut fins que senten els seus passos.

—Què hi feu tots, aquí? Que ens hem canviat de passadís, o què? Va, no us quedeu aquí parats, veniu a fer una abraçada al vostre malagueny preferit!

CAPÍTOL 37

El puny d'en Manu colpeja amb força el braç esquerre d'en Fernando, que fa un esgarip. El següent cop de puny el rep al pit, a l'altura de l'estèrnum. El malagueny es fa mal a la mà, tot i que el dolor és molt més intens a l'estómac, on el seu oponent li ha pegat fort. Durant uns segons, li costa respirar i es limita a esquivar els cops de puny de l'altre noi, que cada vegada està més cansat. Tots dos ho estan. Sembla que la baralla ja arriba al final. Tot i així, en Manu aprofita un moment de distracció del seu company i li clava un altre cop de puny que va a parar just a la templa. No és gaire fort, però l'afecta més que els altres. El noi es queda estirat a terra, immòbil, com si fos mort.

En Manuel s'espanta quan veu que en Fernando no es mou. S'hi acosta i li pren el pols al coll. De sobte, obre lentament els ulls i es toca el cap. Està una mica marejat i molt adolorit.

—Hòstia, per poc no em mates! —crida en Fernando, confós, mentre s'aparta del seu rival arrossegant-se—. Ets imbècil o què?!

Els dos joves comencen a discutir, però ara sense cops de puny. Haver deixat l'adversari inconscient durant uns segons ha impressionat en Manu. Però el pitjor encara no ha arribat.

Han passat trenta-set dies des d'aquell moment, trenta-set dies horribles. Assegut al seient 3C del vagó número sis del tren que el porta a Madrid des de Màlaga, en Manu és incapaç de tancar els ulls sense veure la cara d'en Fernando. Però en els seus somnis i malsons, el noi amb qui va viure a Edimburg no està sol. Sovint, hi apareixen els seus pares. Ni tan sols es va poder acomiadar d'ells. És veritat que no s'hi entenia gaire bé, però, collons, eren els seus pares. I es van morir en un accident de trànsit quan es dirigien a la capital per intentar localitzar-lo. Se sent culpable? Tots i cadascun dels segons que han passat des que es va assabentar de la fatídica notícia. I d'això ja fa un mes.

«Pròxima estació: Atocha, Madrid. Fi del trajecte. Renfe els agraeix que hagin viatjat amb nosaltres. Esperem tornar-los a veure ben aviat».

La veu de l'hostessa anuncia, ara en anglès, que estan arribant a la destinació. En Manu s'aixeca i treu la maleta del portaequipatges. Abans que el tren s'aturi, es dirigeix cap a la porta del vagó. Es col·loca el primer per sortir i es prepara per baixar. Però abans que el tren s'aturi, nota un copet a la cama esquerra. Es gira i veu una nena rossa, amb els cabells arrissats, que no deu tenir pas més de quatre o cinc anys.

—Zenyor, té elz cordonz de la zabata dezcordatz —diu la nena, assenyalant el peu dret d'en Manu.

El noi mira cap avall i s'adona que la nena té raó. S'ajup i es corda la sabata. Li dóna les gràcies i es torna a posar dret.

És curiós que li hagi dit senyor. Només té dinou anys i aquesta nena ja el veu com una persona molt gran. Tot i que l'aspecte hi ajuda. Fa ulleres de dormir tan poc, i fa unes quantes setmanes que no s'afaita. Una barba espessa i desarreglada li tapa part de la cara. Està més prim i menys fibrós que abans. No fa esport i hi ha dies que ni es recorda de menjar. Els pòmuls se li han enfonsat i se li marca massa la mandíbula. Però ara mateix, això tant li fa.

Finalment, el tren s'atura del tot i en Manu és el primer de baixar. S'acomiada de la nena rossa, que baixa darrere seu, i es dirigeix cap a les escales mecàniques. Puja i recorre el llarg passadís que porta fins a la sortida. Quan s'obre la porta, veu entre la gentada expectant una cara coneguda. La noia que l'espera somriu i corre cap a ell.

—Ja t'he dit que no calia que vinguessis —diu en Manu, mentre l'Iria li regala dos petons de benvinguda a les galtes.

—Tenia ganes de veure't abans que ningú. Sóc així, ja em coneixes. Com ha anat el viatge?

—Normal. Com qualsevol viatge en tren. Agafem un taxi per anar a la residència?

—D'acord.

La parella puja per les escales mecàniques per sortir a l'exterior. Es posen a la cua dels taxis i esperen el seu torn.

—Com et trobes? Has dormit aquesta nit? —pregunta la gallega, preocupada per la mala cara que fa.

—Molt poc, gairebé gens.

—Encara tens malsons?

—Ara ja només quan dormo —diu en Manu, amb sarcasme.

—Hauries d'anar al psicòleg. T'aniria molt bé. Has patit molt.

—No penso anar a un cuidador de bojos, ja ho saps.

La noia esbufega i mira el seu amic amb tristesa; ell només està pendent de la fila. Té ganes d'arribar a la residència, tancar-se a l'habitació i escoltar música a tot drap amb els auriculars posats. Aquest s'ha convertit en el seu passatemps preferit durant l'últim mes, en la seva única manera d'aïllar-se del món.

—Tens gana? —pregunta l'Iria, intentant donar conversa al seu amic.

—No.

—No vols anar a prendre alguna cosa abans d'anar a la *resi*? Podríem anar a...

—La veritat és que no tinc gens de gana —la talla en Manu.

—Bé, com vulguis. Si necessites res o et ve de gust qualsevol cosa, digue-m'ho.

—Au, para de fer això, sisplau.

—Fer què?

—Compadir-te de mi —respon en Manu, molt seriós—. No necessito compassió, ni vull fer-te pena. Ja t'ho vaig dir el dia de l'enterrament dels meus pares.

L'enterrament. Va ser dijous 16 d'abril. Ja han passat tres setmanes i mitja, però tots dos el tenen ben present. Com si hagués sigut fa tot just algunes hores.

L'Iria, en Julen, l'Elena i en Carmona, en representació de la residència, van ser els que es van arribar a Màlaga per assistir al funeral dels pares d'en Manu. L'Eva també va anar amb ells. Va ser un dia desolador, plujós i ple de dolor. Tanmateix, a tots els va sorprendre que el seu amic no vessés ni una llàgrima durant el sepeli. Es va quedar impassible, absent i distant.

Els joves van tornar a Madrid l'endemà al matí, menys la gallega, que es va quedar a Màlaga uns quants dies més. El retrobament amb en Manu no va ser el que havia somiat. El noi es passava hores i hores sense parlar, i l'Iria es limitava a fer-li companyia. A vegades, era desesperant. Però durant el sopar de la tercera nit, just abans de tornar a Madrid, la noia va aconseguir aprofundir una mica més en els seus sentiments.

Estaven asseguts a taula, menjant una lasanya congelada, amb el televisor engegat per evitar el terrorífic i desconsolador silenci que imperava en aquella casa tan gran. Potser va ser com a conseqüència de les cerveses que es va beure el noi. O potser simplement necessitava deixar anar el que el turmentava des de feia dies. El cas és que en Manu li va revelar part d'una història de la qual l'Iria només en sabia els pocs detalls que havien aparegut als diaris. Ells dos encara no havien pogut parlar del tema. I va ser la noia la que el va instar a parlar. Però ho va fer amb tacte, això sí. Seguint una estratègia.

—Fins quan et quedaràs a Màlaga? —pregunta la noia, mentre s'acaba de menjar la seva meitat de la lasanya.

—No ho sé, hi ha molta paperassa per arreglar.

—Si vols, em puc quedar uns quants dies més i donar-te un cop de mà amb tot això.

—No cal. Són coses que he de solucionar jo sol. Tu ja has fet prou.

El to d'en Manu no és brusc, sinó més aviat amable i agraït. És el moment. Observa com fa un últim trago de la tercera cervesa i, llavors, s'atreveix a fer-li la pregunta que tantes vegades s'ha fet.

—Què va passar a Edimburg?

—A què treu cap això, ara?

L'Iria arronsa les espatlles i no diu res. Es limita a mirar-lo fixament, esperant que el noi li expliqui què va passar a Escòcia. La matinada de diumenge a dilluns, quan ella se'l va endur a la seva habitació i li va anunciar la mort dels seus pares, en Manu va quedar en estat de xoc. No va reaccionar en tota la nit. L'única cosa que li va sortir va ser: «Primer la meva àvia, després allò d'Edimburg i ara els meus pares. La mort em persegueix». A l'Iria li va venir immediatament al cap la notícia de Calton Hill de la qual els havien parlat en Toni i en David als sofàs de la tercera planta. Però no podia ni es volia creure que el seu amic fos un assassí. L'endemà, el noi va tornar a Màlaga, i fins ara no s'havia atrevit a treure el tema.

—Què vols saber? —pregunta el noi, molt seriós.

—El que tu em vulguis explicar. Sé que vas anar allà i que va passar alguna cosa que t'està afectant. Potser si ho dius en veu alta, et desfogues una mica i t'alliberes de tanta pressió.

—No cal que dissimulis.

—Perdona? Què és el que no he de dissimular?

En Manu es treu el mòbil de la butxaca, entra al seu

compte de Twitter, en el qual no escriu res des del gener, i va cap als missatges privats. Clica el primer missatge i passa el telèfon a l'Iria, que el llegeix.

«T'escric per aquí perquè no tinc el teu número nou. Espero que ho llegeixis. Em sap greu no haver vingut a l'enterrament dels teus pares, al cel siguin. La vida no t'està tractant gaire bé, i potser semblarà molt cruel el que et diré: has pensat que això que t'està passant és per algun motiu? Potser jo no sóc el més indicat per donar lliçons a ningú, perquè vaig cometre un gran error, però mai no faria el que m'has fet tu a mi. Sí, jo i tots els del passadís sabem que ets amic d'en Fernando, que el vas ajudar a fer-me la vida impossible, i que t'has passat els dos últims mesos i mig a Edimburg. Però ja parlarem quan estiguis més bé i tornis a Madrid. Recupera energies i forces, perquè en necessitaràs. Tenim una conversa pendent. Aquest no és el moment, ni el mitjà. Accepta de nou el condol per la mort dels teus pares. Em sap greu».

L'Iria li torna el mòbil a en Manu després de llegir el missatge privat d'en David. Repenja els colzes a la taula, ajuntant les mans, i se'l queda mirant.

—Què me'n dius? —pregunta el malagueny.

—El dia que vas tornar, ell i en Toni ens acabaven d'explicar que eres a Edimburg amb en Fernando. Ens van dir que l'havies ajudat a infiltrar-se com a cambrer a la cafeteria de la residència.

—Què més us van dir?

—Que havies col·laborat amb en Fernando perquè es pogués venjar d'en David.

—Res més?

La noia esbufega. El front li bull. Potser és el moment de posar l'última carta a sobre la taula i esperar a veure què passa. Ara és ella la que agafa el seu mòbil i entra al Google. Troba l'enllaç de seguida i el clica. Fa lliscar l'aparell per la taula, el deixa al davant d'en Manu i li demana que llegeixi la notícia. Però no li cal. Quan veu el titular, fa petar la llengua i li torna el mòbil a la noia.

—Pensem que l'article parla de vosaltres. D'en Fernando i de tu —admet l'Iria, temorosa del que en Manu li pot respondre—. És veritat?

—Sí. Nosaltres dos som els protagonistes de la notícia —contesta el noi, amb fredor, sense dubtar.

La noia serra els llavis i un calfred li recorre tot el cos quan en Manu confirma les sospites dels seus amics. El front li bull encara més. I ara què? Segueix interrogant-lo? Sap quina és la pregunta següent, però no sap si vol sentir la resposta de la seva boca.

En Manu li estalvia més cavil·lacions.

—Sí, jo vaig matar en Fernando.

—Déu meu.

—En David té raó. Potser tot això m'està passant per un motiu i estic pagant pel que he fet. Ara t'explicaré com va anar tot.

CAPÍTOL 38

Aquell diumenge de maig, el sol ha decidit amagar-se darrere dels núvols. Des de bon matí, el cel està plomís, cobert per una manta de color blau fosc, gairebé negre. Tot i que és amenaçador, no plou. De moment.

En David surt de la residència tot sol, en direcció a l'estació de metro més propera. Camina pensatiu, donant voltes al que ha passat fa tot just algunes hores, tot i que no és la primera nit que acaba a l'habitació de la Silvia. Ni la segona. Ni tan sols la tercera.

Per què s'està ficant al llit d'amagat amb l'extremenya? Atracció física. Morbo. Simplement, desig. No surten junts. Li agrada, però no està enamorat d'ella. I li fa l'efecte que ella tampoc no està enamorada d'ell.

Tot va començar la nit que va tornar en Manu. Després de la reunió dels joves del passadís 1B a la tercera planta i de la posterior arribada del malagueny, sentia una cosa estranya a dintre seu. Uns sentiments contradictoris. D'una banda, llàstima, pena pel seu company de residència, que acabava de perdre els seus pares. Per sort, l'Iria se'l va endur a part i va assumir la responsabilitat d'anunciar-li la mala notícia. Però d'una altra banda, la ràbia s'havia apoderat d'ell perquè no li havia pogut retreure tot el que li havia fet. No era el moment. I amb aquella ràbia va tornar a la seva habitació. Era molt tard, ben entrada la matinada. Quan va ficar la clau al pany, va sentir un crit que venia del quarto de la Silvia. No l'havia vist des de l'hora de sopar, quan va desaparèixer per respondre a la trucada del mòbil. Es va acostar a la porta de la 1155, però no va sentir res. No sabia si trucar o no, i finalment ho va fer.

El que va passar després no tenia cap explicació raonable. Tot just obrir, la Silvia se'l va menjar amb els ulls i es va llançar als seus braços. El va començar a petonejar i a treure-li la roba. En David no hi va posar cap obstacle, al contrari. La ràbia, la ira, la tensió que duia a dins per tot allò d'en Manu es van transformar de cop en una passió desenfrenada.

Més tard, la noia li va explicar que acabava de tallar amb el seu nòvio argentí, amb el qual mantenia una relació a distància. L'havia enganyat ocultant-li que estava casat i que tenia una filla. Potser aquell era el motiu del seu impuls sexual. Es va disculpar amb en David, per si d'alguna manera se sentia utilitzat, però va insistir que el sexe és cosa de dos, i que si ell no hagués volgut, no se n'haurien anat al llit.

Això va tornar a passar una setmana després i en unes quantes ocasions més al llarg de l'últim mes. Ningú no sospita el que passa darrere de la porta de la 1155 entre la Silvia i en David. Ni tan sols l'Elena, amb qui les coses continuen igual. Fa bastant temps que no parlen de la seva relació. Es tracten com a amics i cap dels dos no obeeix els seus impulsos en els moments en què estan sols. Han desaparegut, o ha disminuït la intensitat dels seus sentiments per la toledana? A vegades creu que sí, que ha posat punt final al que sentia. Però llavors, de sobte, apareix un instant màgic que li recorda el que aquella noia significa per a ell.

Sembla la cançó de l'enfadós.

En David baixa a l'estació de metro d'Argüelles. Ha quedat a les dotze a la cantonada del Zara. Falten cinc minuts, o sigui que va bé. Mentre s'espera, rep un whatsapp de l'Elena.

«En Manu ja ha arribat. Ha preguntat per tu. Espero que et vagi bé. Crec que estàs fent el que és correcte. Fins després».

En David li respon de seguida.

«Després parlaré amb ell. Tenim una llarga conversa pendent. Jo també crec que estic fent el que és correcte. Espero tancar aquest capítol de la meva vida definitivament. Fins després».

Al cap d'un minut d'haver enviat el whatsapp a la seva amiga, en David veu la noia de lluny: morena, amb un vestit negre fins als genolls i unes botes del mateix color. Ha passat una mica més d'un mes des de l'última vegada que es van veure, però ara la situació és ben diferent.

La Verónica saluda el seu exnòvio alçant la mà i amb un simple «Hola». Queden molt lluny els petons i les abraçades d'enamorats. La seva relació en aquests últims temps ha sigut més aviat d'odi mutu que no pas d'amor i afecte.

—M'alegro de veure't —diu en David, amb poc entusiasme—. Vols que anem a prendre alguna cosa, o prefereixes que caminem mentre parlem?

—Com tu vulguis, jo no conec això.

—Doncs caminem.

D'aquesta manera, no es veurà obligat a estar amb ella gaire estona, ni a estar pendent de cap cambrer. Quan acabin de parlar, cadascú anirà pel seu camí i final de la història.

—No sabia si voldries quedar amb mi quan et vaig dir que venia a Madrid —diu la noia, que encara recorda perfectament la seva trobada de Divendres Sant a Sevilla.

—Al principi, vaig dubtar molt, no et vull enganyar. Han passat massa coses entre tu i jo, i cap no ha sigut positiva.

La Verónica es lamenta d'aquesta última frase, però entén que des que es va produir l'accident de la Rocío Costa, res no ha anat bé entre ells dos. De fet, tot ha anat malament. Tot i així, li fa pena pensar que tot el que van viure abans d'aquell dia es perdi en l'oblit. Com si una part de la seva vida, la de quan sortien junts, s'hagués esborrat i no existís.

—I per què t'has decidit a veure'm?

—Em sembla que pel mateix motiu que tu em volies veure a mi. Ha arribat el moment d'enterrar la destral de guerra i passar pàgina definitivament. No et sembla?

La noia assenteix amb el cap; en David l'ha encertat.

Sempre ha sigut un noi molt intuïtiu i amb una capacitat extraordinària per llegir el pensament dels altres.

—Jo ja he pagat pel que vaig fer. I mai no ho podré oblidar. La Rocío, la seva família i l'accident em perseguiran tota la vida. Però m'he proposat refer la meva vida definitivament. He conegut una persona.

—De debò? I qui és l'afortunat?

—Afortunada. És una noia.

En David es queda sorprès per la revelació de la Vero, però no fa cap gest que ho demostri.

—Me n'alegro per tu.

—Gràcies. Estic contenta, tant com puc estar-ne després de tot el que m'ha passat. És una persona genial i m'encanta el que estic tornant a sentir per algú altre.

—Sap alguna cosa de... del teu passat?

—Res. L'hi explicaré quan sigui el moment adequat. Tot just ens acabem de conèixer.

—No l'enganyis.

—Tranquil, no ho faré. És només una qüestió de temps —diu la Verónica, més somrient del normal—. Però com pots comprendre, no l'hi puc deixar anar tot de cop. No la vull espantar.

En David continua trobant molt estrany això que li explica la seva exnòvia. No sospitava en absolut que li agradessin les noies. Tot i així, se n'alegra per ella.

—Espero que us vagi bé.

—Jo també. No sé si m'ho mereixo, però necessito una mica de calma ara mateix. I després d'allò d'en Fernando, em sembla que finalment la podré trobar. És segur que ell... és mort, oi?

—Segons en Manu, sí.

El dia de l'enterrament, en David va enviar un missatge directe al malagueny, a través de Twitter, per donar-li el condol per la mort dels seus pares. Però també hi va afegir alguna cosa més. Li comentava que sabia que havia col·laborat amb en Fernando i que, en algun moment, haurien de mantenir una conversa. La resposta d'en Manu, al cap d'uns quants dies, li va confirmar el que ell ja sospitava.

«Gràcies. No està sent gens fàcil. Encara que les meves disculpes no serveixin i no pugui justificar res del que t'he fet, excepte perquè em queies malament i em fastiguejava el teu posat de nen maco quan, en realitat, no ho eres i arrossegaves un passat molt negre, et demano perdó. De totes maneres, ja parlarem quan torni a Madrid. Tens raó, tot passa per algun motiu. I jo estic pagant tots els meus errors. Una cosa sempre porta a una altra. Però ara no és moment de filosofar. Ja ens veurem, sevillà.

Ah, i una última cosa: no pateixis més per en Fernando. Ell ja descansa amb la Rocío».

Quan en David va rebre el privat d'en Manu, va trucar a la Verónica per explicar-l'hi i perquè la noia també pogués respirar tranquil·la. El paio que tanta por li feia ja no la podria amenaçar més.

—Et prometo que no me n'alegro, de debò. En part, sóc responsable del seu estat mental malaltís —diu la Vero, mentre continuen caminant pel carrer Princesa—. Però estava boig i em feia molta por. Crec que la seva venjança s'hauria acabat liquidant-nos a tots dos. En els últims mesos es va obsessionar amb tu, David. Hauria acabat sent o tu o ell. Descansi en pau, però que descansi ben lluny de mi.

La por de la noia es fa visible en les seves paraules. Tot i que sabia que en Fernando era a Edimburg, cada nit s'assegurava de tancar bé la finestra de la seva habitació i comprovava l'armari i fins i tot a sota del llit. I encara ho va continuar fent després de saber la notícia de la presumpta mort del noi.

—Ara ja no ens podrà fer mal.

—Estan investigant què va passar?

—No ho sé.

—I la seva mare? Algú l'ha informat?

—Tampoc no ho sé. Suposo que no —respon en David, que s'ha preguntat un munt de vegades això mateix—. Em sembla que el seu cos encara és a Escòcia. Si no m'equivoco, ningú no l'ha identificat encara. O si més no, aquesta és l'última informació que va sortir a la premsa.

—Mare de Déu.

—Després parlaré amb en Manu, que acaba d'arribar de Màlaga. No sé a qui més li ha explicat això d'en Fernando. Tota la colla de la residència n'està al cas. Els ho vaig dir jo. L'Iria, que va parlar amb ell a Màlaga, ens va dir que ells dos eren els de la notícia de Calton Hill. Però, tot i així, cap de nosaltres no sap del cert què va passar a Escòcia.

Durant uns quants segons, la parella camina en silenci. El cel continua tapat, però fa calor.

—Vero, em sembla que aquesta hauria de ser la nostra última conversa —diu en David, que té aquesta idea al cap des que va decidir quedar amb la noia.

—Per una vegada, coincidim en alguna cosa.

—M'alegro que pensem tots dos igual. Si volem seguir amb les nostres vides, ens hem de separar per sempre.

—Ja ho sé, David. És el més convenient per a tots dos.

En David s'atura i la Verónica es col·loca davant seu. Temps enrere, van planificar el seu futur junts. Només eren dos adolescents amb moltíssimes coses per viure. Ara, el seu futur va per camins separats.

—Espero que et vagi bé amb aquesta noia. I no triguis gaire a dir-li la veritat. Si vols sinceritat en la teva relació, has de ser franca des de bon principi.

—Ho faré, no pateixis. Jo també espero que a tu et vagi bé aquí, i que et converteixis en un gran publicista. Et desitjo el millor.

Es miren als ulls, conscients que aquesta vegada serà l'última. A en David encara li queden forces per somriure. I ella el correspon.

—Fins sempre, Verónica. Que siguis molt feliç.

—Igualment. Fins sempre.

Es miren per última vegada, i un petó als llavis, tan inesperat com necessari, segella la pau entre dos exnòvios que han estat més temps odiant-se que no pas estimant-se. A partir d'aquest instant, res del que faci un preocuparà l'altre. Però no tot ha acabat entre ells.

CAPÍTOL 39

—Estàs sonat! No penso fer un striptease al teu canal de YouTube perquè augmentin els teus subscriptors!

—Només era una idea.

L'Elena sap que en Toni ho diu de broma. Mai no li demanaria una cosa així de debò, tot i que li encantaria poder ajudar el seu amic a superar el nombre de seguidors de l'Isa. Només li queden dos dies de termini i la noia encara n'hi porta deu mil d'avantatge.

Tots dos, juntament amb l'Iria, en Julen i en Manu, són a l'habitació del malagueny, que acaba d'arribar a la residència. Volen mirar de normalitzar la situació al més aviat possible, però són conscients que no serà gens fàcil.

—Has d'estar ben orgullós, Toni. És una passada la quantitat de subscriptors que has aconseguit en menys d'un mes —diu en Julen, donant-li un copet a l'espatlla—. Fa quatre dies, eres un autèntic desconegut, i ara en Toni Pepperoni té un canal amb quaranta mil seguidors.

—Bé, no ho he aconseguit tot sol. Ja sabeu que m'han ajudat molt.

I és veritat. Quan l'Abi va penjar el vídeo al seu canal explicant el repte que en Toni s'havia proposat, es va formar una cadena a YouTube per donar un cop de mà el valencià. No només d'usuaris, sinó també de youtubers coneguts. Inés Jimm, Álex Stone, Judith Jaso, Albanta San Román, Sara Baceiredo, Marta Frenkel i fins i tot la Sonia de Sweet California van fer vídeos o van esmentar en alguna de les seves creacions l'aposta que en Toni Pepperoni havia de guanyar per aconseguir que l'Isa menja Pizza fos la seva nòvia. Gràcies a aquest moviment de la xarxa, el diumenge 10 de maig el seu canal té quaranta mil dos-cents quinze subscriptors. Moltíssims. El problema és que la seva oponent acaba d'arribar als cinquanta mil.

—Però si tu no tinguessis carisma i no t'hi haguessis esforçat, no t'hauria ajudat tanta gent —diu l'Iria, inclinant el cap a la dreta—. No t'ho sembla, Manu?

El noi no està atent a la conversa dels seus amics, i només reacciona perquè ha sentit el seu nom.

—Perdona, què em deies?

—Estava parlant del mèrit que té en Toni. El que ha aconseguit en un mes no ho fa qualsevol.

—Què ha aconseguit? Aquest últim mes no m'he assabentat de gaire res.

La resposta d'en Manu deixa glaçat l'ambient de l'habitació. No pensen que ho hagi fet amb mala intenció. Tanmateix, ha sonat estrany, com si no li interessés el tema sobre el qual estan parlant. I ho entenen. El que li ha passat a ell durant les últimes setmanes no es pot comparar amb res. Creuen que és normal que es desentengui de les experiències dels altres. L'Iria ja els havia avisat que haurien de tenir molta paciència amb ell.

—Bé, jo me n'he d'anar. Vull gravar un últim vídeo avui, i encara ho he de preparar tot. Elena, Julen, puc comptar amb vosaltres, oi?

—Sí, però no penso treure'm la roba —respon l'Elena, mentre s'aixeca somrient—. Espera'm, que vinc amb tu.

—Jo me'n vaig a dinar amb en Marc —diu en Julen, que també s'aixeca—. Fins després.

Els tres joves s'acomiaden d'en Manu i de l'Iria i surten de l'habitació. Ells dos es queden sols, en silenci. Un silenci habitual a Màlaga, però que és nou per a tots dos a Madrid.

—Que he dit res de dolent? Han fugit tots com si els hagués demanat calés.

—No has dit res de dolent. Però...

—De fet, val més així —la interromp ell, mentre s'estira al llit—. No estic per fer cas de tonteries.

—Tenien ganes de veure't. Només volien ser amables.

—He vist com em miraven. Es pensen que sóc un assassí i un drogoaddicte. I ben mirat, no els en culpo, perquè tenen raó.

—No diguis això.

—Els has dit res del que vam parlar a casa meva?

—No. Només saben el que diu l'article que van trobar en David i en Toni a internet. Potser els hauries d'explicar la resta de la història.

—Per què? No canviaria res. A més, no tinc ganes de tornar a parlar una altra vegada del mateix. El pròxim cop que ho expliqui serà a la policia.

La noia s'esbulla els cabells i esbufega. Des que va

anar a la perruqueria extrema, els cabells li han crescut una mica i ja no els té de color platí, sinó ben foscos. El rapat del darrere ha desaparegut, i des de fa uns dies es pentina amb un divertit serrell de cortineta.

—Que ho confessaràs?

—Esclar que no. Però tard o d'hora descobriran què va passar i em vindran a fer preguntes.

—No sé com pots dir això i quedar-te tan tranquil.

En Manu no respon. Es gira i es col·loca de costat, mirant cap a la paret. Tranquil? No és precisament la paraula que el defineix. Cada vegada que sent una sirena es pensa que el vénen a buscar.

—Parlaràs amb en David?

—Sí, és l'única persona a qui dec una explicació —respon, tancant els ulls. Llavors veu en Fernando, amb la cara ensangonada. Inert sobre l'herba de Calton Hill. Obre els ulls i es torna a girar. L'Iria l'observa tota afligida—. T'he dit que no facis això.

—El què?

—Compadir-te de mi. No et vull fer pena. Per què no em mires amb desig?

—Desig de què?

—Desig de follar-me.

—Manu, no és el moment.

—Ah, no? A Màlaga ho vam fer i no va anar gens malament.

La noia fa un somriure torçat, una mica avergonyida. Sí, la nit que en Manu li va explicar tota la història del que havia passat a Edimburg, van fer l'amor. I l'endemà al matí, abans que la gallega tornés a Madrid, també. Va ser l'últim cop que es van veure fins avui, malgrat que l'Iria havia insistit unes quantes vegades per tornar a Màlaga a fer-li companyia perquè no estigués sol. I, tal com acabava de dir en Manu, no va anar gens malament. És més, va ser necessari. Balsàmic. Almenys durant un parell de dies, ja que el record dels seus cossos entrellaçats era com un oasi al mig del desert.

—D'acord, però tens preservatius aquí?

—No, me'ls he deixat a Màlaga.

—Doncs espera't un moment que vaig a la meva habitació —diu l'Iria, que manté el cap fred malgrat el desig.

La noia surt ràpidament de la 1156, deixant la porta ajustada, i entra al seu quarto. Obre l'armari i el calaix de la roba interior. A sota dels sostenidors blaus, hi troba els condons. N'agafa un, se'l fica a la butxaca dels pantalons i torna cap al quarto d'en Manu.

Quan és al passadís, però, es troba amb l'Óscar, que acaba de sortir de la 1159. No va sol. És la primera vegada que veu la noia que l'acompanya.

—Hola, Iria —la saluda l'Óscar quan es creuen—. Et presento la Sofía, una companya de classe.

—Encantada —diu la noia.

—Igualment.

Les dues noies no saben si fer-se dos petons o no, i al final se'ls fan. Tot seguit, l'Iria comença a anar cap a l'habitació d'en Manu, però l'Óscar la frena per preguntar pel seu amic.

—Que ja ha arribat en Manu?

—Sí, ara el vaig a veure.

—Com està?

—Bé, crec que li costarà una mica adaptar-se —diu l'Iria, impacient—. Ara està cansat del viatge; en tot cas podràs parlar amb ell quan baixem a dinar.

—No hi seré. Avui vaig a dinar a fora. Ja ens veurem per sopar.

—Perfecte. Fins després. Encantada!

—Igualment.

L'Óscar i la Sofía s'acomiaden de la gallega, que va tota decidida cap al quarto d'en Manu. Hi entra i tanca la porta.

—Ja sóc aquí. M'he entretingut perquè m'he trobat...

Però quan l'Iria mira cap al llit, veu el malagueny estirat de panxa enlaire amb els ulls tancats. S'hi acosta a poc a poc, preocupada. Però de seguida s'adona que només està dormint. Respira alleujada i agafa el preservatiu de la butxaca per deixar-lo a sobre de l'escriptori. Després, es treu les sabates, el jersei i els pantalons. Només amb la roba interior posada, s'estira amb molt de compte al seu costat. Té una mica de fresca, de manera que es fica com pot sota l'edredó i també tapa en Manu. Ho aconsegueix miraculosament sense despertar-lo. Estan tots dos encarats, a tot just uns centímetres de separació. La seva expressió és tan innocent mentre dorm, que ningú, sense coneixe'l, endevinaria els assumptes tèrbols en els quals aquell noi està ficat. Ella, en canvi, no el jutja. És difícil no caure en certes temptacions. La mort de la seva estimadíssima àvia li va condicionar la vida. Va ser l'inici del mal camí. De les males eleccions. Els problemes amb els seus pares i el desengany amb aquell primer amor també van influir perquè el seu amic, amant i estimat Manu s'introduís en el més complicat dels universos. Un món que ella mateixa va provar fa algunes setmanes i amb el qual només havia flirtejat, per sort. Gràcies a en Julen i a l'Eva, el problema no es va agreujar. Es va quedar en un simple avís. Un perillós i inquietant avís.

Vol oblidar-se de tot això durant una estona. Eliminar el passat momentàniament i imaginar-se un futur junts. I és que, per molt que ho hagi intentat, no ha aconseguit ficar els seus sentiments en una caixa forta i llençar-la al fons del mar. La caixa que conté els seus sentiments flota i s'obre i es tanca quan vol.

Està segura que ell no sent el mateix per ella, i que el seu somni és impossible. Però ara... ara en té prou estant estirada al seu costat, al seu llit, en silenci. Admirant la innocència que li queda. No necessita res més.

—T'estimo —xiuxiueja l'Iria.

Tanca els ulls i també s'adorm.

CAPÍTOL 40

—Has anat a veure una ex?

—Sí, teníem un tema pendent. I ja era hora que resolguéssim les nostres diferències d'una vegada.

—Què va passar? Que vau acabar molt malament?

—Dir que vam acabar malament és quedar-se curt. Però va, anem a dinar. Tinc gana.

La Silvia fa petar la llengua. Li hauria agradat que en David li expliqués més coses sobre aquesta exnòvia amb qui s'ha vist i els motius pels quals van acabar d'aquesta manera. No obstant això, no diu res. Agafa el tiquet del dinar i surten tots dos de l'habitació.

L'extremenya s'ha integrat molt bé en el grup del passadís 1B, però a vegades li fa l'efecte que li amaguen coses, alguns temes tabú dels quals els altres no volen parlar. Per exemple, tot el que estigui relacionat amb en Manu. Només sap que els seus pares es van morir fa un mes en un accident de trànsit i que, després de passar un temps a Màlaga, avui ha tornat a la residència. Res més.

Al menjador, ja hi ha l'Elena i l'Ainhoa, assegudes a la taula habitual. La Silvia i en David s'hi afegeixen després de servir-se del bufet.

—I els altres? —pregunta en David, mentre es posa aigua de la gerra.

—En Toni està preparant el vídeo que gravarà aquesta tarda —respon l'Elena—. En Julen ha anat a dinar amb en Marc al centre. L'Óscar també ha escrit al grup de WhatsApp dient que dina a fora. L'Iria em sembla que encara és al quarto d'en Manu. Suposo que després baixaran.

—Sí, ja m'ho ha explicat —indica en David—. Abans he anat a l'habitació d'en Manu per saludar-lo i m'ha obert ella. M'ha dit que dormia i que baixarien a dinar quan es despertés.

—Estan enrotllats? —intervé la Silvia, amb curiositat.

L'Elena i en David es miren. Ells dos estan al corrent dels sentiments de la gallega i del que hi va haver entre ells abans que el noi desaparegués. L'Ainhoa també ho intueix des de fa temps. Les parets de la residència són massa primes per amagar aquesta mena de secrets.

—No ho crec —s'avança a respondre en David, mirant de despistar.

—No, no surten —diu l'Elena, categòrica, per tancar el tema de cop.

—Em pensava que com que ella es va quedar uns quants dies a Màlaga quan allò dels seus pares...

—Això és perquè s'aprecien d'una manera molt especial, però només són amics.

La contundència de la toledana tanca el torn de suposicions. A partir de llavors, el dinar transcorre tranquil·lament.

La primera que s'aixeca de la taula és l'Ainhoa, que es guarda una poma per berenar. S'ha acostumat a menjar una peça de fruita cada tarda. Aquests hàbits l'ajuden a mantenir una certa disciplina amb el menjar. Aquesta mateixa setmana ha fet un control de pes i ha sigut molt positiu. Fa molt de temps que no es provoca el vòmit, i n'està molt satisfeta. Tanmateix, tot i que de mica en mica ha aconseguit estabilitzar-se i controlar més bé els moments d'ansietat, de tant en tant encara li vénen els fantasmes del passat. La majoria, provocats pels embolics sentimentals.

Des que l'Óscar li va dir, tornant de València, que hi havia una noia per la qual no sabia ben bé què sentia, la lluita amb si mateixa ha sigut constant. S'ha passat tot un mes intentant mentalitzar-se que el seu amic podria començar a sortir amb una altra noia en qualsevol moment. I durant tot aquest mes, aquella conversa li ha tornat a la memòria constantment.

—La persona amb qui he parlat és una companya de classe... i no estic gaire segur del que sentim l'un per l'altre. Potser m'estic enamorant.

Quan sent això, l'Ainhoa serra les dents i tanca els punys amb força per aguantar-se les ganes de plorar. Les trucades no eren de la Naiara, però eren d'una altra noia.

—És ella la que t'ha trucat tantes vegades aquest cap de setmana?

—No sempre. Hem parlat tres o quatre cops des que vam sortir ahir de Madrid.

—Com es diu?

—Aino, no cal que passis per això. Si no te n'he dit res fins ara, ha sigut perquè no t'afectés.

—També m'afecta que m'enganyin.

—Ja ho sé. I no et pots ni imaginar com m'ha costat no dir-te sempre la veritat —admet l'Óscar, amb sinceritat—. Però a vegades s'ha de decidir quin camí es vol agafar. Encara que sàpigues que t'equivocaràs, facis el que facis.

La canària entén les dificultats del val·lisoletà i es dóna la culpa a si mateixa perquè creu que és la responsable dels seus maldecaps. Està cansada de ser una fràgil nina de vidre. Tal com li ha dit abans, ha de començar a assumir la realitat. Trepitjar a terra amb força i afrontar sense por el que sigui.

—Saps què? Estar enamorada de tu és el millor que m'ha passat mai a la vida.

—Aino...

—Però diuen que el que no pot ser, no pot ser, i a més és impossible.

—Això diuen?

—Bé, ho diu la meva germana Yaiza. És molt intel·ligent, o sigui que deu ser veritat —afirma l'Ainhoa, que somriu i plora al mateix temps—. I el que és impossible, s'ha de deixar estar. Perquè hi ha un munt de coses possibles per les quals val la pena lluitar. I a partir d'ara estic ben decidida a centrar-me en aquestes coses possibles.

—I jo seré al teu costat per al que calgui.

—Gràcies. Però no puc dependre sempre de tu. He d'aprendre a volar sola.

I ara es troba en aquest vol. Sola i sense motor. A vegades, se sent perduda. D'altres, incompresa. Els dies se li fan llargs i pateix si passa moltes hores sense parlar amb ell. Es deprimeix quan sent la seva guitarra i sap que no toca per a ella. S'hi ha d'acostumar, tot i que és conscient que el temps serà el seu millor aliat. No diuen que tot ho cura?

L'Ainhoa se'n va del menjador, puja les escales i arriba a la recepció. En Jesús, el bidell, la crida quan la veu passar i li demana que s'hi acosti.

—Ha vingut una persona preguntant per tu —li diu l'home, esbossant un petit somriure.

—Per mi? Qui era?

—Val més que ho vegis tu mateixa.

—Caram, quin misteri. Fa gaire estona?

—No, tot just deu fer un parell de minuts. M'ha dit que t'espera a la cafeteria.

La noia dóna les gràcies a en Jesús i es dirigeix tota estranyada cap on el bidell li ha indicat. No espera cap visita. Ni tan sols s'imagina qui pot ser. Per tant, s'afanya per aclarir el dubte.

Entra a la cafeteria i dóna una ullada al seu voltant. Algú la saluda amb la mà de manera exagerada des d'una taula que hi ha a la banda dreta del local. La canària no s'ho pot creure. Li han fet la mateixa sorpresa que va fer ella a l'abril.

—Nicole! —crida, mentre corre cap a la seva amiga.

La peruana s'aixeca i li fa una abraçada tan forta com la que es van fer a València. Després, totes dues seuen i s'agafen les mans.

—Què hi fas, aquí? Que potser la teva mare per fi s'ho ha repensat?

—No, al contrari. Està més pesada que mai. Per això m'he escapat de casa.

—Què? T'has escapat?

—Sí, més o menys —respon la Nicole, mentre li desapareix l'eufòria inicial—. No puc més. Ahir em va fer una cosa que no sé si l'hi podré perdonar.

—Què et va fer?

—Va telefonar al noi que m'agrada i li va dir que no s'atrevís a trucar-me mai més.

—Hòstia! Va parlar amb el de Tinder?

—Sí. Mai de la vida no havia passat tanta vergonya.

Com que la seva mare pràcticament no la deixa sortir de casa, la Nicole es va donar d'alta en una pàgina de contactes. Més aviat com un joc que no pas com una alternativa real de trobar parella. Però resulta que fa uns quants dies va començar a parlar amb un noi que, si bé al principi només trobava simpàtic, després li va començar a agradar de debò. Fins al punt que divendres passat el va convidar a berenar al restaurant. La seva mare els va enxampar fent-se un petó.

—Res, va ser un petonet de comiat a la porta —protesta la Nicole, indignada—. La meva mare ho va veure i no em va dir res. Ahir em va agafar el mòbil sense que jo me n'adonés. Va buscar el número del noi i li va trucar per amenaçar-lo. Imagina't com em vaig sentir quan m'ho va dir!

—És molt fort, això que m'expliques.

—Ja veus. M'està fent la vida impossible, i ja no puc més —diu la Nicole, desolada—. Ahir al vespre li vaig dir que venia a Madrid, i em va escridassar dient que no m'hi atrevís.

—I t'hi has atrevit.

—Sí. I em sento culpable, de debò. He desobeït la meva mare. I també em sap greu pels meus germans petits. Però si la cosa continua d'aquesta manera, acabaré odiant la meva vida. I jo no sóc així!

—T'entenc perfectament.

—Gràcies, Aino —diu la Nicole, somrient—. Quan em vaig atrevir a comprar el bitllet d'autobús, vaig decidir no avisar-vos per fer-vos una sorpresa, com vosaltres. Estic molt contenta de tornar a ser a la residència, tot i que m'hauria agradat que fos en altres condicions i d'una altra manera.

—Fins quan et quedes?

—No ho sé. No he comprat bitllet de tornada. He reservat una habitació en un hostal d'aquí a prop.

—De cap manera! Et quedes amb mi a la meva habitació!

—No pateixis, tinc prou diners. La meva mare m'ha pagat un petit sou per ajudar-la al restaurant.

—Doncs guarda-te'ls. Cabem perfectament totes dues al meu llit. No cal parlar-ne més. Envia ràpidament un whatsapp al grup per anunciar-los a tots que tornes al passadís 1B!

CAPÍTOL 41

—Com ha anat això?

—Molt bé, gràcies.

—M'alegro que us hagi agradat. Voleu postres?

L'Óscar arqueja les celles i mira la Sofía. La seva companya de classe somriu, i finalment assenteix amb el cap. Estan tips, però les postres de Tommy Mel's són boníssimes.

—Un dia és un dia —diu el noi—. Ens portes la carta?

—I tant, ara mateix.

La cambrera, que porta una etiqueta escrita a mà penjada a l'uniforme on hi posa «Macarena», no triga ni trenta segons a deixar una carta de postres a sobre la taula. Després es retira perquè puguin decidir tranquil·lament.

—Què et ve de gust? —pregunta el noi, mentre examina la llista de dolços, gelats i batuts.

—No en tinc ni idea. Tot té una pinta increïble. Va, tria tu.

—D'acord. Un banana split per compartir?

—Perfecte, bona idea.

El noi busca amb la mirada la cambrera que els atén i alça la mà per avisar-la. La Macarena torna a la taula i pren nota de les postres.

—Què em deies, abans que decidíssim continuar-nos atipant de menjar? —pregunta la Sofía, mentre per sota la taula acaricia la cama de l'Óscar amb el peu.

—T'estava demanant els apunts de desenvolupament cognitiu.

—Només surts amb mi perquè et deixi els apunts, oi?

—M'has descobert. Però tu també m'utilitzes per a altres coses.

—Ah, sí?

—Sí.

—Per a què? —pregunta la Sofía, que s'inclina a sobre la taula—. Digues.

—Per... perquè triï les postres —contesta l'Óscar, i immediatament després rep un petó als llavis—. Tens gust de cogombre.

—Que romàntic que ets. Potser és perquè m'he menjat una hamburguesa que duia cogombre? Per cert, el teu alè no és gaire millor que el meu. T'hauries d'haver apartat la ceba.

—Una hamburguesa sense ceba és com un arròs a la cubana sense tomàquet.

—La ceba no és tan important, el millor és que...

En ple flirteig, sona el mòbil de l'Óscar. Comprova qui és i se sorprèn de veure aquell nom a la pantalla.

—No contestis, sisplau. Estem dinant.

—Només serà un minut.

—Aixafaguitarres.

El noi s'aixeca, fa un petó a la Sofía i surt al carrer. Respon just abans que el mòbil deixi de sonar.

—Hola, Yaiza, com estàs?

—Hola, Óscar. Bé, i tu? —pregunta la germana de l'Ainhoa.

—Molt bé, dinant.

—Perdona que t'interrompi, només és un segon. Estàs amb la meva germana?

—No. És que no sóc a la residència. He anat a dinar al centre.

—Vaja. I no saps on és l'Aino? Li truco i no m'agafa el mòbil.

Tot d'una el noi queda aclaparat per una onada d'incertesa i de preocupació. El més probable és que no passi res i que la seva amiga estigui bé, però, i si li ha vingut una baixada perquè s'ha assabentat que anava a dinar amb la Sofía? Els ha vist sortir junts? Des de la finestra de l'habitació de l'Ainhoa es veu el caminet que porta fins a la reixa de sortida de la residència. És una possibilitat, però no es vol precipitar.

—Em sap greu, Yaiza. No sé on és. Potser fa la migdiada i ha deixat el mòbil en silenci —diu el noi, per tranquil·litzar-la—. D'aquí a una estona tornaré cap allà. Si la veig, li diré que et truqui.

—Gràcies. Sí, segurament està dormint. Però com que ella és així...

—Esclar. Però últimament està molt millor. Més animada. No ho has notat?

—Sí, sembla més contenta. O si més no, és del que ens vol convèncer.

—Creus que només ho fa veure?

—No ho sé. L'altre dia em va trucar molt contenta després del control de pes que es va fer.

—Sí, va anar tot fantàstic. Estava eufòrica.

—Però a vegades... No ho sé, Óscar. Tu la veus més que jo. Està lluitant amb ella mateixa, i no és gens fàcil afrontar determinades situacions —comenta la canària, amb un to de veu més greu—. Intenta fer veure que està bé però no ho està. No ho veus així, tu?

El noi no sap què contestar. Des que la coneix, l'Ainoa sempre ha tingut un caràcter complicat. En canvi, aquest últim mes, la seva amiga s'ha mostrat menys impulsiva i molt més tranquil·la que abans. No s'han discutit ni una vegada. Tot i que també és veritat que s'han vist menys i no sap què passa a dins de la seva habitació quan està sola.

—Tots tenim dies dolents —respon l'Óscar, dubitatiu—. I la teva germana també. De totes maneres, ja estaré al cas.

—Gràcies. Et portes molt bé amb ella.

—Som amics. No cal que et digui que l'Ainhoa és molt important per a mi.

—Ja ho sé. Gràcies una altra vegada. I ara et deixo tranquil, maco, que ja t'he entretingut prou. Avisa'm si saps res d'ella.

—No pateixis. Estem en contacte. Adéu.

—Adéu. Cuida't molt.

—Tu també, Yaiza.

La noia és la primera de penjar. Parat al mig del carrer i amb el mòbil encara a la mà, l'Óscar es queda reflexionant uns segons sobre el que li acaba de dir la germana de l'Ainhoa. Potser té raó i ell no s'ha adonat que la seva amiga no està tan bé com sembla. S'hi haurà de fixar més. Però ara l'amoïna una altra cosa. A veure si té sort.

Entra al llistat de trucades recents i prem el número de l'Ainhoa. Després d'uns quants tons, salta el contestador. Merda. Segon intent, el mateix resultat. No es vol alarmar, però no ho pot evitar. Per què es preocupa tant? Deu estar dormint, tal com ell mateix ha dit a la Yaiza, o a la sala de cine amb el mòbil en silenci. Si no agafa el telèfon, és per un motiu raonable. De fet, hi ha milers d'explicacions possibles. Però no es queda tranquil. Busca un altre número i el marca. Aquesta vegada, contesten de seguida.

—Digues, Óscar. Què passa?

—Hola, Toni. Escolta'm, has vist l'Ainhoa per aquí?

—L'Ainhoa? Sí, i tant. És aquí amb mi, a la cafeteria —respon el valencià, tot content—. Te la passo.

El val·lisoletà respira tranquil i de seguida sent la veu de la desapareguda.

—Óscar?

—Aino! On t'has ficat?

—No he sortit de la residència en tot el dia —respon la noia, estranyada—. Ha vingut la Nicole!

—Què? La Nicole?

—Sí! S'ha escapat de casa seva. Es quedarà amb mi uns quants dies. En Toni i jo som a la cafeteria amb ella.

—Que bé. Doncs jo vindré d'aquí a una estona. On tens el mòbil?

—A la butxaca dels pantalons. Per què?

—Perquè la teva germana i jo t'hem trucat unes quantes vegades i no l'has agafat.

—No ho entenc. Un moment...

—D'acord.

—Ostres! No el tinc a la butxaca! —crida l'Ainhoa, espantada—. Óscar, penjo ara mateix, em sembla que me l'he descuidat al menjador. Ara et truco.

—D'acord, però abans truca a la teva germana.

—OK. Fins ara.

L'Ainhoa penja i el noi es queda tranquil després d'haver parlat amb ella. S'ha amoïnat per res, però els antecedents de la seva amiga no convidaven a l'optimisme. Ha passat una mala estona.

Es guarda el telèfon i torna a entrar al Tommy Mel's. Va cap a la taula i la Sofía el rep molt seriosa. No triga gaire a descobrir el motiu de la seva mala cara.

—Això feia molt més bona pinta fa deu minuts. Però amb el gelat ja passa, això: es fon —diu la noia, mentre omple la cullera d'un líquid rosa que abans era gelat de maduixa.

—Ho sento. Te'l podries haver menjat tu...

—Jo sola, esclar.

—Perdona'm, de debò. M'ha trucat la germana de l'Ainhoa perquè no la localitzava i resulta que...

—És igual, Óscar. No cal que em donis explicacions.

—Vols que en demanem un altre?

—No, val més que ens portin el compte. S'ha fet tard i he de tornar a casa.

El noi assenteix i crida la cambrera.

—Almenys, deixa'm que pagui per compensar-te.

—Anem a mitges, no siguis antiquat —replica la Sofía, mentre treu vint euros del moneder.

—Convidar una noia a dinar és ser antiquat?

—Del segle passat. No siguis pesat, va.

L'Óscar no vol discutir amb la noia i accepta pagar a mitges. La Macarena els porta el compte i cadascú hi posa la seva part més un euro de propina per a la cambrera. Just quan s'aixequen de la taula i s'acomiaden de la noia que els ha atès, torna a sonar el mòbil del noi. És l'Ainhoa.

—Que no vols contestar?

—Trucaré quan te'n vagis.

—Ja me'n vaig —diu ella, i es posa de puntetes per fer-li un últim petó a la boca—. I no pateixis, no estic enfadada.

—Segur?

—Segur. Ens queden molts gelats per compartir.

—Això espero.

—Però el pròxim dia m'asseguraré que tens el mòbil en silenci. No vull tenir una relació a tres bandes cada vegada que sortim.

—No t'amoïnis, l'Ainhoa ja no està tan pendent de mi.

—No ho deia per l'Ainhoa, ho deia per tu, maco. Fins després.

La Sofía li pica l'ullet i entra a la parada de metro de Santo Domingo. L'Óscar la mira fins que desapareix de la seva vista. Li agrada molt, la Sofía. Potser fins i tot s'ha enamorat d'ella. La veritat és que s'hi sent molt a gust, amb aquesta noia. Però l'amoïna això que li acaba de dir.

El mòbil torna a sonar. Esbufega quan veu que és l'Ainhoa una altra vegada. Però ara contesta.

—Digues, Aino.

—Ja tinc el mòbil. Bé, és evident que el tinc, perquè si no, no et podria trucar.

—Ja has parlat amb la Yaiza?

—No, ara li trucaré.

—D'acord, ara vinc cap aquí.

—Fins ara, doncs.

Es fa una pausa i cap dels dos no diu res, però tampoc no pengen. L'Óscar recorda el que li acaba de dir la Sofía. Una relació a tres bandes... Té raó? Evidentment, no és el que vol. Però, no és ell mateix el que ho està provocant? Perquè tot i no estar enamorat de la canària, sempre la té present. Sempre.

—Fins ara, Aino. Fins ara.

CAPÍTOL 42

Dinen al lloc preferit d'en Marc. No hi ha res com una bona hamburguesa de 250 grams de Bentley's. Després, decideixen anar a fer un tomb pel Retiro. Tot i que no fa sol i el cel està tapat per una espessa capa de núvols, fa una temperatura molt agradable per passejar. Entren per la Puerta de Madrid, que dóna a l'avinguda on posaran les parades de la fira del llibre a finals de mes. Caminen tranquil·lament, tot xerrant, pel passeig de Venezuela. Voregen l'estany, on es fan unes quantes selfies, i després es fan una foto a la font de l'Alcachofa.

—La puc penjar al meu Instagram? —pregunta en Julen, mentre li ensenya una imatge en la qual apareixen tots dos fent el símbol de la victòria amb els dits—. Has quedat molt bé.

En Marc mira la fotografia i li dóna permís. No li fa gaire gràcia explicar la seva vida a les xarxes socials, però aquesta vegada no s'hi oposa.

Continuen caminant fins que arriben al Palau de

Cristall i s'hi fan més fotos. Riuen i es fan petons. Un d'aquests petons queda immortalitzat per la càmera del mòbil d'en Julen.

—Tranquil, aquesta és per a mi. No la penjaré a internet —li diu el noi, somrient—. Em ve molt de gust un cafè.

—Un altre? Ja te n'has pres un després de dinar.

—Què vols que hi faci! Ja em vas fer deixar de fumar. Algun vici he de tenir, no? —protesta el navarrès, fent una ganyota—. A més, fa molta estona que caminem. Per què no seiem en algun lloc?

—D'acord. Va, anem a prendre un cafè. On vols anar?

—Què et sembla allà?

En Julen assenyala la terrassa d'un bar que hi ha molt a prop. En Marc assenteix.

—Fantàstic! Doncs t'espero allà! —diu, i abans que el seu nòvio pugui reaccionar, en Julen surt esperitat com si es tractés del tret de sortida de la final dels cent metres llisos dels Jocs Olímpics de Rio de Janeiro. En pocs segons, ha recorregut la distància fins a la cafeteria i s'ha instal·lat en una de les cadires de fora.

—Ets com un nen petit —diu en Marc, quan seu al seu costat al cap de poc.

—Només sóc dos anys més petit que tu, senyor Virus.

—No em diguis Virus.

—Que ja no t'agrada el teu sobrenom?

—Dit per tu, no. Sona molt estrany.

A en Julen també li sona estrany, i li promet que mai més li dirà pel seu pseudònim.

Al cap d'uns minuts els atenen. Durant l'estona que

triga un cambrer a prendre'ls nota dels cafès i a portar'ls-hi a la taula, parlen sobre l'última discussió que ha tingut en Marc amb el seu pare.

—Vol que anem a Barcelona.

—Tots dos?

—Sí, tots dos. M'ha trucat abans de dinar per dir-m'ho. De fet, m'ho ha ordenat.

—Per què vol que hi anem tots dos?

—Si vols que et digui la veritat, no en tinc ni idea —admet en Marc, arronsant les espatlles—. Potser em volen fer algun regal d'aniversari.

—Però el teu aniversari és al juliol.

—Sí, el tres. Però pel que m'ha dit després la meva mare, em fa la sensació que em volen regalar alguna cosa i que no pot esperar fins al juliol.

—Vaja, quin misteri.

—I tant. Estic tan intrigat que...

En Marc no acaba la frase. Els seus ulls se'n van cap a un noi que seu en una altra de les taules de la terrassa amb una noia. Pràcticament al mateix temps, el noi s'adona de la seva presència. S'aixeca i s'acosta a la seva taula.

—Hola, Virus —saluda el noi tímidament—. I companyia.

—Hola, Dan —diu en Marc, en veu baixa—. Et presento en Julen. Julen, et presento en Daniel. Un vell... amic.

El navarrès dóna la mà al noi i el mira atentament. És un tio bastant alt, ros i amb els ulls clars. No distingeix bé si són blaus, verds o grisos, però són vistosos. Porta un serrell que li tapa completament el front. És de constitució prima i de manera de vestir senzilla: texans i samarreta llisa blanca. Té la barbeta afilada i una piga massa gran al costat del nas, a la banda dreta de la cara.

—Encantat —diu en Daniel, amablement, sense deixar la mà d'en Julen, al qual examina durant uns segons.

—Què fas per aquí? —pregunta en Marc. Se'l veu una mica inquiet per la presència d'aquell noi.

—Suposo que el mateix que vosaltres. Passejar pel Retiro amb la meva germana. Necessitava respirar una mica d'aire pur, cosa que a Madrid no és gens fàcil.

—No, no és gens fàcil —repeteix el català, pensatiu—. Feia molt de temps que no et veia. I tampoc no has contestat els meus missatges. On has estat?

—Per aquí. Et volia trucar, però ja saps, ho vas deixant per a un altre dia, i després per a un altre, i al final el temps passa i te n'oblides. Però fixa't, quan menys t'ho esperes, ens tornem a trobar. El món és un mocador, oi?

—I tant. És un mocador.

En Julen escolta la conversa sense intervenir-hi. Se sent una mica incòmode, com si ara mateix fos en el lloc equivocat. Per sort, en Daniel no triga a tornar amb la seva germana. S'acomiada amablement d'ell i després d'en Marc, i li promet que li trucarà aviat.

—Molt maco, el teu vell... amic —comenta el navarrès, després de beure un glop de cafè.

—Em sap greu si t'has sentit violent. Feia molt que no el veia.

—Un ex? No me n'has parlat mai.

—No, no és un ex —diu en Marc, que s'ha posat ben vermell—. No sé si convé explicar-te'n res més.

—No m'espantaré, a hores d'ara. Tots tenim un passat.

En Marc mira cap a la taula on en Dan s'està prenent un Cola-Cao. Sospira i mira el seu nòvio amb posat molt seriós.

—Ja t'he dit que no és un ex, però vam tenir alguna cosa.

—Et vas enamorar d'ell?

—No, al revés. Ell es va quedar ben penjat de mi.

—Us vau ficar al llit?

—Doncs... sí. Ens vam ficar al llit.

—Moltes... vegades? —s'atreveix a preguntar en Julen.

—Tres —contesta en Marc, després d'uns segons de silenci—. I no continuem parlant més d'això, sisplau. En Dan és una història acabada. Feia mesos que no sabia res d'ell.

En Julen agafa el cafè i, mentre beu, observa aquell noi per sobre de la tassa. Se li fa estrany haver conegut un antic rotllo del seu nòvio. Tot i que és normal. Ell també es va enredar amb el seu professor d'anglès. Aquell noi va ser el primer que...? Té curiositat, però no ho vol preguntar a en Marc.

Deixa la tassa a la taula i s'adona que el seu nòvio es torna a posar tens. En té prou de seguir-li la mirada per descobrir-ne el motiu: en Daniel se'ls acosta una altra vegada.

—Perdona, Virus. I tu també perdona'm, Julen. Em sap greu interrompre-us, però he de parlar amb tu d'una cosa —diu, neguitós, dirigint-se a en Marc—. A soles, si pot ser.

—Pots dir el que vulguis davant d'ell.

—No, prefereixo que sigui en privat.

En Marc mira el seu nòvio, que assenteix amb el cap. S'aixeca de la taula i tots dos s'allunyen uns quants metres de la cafeteria per poder parlar. En Julen els veu, però no sent què diuen. Parla sobretot en Dan, que no para de gesticular. Què li deu dir? I si li està confessant els seus sentiments?

Durant uns minuts, en Julen pateix per això. Dubta. Aquell noi és guapo i atractiu, i en Marc el coneix des de fa més temps que no pas a ell. Només van tenir un rotllo? Pot ser que en Marc l'hagi enganyat sobre els seus sentiments? I si va ser ell el que es va enamorar bojament d'en Daniel i va patir quan va desaparèixer i va deixar de respondre-li els missatges?

En Julen demana un altre cafè i se'l pren d'un sol trago. Fa més d'un quart d'hora que parlen. Què cony li deu dir?

Ara ho sabrà. En Marc ja torna, però l'altre noi no l'acompanya. La germana d'en Dan s'aixeca i es reuneix amb el seu germà. Tots dos s'allunyen de la cafeteria al mateix temps que en Marc arriba a la terrassa i torna a seure. Està pàl·lid. Té la pell d'un to blanc malaltís. És evident que no s'han dit res de bo.

—Collons, què t'ha dit perquè facis aquesta cara? —pregunta en Julen, directament.

—Res.

—Au, va, home. No em diguis que res. T'has vist?

—Deixa-ho córrer, Julen. Tornem a la residència.

—No. No penso anar enlloc! Digue'm ara mateix què t'ha dit aquell noi, perquè sembla que t'hagi vingut una lipotímia.

Mai no havia vist en Marc d'aquesta manera. Ni el

dia que va dir als seus pares que és homosexual. Sembla espantat. Més aviat aterrit. Incapaç de parlar. I llavors en Julen també comença a tenir por. Cada segon de silenci fa augmentar el seu temor.

—Digue'm alguna cosa! No em pots deixar així! Per l'amor de Déu! Què t'ha dit en Daniel?

—Julen, sisplau, marxem.

—Sóc el teu nòvio. Tinc dret a saber què és això que t'amoïna tant. O m'ho dius o donem això nostre per acabat! Si no confies en mi, això no té cap sentit!

No ho diu de debò. Seria incapaç de tallar amb ell, i menys en aquesta situació. Però l'amenaça fa efecte. En Marc s'humiteja els llavis i acota el cap. No el mira als ulls quan parla.

—Fa tres mesos que en Dan es va fer les proves de la sida. Va donar positiu. Està contagiat pel VIH.

CAPÍTOL 43

—Ens poses un litre de xocolata desfeta per emportar i quinze xurros? —demana en Toni a la cambrera que els atén—. Bé, posa'n vint, per si de cas.

—Trigaré una mica. Seieu, mentrestant. Voleu que us serveixi alguna cosa, mentre ho preparo?

Tant en Toni com l'Elena neguen amb el cap. Però sí que accepten seure en una de les taules de la cafeteria on han anat a comprar la xocolata amb xurros per gravar el proper vídeo del canal d'en Toni Pepperoni. Així va començar la seva aventura a YouTube i així vol acabar el repte que l'Isa menja Pizza li va proposar. És impossible superar-la, però dispararà l'última bala. Tot i que no hi comptava, aquell món ha acabat agradant-li. Es diverteix pensant en els guions, editant i pujant el material a internet. En total, en menys d'un mes, ha penjat vuit vídeos. Una xifra important. Amb aquest novè, acabarà un cicle, però no abandonarà el canal. Té idees per continuar, encara que sigui sense el repte de l'Isa com a argument.

—A veure, explica'm bé en què consisteix el vídeo que gravarem —diu l'Elena, una mica confosa—. No ens tornarem a quedar tots empastifats, oi?

—Això és el millor del joc que se m'ha acudit, que ens empastifem molt.

—Vaja, que ens untarem una altra vegada amb xocolata.

—Sí. Però la meva versió no tindrà res a veure amb la que va fer l'Isa. Serà un vídeo divertit, però sense humiliar ningú.

—Em sembla bé. I qui hi participa?

—En Julen, tu i jo. També ho he demanat a la Silvia, però no sap si podrà venir. Si ella al final em diu que no, hauré de parlar amb l'Iria o amb l'Ainhoa.

—I per què no ho demanes a l'Isa?

—No. Ella voldria fer-ho a la seva manera. A més, està implicada en el repte. Segur que no voldria col·laborar en una cosa que podria fer-la perdre.

L'Elena assenteix. Li sap greu que el seu amic no ho aconsegueixi. Si el repte hagués durat un altre mes, segur que l'hauria pogut superar en nombre de subscriptors. Tot i així, li continua semblant una estupidesa que algú surti amb una persona només si té més seguidors a YouTube. Però això ja ho ha dit un munt de vegades a en Toni des que li va parlar del tema.

—El *challenge* es diu «Tot el que podries fer amb un xurro i una tassa de xocolata».

—És un nom una mica llarg.

—Si se t'acut alguna cosa millor, digue-m'ho —diu en Toni. La veritat és que sempre li costa posar títol als vídeos—. Bàsicament, es tracta d'agafar un xurro, sucar-lo a la xocolata i fer-ne alguna cosa, però que no sigui menjar-te'l, esclar.

—Doncs haurem de pensar.

—De fet, no. He fet unes notes. Jugarem per parelles. Cada parella haurà de representar l'escena que li toqui. Serà molt divertit. Mira aquest vídeo. M'he basat en això: https://youtube.com/watch?v=eZjvXICj9ul.

En Toni li ensenya amb el mòbil un exemple del que vol fer. Mentre el miren, entren a la cafeteria una dona amb una nena agafada de la mà, d'uns cinc anys, i s'asseuen a la taula del costat. Totes dues són rosses i s'assemblen una mica, de manera que l'Elena dedueix que són mare i filla. Les mira de reüll uns segons. No sap on l'ha vist, aquesta dona, però li sona molt. No fan cara de ser espanyoles, i ho confirma quan sent que parlen en anglès.

—Què et sembla el joc? Creus que pot tenir èxit a YouTube?

—Sí, pot ser divertit —contesta l'Elena, pendent del seu amic i també de les nouvingudes.

—Això és el que vull, que quedi divertit —diu en Toni. En aquell moment, rep un whatsapp, l'obre i rondina quan el llegeix—. Merda.

—Què passa?

—En Julen. No pot quedar per fer el vídeo. Li ha sortit una cosa urgent. Ara hauré de buscar algú per substituir-lo. Escolta, surto un moment per trucar a l'Óscar, que aquí hi ha molt de soroll.

—D'acord, t'espero.

El valencià s'aixeca i surt un moment de la cafeteria. L'Elena treu el mòbil per fer temps i dóna una ullada a les xarxes socials.

—*Hi. What's your name? I'm Lisa.*

La veu, que es dirigeix a ella en un anglès perfecte, prové de sota la taula. L'Elena s'ajup i veu una nena rossa que li somriu.

—*Hi Lisa. I'm Elena. How are you?*

—*Fine, thanks.*

La nena no és només molt simpàtica, sinó que podria sortir en algun anunci de xampú o de roba infantil. Té els ulls blaus i els cabells llisos, molt fins, i li arriben fins a sota les espatlles.

—*Lisa, come here, please* —diu la dona, avisant la nena en un to suau. Sense alterar-se gaire, la nena obeeix i torna a la seva taula—. *Sorry*. És molt entremaliada.

A l'Elena la sorprèn el bon espanyol de la mare de la Lisa. La torna a mirar, ara més atentament. I està ben convençuda que l'ha vist en algun lloc.

—No pateixis. M'encanten els nens.

—A mi també! Però vint-i-quatre hores amb aquest dimoniet... *Oh, my God!*

—Sembla molt bona nena.

—Sí, quan dorm —diu la dona, fent broma i rient. La nena mira la seva mare sense entendre per què parla d'aquella manera tan estranya—. Realment es porta molt bé. Per això me l'enduc a les gires des que era ben petita.

—A les gires? A què et dediques?

—Sóc escriptora.

Escriptora? Ara hi cau! Ja sap per què li sona tant aquesta dona: és la Heidi Holmes, l'autora britànica de *best-sellers*.

L'Elena no s'ho pot creure. Té al seu davant una de

les escriptores de moda. No ha llegit cap dels seus llibres, però n'ha vist moltes vegades la foto als aparadors de les llibreries cada vegada que treu una novetat. Les seves novel·les de misteri són famoses a tot el món.

—Et conec —diu la noia, que s'ha posat nerviosa—. Tu ets molt famosa. Em dic Elena.

—Jo sóc la Molly. *Nice to meet you.*

—Molly? Em pensava que et deies Heidi Holmes.

—És el meu pseudònim. No m'agrada el meu nom de debò, Molly Brown. Odio el color marró. O sigui que amb la meva primera novel·la vaig firmar com a Heidi Holmes, i com que va anar bé, així es va quedar —comenta la dona, amb un somriure dolç—. Quan era petita, els meus *cartoons* preferits eren els de la Heidi. I em sembla que pots endevinar quins llibres em van enganxar a la lectura.

—A mi també m'agrada Sherlock Holmes —comenta l'Elena, molt contenta—. I també m'encanta llegir i escriure.

La noia explica a la dona que té un blog en el qual reflexiona sobre diferents temes. Ella la interromp per fer-li una pregunta.

—Perdona per interrompre't. Saps anglès?

—Sí, no sóc bilingüe, però em defenso bé —diu l'Elena.

—Et sabria greu parlar en anglès perquè la Lisa ens entengui? Ella encara no sap gaire l'idioma. Jo l'entenc i el parlo bastant fluid perquè vaig viure dos anys a Talavera de la Reina.

—A Talavera de la Reina? Jo sóc de Toledo!

—*Toledo is very beautiful!* —exclama la Heidi, i mirant la seva filla, afegeix—: *Mom will take you there some day.*

La Lisa escolta bocabadada el que la seva mare li explica sobre Toledo. Després, l'Elena les convida a casa seva. La nena s'entusiasma i li demana si poden anar-hi la propera vegada que vinguin de visita a Espanya. La nena ha connectat amb l'Elena, i fins i tot li ofereix un dels xurros que ha demanat per berenar. La noia refusa l'oferiment i li diu que ella ja es menjarà els seus a la residència on viu.

Totes tres mantenen una divertida conversa fins que arriba en Toni. En aquell moment, la cambrera els avisa que ja tenen a punt el litre de xocolata i els vint xurros per emportar-se.

L'Elena s'acomiada de la Heidi i de la Lisa, que se li penja al coll i li fa un petó ben sonor a la galta.

—Veig que has fet amigues —comenta en Toni, quan surten de la cafeteria.

—Era la Heidi Holmes!

—Ni idea. No sé qui és.

—L'escriptora! Segur que...

En aquell moment, l'Elena sent que la criden. Es gira i veu la dona amb qui parlava a la cafeteria que se li acosta corrent. Va sola, sense la Lisa.

—Perdona que et torni a molestar —es disculpa l'escriptora, panteixant per la correguda—. M'agradaria parlar amb tu per fer-te una proposta. Demà presento la meva novel·la a la Casa del Libro de Gran Vía. Creus que ens podríem veure allà mateix després de la firma?

—Demà a la tarda tinc un seminari i no hi puc faltar.

—Quina mala sort. És que dimarts a primera hora tornem a Londres.

—Ho sento, Molly.

—D'acord. Cap problema. Fem una altra cosa. Em dónes el teu mòbil i després et truco?

—I tant. Apunta.

L'Elena li dóna el número i la dona li entrega una targeta amb el seu i una adreça de correu electrònic. Es tornen a acomiadar, amb la promesa que l'escriptora li trucarà d'aquí a una estona, quan arribin a l'hotel.

—És molt famosa? —pregunta en Toni, quan reprenen el camí cap a la residència.

—Aquí no tant. Però a la Gran Bretanya i als Estats Units és una de les escriptores més venudes. No para de treure *best-sellers*.

—Creus que li agradaria fer una col·laboració per al meu canal de YouTube?

—Per descomptat que no! No siguis aprofitat!

El noi somriu i li diu que era broma.

—Per cert, l'Óscar tampoc no pot gravar aquesta tarda.

—Ah, no? Doncs a qui ho demanaràs?

—Ja ho he dit a en David, i m'ha dit que sí. I la Silvia també m'ha confirmat que vindrà. Per tant, ja som quatre.

—I jugarem per parelles?

—Sí. La Silvia i jo per una banda, i tu i en David per l'altra. Serà divertit, oi?

CAPÍTOL 44

I si tots els rellotges del món s'han posat d'acord perquè el temps passi més de pressa? No hi ha cap més explicació possible. Fa ben poc, planificava el seu viatge cap a Madrid des de la Corunya. Començava a la universitat! Finalment, i malgrat que no n'estava gaire segura, havia decidit estudiar criminologia, una carrera que sempre l'havia atret. Sortia amb l'Antón, anava a Riazor a veure els partits del Dépor i duia una cabellera que li arribava fins més avall de les espatlles.

Com han canviat les coses en els últims mesos. Moltes, gairebé totes. Però el principal canvi l'ha experimentat el seu cor.

En Manu encara dorm. Sembla que vol recuperar les hores perdudes de son. Ella ja s'ha llevat després d'una bona migdiada. Són gairebé les cinc de la tarda. Una vegada més, s'ha perdut el dinar, tot i que no té gaire gana. Li ve de gust una bona dutxa, i precisament aquí a l'habitació del malagueny. Per tant, es despulla, deixa la roba interior a terra, al costat del llit, i entra al lavabo. Es fica a la dutxa i espera que l'aigua s'escalfi abans de posar-se a sota de la carxofa. Tanca els ulls i nota l'escalfor al front, al pit, a les cuixes. Els músculs se li tensen i es relaxen. S'estiren. Es contrauen, sense cap mena de control. I de sobte, es descobreix a si mateixa guiant la mà esquerra cap a l'entrecuix. Sempre la mà esquerra.

L'excita ser allà a dins; on ell es dutxa, on ell es veu despullat davant del mirall. Pensa en el seu cos, en totes les vegades que l'ha tocat, en les que l'ha tingut a sobre i a sota. Gemega. I recorda la primera que ho van fer. I el dia que es van desfogar junts a Màlaga. A casa seva, al seu llit. Gemega de nou. I més. I més. Com si la mà fos la d'ell; com si els dits fossin els d'ell. Els del noi que li fa perdre el cap. El noi que fa un moment dormia al seu costat i que acaba d'obrir la porta del lavabo. El noi que entra a la dutxa despullat i li fa un petó al coll per sorpresa. El noi que l'agafa per les cames i l'aixeca de terra a pols. El noi que la penetra. El noi que la fa cridar sota el raig d'aigua calenta.

El noi que els seus cinc sentits s'entesten a estimar.

—Et dutxes amb mi? —pregunta en Manu, repenjat a la paret.

—Doncs què estem fent, ara?

—Només ens estem mullant.

En Manu agafa una ampolla de gel, se'n posa una mica a les mans i l'escampa per la pell de l'Iria. És tan agradable, que la noia tanca els ulls i es torna a excitar. No li diu res. Només gaudeix i es deixa fer. No li diu ni que té un altre orgasme.

—Ara et toca a tu, no? —pregunta ell, després d'esbandir el cos de la noia per treure'n les restes d'escuma.

—Ho estic desitjant.

L'Iria imita en Manu i fa la mateixa operació. Tanmateix, a ell sí que se li nota l'excitació, ràpidament. A l'Iria li fa gràcia comprovar el poder que tenen les seves mans. Li frega tot el cos, des del coll fins als turmells, i s'adona que les cuixes li han perdut molt volum. Ja no és el mateix noi atlètic i fibrós de fa alguns mesos. No n'hi diu res, perquè a ella això tant li fa. Però l'amoïna que aquell estat físic sigui a causa d'alguna malaltia.

—Ja està —diu la gallega, quan acaba.

—Ja està? Què et sembla si tornem a començar?

—No ens podem passar tot el dia a la dutxa. Mira, tinc els dits ben arrugats.

L'Iria li ensenya les mans per demostrar-li que no exagera. En Manu es rendeix i no insisteix. Deixa que ella surti primer de dins la dutxa. S'embolica amb l'única tovallola que veu i es posa davant del mirall, però està totalment entelat.

—Ja que t'has quedat amb la tovallola, em pots portar un barnús vermell que tinc a l'armari?

—Deixa'm eixugar una mica, no vull deixar-ho tot xop.

—Si em constipo serà per culpa teva i te'n sentiràs culpable tota la vida.

—Ara te'l vaig a buscar, pesat.

Hi ha coses que no canvien malgrat el pas del temps i les circumstàncies que arrosseguen determinades experiències. I se n'alegra, encara que només arribin amb comptagotes. Troba a faltar aquell Manu descarat, loquaç, capaç d'improvisar qualsevol manera de fer-la enrabiar. Fins al gener, sempre tenia alguna paraula a la boca per portar-li la contrària en tot. A Màlaga, es va pensar que l'havia perdut per sempre. Però, evidentment, només cal posar-se al seu lloc per entendre que és impossible que torni a ser el que era.

—Té, el teu barnús —diu, quan torna al lavabo—. Per cert, a veure si te'n compres un de nou, que aquest està fet pols.

—Abans el feia servir molt. Té uns quants anys. No sé si ho veus, que em va petit.

És veritat. Aquell barnús vermell fosc li va curt de mànigues. No li arriben ni als canells.

—És el que em posava després de dutxar-me en els tornejos, quan jugava a tennis. Me l'he endut aquí perquè m'agrada molt.

—Doncs ja és hora de fer un canvi.

—Ara m'agrada més eixugar-me amb una tovallola —diu el noi—. Com vas tu amb el tennis? Has fet progressos?

—Algun. Però últimament no hi he jugat gaire.

—Segur que has millorat molt. En Julen és un bon professor. Vols que baixem a jugar una mica?

—Estàs en condicions de jugar?

—No em puc creure que em diguis això. Tinc menys musculatura, però sóc més ràpid. I l'estil no es perd mai.

—Veig que continues sent igual de modest.

—Sóc realista. En tinc prou amb deu minuts de piloteig per recuperar el toc. I, per descomptat, no aconseguiries guanyar-me ni un sol joc.

Aquest repte torna l'Iria al passat. L'última vegada que va veure en Manu, abans que aparegués fa un mes, va ser a la pista de tennis. Allà va descobrir que l'Eva i ella es coneixien i li va destrossar el mòbil tirant-lo a terra. Després se'n va anar i no va tornar.

—Segurament tens raó —diu l'Iria, afectada pels records—. Tinc gana. Vols que et porti un sandvitx i un refresc?

—De pollastre, sisplau. I una Coca-Cola.

—D'acord.

La noia es vesteix i surt de la 1156. S'atura un instant quan es tanca la porta i es queda mirant el número de l'habitació. Ha de reconèixer que havia perdut l'esperança. Es pensava que mai més no tornaria a entrar en aquell quarto amb ell. Però s'equivocava. Una vegada més, s'havia equivocat. Com quan es va fiar de l'Antón i va desconfiar de l'Elena. Iria Chacón, la criminòloga dels errors. Per sort, hi ha errades que tenen solució. I n'hi ha d'altres que queden enrere perquè se solucionen gràcies a altres persones. Com la d'endur-se la droga d'en Manu a la seva habitació. Això sí que va ser una cagada!

Va cap al quarto de les màquines expenedores amb aquest últim pensament al cap. En Manu deu haver comprovat si la cocaïna continua sent allà on la va deixar amagada abans de marxar al gener?

Es posa nerviosa. A Màlaga van parlar de moltes coses, com ara, que estava intentant abandonar l'addicció a les drogues i que feia uns quants dies que no en consumia. Però cap dels dos va esmentar aquell paquetet transparent que hi havia amagat a dins del llibre.

Compra dos sandvitxos de pollastre i dues coca-coles, i torna de seguida al passadís 1B. Truca a la porta i en Manu obre. Encara porta el barnús vermell posat. El que es posava després de jugar a tennis. Realment, li va molt petit.

—Has anat molt ràpid —diu el noi, convidant-la a entrar.

—No hi havia gaire cua —respon ella, fent broma. Entra cap a dins i llavors la veu a sobre de l'escriptori.

Una de les novel·les més venudes en aquest principi del segle XXI està oberta a sobre de la taula de fusta que tenen tots els residents de la Benjamin Franklin. *Àngels i dimonis*, de Dan Brown, no té unes connotacions gaire positives per a l'Iria. Se li accelera el pols i li vénen arcades.

Tots dos es queden mirant durant alguns segons, immòbils, sense estar segurs de qui ha de trencar el silenci. Finalment, ho fa en Manu.

—Aquí hi falta una cosa que em pertany. Tu saps on pot ser?

CAPÍTOL 15

En David tanca la porta de la seva habitació i es dirigeix cap a la de la Silvia. Tots dos participaran en el nou vídeo d'en Toni. Les súpliques del seu amic han fet efecte i el sevillà ha acceptat collaborar-hi, tot i que no té gaire clar que sigui una bona idea. Ara li tocarà tornar-se a empastifar de xocolata i fer una mica el ridícul.

Mentre espera que la Silvia obri, mira cap al quarto d'en Manu. Sent que ell i l'Iria parlen. Encara tenen pendent una conversa perquè el malagueny li expliqui tot el que va passar amb en Fernando. Però s'haurà d'esperar. Almenys fins que acabin de gravar.

—Hola, passa —diu la Silvia, que està molt seriosa—. Necessito dos minuts.

En David entra a l'habitació i s'asseu al llit, la noia agafa de dins de l'armari una gorra blanca i vella, una samarreta gastada del mateix color i uns pantalons de xandall, i després es tanca al lavabo. Triga menys de dos minuts a canviar-se.

—En Toni m'ha dit que em posi el més vell que tingui —diu, per justificar la vestimenta.

—És que, si és com l'altra vegada, ens empastifarem de xocolata fins a les celles. I després costa moltíssim de treure les taques de la roba.

—Per això m'he vestit així. La gorra ja gairebé l'hauria de llençar.

—Però tot i així fa conjunt amb la samarreta.

—Això sempre.

La Silvia li fa un somriure tebi, no se la veu gaire animada. En David se n'adona i no es pot estar de preguntar-li què li passa.

—Estàs molt moixa. Va tot bé?

—És per l'argentí. Avui m'ha trucat.

—Una altra vegada? I ara què vol?

—No s'ha fet enrere. Arriba demà. I em vol veure —diu la noia; agafa el mòbil i se'l guarda a la butxaca.

—No quedaràs amb ell, oi?

—Doncs... no ho sé, David.

—No ho saps? Però si t'ha estat fent la vida impossible! No entenc ni tan sols que t'ho plantegis.

Des que la Silvia va descobrir que en Federico estava casat i tenia una filla, la relació entre ells ha canviat completament.

—Ve des de Buenos Aires per veure'm. Entre nosaltres ja no hi ha res, això ho tinc molt clar.

—Doncs per què el vols anar a veure?

—No ho sé ben bé. Potser necessito mirar-lo als ulls i dir-li què penso cara a cara. És la millor manera de tancar aquesta història per sempre més.

—T'entenc. Però no me'n fio, d'aquest tio. Demà t'acompanyaré.

—No! —exclama la Silvia—. Això ho he de fer tota sola. Anirà bé, no pateixis.

—Com vols que no pateixi, després de tot el que t'ha fet?

—David, tot anirà bé, confia en mi —diu la noia, mentre s'acosta cap a ell. Somriu dolçament, li agafa la cara amb les dues mans i li planta un suau petó als llavis—. Confia en mi —repeteix, i després obre la porta de l'habitació.

El noi es resigna. Tanca darrere seu i es dirigeix amb la Silvia cap al quarto d'en Toni. Està preocupat. Durant aquest últim mes, la noia li ha anat explicant totes les converses que ha mantingut amb l'argentí; en Fede insisteix que deixarà la seva dona i que només l'estima a ella. Li ha demanat perdó tantes vegades per haver-la enganyat, que ja n'ha perdut el compte. Diu que només necessita temps per solucionar-ho i veure-la personalment perquè s'adoni que el que diu és veritat, que no l'enganya. Però l'extremenya ja no se'l creu i ni tan sols es planteja la possibilitat d'estar junts. No pensa donar-li una altra oportunitat.

—Si em fico al llit amb tu és perquè ja no sento res per ell —va dir a en David, una de les vegades que van parlar del tema—. Però no puc impedir que m'escrigui o que m'enviï whatsapps.

—Ets massa bona noia.

—Només sóc amable. L'he estimat molt, aquest home, i això no s'oblida. Però aviat s'acabarà. Ja ho veuràs.

Hauria de confiar en ella, tal com l'hi demana. Però li fa por que vagi tota sola a la cita amb l'argentí. Si li passés res, no s'ho perdonaria mai. Haurà de pensar a veure què pot fer.

La Silvia truca a l'habitació d'en Toni. El valencià els obre i els diu que entrin i s'asseguin al llit. L'Elena ja hi és, instal·lada a la cadira. Saluda els nouvinguts sense aixecar-se.

—Ja hi som tots quatre. Moltes gràcies per venir —diu en Toni, que sembla nerviós—. Aquest és l'últim vídeo que faré per intentar superar l'Isa en subscriptors. No us vull enganyar: és una missió impossible. Em porta gairebé deu mil subscriptors de diferència, i demà s'acaba el repte. Però, mira, ens divertirem i ens empastifarem dc xocolata! Esteu preparats?

Els companys de passadís diuen que sí, sense gaire convicció. Per això en Toni els anima, els demana una mica més d'energia i ganes, i els repeteix la pregunta. Ara sí que sona més fort, tot i que la convicció dels tres joves segueix sent igual d'escassa.

—A veure, ara us explicaré en què consisteix el joc. Però abans us vull ensenyar un vídeo —diu el valencià, que s'acosta a l'ordinador i entra a YouTube.

En el vídeo que els ensenya, el que l'Elena ha vist abans, s'hi veuen setze joves en una casa. Han comprat un munt de xurros i dos brics de xocolata desfeta. S'organitzen en parelles i cadascuna tria una targeta, on hi ha escrit el que han de fer.

—Ja veureu que són diferents escenes —comenta en Toni—. En aquestes targetes hi ha una història que ells han de representar. Tot amb xocolata i xurros.

Acaben de mirar el vídeo i miren el seu amic. En David branda el cap, però somriu.

—Espero que arribis a cent mil subscriptors amb això —diu el sevillà—. Si no, no penso tornar a participar en cap més de les teves bogeries.

—Em donaré per satisfet si aquest es converteix en el meu vídeo més vist.

—Et conformes amb poc, nano. Va, com les fem, les parelles?

El valencià mira la Silvia, amb qui té una connexió especial. Han passat molts moments junts aquestes últimes setmanes. Llargues converses de nit, esmorzars de cap de setmana i fins i tot en Toni ha escoltat alguna cançó del Justin Bieber recomanada per ella. Li agrada. Més que l'Isa? No. O sí. Igual? No en té ni idea. La veritat és que aquesta noia li ha canviat la perspectiva. Fins fa poc, tenia claríssim el seu amor per la youtubera, però ara les coses ja no estan tan clares en el seu cor. Si continua amb el repte és per orgull i per seguir aprenent i millorant el seu canal. Aquest món ja comença a apassionar-lo. I per l'Isa, esclar. Però si perd, potser no li farà tant de mal com un mes enrere, quan va començar.

—L'Elena i tu. La Silvia i jo. Us sembla bé?

Ningú no es queixa, malgrat que l'Elena i en David no haurien fet aquesta elecció.

—Qui comença? —pregunta la Silvia, més animada que quan ha arribat.

—Ells —respon en Toni, mentre estén una tovallola a terra perquè no quedi tot brut de xocolata.

El valencià col·loca la càmera al trípode i el posa a sobre de l'escriptori. Després, demana a l'Elena i en David que es posin l'un davant de l'altre. Per jugar, estaran drets. Ajusta el pla i quan li sembla correcte, comença a gravar. Tot seguit, els mostra el plec de targetes fetes amb cartolines.

—Cada targeta diu el que heu de fer. Recordeu

que, com més us embruteu, més divertit quedarà i més visites aconseguirem.

—I qui guanya?

—Ningú. En aquest joc no hi ha guanyadors —aclareix en Toni, barrejant les targetes—. Sisplau, Elena, tria'n una.

La noia fa el que li diu el seu amic i tria una targeta que hi ha al mig de la pila. L'ensenya a la càmera i llegeix en veu alta.

—«Pinta un quadre a la cara del teu company». Què?

En Toni somriu i els diu que els n'ha tocat una de les senzilles. Han de sucar el xurro a la xocolata i representar l'escena d'un pintor que pinta un quadre.

—Tots dos alhora? —pregunta en David, que ja es comença a penedir d'haver sigut tan generós amb el seu amic.

—Quinze segons cada un —comenta en Toni, mentre obre el cronòmetre del mòbil—. Jo us avisaré quan hàgiu de canviar. Durarà un minut, així tindreu dos torns cada un. Esteu a punt?

—Vinga, som-hi —contesta l'Elena, i es dirigeix al seu company de penes—. Jo començo, d'acord?

—Perfecte, però no et passis, que encara me'n recordo de l'altra vegada.

—Tranquil.

En Toni pica una vegada de mans i així dóna el tret de sortida perquè la parella comenci el joc, i fins i tot hi afegeix un crit.

Sense pensar-s'ho dues vegades, l'Elena suca el xurro al got amb xocolata i, com si tingués un pinzell a la mà, traça línies desiguals per la cara d'en David. Amunt i avall, amb energia.

—Però què fas? Hem dit que amb tranquil·litat!

—Estic pintant un quadre impressionista. No et queixis!

—Prepara't, quan em toqui a mi.

Passen els quinze segons i en Toni ordena el canvi de papers. En David suca un xurro a la xocolata i, sense pietat, el passa pels cabells de la noia.

—M'has de pintar la cara!

—Perdona! Tinc xocolata als ulls i no veig el que faig! —crida en David, molt divertit.

En Toni s'està petant de riure quan anuncia el canvi de torn. La Silvia també riu i s'alegra d'haver triat aquella gorra que gairebé no es posa mai.

—Pintar un quadre no és picar a la cara com si el xurro fos un fuet! —exclama el noi, amb les galtes enceses.

—Tu t'ho has buscat. No m'hauries d'haver embrutat els cabells!

—Has començat tu!

—Últim canvi de torn! Et toca, David!

Quan sent això, el sevillà es llança a empastifar la cara i el coll de l'Elena. Ella crida quan nota que la xocolata li regalima per sota la samarreta i continua baixant.

—Això no val! Era només per la cara!

—No hi ha ni guanyadors ni perdedors, per tant no hi ha regles —diu en David, que, un segon abans del final del seu temps, fica el xurro moll de xocolata per dins del coll de la samarreta de l'Elena.

La noia crida encara més fort, enfadada. Se'l treu i el tira a en David, que aconsegueix esquivar-lo. Exhaustos, els dos joves es desafien amb la mirada.

CAPÍTOL 16

Es pensava que la sida era una cosa dels anys noranta. Una malaltia que va amenaçar el món i que va matar milions de persones que es van contagiar. En canvi, acaba de sentir que en Daniel, l'antic rotllo o el que sigui d'en Marc, la té.

La notícia deixa en Julen estupefacte. S'asseu amb el seu nòvio en un banc del Retiro per analitzar la situació.

—Que en Dan s'hagi contagiat no vol dir que tu també ho estiguis —s'atreveix a dir, poc convençut—. No et sembla?

La desinformació és absoluta. Poques vegades li han parlat del VIH. En canvi, quan entra a internet descobreix que «La sida encara no és cosa del passat», tal com titula un article que troba a Google. El 2014, més de dos milions de persones es van infectar a tot el món i un milió dues-centes mil més van morir per algun motiu relacionat amb la malaltia. No obstant això, la dada que més el sorprèn és la que diu que gairebé trenta-set milions de persones viuen amb el virus i lluiten diàriament contra la malaltia.

—Estic cagat de por, Julen —xiuxiueja en Marc, capcot—. Ja no només per mi, també em fa por que... que t'afecti a tu.

—A veure, no ens posem nerviosos, sisplau.

—Em moriria si per culpa meva et passés alguna cosa. No m'ho podria perdonar mai.

En Julen també comença a sentir pànic. Quines possibilitats té d'estar contagiat? Torna a buscar informació al mòbil. Troba un article d'*El País* en el qual el periodista titula la notícia de manera poc esperançadora: «El VIH s'estén a Espanya malgrat els programes de prevenció». I subtitula: «Els homes que tenen sexe amb homes són més de la meitat dels casos».

—Collons —se li escapa, quan llegeix el titular.

—Què passa? Què has trobat?

Dubta de si ensenyar-l'hi o no, però hi estan tots dos ficats, en això. Passa el mòbil a en Marc i el noi llegeix la notícia.

—Això ha de ser un malson —comenta, quan acaba. Allarga el telèfon al seu nòvio i torna a acotar el cap.

El navarrès li acaricia els cabells i intenta tranquillitzar-lo. Esbufega i s'esforça per mantenir el cap fred. Ells sempre han fet servir protecció quan han fet l'amor, per tant les possibilitats de contagi són escasses. Però va fer servir preservatiu, en Marc, les vegades que ho va fer amb en Daniel? L'hi ha de preguntar.

—Encara que sigui un tema complicat de parlar, m'has de dir la veritat, amor meu. En Dan i tu vau fer servir sempre condó?

El silenci posterior seguit d'un sanglot d'en Marc equivalen a una resposta. En aquell instant, a en Julen li cau el món a sobre.

—Quantes vegades no vau fer servir preservatiu? —insisteix el navarrès.

—Mai. No en vam fer servir mai.

—Collons, Marc.

—Vaig ser un inconscient. I no saps com me'n penedeixo ara, de no haver fet les coses bé.

Les llàgrimes del noi cauen al terra del parc. S'ha ficat en un túnel molt perillós. Un túnel en el qual mai no s'havia imaginat que entraria. Tindrà sortida?

—Vaig ser un imbècil acabat.

—Va, no et lamentis més pel passat —li diu en Julen, intentant recuperar el control de la situació—. Ens hem de fer les proves.

—I si donen positiu?

—Si donen positiu, ho haurem d'assumir i lluitar amb totes les nostres forces.

—No sé si seré capaç de fer-ho.

—I tant que en seràs capaç. Tots dos en serem. Estem junts en això, amor meu. T'estimo.

En Marc mira el seu nòvio als ulls i intenta esbossar un somriure. No li surt gaire bé, però s'alegra de tenir-lo al seu costat en aquest moment.

—Jo també t'estimo. Perdona'm. Tot és culpa meva.

—No ho diguis més, això. A partir d'ara, no hi ha culpables, ni sentències, fins que no sapiguem a què ens enfrontem. D'acord?

—D'acord.

Tots dos somriuen i després es fan un petó als llavis.

—Això ho hem de solucionar de seguida —diu en Julen, fixant-se de nou en el mòbil—. Ara buscaré un centre on ens puguin fer les proves avui mateix.

—Un diumenge? Creus que hi deu haver algun lloc obert?

—Segur que sí.

El navarrès repassa els primers enllaços que troba a Google i veu que a tot arreu obren de dilluns a divendres. S'està més de deu minuts entrant i sortint de pàgines de clíniques que fan la prova del VIH. No té sort. Fins que troba un metge especialista en el tema que anuncia a la seva web en lletres majúscules: «TAMBÉ ATENEM ELS DIUMENGES».

—Em sembla que ja ho tinc —anuncia en Julen, satisfet—. El metge es diu Jacinto Rodríguez i té una clínica privada al carrer Mar Mediterráneo. Assegura privacitat. Què et sembla?

—No sé on és aquest carrer.

—A Hortaleza. En metro trigarem quaranta minuts a arribar-hi. Tanca a les sis. Si ens afanyem, encara hi som a temps.

—N'estàs segur, que vols fer això?

—Ho hem de fer, Marc. No és que n'estigui segur o no. És que hem de saber si tot està bé o... no.

—I no et fa por?

—Esclar que sí. Moltíssima. Però ho farem junts. Això em dóna forces.

—Sense tu, no sé si m'hi atreviria.

—Segur que també ho faries. És pitjor la incertesa que no pas saber la veritat —diu en Julen, mentre agafa la mà al seu nòvio—. Va, som-hi?

En Marc triga un segon a contestar, però al final

assenteix amb el cap. Tots dos s'aixequen del banc del Retiro i es dirigeixen a l'estació de Serrano per agafar el metro.

Pel camí, en Julen l'avisa d'una altra qüestió.

—Hi ha una cosa que no t'he dit. Cada prova val cent euros.

—Cent euros? I d'on vols que els tregui? No els hi puc demanar, als meus pares!

—Ho pagaré jo, no pateixis. Ja m'ho tornaràs.

—Hòstia, Julen. No vull que...

—No en parlem més. Aquesta ronda la pago jo.

En Marc discuteix una bona estona amb en Julen sobre aquest tema. Un cop a dins del metro, arriben a un acord. El dia de l'aniversari del català, no hi haurà regals i ell el convidarà a sopar.

La resta del trajecte entre Serrano i San Lorenzo intenten no parlar més del motiu d'aquell viatge improvisat. Busquen un seient, i llavors en Julen repenja el cap a l'espatlla d'en Marc i tanca els ulls. S'endormisca uns minuts, durant els quals somia que el seu nòvio dóna positiu en la prova del VIH. Es desperta sobresaltat i amb els ulls negats. Per sort, ho pot dissimular girant-se cap a l'altre costat per examinar el mòbil, fent veure que acaba de rebre un missatge.

Els dos nois baixen a la parada de San Lorenzo i pregunten a una dona pel carrer Mar Mediterráneo. És just allà al costat. I de seguida troben l'edifici on el doctor Rodríguez té la clínica. En Julen truca a l'intèrfon. Una veu femenina i jove respon.

—Sí?

—Bona tarda, veníem a... veure el doctor Rodríguez.

—Teniu hora?

—No. No n'hem demanat.

—D'acord. Pugeu per l'escala, l'ascensor no funciona. Tercer C.

Sona un soroll metàl·lic molt desagradable que indica que la porta de l'edifici s'ha obert. En Julen l'empeny i entra primer. En Marc camina tímidament darrere seu. Comencen a pujar les escales, sense parlar. Fins que, al segon pis, el navarrès nota que la mà del seu nòvio li agafa el jersei.

—No em veig amb cor de fer-ho —diu en Marc, amb les mans tremoloses.

—Va, amor meu. Ja veuràs com va tot bé.

—No, no anirà bé. Segur que en Dan m'ha contagiat. Segur que tinc la sida!

—Calma't, Marc, sisplau.

—M'hauria d'haver posat un condó, collons. Per un simple clau. Un puto clau. I m'he arruïnat la vida. Què els diré, als meus pares?

—Marc, t'has de tranquil·litzar.

Els nois senten que s'obre una porta al tercer pis, en Julen agafa la mà del seu nòvio i l'obliga a pujar uns quants esglaons més. Des d'allà, poden veure el tercer C.

—No ho puc fer. No ho puc fer.

—Sí que pots. I ho farem junts —diu el navarrès, que s'atura i el mira fixament als ulls.

En un últim esforç, en Julen aconsegueix que en Marc arribi al final de l'escala. Una noia de vint-i-pocs anys, rossa, vestida amb una bata blanca, els rep a la porta.

—Hola, passeu —els convida, gairebé en un murmuri, i es gira per entrar cap a dins.

—Gràcies —diu en Julen. I abans de continuar, fa un petó a en Marc, sense deixar-li anar la mà—. T'estimo.

—T'estimo.

I llavors, sense tenir temps de reaccionar, en Marc li deixa anar la mà violentament. Li demana perdó, es gira i surt esperitat escales avall, deixant en Julen sense capacitat de reacció. El navarrès es queda immòbil, sorprès pel comportament del seu nòvio. Ha de córrer darrere seu? No té temps. La noia rossa torna al llindar de la porta i sent els passos d'en Marc que baixen corrents les escales.

—I el teu amic? —pregunta, quan veu en Julen tot sol.

—Li ha sorgit un problema i se n'ha hagut d'anar —contesta, confós. Després, ni tan sols recordarà les paraules exactes.

CAPÍTOL 47

El *challenge* per al vídeo d'en Toni continua el seu curs. Les dues parelles fan diferents reptes: s'han maquillat, han escrit paraules a la cara de l'altre, han practicat esgrima sense fer servir les mans i fins i tot el valencià i la Silvia, que des del començament s'ha posat la gorra al revés perquè no la molesti la visera, han hagut de recitar uns quants embarbussaments amb la boca plena. Tot, per descomptat, amb la xocolata i els xurros com a protagonistes.

Després de diverses proves, tots quatre han quedat ben bruts.

—Vosaltres ja esteu —els diu en Toni a l'Elena i en David, que acaben de fer el clàssic joc dels ulls tapats. Tots dos es netegen, mentre el valencià revisa l'última targeta que falta per gravar.

—Quina sort. Déu n'hi do el joc que t'has tret de la màniga —exclama el sevillà, mentre es frega la cara amb una tovallola. Mira l'Elena i deixa anar una riallada—. Però ha sigut divertit.

—Molt divertit —replica la toledana amb ironia, que també es treu com pot la xocolata de la cara.

La Silvia els observa amb una mica d'enveja. Es nota que entre aquells dos hi ha hagut algun rotllo. Fan bona parella i es complementen a la perfecció. No entén el motiu pel qual no són nòvios. I a l'hora de la veritat, la que se n'ha anat al llit amb en David ha sigut ella. Un petit somriure se li dibuixa a la cara bruta de xocolata.

—Gràcies a tots dos, de debò. M'heu demostrat que puc comptar amb vosaltres i que sou uns grans amics. Però encara falta una targeta per fer —diu en Toni, que dóna la cartolina a la Silvia perquè la llegeixi mirant a la càmera.

—«La dama i el rodamón».

—Em sembla que no cal cap explicació —diu el valencià, que es posa vermell—. Ho entens, Silvia?

—Esclar que sí. En comptes d'espaguetis farem servir els xurros, oi?

—Sí, però amb les mans lligades a l'esquena. Per fer-ho més emocionant. A veure quants en podem menjar.

El noi ho té tot preparat. Agafa els cordons que s'ha tret de les vambes i demana a en David que lligui les seves mans i les de la Silvia. El sevillà els prem ben fort, tal com l'hi demana en Toni.

—Quant de temps durarà? —pregunta la Silvia, preparada.

—Un minut —respon en Toni, també lligat, i mira a la càmera per explicar el joc—. Agafarem un xurro amb la boca i el sucarem a la xocolata, un cop cada un. Quan estigui ben impregnat, el donarem a l'altre i entre tots dos el subjectarem amb les dents. Llavors, ens el menjarem. N'hi ha quatre al plat. A veure si ens els podem acabar tots. David, pots donar el tret de sortida i controlar el temps?

El noi compta fins a tres per indicar l'inici. En Toni fa un gest a la Silvia perquè sigui la primera d'agafar el xurro. La noia assenteix i comença l'última prova del *challenge*. La noia té molta traça. Ràpidament agafa el xurro amb la boca i el suca a la tassa. L'acosta a en Toni i tots dos el devoren a gran velocitat, som si fossin menjaclosques. Tal com passa a la pel·lícula de Disney, els seus llavis s'acaben ajuntant.

L'Elena somriu i li dóna un copet amb el colze a en David. Tots dos estarien disposats a jurar que allò ha sigut una mica més que un simple toc de llavis.

Aquesta acció es repeteix tres vegades en els primers quaranta-cinc segons. I cada cop que la boca d'un arriba a la de l'altre, el contacte és més intens.

—Deu, nou, vuit... —compta en David, mentre la Silvia i en Toni es mengen l'últim xurro del plat—. Quatre, tres, dos, un... Temps!

El crit del sevillà coincideix amb l'última mossegada de la parella. Però amb les boques a pocs mil·límetres de distància i impregnades de xocolata, el frec dels seus llavis es converteix en un petó. D'un, dos, tres... quatre, cinc segons.

—Ehem! Temps! —torna a cridar en David, conscient que la càmera continua gravant.

Quan sent el seu amic, en Toni se separa de la Silvia, torbat i amb la cara plena de xocolata i de felicitat. S'allibera del cordó amb l'ajuda del sevillà i intenta recuperar l'alè.

—Perdona'm, m'he deixat endur per l'emoció del

final —li diu la Silvia, col·locant-se la visera de la gorra al davant després que l'Elena li hagi deslligat les mans—. Ha sigut molt divertit!

—Sí, molt —afegeix en Toni, fregant-se el cap amb les dues mans.

—Em sembla que ara ja és hora d'anar-nos a dutxar —diu la Silvia, mentre es neteja la cara amb una tovallola—. M'he de rentar els cabells urgentment. Moltes gràcies per convidar-me a participar en el vídeo!

L'extremenya fa un altre petó a en Toni, aquest cop a la galta, molt a prop de la comissura dels llavis, i s'acomiada dels seus amics. Tots tres se la queden mirant fins que tanca la porta de l'habitació.

—De què aneu? —pregunta l'Elena, atònita—. Us heu fet una morrejada davant nostre... i davant de la càmera! Suposo que aquest final no l'inclouràs, oi?

—No n'hi ha per a tant.

—Que no n'hi ha per a tant, Toni? —diu la noia, alçant la veu—. Has fet un petó als llavis a la Silvia en un vídeo que se suposa que estàs gravant perquè l'Isa sigui la teva nòvia! Això és de bojos!

El valencià esbufega i s'asseu al llit, desconcertat.

—No em diguis que t'has enamorat d'ella —intervé ara en David.

—No, esclar que no. Però... però m'agrada.

—Hòstia! I que passa amb l'Isa?

—També m'agrada —respon a l'Elena, amb molta vergonya.

—Exacte, tinc dos amors a la vegada, tal com diu la cançó.

—Tant li fa els amors que tingui. Amb cap de les dues tinc possibilitats —diu resignat el noi.

En David, que se sent culpable per no dir-li que se n'ha anat al llit unes quantes vegades amb la Silvia, s'asseu al seu costat i li passa el braç per l'espatlla.

—No sé si tens possibilitats amb cap de les dues, però el primer que ha de tenir les coses clares ets tu.

—En David té raó, Toni —intervé l'Elena—. Potser tu també els agrades a totes dues. Però si jugues a dues bandes, les coses acabaran malament. Aclareix-te, nano.

El noi assenteix, tot i que no creu que agradi a cap de les dues. L'Isa li ha posat les coses molt difícils... De fet, el seu repte és impossible. Ella juga sense risc. I la Silvia s'ha deixat portar pel moment. No sent absolutament res per ell, malgrat el petó. N'està convençut.

—Gràcies, nois. Seguiré els vostres consells —diu el valencià, aixecant-se—. Ara, si no us fa res, necessito estar sol per editar el vídeo. El vull penjar a les vuit.

L'Elena i en David s'acomiaden del seu amic amb una abraçada, i surten al passadís. Cadascú se'n va a la seva habitació.

—Ens veiem per sopar? —pregunta en David, davant de la 1152.

—Esclar. A dos quarts de nou?

—Perfecte. I perdona'm si t'he embrutat molt.

—No t'amoïnis. Jo també t'he deixat maco.

—Fins després —s'acomiada en David amb un somriure.

—Fins després —contesta l'Elena, tornant-li el somriure.

La noia és la primera que entra a l'habitació. Té unes ganes boges de dutxar-se i treure's de sobre tota aquella xocolata amb què l'ha empastifat el seu amic.

Manté el somriure de fa uns segons. Fins i tot, mentre es despulla, el somriure continua instal·lat a la seva cara. Entra al lavabo i es mira al mirall. Té xocolata en llocs que ni hauria imaginat!

Es riu de si mateixa i després es lamenta.

Estúpida. Per què ha sigut tan estúpida tot aquest temps?

Els sentiments per ell no desapareixen. No hi ha manera.

Mentre es dutxa intenta no atabalar-se. Malgrat tot, no paren d'aparèixer imatges virtuals amb en David de protagonista. Estar enamorada d'algú a qui has dit que no tantes vegades no és ser gaire intel·ligent. Però en l'amor, la intel·ligència no hi pinta res.

Si no hagués sortit amb la Marta, les coses haurien pogut ser molt diferents. La seva germana encara està rara amb ella. No li truca gaire, i, quan parlen, les converses són curtes, senzilles, fins i tot avorrides. Però és el preu que ha de pagar per la seva sincera imprudència. Què passaria si ella i en David fossin nòvios? Res de bo.

El mòbil sona mentre s'eixuga i interromp les cavil·lacions. Corre per arribar-hi abans que es talli la trucada. Ho aconsegueix. És un número que no té anotat a l'agenda de contactes, tot i que li sona haver-lo vist. Malgrat que encara no l'ha apuntat, havia memoritzat les tres primeres xifres, quan ella li ha donat la targeta.

—Hola, Molly!

—Hola, Elena. Com va? És un bon moment per parlar?

—Sí. Sóc a l'habitació de la residència.

—Perfecte —diu l'escriptora, amb aquell accent espanyol tan peculiar—. Abans que parlem, hi ha algú que et vol saludar.

I tot seguit l'Elena sent la veueta d'una nena que s'expressa en un perfecte anglès de Londres.

—*Hi, Elena. I'm Lisa. I miss you!*

A la toledana se li escapa un gran somriure, comparable al que fa quan pensa en en David. Només han compartit una estona en aquella cafeteria i ja la troba a faltar. Li encanta la innocència dels nens.

—*Hi, honey! I miss you, too!*

Parlen durant un parell de minuts, fins que la Heidi Holmes demana a la seva filla que li torni el mòbil.

—Espero que algun dia pugueu mantenir una conversa com aquesta, però en espanyol —diu l'escriptora—. Precisament, el que et vull proposar és una cosa que, en part, està relacionada amb la Lisa i amb el teu idioma matern. M'has dit que estudies primer de dret a la universitat, oi?

—Sí, exacte. Tot i que no estic segura de què faré l'any que ve. Tinc molts dubtes sobre la carrera. No és el que m'imaginava i hi ha possibilitats que no continuï.

—Millor. Sembla com si algú t'hagués posat en el meu camí. I que quedi clar que no vull interrompre el teu futur universitari, ni molt menys.

—Ostres, quin misteri. Què em vols proposar?

—Un any al meu costat.

—Un any al teu costat?

—Bé, al meu costat i al costat de la Lisa, esclar —respon la dona—. Al setembre me n'aniré un any als Estats Units. Allà hi escriuré la propera novel·la i hi faré una gira d'unes quantes setmanes per diversos estats.

Necessito algú que m'ajudi. No només amb la nena. També amb la documentació del llibre i amb les meves xarxes socials, que tinc força abandonades.

—Això no ho fa l'editorial?

—Sí, en anglès. Però no en espanyol. Em vull donar a conèixer en els països de parla hispana —li aclareix la Heidi Holmes—. Et pagaria, per descomptat. No crec que hi hagi cap problema per arribar a un bon acord. I, a més, descobriries com és el món editorial per dins, millloraries el teu anglès i la Lisa aprendria espanyol amb tu.

A l'Elena li costa assimilar el que està sentint. És massa bo per ser veritat. Però... als Estats Units? Tan lluny de la família, dels seus amics i tan lluny d'en... David?

—En resum: vull que passis un any amb mi als Estats Units, amb totes les despeses pagades, perquè m'ajudis amb les xarxes socials, amb la documentació del meu llibre nou i amb la Lisa. Et ve de gust?

—Mare meva.

—No t'agrada la idea?

—M'encanta la idea! Però no sé si ho puc acceptar. Ho he de pensar i parlar-ne amb els meus pares.

—Esclar, Elena. Parla-hi. Necessito algú de confiança amb mi. I tot i que no fa gaires hores que et conec, la meva intuïció em diu que tu ets la persona in dicada. I la meva intuïció s'equivoca poques vegades. Demà et trucaré abans d'anar-me'n a Londres per veure si has tingut temps de reflexionar-hi. Pensa-t'ho bé, però m'encantaria que m'acompanyessis en aquesta experiència nord-americana.

CAPÍTOL 18

L'Óscar truca a la porta de l'habitació de l'Ainhoa. La noia obre de seguida i es posa el dit índex als llavis per demanar-li silenci.

—La Nicole està dormint —xiuxiueja. I, després d'agafar el mòbil i la clau del quarto, surt al passadís—. Pobra, no ha aclucat l'ull en tota la nit i estava molt cansada. S'ha quedat adormida mentre parlàvem.

—Per què s'ha escapat de casa? —pregunta l'Óscar, mentre van cap a la 1159.

—N'estava farta i al final s'ha rebel·lat.

Un cop a dins de l'habitació de l'Óscar, la canària li explica la història del noi que la peruana ha conegut a Tinder i la vergonya que la seva mare li va fer passar ahir.

—Aquesta dona no està bé —diu el val·lisoletà—. Una mare ha de ser protectora amb els fills, però aquesta ha sobrepassat els límits.

—Jo també ho penso.

—Fins quan es quedarà a Madrid?

—Encara no ho sap. Uns quants dies. Volia anar a un hostal, però l'he convençut perquè no es gasti diners i dormi a la meva habitació.

—Em sembla bé. Així passareu més temps juntes.

—Vist així... Però no està bé —diu l'Ainhoa, amb tristesa—. Hem estat parlant una bona estona i se sent culpable per haver-se'n anat de casa sense avisar la seva mare.

—Això també és normal.

—Els joves som molt complicats. Però els pares, a vegades, es comporten d'una manera que els fills no podem entendre.

L'Óscar assenteix i agafa la guitarra, que és a sobre de l'escriptori. S'asseu al llit i, suaument, acaricia les cordes.

—L'he d'afinar.

—Doncs trobo que sona molt bé.

—Sí, gairebé ningú no ho notaria. En canvi, jo, que la toco cada dia —diu somrient—, sé que està una mica desafinada.

—Et preocupes de la guitarra com si fos la teva nòvia, oi?

El noi deixa la guitarra a sobre del llit i busca el mòbil a la butxaca dels pantalons. De reüll, observa la seva amiga. Ho ha dit amb segones?

—Has parlat amb la Yaiza? pregunta l'Óscar, canviant de tema.

—Sí, ja li he trucat. Només volia saber com estava.

—Es preocupa molt per tu.

—Ja ho sé. Però a vegades és una mica pesada.

—Té motius per ser-ho. —Només dir-ho, el noi es penedeix de les seves paraules—. Ja saps què vull dir.

—No t'amoïnis. No m'enfadaré amb tu per una cosa així.

Llavors, l'Óscar recorda el que li ha dit per telèfon la germana de l'Ainhoa. Aparentment, està bé. I el que li acaba de dir, que abans l'hauria fet enfadar moltíssim, ara s'ho ha pres amb una tranquil·litat absoluta. Potser està fingint?

—Com va, amb la Sofía? On heu anat a dinar? —pregunta la canària, amb molta naturalitat.

—Bé... tot bé. Al Tommy Mel's de la Gran Vía.

—Que guai. A veure si hi anem algun dia. Tots. Vull dir els del passadís —diu l'Ainhoa, tartamudejant una mica—. Saps que canten i ballen cançons de *Grease*, els caps de setmana?

—No ho sabia.

L'Ainhoa li explica que una noia de la seva classe hi treballa els divendres i els dissabtes, i que un dia la que balla es va posar malalta i va haver de ballar ella.

—Jo no podria. M'entrebancaria i cauria a sobre d'alguna taula.

L'Óscar somriu i observa amb atenció els gestos i el to de veu de l'Ainhoa. No percep res del que li ha dit la Yaiza. A més, ostres, està estudiant psicologia. Se suposa que ho hauria de notar, si una persona no està bé o intenta aparentar normalitat. O potser la psicologia no funciona amb la seva amiga.

—Jo només serviria per tocar la guitarra —diu, després d'agafar l'afinador, que col·loca a la corda del mi aguda.

—Saps algun tema de *Grease*?

—De la pel·li? Sí, un moment.

El val·lisoletà acaba d'afinar la corda i s'acosta la

guitarra a l'orella. La fa sonar, i encara que no estigui perfecta, per a ell està prou bé.

—Ja està. Quina vols que toqui?

—La que canta sola l'Olivia Newton-John.

—Aquesta?

El noi espera un parell de segons i comença a tocar «Hopelessly Devoted to You». Col·loca els dits a la guitarra i, quan l'acaricia, l'habitació s'omple de música. Són tres minuts sense paraules, immersos en una bombolla musical. Tots dos estan tan absorts en la melodia, una escoltant-la i l'altre crcant-la, que no s'adonen que truquen a la porta fins que s'acaba.

És ell qui s'aixeca. Obre i es troba amb la Nicole.

—Óscar, amic meu! —crida la peruana, que li fa una gran abraçada—. T'he sentit des de fora. Trobava a faltar tant la teva guitarra!

—Nosaltres hem trobat a faltar el teu somriure.

—No em diguis aquestes coses, que m'enamoro!

La noia li fa dos petons a la galta i després s'apropa a l'Ainhoa, que encara està encantada. Feia temps que l'Óscar no tocava per a ella, i això ha ressuscitat sensacions que s'esforça perquè desapareguin de la seva vida.

—Quan m'he despertat i no t'he vist, ja m'he imaginat que series aquí —diu la Nicole, tota riallera—. Em sap greu haver-me adormit mentre parlàvem.

—No patcixis. Estavcs cansada diu la canària, aixecant-se—. Vaig un moment a la meva habitació. Us ve de gust anar a fer un volt pel centre de Madrid?

—Jo n'acabo de venir —diu l'Óscar, que guarda la guitarra a la funda—. I he d'estudiar.

—Jo sí que m'hi apunto. No he d'estudiar res —fa broma la sud-americana.

—Estàs a punt o has d'agafar alguna cosa del quarto?

—Jo sempre estic a punt —respon la Nicole amb un somriure.

—D'acord, doncs, si vols, espera'm aquí. Vaig un moment al meu quarto i torno de seguida.

L'Óscar espera que la canària surti de la 1159 i llavors pregunta a la Nicole:

—Com la trobes?

—L'Aino? Bé, em sembla que bé. Per què? Que ha recaigut?

—No. O si més no, no me n'ha dit res.

—Doncs per què m'ho preguntes?

L'Óscar explica a la seva amiga el que li ha dit la Yaiza aquesta mateixa tarda. La Nicole escolta amb atenció i es queda pensativa quan el noi acaba de parlar.

—No ho sé. Jo la veig feliç. Molt feliç, diria.

—I això no t'estranya? Des del viatge a València, no ha tingut cap recaiguda, que jo sàpiga.

—Doncs ara que ho dius, és veritat que s'ha preocupat més per mi i pels problemes que he tingut amb la meva mare que no pas jo per ella.

—I si ens està amagant els seus sentiments?

—És complicat saber-ho.

—Ara que t'estaràs uns quants dies aquí, a veure si detectes alguna cosa. Jo no li he notat res d'estrany, però la seva germana està segura que no està bé. O que no està tan bé com ella ens vol fer veure.

—M'hi fixaré. Potser la Yaiza té raó.

L'Óscar assenteix i li dóna les gràcies. L'Ainhoa no triga gaire a tornar i les dues noies s'acomiaden d'ell fins a la nit.

—On t'agradaria anar? —pregunta la canària, abans de travessar la porta giratòria de la residència.

—Vull anar a Callao.

—A Callao? N'estàs segura?

Al desembre, mentre la Nicole treballava a l'Starbucks de Callao, va patir l'atac xenòfob que va originar tot el que va venir després: anar-se'n de Madrid, de la universitat i de la Benjamin Franklin.

—No hi he tornat a anar. És un dels reptes que tinc pendents i pels quals he vingut. Ens hem d'enfrontar a les nostres pors. I jo mai no he passat tanta por com aquell dia.

CAPÍTOL 49

—No és a la seva habitació ni m'agafa el mòbil. Què he de fer, ara?

—Tenir paciència. Donar-li temps. El que esteu vivint és massa complicat, Julen.

L'Iria consola el seu amic, que tan bon punt ha arribat a la residència li ha trucat per parlar. A soles. Li ha explicat allò d'en Dan, la fugida espaordida d'en Marc de la clínica i la prova que ell sí que s'ha fet a la consulta del doctor Rodríguez. No podia deixar-ho passar, encara que el seu nòvio hagi sortit corrents i ara no sàpiga on és.

—Estic molt espantat.

—Quan te'ls donaran, els resultats?

—D'aquí a una setmana o deu dies —respon, mossegant-se les ungles—. Necessito un cigarret.

—No fumis, ara que fa tants dies que no ho fas!

—A la merda!

El navarrès treu un parell de llibres de l'estanteria i agafa un paquet de tabac que hi té amagat.

—Si més no, no fumis aquí a dins de l'habitació. Si t'enxampen, a sobre te la carregaràs.

—Tens raó. Anem a fora.

La parella surt de l'habitació d'en Julen i s'encamina cap a la cascada. Quan hi arriben, el noi encén el cigarret i fa una enorme pipada. Tot seguit, es queda mirant el fum i fa cara de fàstic.

—Això és una puta merda. Ni tan sols puc fumar sense sentir-me culpable.

Tira el cigarret a terra i el trepitja enfurismat. L'Iria l'agafa de la mà i li demana que es tranquil·litzi.

—Calma't.

—Impossible.

—Heu fet servir sempre protecció?

—En Marc i jo, sí. Però el molt estúpid es va tirar aquell tal Daniel sense posar-se condó.

—Hi ha poques possibilitats que tu estiguis contagiat, Julen.

—Ja ho sé. M'he fet la prova per si de cas. Però ell sí que pot haver contret la malaltia. Per imbècil. I a sobre, s'acollona i surt corrents. És que és...!

L'Iria observa perplexa el seu amic. Mai no l'havia vist tan enrabiat. La frustració, la por i la desil·lusió, tot plegat, li ha provocat el disgust més gran de la seva vida. Si més no, el més gran que ella hagi presenciat.

—S'ha espantat. Dóna-li temps.

—Que s'hagi espantat no justifica que surti corrents d'una clínica i no es faci la prova. Jo també estic mort de por. Estem parlant de la sida, hòstia! Tu saps la quantitat de gent que ha matat aquesta puta malaltia? I jo que em pensava que en els països desenvolupats ja no existia. I tant que existeix, collons! I potser ens ha tocat a nosaltres!

—Sempre pensem que aquesta mena de coses no ens poden passar.

—Exactament. Però si et passen, has de ser valent i enfrontar-t'hi.

—Segur que en Marc acabarà entrant en raó. És un noi molt llest.

—Doncs jo en començo a dubtar —diu en Julen, que acota el cap i mussita—: Començo a dubtar de moltes coses.

—No prenguis cap decisió en calent, perquè te'n penediràs.

El noi no fa cap comentari. L'Iria té raó en això, però controlar les emocions i els dimonis que el roseguen per dins no és tan fàcil.

—Anem a dins, va. Només faltaria que em vingués a veure i no em trobés a l'habitació.

—Et trucaria pel mòbil o t'escriuria un whatsapp.

—O no. Si ve a l'habitació i no li obro, es pensarà que estic enfadat amb ell i que no el vull veure. El conec bé.

—Ara el que té raó ets tu. Som-hi.

L'Iria i en Julen tornen al passadís 1B. Pel camí, el navarrès truca de nou al seu nòvio i obté el mateix resultat que les altres vegades. La preocupació s'afegeix a la irritació. Espera que no s'hagi atrevit a fer cap bestiesa.

Quan arriben a la seva habitació, li sona el mòbil. El noi es queda de pedra quan veu que el número que apareix a la pantalla és el de la Montse, la mare d'en Marc. No sap si contestar, fins que l'Iria li dóna un cop a l'espatlla per obligar-lo a respondre.

—Hola, Montse —saluda a la dona, ple de dubtes. És el primer cop que li truca. Les poques vegades que han parlat per telèfon ha sigut perquè el seu fill li ha passat la trucada. Potser en Marc s'ha posat en contacte amb ella?

—Hola, maco. Com estàs? T'agafo en un bon moment?

Per la veu pausada i tranquil·la que fa, li sembla que no deu saber res dels últims esdeveniments. Això és bo o dolent?

—Sí, no pateixis.

—Que és aquí amb tu, en Marc?

—Doncs... No, ara no.

—Perfecte. Volia parlar amb tu i és millor que no hi sigui perquè no senti la conversa. El meu marit és aquí al meu costat. Poso el mans lliures.

—Hola, Julen. Va tot bé?

La veu de l'home sona greu i seriosa, tal com sol ser l'Enric.

—Tot bé, senyor —respon. Ha sonat com una mena de salutació militar, pensa.

—Me n'alegro. Et truquem perquè volem que vingueu a Barcelona, si és possible immediatament.

—Alguna cosa me n'ha dit, en Marc.

—Sí, ja l'hi hem demanat, però sembla que no s'ho ha agafat amb gaires ganes. Per això ens posem en contacte amb tu —diu l'home.

—Li volem fer un regal —intervé la Montse, que sembla especialment contenta.

Un regal. I, aparentment, deu ser un regal important si tenen tanta pressa perquè vagin a Barcelona.

—Es pot saber quin regal és?

—No. Volem que sigui una sorpresa —contesta la dona, que s'ho està passant molt bé amb aquell misteri.

—Però heu de venir de seguida —insisteix l'Enric—. Pots convèncer en Marc?

Aquell home s'està adreçant a la persona equivocada. Ara mateix, ni tan sols sap on és en Marc. En Julen se sent un inútil total. Ni pot ajudar els seus sogres, ni pot ajudar el seu nòvio. Torna a estar nerviós i angoixat. I li vénen ganes de fumar-se el cigarret que abans ha llençat perquè el feia sentir culpable.

—A veure què hi puc fer —es limita a dir.

—No n'hi ha prou —intervé l'Enric, tallant—. L'has de convèncer costi el que costi. Heu de venir, i de pressa.

—Jo també, o amb en Marc ja n'hi ha prou?

—Ens agradaria que tu també hi fossis, Julen —diu la dona, en el seu habitual to suau—. El regal és per a ell, però tu també en gaudiràs.

—Va, no li donis més pistes, Montse. A veure si espatlles la sorpresa. Julen, parla amb en Marc i digueu-nos quin dia veniu per comprar-vos els bitllets i preparar-ho tot.

El noi mira l'Iria, que arronsa les espatlles.

—Parlaré amb ell i a veure què em diu.

—Perfecte. Ja ens direu el què. Un petó, maco.

La parella penja el mòbil i en Julen mira l'Iria, amb l'esperança que li digui alguna cosa que pugui pal·liar la seva frustració. Però la noia no té cap fórmula per deslliurar-lo d'aquell neguit.

—Quin paper més galdós que t'ha tocat fer.

—Últimament, em toquen tots. Com el puc convèncer, si ni tan sols puc parlar amb ell? I si aconsegueixo trobar-lo, com ho faig perquè vagi a veure els seus pares amb tot el que ens ha caigut a sobre?

—Per què no puges al seu quarto a veure si hi és? Jo em quedo aquí, per si de cas.

En Julen esbufega. Bona idea. Potser en Marc ha tornat i és a la seva habitació. Accepta la proposta de la seva amiga i puja a la tercera planta.

I se'l troba assegut, amb la mirada perduda, en una butaca de la zona de descans. En Marc no s'adona de la presència del navarrès fins que el té just al davant. Acota el cap i un parell de segons després l'alça per mirar el seu nòvio. La seva expressió és la d'un nen que acaba de despertar-se d'un malson.

—No hauria hagut de marxar corrent —és el primer que diu el català, amb un fil de veu.

—No, no ho hauries hagut de fer. És una gran estupidesa.

—Ja ho sé. Però no ho he pogut evitar. M'ha vingut pànic.

—La por és incontrolable, però s'ha de ser fort per superar-la. Si no, estàs perdut. I arrossegues amb tu els que t'estimen.

—Perdona. M'he comportat com si tingués quatre anys.

—Un nen de quatre anys no corre tan de pressa —diu en Julen, que intenta posar una mica d'humor entre tanta tensió.

La broma funciona. En Marc fa un petit somriure, però de seguida torna a fer cara d'amoïnat.

—T'has fet les proves?

—Esclar. Vull estar segur que no tinc res dolent.

—Ets molt valent.

—Sóc sensat. I tu també ho has de ser. Demà a primera hora aniràs a la clínica a fer-te les proves. Si et fa vergonya tornar amb el doctor Rodríguez pel que ha passat, en buscarem un altre. I a la tarda, tu i jo ens en anirem a Barcelona a veure els teus pares.

—D'acord.

—Sí? Ho faràs?

—Sí, anirem a Barcelona per veure quina mosca els ha picat als meus pares. Però oblida't de l'anàlisi. Fa hores que ho estic pensant i la conclusió és que no estic preparat per fer-me les proves. Ho sento, amor meu. Ho sento molt, de debò.

CAPÍTOL 50

No pot deixar de mirar l'estanteria on torna a haver-hi el llibre de Dan Brown, tot i que sap que *Àngels i dimonis* ja no conté l'extra que guardava a l'interior. Segons el que li ha dit l'Iria, ara és l'Eva qui té el paquetet amb la pols blanca. No ha volgut discutir amb la gallega sobre aquest tema. No tenien dret a endur-se'l. Però ja s'ho faran.

Potser el fet de no tenir la droga a l'habitació és positiu. Ja han passat molts dies des de l'última vegada que en Manu en va consumir. I no pot negar que el mono, en alguns moments, és insuportable. Però ho està aguantant com pot. Necessita sortir de tota aquesta merda. Ara mateix, no pren res; però encara no ha aconseguit extingir-ne la necessitat.

Té mal de cap des de fa una hora i no hi ha manera que li passi. Per sort, només és dolor, no com altres vegades. Ha après a conviure-hi, amb aquestes migranyes constants que no ha pogut calmar amb cap de les pastilles que ha pres. En canvi, quan tot s'ennuvola, quan la ment se li dispersa i els records se'n van a un univers paral·lel, llavors la confusió li envaeix les neurones i li enfosqueix les idees. No hi ha cap dolor comparable a aquesta sensació.

El pitjor del mal de cap és que no pot posar-se els auriculars per escoltar música i aïllar-se de la realitat. La cançó que sona ara mateix li encanta escoltar-la a tot drap. En canvi, s'ha de conformar a gaudir de «Somebody Told Me» de The Killers des dels altaveus de l'ordinador. No és el mateix, però ja hi ha poques coses que l'entretinguin. Una és la música.

Una altra és mirar sèries. En els últims mesos n'ha començat unes quantes. La que el té més enganxat és *Broadchurch*. Només li falten dos capítols per acabar la segona temporada. Apaga la música, carrega l'episodi set al portàtil i comença a mirar-lo estirat al llit. No passen ni cinc minuts quan algú truca a la porta.

Per la manera de trucar, sap que no és l'Iria. Potser en David?

Prem el botó de *pause* del reproductor i s'aixeca per anar a obrir. Ho ha endevinat.

—Hola, sevillà, m'alegro de tornar-te a veure.

—No siguis hipòcrita —li diu en David, entrant tot decidit a l'habitació.

—Ostres, David. M'alegro que estiguis bé. T'ho dic de debò.

—Doncs mira que tu i el teu amic vau fer tots els possibles perquè no fos així.

El malagueny li diu que s'assegui a la cadira i ell fa un salt per seure a sobre l'escriptori.

—I et demano disculpes.

—Disculpes no acceptades. El que vull és una explicació.

—Ja t'ho vaig dir en el missatge privat de Twitter. Em queies malament, no eres el que aparentaves, i vaig decidir ajudar algú que havia patit molt per culpa teva.

—Això és totalment demagògic.

—Pot ser. Però és el que pensava quan vaig conèixer en Fernando —diu en Manu, movent els peus que li pengen de l'escriptori—. Mira, tot el que vam fer va estar molt malament. I me n'he penedit moltes vegades, d'infiltrar-lo a la residència. Però el passat és el que és i no es pot canviar. Saps prou bé de què parlo.

—Amb una simple xerrada amb el director n'hi hauria prou perquè t'expulsessin de la residència i de la universitat. N'ets conscient?

—I què? Els meus pares s'han mort per culpa de la meva irresponsabilitat, la meva àvia tampoc hi és des de fa temps i la meva ment fa el que li dóna la gana amb mi. És molt probable que estigui malalt. Boig. Acomplexat. I, a sobre, em pesa a la consciència la mort d'un tio a qui vaig tallar els dits i vaig destrossar la cara perquè no poguessin identificar-lo; una cosa que, pel que sembla, vaig fer molt bé, perquè el cos continua a Edimburg sense que ningú sàpiga de qui és. Amb tot això, a tu et sembla que ara mateix em preocupa gaire que em fotin fora d'aquí?

En David gairebé no es creu el que li explica en Manu. Està reconeixent que va matar en Fernando i que li va tallar els dits i li va destrossar la cara perquè no se sabés qui era? I a sobre ho diu com si estigués narrant un conte escrit per Edgar Allan Poe.

—És molt greu, el que estàs dient.

—Gravíssim.

—I per què no t'has entregat a la policia? Tard o d'hora descobriran el que ha passat i et vindran a buscar.

—Segurament. Però no en tinc gens de ganes, que em fiquin a la presó. L'única cosa que tinc en aquesta vida és llibertat per anar d'un lloc a un altre. Res més —assegura en Manu, que en un instant canvia la duresa de la seva expressió per una de resignació—. Jo ja estic condemnat. Com la Verónica, com tu mateix, David. Tots els que d'alguna manera hem estat involucrats en una cosa així estem condemnats per sempre.

—Jo he passat per això i pensava com tu. Però ara estic bé. Cada vegada millor.

—No t'enganyis a tu mateix. No ho estàs.

El sevillà es posa instintivament la mà al coll i s'acaricia el tatuatge del fènix. No ha anat allà per discutir com se sent, sinó perquè en Manu li doni respostes a preguntes molt més importants.

—Per què vas matar en Fernando?

—Directe al gra i sense embuts, oi? D'acord. Va ser de manera involuntària. No ho volia fer. Sóc moltes coses, però no un assassí —es lamenta el malagueny amb veu tremolosa—. Ens vam barallar d'una manera absurda. Com dues criatures. Encara em fa mal alguna costella dels cops que em va clavar. Va ser una baralla estúpida però molt intensa. Sagnant i fins i tot cruel. Un dels meus cops de puny va impactar al seu cap i em sembla que això va ser el que el va deixar tocat. Va quedar inconscient uns segons, però es va despertar.

En Manu intenta recordar-ne els detalls. Però moltes de les coses que van passar després les té confuses.

—Em vaig espantar molt, saps? En què m'havia

convertit? Ens havíem fotut una pallissa per una puta bosseta de cocaïna. En aquell moment em vaig adonar que ho estava fent tot malament. I vaig decidir que era l'última vegada. Tornaria a Espanya i intentaria combatre la meva addicció. Sóc el meu pitjor enemic, David.

—Molt poètic. Però m'has dit que després de la baralla i que en Fernando es quedés inconscient, es va despertar.

—Sí. I li vaig donar la bosseta amb la droga.

—Doncs com va morir?

—Ja t'ho he dit: li vaig clavar un cop molt fort al cap. Ja saps com són aquests impactes, poden resultar molt perillosos. Vaig... va tenir mala sort i el cop que li vaig clavar... va ser mortal. Fins i tot minuts, hores, dies després, un cop al cap et pot portar a la mort —insisteix en Manu, i esbufega abans de continuar—. Després de trucar a l'Iria per dir-li que tornava a Espanya, em vaig sentir molt estrany. Se'm va ennuvolar la ment i hi ha moments dels quals no recordo res.

—Un dels teus lapsus de memòria.

—Sí. El següent que recordo és en Fernando estirat a terra, amb els ulls oberts i sense respirar. Ja era de nit. Li vaig prendre el pols i... no l'hi vaig trobar. Estava mort.

Un silenci glaçat s'instal·la a l'habitació. El malagueny mira cap al sostre, buscant les forces que ara mateix li falten. En David l'observa amb tristesa. Tot i així, no es vol oblidar de la seva indignació pel que en Manu li ha fet i intenta no apiadar-se d'ell.

—Continua, sisplau —li demana, amb fredor.

—És una sensació molt estranya.

—Què vols dir?

—Tenir una persona morta al costat. Una persona que passa, en uns quants minuts, de respirar, parlar o riure a no moure's. A no respirar. I saps que no tornarà a fer-ho —diu en Manu, parlant per a si mateix—. En aquells moments, em van circular cent mil coses pel cap, però sobretot vaig sentir por. Por que algú es pensés que jo havia assassinat aquell noi. Por que descobrissin que aquella droga era meva. Por que la policia es plantés a casa meva i em detingués. I llavors vaig reaccionar, no sé com, però vaig reaccionar. Havia de fer tots els possibles perquè ningú identifiqués en Fernando.

—I li vas tallar els dits perquè no poguessin identificar les seves empremtes dactilars.

—Sí, però això va ser després —aclareix en Manu—. En els últims mesos he vist moltes sèries per matar el temps. —Calla un instant i somriu amb ironia quan s'adona que ha fet servir el verb «matar» a la frase—. No sé en quina sèrie vaig veure que l'assassí posava les coses molt complicades a la policia tallant els dits de la seva víctima i desfigurant-li la cara perquè no la identifiquessin. De fet, no tenia ni idea de si això donaria resultat. Simplement, vaig agafar la idea d'una sèrie de televisió i vaig decidir posar-la a la pràctica. I ves per on, m'ha anat bé.

Torna a fer una pausa plena de tensió. En Manu recrea mentalment com ho va preparar tot i ho explica al seu company de passadís.

—El primer que vaig fer va ser desfigurar-li la cara —diu, prement els punys i desviant la mirada cap a la finestra—. Vaig agafar una pedra i li vaig tapar el cap amb una bossa de plàstic que vaig trobar per allà, per no esquitxar-me de sang. Vaig tancar els ulls i vaig començar a colpejar-lo. Una vegada, una altra, una altra... Plorava a llàgrima viva mentre ho feia. Cada cop era com si me'l donés a mi mateix. Mai no m'havia sentit tan malament, però era necessari.

—Jo no hauria sigut capaç de fer-ho.

—Sí, David. Si t'hagués passat allò hauries fet el mateix que jo. Se'n diu supervivència, i tots els éssers vius lluitem per sobreviure, encara que ens vegem obligats a trencar-li la cara a la persona que acabem de matar involuntàriament.

El sevillà branda el cap negativament. No està d'acord amb el que diu, però s'estima més no discutir i que continuï amb la història.

—Quan vaig estar segur que no el reconeixeria ningú, vaig agafar-li la documentació, el mòbil, tot el que portava a sobre, i vaig decidir amagar el cos. El vaig arrossegar fins a un vessant de Calton Hill i el vaig empènyer per un precipici. D'aquesta manera trigarien més a trobar el cadàver. Però al cap d'un segon d'haver tirat en Fernando pel barranc, vaig pensar en els dits. Les empremtes dactilars eren gairebé més importants que la cara. Per tant, vaig buscar algun objecte tallant pel turó. Vaig trobar una mena de podadora rovellada entre uns matolls. Em va anar perfecta. Vaig baixar fins on havia caigut el cos i li vaig tallar els dits; els vaig ficar a dins de la bossa que havia fet servir per tapar-li el cap i me'ls vaig endur per enterrar-los.

—Estàs malalt, Manu. Ningú que estigui bé del cap faria una cosa així.

—T'equivoques, David. Qualsevol que estigui bé del cap hauria actuat com jo. T'ho asseguro. L'hi vaig explicar a l'Iria i em va donar la raó.

—L'Iria et donaria la raó encara que diguessis que la terra és quadrada.

—No la infravaloris. Si la gallega no pensés com jo, seria la primera d'acusar-me i criticar-me. Que no la coneixes? T'asseguro que no m'ho ha posat gens fàcil, però quan hi ha sentiments pel mig...

—La conec molt bé. I està molt enamorada de tu. El que no sabia és que tu també ho estiguessis d'ella.

—M'estimo més no parlar-ne, d'això.

—Molt bé. És cosa vostra —diu en David. De fet, aquell tema no li interessa—. Tinc una altra pregunta per fer.

—Dispara.

Un altre cop aquell somriure sarcàstic després d'utilitzar un verb amb reminiscències bèl·liques.

—Això d'Edimburg va passar el Divendres Sant, oi?

—Exacte. Una pregunta fàcil de respondre.

—Això no és el que et volia preguntar. Intentava situar-me —diu molest en David, que no pot entendre que en Manu faci bromes d'una cosa tan greu—. Li vas dir a l'Iria que vindries a la residència dilluns de la setmana següent, però no vas aparèixer fins diumenge, sis dies més tard. La causa d'aquest retard va ser això d'en Fernando?

—En part sí i en part no.

—No t'entenc. Explica't.

—Prefereixes la història sencera o te'n faig un resum?

—No siguis tan estúpid. Explica'm el que m'hagis d'explicar.

En Manu fa un bot i baixa de l'escriptori. Estira els braços i després les cames, com si fes el preescalfament per jugar un partit de tennis. El sevillà l'observa, perplex.

—Perdona, és que se m'engarrota tot. Per on anava? Ah, sí! El motiu pel qual no vaig aparèixer aquell dilluns tal com l'hi havia dit a l'Iria. Era a l'hospital.

—A Edimburg?

—No, a Madrid.

—I què hi feies? Per què no ens vas trucar?

—Perquè no vaig poder.

—Per què?

—No siguis tan impacient. Deixa'm explicar-t'ho —el renya en Manu, que va d'una banda a l'altra de l'habitació—. Després de la mort d'en Fernando, vaig comprar un bitllet d'avió a Madrid. Ho tenia planejat així des que havia parlat amb l'Iria. El vol va ser dissabte. No et pots arribar a imaginar la pressió que sentia al cap i com em bategava el cor cada vegada que veia un policia. Estava fet pols, convençut que em detindrien. La nit anterior no havia dormit gens i quan tancava els ulls veia aquella horrible cara sagnant. Vaig arribar a l'aeroport de Barajas, i allà mateix em vaig col·lapsar.

—Un altre lapsus de memòria?

—El més greu dels que he tingut fins ara —diu en Manu, que calla un moment i es fa un massatge a les temples amb les mans—. Segons el que em van dir els metges, vaig estar quatre dies sense recordar res. I a sobre, no sé què coi va passar amb el meu DNI. No sé si el vaig perdre a l'avió, a l'aeroport o si algú me'l va prendre. A l'hospital no sabien qui era, fins que ho vaig anar recordant tot i jo mateix els ho vaig aclarir. Però encara hi havia coses que no em venien al cap, com per exemple la contrasenya del mòbil o de la targeta de crèdit. Sort que tenia uns quants diners en metàl·lic en euros i vaig poder menjar i pagar un hostal.

—I la maleta? La vas deixar a l'aeroport?

—No. Viatjava sense res. Quan vaig anar a Escòcia, tot es va quedar a la residència i a Màlaga. El que vaig comprar a Edimburg ho vaig deixar allà. Tenia por que, quan tornés a Espanya, em trobessin alguna cosa comprada a la mateixa ciutat on va morir en Fernando.

—Tot això no té ni cap ni peus.

—Potser no, però tal com t'he dit abans, el meu cap va funcionar així. No intentis trobar coherència en tot el que t'explico ni en tot el que he fet. No estic bé, David. I em sembla que no ho tornaré a estar mai més. Aquest mes a Màlaga m'ha servit per adonar-me de moltes coses. He de solucionar temes pendents. Un era explicar-te el que va passar i demanar-te perdó per tot el que t'he fet. I encara que no em vulguis perdonar, jo ja no hi puc fer res més.

—Pots entregar-te i explicar tot això a la policia.

—No. No ho faré. I espero que tu... tampoc.

CAPÍTOL 51

Falten vint minuts per a les vuit. En Toni acaba d'editar el vídeo de la xocolata amb xurros i es disposa a penjar-lo al seu canal. Abans, el mira una última vegada. La prova de la dama i el vagabund amb la Silvia l'ha deixat intacta, excepte el petó final. Talla l'escena en el moment que en David crida que s'ha acabat el temps. Tot i així, potser encara es veu massa contacte entre la seva boca i la de la noia quan s'ajunten, però ja no hi pot fer res. Per tant, entra a YouTube i penja el *challenge*.

La connexió a internet a la residència no va gaire bé aquesta tarda, per això el vídeo trigarà una mica més a penjar-se a la xarxa. Fa unes quantes hores que està tancat a l'habitació. Té ganes de sortir i aclarir-se una mica les idees, de manera que aprofita aquests minuts per anar a prendre l'aire.

Encara és clar, però falta poc perquè el sol es pongui. Una brisa suau li frega la cara quan travessa la porta giratòria de l'edifici. Està a punt de baixar l'escala i s'adona que al capdavall hi ha la Silvia asseguda. L'extremenya té un bloc a sobre dels genolls i un llapis a la mà dreta. Alterna la mirada entre el que té al davant i la làmina on dibuixa.

En Toni s'hi acosta i contempla el dibuix per sobre de l'espatlla de la noia.

—M'encanta. Tens molt de talent —diu el noi, tot admirant el que la Silvia està dibuixant. És un dibuix amb llapis del llac de la residència.

—Sí? Moltes gràcies. Però podria estar millor. Aquesta no és la meva especialitat.

—Doncs per més que diguis que no ho és, t'està quedant fantàstic.

—He de millorar —insisteix la noia, que allarga la mà a en Toni perquè l'ajudi a aixecar-se—. Vols que et dibuixi?

—Què? A mi?

—Sí. M'encanta dibuixar persones. Si no tens res a fer fins a l'hora de sopar, podries posar per a mi.

—Posar per a tu? De debò?

—De debò —respon la noia, somrient—. Em sembla que series un model formidable. A més, fa temps que no dibuixo ningú.

—Bé, estic penjant el vídeo del *challenge* a YouTube.

—És veritat! El vídeo! Com ha quedat?

—Jo diria que bé. A veure què li sembla a la gent.

—Segur que els entusiasmarà. Ets un geni. El millor youtuber de la història.

Els afalacs de la seva amiga fan posar vermell en Toni. Hi ha persones a qui els encanten els compliments; en canvi ell ho passa malament. No sap què fer ni què respondre. No és modèstia. Potser és falta de costum.

—Gràcies, però tots dos sabem que això no és veritat.

—Molt malament, Toni.

—Molt malament, per què?

—Tu pots dir que jo tinc molt de talent i que dibuixo molt bé, i jo no et puc elogiar. No és just. I per compensar-me, posaràs per a mi.

El somriure de la Silvia és contagiós i tan net que convenç en Toni, que també somriu. El valencià accepta, però l'avisa que haurà de ser a la seva habitació i que durant alguns minuts haurà d'estar pendent dels comentaris que rebi del vídeo.

—Perfecte. La meva intenció és dibuixar-te mentre estiguis escrivint al portàtil.

—Encara no ho veig del tot clar. Sóc poc fotogènic.

—Ja veuràs com t'agrada. Confia en mi.

El noi arronsa les espatlles i entren a l'interior de l'edifici. Tal com han acordat, van a l'habitació del valencià. El primer que fa en Toni és examinar el vídeo. Ja està penjat. D'aquí a cinc minuts, quan siguin les vuit, el podrà veure tothom. És l'última oportunitat que té per sumar subscriptors. Malgrat tot, la noia amb qui comparteix aquests instants és la Silvia, no l'Isa. Quina li agrada més?

—Vols mirar el vídeo, abans de dibuixar-me?

—Estava esperant que m'ho proposessis.

El *challenge* de la xocolata amb xurros dura una mica més de quatre minuts. I com tots els vídeos que ha penjat en Toni, porta el seu segell. És divertit sense ser ofensiu. No hi ha joc de plans, només contingut. I riallades. Moltes riallades. El bon rotllo predomina al llarg de tots els segons que dura, malgrat la disputa constant entre en David i l'Elena.

El vídeo s'acaba a les vuit del vespre en punt. En aquell instant, deixa de ser privat i ja està disponible per a tothom que el vulgui veure. La Silvia aplaudeix i elogia la feina del seu amic, que es torna a posar vermell.

—M'ho deixes dir, ara, que ets el millor youtuber de la història?

—Pots dir el que vulguis. Una altra cosa és que jo m'ho cregui.

—T'ho pots ben creure. M'ho passo genial, veient-te. Ets un crac, nano —diu la Silvia, mentre obre el bloc per una pàgina en blanc—. I ara et dibuixaré.

La noia dóna instruccions a en Toni perquè es col·loqui en la posició que ella havia previst: assegut a l'escriptori, amb el portàtil al davant i les mans al teclat. Ella seu a sobre la mateixa taula per poder-lo veure de cara.

—No et fa res que respongui els comentaris, oi?

—Esclar que no. Tu fes el que hagis de fer. En tinc prou que no t'aixequis fins que no l'acabi.

—I quant trigaràs?

—No gaire. Em deixes posar música?

El valencià assenteix amb el cap i comença a contestar els missatges que rep a Twitter, a Facebook i, sobretot, a YouTube. El seu canal ràpidament s'omple d'opinions, visualitzacions i *likes*. També apareix algun dit cap avall d'usuaris als quals no els ha agradat el *challenge*. «Gent amargada», tal com els anomena l'Isa.

La Silvia busca en el mòbil una llista de reproducció adequada per inspirar-se. No triga gaire a escollir-la. En Toni de seguida reconeix la veu del cantant.

—M'ho hauria hagut d'imaginar —diu el noi, que fa veure que s'enfada.

—Ningú m'inspira tant com en Justin. Només serà una estona, no et martiritzaré gaire.

—Tranquil·la. Al final, m'acabarà agradant.

—El que és estrany és que no t'agradi ja. És el millor!

En Toni somriu i continua responent a la xarxa. Es nota una mica pressionat, tot i que no pot negar que té curiositat per veure el dibuix que li està fent la Silvia. Un parell de vegades li ha demanat que l'hi ensenyi, però l'extremenya s'hi nega i li demana que tingui paciència.

—Fins que no l'acabi, res de res.

—Per què? Deixa-me'l veure, va.

—Tu et menges el dinar o el sopar abans que estiguin acabats de fer? Doncs això és el mateix.

El noi es queixa en veu baixa i intenta centrar-se en el que està fent, tot i que no pot evitar pensar que la Silvia és davant seu, observant-lo constantment i fixant-se en tots els seus defectes per plasmar-los a la làmina.

Els minuts van passant amb la mateixa dinàmica, fins que a les vuit i vint sona el mòbil d'en Toni.

—Puc agafar-lo?

—Esclar, parem un moment.

El noi s'aixeca i agafa el mòbil de sobre el llit. És un whatsapp de l'Isa. No està gaire segur de voler-lo llegir, però fa el cor fort i l'obre.

«No sé si estic enfadada o si em sento afalagada després de veure el teu vídeo. Has fet servir la idea de la xocolata amb xurros, no sé si per fer-me un homenatge o per plagiar directament el concepte del meu vídeo amb més visualitzacions i aprofitar-te'n. De totes maneres, enhorabona. Has millorat moltíssim en un mes i la teva feina cada vegada és millor. Això sí, em sembla que no cal que em superis en subscriptors perquè surti amb tu: la rossa de la gorra i tu us enteneu molt bé i estic segura que farà més bona parella amb tu que no pas jo. Moltes felicitats, Toni Pepperoni».

Quan acaba de llegir el missatge de l'Isa, a en Toni se li regira l'estómac. Es veu que la prova de la dama i el rodamón l'ha fet empipar. Encara sort que ha tallat el petó final. Se sent culpable. Potser hauria de pujar a parlar amb ella.

—Silvia, he d'anar un moment a l'habitació de l'Isa. Si vols, acabem el dibuix més tard o demà.

—Em falta molt poc. Cinc minuts.

En Toni s'ho pensa un instant i decideix quedar-se fins que l'acabi. S'asseu un altre cop davant del portàtil i es col·loca tal com estava abans. L'extremenya no triga gaire.

—Ja està! Acabat!

—El puc veure, ja?

—Sí —contesta la Silvia, amb un gran somriure a la cara. Gira la làmina i ensenya el dibuix al seu amic, que queda bocabadat quan el veu.

—Però això... Això és una caricatura!

—Sí! Sorpresa! —exclama la noia, alçant la veu—. T'agrada?

El valencià examina atentament el dibuix i es veu obligat a reconèixer que li fa gràcia. Especialment, el cap rapat, que predomina per sobre de qualsevol altra part del seu cos.

—Sí, m'encanta. De fet, m'estimo més que m'hagis fet una caricatura que no pas que m'haguessis dibuixat tal com sóc.

—Toni, no t'infravaloris més. Ets un noi molt atractiu. I encara que no aconsegueixis superar l'Isa en subscriptors i per tant ella no sigui la teva nòvia, tard o d'hora trobaràs una bona noia.

Al valencià se li il·luminen els ulls quan sent aquestes paraules. És massa amable. Massa bona. La mira fixament i pensa que li agradaria fer-li un petó.

—Gràcies —es limita a dir-li.

—No cal que me les donis. A més, encara he de fer una cosa —diu la Silvia, acostant-se lentament cap a ell.

—Què? —pregunta, molt nerviós.

—Això. —I després de fer-li un petó a la galta, la noia firma la caricatura, l'arrenca del bloc amb precisió i l'hi dóna—. Firmada. Ara el dibuix ja està acabat del tot.

CAPÍTOL 52

La proposta és de l'Ainhoa, que ha sigut la que ha escrit el missatge al grup de WhatsApp del passadís 1B.

«Nois, per celebrar que en Manu ha tornat i que la Nicole és amb nosaltres, per què no sopem tots junts en algun lloc de Madrid? La peruana i jo som ara mateix a Callao. Qui s'hi apunta?».

Al principi, no hi ha ni unanimitat ni gaire entusiasme. En Toni està pendent del seu vídeo, en Julen no té ganes de sortir i l'Óscar ha d'estudiar. En David i l'Elena tampoc sembla que tinguin gaires ganes d'anar enlloc.

«I si sopem tots junts al menjador? Com en els vells temps».

La idea de l'Iria és ben acollida per tothom. Finalment, acorden reunir-se per sopar. Per tant, la colla queda a les nou a la recepció per baixar tots al mateix temps. En David s'encarrega d'avisar la Silvia, en Toni a l'Isa, i en Julen a en Marc, per si s'hi volen afegir.

L'Ainhoa i la Nicole arriben del centre uns minuts abans de les nou. La peruana ha tornat al lloc on va patir l'agressió dels racistes. Els records li han sacsejat la ment, però ha aconseguit ser més forta que les seves emocions. Després, ha trucat a la seva mare per explicar-li el que ha fet i per avisar-la que no pensa tornar a València fins que no li asseguri que les coses canviaran.

—Ets una tia molt valenta —li repeteix per enèsima vegada l'Ainhoa, quan li expliquen a l'Óscar l'experiència de Callao. Ells tres són els primers de reunir-se a la recepció—. La més valenta que he conegut mai.

—És veritat. No tothom s'atreviria a tornar al lloc on li van espatllar la vida —afegeix el val·lisoletà—. Tal com diu l'Aino, ets molt valenta.

—Pareu, nois! No he fet res de l'altre món. Necessitava enfrontar-me a això. Feia mesos que hi pensava i m'he preparat bé.

—Encara que t'hagis preparat molt, no deixa de ser un acte d'una gran valentia. Sobretot emocional. T'ho dic jo, que estudio psicologia.

—Molt bé, sóc molt valenta. Però no cal que m'ho recordeu més!

—D'acord. Parlem de... com estàs de guapa! —exclama l'Ainhoa, abraçant-la.

—No! Prou de parlar de mi.

La porta del passadís s'obre i en surt l'Elena. Fa dos petons i una gran abraçada a la peruana i s'uneix a la conversa. La toledana s'ha passat la tarda estudiant l'oferta de la Heidi Holmes, però encara no ha pres una decisió ni ha explicat a ningú la proposta de l'escriptora.

En David és el següent. La Silvia arriba immediatament després. L'extremenya es presenta i demana disculpes a la Nicole per ocupar la seva habitació.

—Pel que m'han dit, he tingut una bona successora —diu la sud-americana, amb un gran somriure.

En Julen també s'acosta al grup. Ell no està tan content com els seus amics. El seu nòvio ha canviat d'opinió i ara no vol fer-se la prova de la sida. Han tingut una discussió bastant forta i el català no soparà amb ells.

Tots els mòbils sonen al mateix temps a les nou i dos minuts. En Toni ha escrit al grup de WhatsApp per avisar-los que baixarà una mica més tard.

—Deu ser amb l'Isa —diu l'Ainhoa a la Nicole, picant-li l'ullet—. Després te la presentarem. Algun dia seran nòvios.

L'Elena i en David es miren després de sentir la canària. Només ells dos estan al corrent de la indecisió sentimental d'en Toni.

—Qui falta, a part d'en Toni? —pregunta l'Óscar, fent recompte.

—L'Iria i en Manu —contesta en David—. Els vaig a buscar.

El sevillà entra de nou al passadís 1B i se'n va cap a l'habitació del malagueny. Pensa que encara hi deu ser, després de la intensa conversa que han mantingut. I no s'equivoca. L'obre i li diu que entri. A l'habitació també hi ha l'Iria.

—Us estem esperant. Sou els últims. Que no baixeu?

—Sí, ara mateix —respon en Manu, i assenyala la noia amb un moviment de cap—. Li estava explicant el que hem parlat tu i jo. Tal com t'he dit, ella està al cas de tot.

—Això és cosa vostra. Baixeu o no?

—Sí, però et volíem demanar que no en parlis amb ningú.

—No tenia cap intenció de fer-ho.

—Gràcies. Això de donar explicacions contínuament és molt cansat.

—De totes maneres, ells saben força coses. Potser fins i tot algú se n'imagina algunes que no són —li diu en David.

—Que cadascú s'imagini el que li doni la gana.

En David assenteix amb el cap i surt de l'habitació. En Manu esbufega i el segueix, acompanyat de l'Iria. Tots tres arriben a la recepció i són rebuts per la resta de la colla. Plouen petons i abraçades, amb la Nicole i en Manu de protagonistes. El retorn dels fills pròdigs de la Benjamin Franklin.

Tots nou baixen al menjador, amb els seus respectius tiquets per al sopar. Entren a la sala i molts dels residents que són allà se'ls queden mirant. Tant el malagueny com la peruana saluden tímidament cares conegudes d'altres passadissos mentre se serveixen. Són el centre d'atenció.

—Som famosos —xiuxiueja en Manu a la Nicole, fent broma—. Tu no paris d'ensenyar les dents i mou la mà com si fossis la reina Letícia.

La noia riu quan sent el comentari del seu amic. Feia molt que no el veia i el seu aspecte és molt diferent del que tenia quan el va conèixer. Però el seu humor sarcàstic no ha desaparegut, malgrat tot el que ha viscut en els últims mesos. Ella, que sap el que és perdre el pare, s'imagina com deu haver patit el malagueny amb la mort de la seva mare i del seu pare al mateix temps. I això sumat al que l'Ainhoa li ha explicat de la droga. Realment, el valent del grup és en Manu, i no ella.

L'Óscar i en David ajunten l'habitual taula per a vuit del fons amb una de petita per a quatre. Quan baixi en Toni, si l'acompanya l'Isa, seran onze.

De mica en mica, tots van omplint les safates i van seient. Els costa trobar un tema de conversa que els interessi a tots. Alguns es mostren cohibits i no estan segurs de què poden dir i què no. S'organitzen petits grups de parelles o trios que parlen entre ells, fins que la Nicole s'aixeca i demana atenció.

—Em sentiu tots bé? —pregunta, adreçant-se als que estan més allunyats, i tots assenteixen—. Bé. Per a mi és un honor ser aquí, a casa meva, amb vosaltres, la meva segona família. Com sabeu, les coses a València no van gaire bé. La meva mare s'entesta a tractar-me com a una nena i jo he decidit saltar-me les regles. Si més no, per uns dies. No sé què passarà, perquè no m'agrada estar així amb ella. Però, mira, intentaré no pensar-hi gaire i gaudir dels dies que estigui amb vosaltres. Us he trobat molt a faltar.

L'Ainhoa s'aixeca i abraça la seva amiga, que té els ulls plorosos. Els altres aplaudeixen la intervenció de la peruana.

—Jo també vull dir una cosa.

Els joves es giren i ara miren en Manu, que està assegut a la cadira. Beu una mica d'aigua i s'aclareix la gola. L'Iria el mira recelosa, tement el que pugui dir.

—Amics meus, jo també m'alegro de tornar a estar amb vosaltres —comença a dir el malagueny, que beu una mica més d'aigua abans de continuar—. Vull aprofitar que hi som tots, o gairebé tots, per fer-vos una petició: no vull que us compadiu de mi. Odio fer pena. Els meus pares estan morts, no ressuscitaran. Per tant, oblideu-vos del tema i, quan parleu amb mi, feu-ho sense tenir en compte que sóc orfe. Moltes gràcies.

Un silenci sepulcral s'apodera del grup durant uns segons. Les paraules d'en Manu han sonat tan fredes que costa assimilar-les. L'Iria s'encarrega d'intentar que les coses tornin al seu lloc.

—Molt bé, parlem de coses més alegres. Com porteu els exàmens finals?

CAPÍTOL 53

Davant de la porta de l'habitació de l'Isa, a en Toni l'assalten els dubtes. Llegeix una altra vegada el whatsapp que abans li ha enviat la noia i analitza el final del missatge. Segur que l'ha molestat allò del joc amb la Silvia? Potser només ho ha dit per dir. Per fer-lo empipar, com ha fet tantes vegades des que es coneixen. Aquesta noia ni fa ni deixa fer.

El valencià sent els passos de la youtubera que s'acosten cap a la porta. Que potser sap que és allà? L'Isa obre i se'l troba al davant. Per la seva expressió de sorpresa, veu que no ho sabia i que, simplement, surt de l'habitació per algun altre motiu.

—Hòstia, què hi fas, aquí? —pregunta la noia, que, definitivament, no esperava la seva presència.

—Volia parlar amb tu.

—Vaig a buscar una Coca-Cola. Véns o m'esperes?

—No vols baixar al menjador? Els del meu passadís sopen tots junts i m'han dit que t'avisés.

—Tots? Quina mandra. Ara ja tinc un motiu per agafar un sandvitx de les màquines. Véns o no?

En Toni diu que sí i l'acompanya. Baixen l'escala esperitats i per això el valencià decideix esperar per parlar amb ella. L'Isa tria un sandvitx de tonyina amb tomàquet i compra un refresc.

—Què em vols dir? —li pregunta la youtubera, quan arriben de nou a l'habitació—. Suposo que no em demanaràs més dies per superar el repte, oi?

—No, no és això. Em caldria un mes més per avançar-te en nombre de subscriptors.

—No ho aconseguiries. Ni en un mes ni en dos.

—Ja ho veuríem. Però no volia parlar d'aquest tema.

—Doncs de quin?

La noia obre el sandvitx i li fa una queixalada, mentre observa impacient el seu amic, que triga uns segons a respondre.

—Em fa la impressió que hi ha alguna cosa que t'ha fet empipar.

—A mi em fan empipar moltes coses. Ja saps que no suporto les persones. Prefereixo els vídeos, perquè els puc avançar o treure'ls quan no m'interessa el que diuen. El meu temps és or.

—Jo diria que t'ha fet empipar alguna cosa del meu últim vídeo. No ho sé, m'ho ha semblat pel whatsapp que m'has enviat.

—Parles del plagi que m'has fet?

—No és un plagi. Aquest *challenge* és a YouTube i no l'has inventat tu.

—Ja ho sé. Però has fet servir la idea.

—La idea tampoc no és teva.

—Toni, no siguis hipòcrita, sisplau —diu l'Isa, molesta, després de fer un glop de Coca-Cola—. Has gravat un vídeo de xocolata amb xurros perquè a mi em va anar bé amb un de semblant. L'has copiat. Un plagi com una catedral. Però et perdono. Amics.

El noi sospira i es frena. Quan es posa així, val més no portar-li la contrària. A més, ell no ha anat a la seva habitació per parlar de còpies i de plagis.

—Molt bé. El que tu diguis. Però no em referia a res de YouTube.

—Doncs il·lustri'm, senyor Pepperoni. Què passa? Estic a punt de canviar de canal. M'avorreixes.

—Em sap greu no ser tan divertit com tu —contraataca en Toni, entrant en el seu joc. Tot té un límit—. Parlo de les referències que fas a la Silvia en el teu missatge.

—Ah, això. La Silvia. Ja sou nòvios? Enhorabona. En el teu pròxim vídeo, posa't una gorra.

—Ho veus? És d'aquest sarcasme injustificat, del que parlo.

—Sarcasme injustificat? Un bonic títol per a un llibre sobre teràpia per a irònics.

—Per què t'ha fet empipar que hagi fet el joc amb la Silvia?

—No m'ha fet empipar, però és incoherent que et morregis amb una noia quan intentes sortir amb una altra.

—No és cap morrejada. És un simple joc.

—Sí, un joc molt divertit —diu l'Isa, en to despectiu—. Vinga, home. Ho has preparat tot per fer-me posar gelosa. O això, o estaves desitjant devorar-li la boca a la rossa del teu passadís i no sabies com fer-ho, perquè aquesta tia passa de tu. No sé si em fa més pena una cosa o l'altra.

—No he preparat res. Ens ha tocat la targeta de...

—Esclar, Toni Pepperoni. Esclar. La deessa Fortuna i el Destí... són els que us han unit. Doncs que sigueu molt feliços junts!

El noi es passa la mà pel cap, molt tens. És completament inútil discutir amb ella. Sempre té l'última paraula, encara que no tingui raó o s'inventi el que diu. Però aquesta vegada, en Toni no s'acoquina.

—Hauries de crear un altre canal. Un d'una vident que llegeix la ment de les persones.

—I fer-me dir Madame Pepperoni? Això seria un plagi? Segons tu, no. Però tampoc seria real. Madame Pepperoni porta gorra. A mi les gorres em fan mal de cap. Fins i tot em fan vomitar.

—La Silvia és molt bona noia. Amable, educada, llesta...

—I guapa.

—Molt guapa.

—Veus que bé? Tot el que a mi em falta, ho té ella —diu l'Isa, que es fica un gran tros de sandvitx a la boca i el mastega exageradament.

En Toni observa la seva amiga i li vénen al cap desenes de frases amb les quals podria continuar aprofundint en aquella discussió. Però decideix no fer-ho.

—Tu també ets molt guapa —diu el valencià, en un to de veu més baix del que feia servir fins a aquell moment—. I llesta, enginyosa, divertida i, tot i que a vegades no et suporto i em poses molt nerviós, m'agrades molt.

L'Isa gairebé s'ennuega amb el sandvitx de tonyina

quan sent la declaració del seu amic. Beu un glop de refresc per evitar-ho.

—Ets un melós embafador —li diu ella, amb un somriure amable, sense gens d'ironia aquesta vegada—. A YouTube t'hauries de dir Toni Pastissets o Toni Merengoni.

No hi ha ni burla ni mala intenció, i per això el noi rep el comentari de l'Isa amb simpatia.

—Per què m'ho has posat tan difícil?

—El què? El repte?

—Sí. He fet tot el que he pogut per sumar subscriptors, i em sembla que n'he aconseguit molts més dels que et pensaves.

—Ho has d'agrair a tots aquests youtubers que t'han donat un cop de mà.

—Era l'únic recurs que tenia per créixer més ràpid —assegura el noi—. Però no has contestat la meva pregunta. Per què m'has posat un repte que sabies que era impossible de superar?

—No és impossible.

—Isa, tots dos sabem que sí. Era un desconegut total que començava de zero. No tenia ni una sola possibilitat.

—Ja has tirat la tovallola? Encara et queda un dia.

El noi esbufega i nega amb el cap. No ho aguanta ni un segon més. Necessita marxar d'allà, i és el que fa. Però queda sorprès perquè, quan surt de l'habitació, veu que l'Isa el segueix i li demana que no se'n vagi. En Toni s'atura just abans de sortir del passadís.

—Què he dit? Per què te'n vas?

—Perquè estic cansat, Isa. Tan cansat de tot aquest joc que potser fins i tot pel camí he perdut les ganes d'estar amb tu.

—Per això et fas petons amb d'altres?

—Només era un vídeo, collons! Un simple vídeo! —crida ell, que perd els nervis—. Però sí. També m'agrada la Silvia. No t'enganyaré. Encara que passi de mi, tal com has dit, és amable i em tracta com a una persona, no com a un producte de YouTube.

La cara de la noia empal·lideix en qüestió de segons. Intenta mantenir-se ferma i forta. No pot permetre que l'afecti el que en Toni li acaba de dir perquè ni tan sols és veritat. I li deixa ben clar al valencià que sap que menteix.

—Tu el que vols és fer-me posar gelosa. Et conec molt bé.

—No. No et vull fer posar gelosa. És la realitat, Isa —insisteix el noi, més tranquil—. Malgrat tot, m'encantes, però ella també m'agrada molt.

—No és veritat.

—Sí que ho és. És el que sento.

—No es pot estimar dues persones a la vegada. Això vol dir que no n'estimes cap. O que t'estàs enganyant a tu mateix.

—Pot ser. Però m'he cansat tant aquest mes, que ha arribat un moment que ni sé el que sento —diu en Toni, que no vol allargar més la conversa—. I ara me'n vaig amb els meus amics a sopar. Si vols venir, hi estàs convidada.

La noia no respon. Es gira i torna a la seva habitació. El valencià es rendeix i, resignat, se'n va cap a la porta del passadís 2B. L'obre, i quan està a punt de sortir, sent la veu de la youtuber.

—Et queda un dia, Toni Pepperoni! I en un dia tot és possible.

CAPÍTOL 54

En Toni s'incorpora al sopar quan la majoria dels companys estan acabant. El valencià no menja gaire i va molt de pressa, o sigui que arriben junts a les postres. Sense voler, es converteix en el protagonista. En David mira des del seu mòbil el vídeo del *challenge* de la xocolata amb xurros i l'ensenya als altres.

Després de la tensió que en Manu ha creat amb el seu discurs, la presència del youtuber valencià alegra l'ambient. Tots fan bromes i durant uns minuts les preocupacions desapareixen. Però no per a tots.

L'Elena és la primera d'aixecar-se de la taula. La toledana demana a l'Iria si la pot acompanyar, i ella, estranyada, la segueix.

—Suposo que després estaràs amb en Manu i no us vull interrompre. Per això t'he dit si volies venir. T'he d'explicar una cosa molt important i vull que em donis la teva opinió.

—Què passa? Alguna cosa dolenta? Té a veure amb en David?

—No és res dolent. I sí, d'alguna manera, té a veure amb en David, perquè influirà en la decisió que he de prendre.

—Una decisió que has de prendre? Sobre què?

—M'han proposat anar-me'n un any als Estats Units.

—Sí, home! Ho dius de debò? Qui?

—Una escriptora que es diu Heidi Holmes.

—Déu meu! No m'ho puc creure. De què la coneixes, la H. H.?

L'Elena explica a la gallega la trobada amb l'escriptora britànica i la seva filla Lisa, i la posterior trucada telefònica amb l'oferta.

—És increïble. Un any amb les despeses pagades i a sobre cobrant, als Estats Units, amb la Heidi Holmes! Estàs segura que no ho has somiat?

—No! Però no sé què dir-li!

—Accepta. És una oportunitat única.

—Ja ho sé, però anar-me'n vol dir deixar durant un any tot el que tinc aquí i allunyar-me de vosaltres i... d'en David.

—A veure, Elena. Pensa-ho bé —diu l'Iria, col·locant una mà sobre el genoll de la seva amiga—. En David i tu ara mateix no sou res, oi?

—Només amics.

—Molt bé. I encara no has decidit si continues estudiant dret o no. Correcte?

—Correcte.

—I t'encanta escriure.

—M'apassiona.

—Doncs què esperes per trucar a la Heidi Holmes i dir-li que te'n vas amb ella i amb la seva rossíssima filla a recórrer Nord-amèrica?!

L'Elena somriu per la vehemència de l'Iria. Té raó. Però no del tot. Que en David i ella no siguin nòvios no vol dir que no li sàpiga greu separar-se d'ell durant tot un any.

—Tu te n'aniries?

—Jo? Probablement, sí.

—Encara que deixessis de veure durant un any la persona de la qual estàs enamorada, sabent que segurament la perdràs per sempre si te'n vas?

—Elena, amb tots els respectes, has passat d'en David des que va començar l'any. Ell t'ha demanat un munt de vegades per sortir junts.

—Però això és impossible. És l'exnòvio de la meva germana.

—Doncs, què? Si és impossible, què vols d'ell? Aclareix-te, maca!

La gallega s'adona que ha alçat molt la veu i li demana disculpes. Després, l'hi torna a preguntar.

—Estàs enamorada d'en David?

—Sí, he de reconèixer que ho estic. No me'l trec del cap.

—Ni del cap ni del cor, nena.

—Ja ho sé. I mira que ho he intentat.

—Això em sona. Tinc el rècord del món d'intents d'oblidar-me d'algú.

—En això, estem empatades. Ens inscriuran totes dues al llibre dels rècords Guinness.

Es miren i somriuen resignades.

—Què faig, Iria?

—No ho sé; és ni més ni menys que la Heidi Holmes i els Estats Units.

—No parlava d'això. Què faig amb en David?

—Ah, això. Uf.

—Sí, uf.

—A mi em sembla que has de trucar a la teva germana i dir-li que el temps de dol s'ha acabat. Que es busqui un nòvio. D'aquesta manera et sentiràs menys culpable quan t'emboliquis amb ell —diu la gallega, i treu la llengua.

—Així no m'ajudes.

—Si ni tan sols em puc ajudar a mi mateixa! He entrat en una roda i no tinc ni idea de com sortir-ne. Què vols que et digui. Tot és completament absurd.

—No t'entenc. Que ha passat alguna cosa?

—Doncs que avui m'ho he tornat a fer amb en Manu!

L'Iria ha alçat la veu una altra vegada. Li fa por que algú l'hagi sentit i mira al seu voltant.

—Quan?

—Després de fer la migdiada. A la dutxa. Ha sigut... espectacular. Però continuem sense ser nòvios, ni res semblant.

—Ell t'estima.

—No. No m'estima. D'això n'estic segura. Però no parlem més de mi, ni del meu amor impossible amb en Manu! Estem parlant del tema d'en David, la H. H. i la seva filla Lisa, i del teu possible futur a l'altra banda de l'oceà.

—Amb la Heidi Holmes aprendria molt —reconeix l'Elena, en veu alta.

—Moltíssim. I segur que et pagaria bé.

—Això m'ha dit; que de seguida arribaríem a un acord en aquest tema.

—I l'experiència? Això val més que els diners.

—L'experiència seria impressionant. Però no ho sé, Iria. No ho sé.

—El què, no saps?

—En David. Un any sense veure'l, amb tot el que això suposaria, no només sentimentalment. La nostra amistat quedaria ressentida amb la distància. I si el perdo? I si això nostre no torna a ser el mateix?

—És un risc que potser has de córrer. De totes maneres, la vostra relació ha tingut molts alts i baixos. I si heu suportat tot això i encara sou amics, molt amics, un any allunyats no hauria de suposar que les coses canviessin gaire.

—En trobaria una altra.

—I tu un altre. I què?

—Uf. N'hauria de parlar amb ell, de tot això?

—Aniria bé. Així tot quedaria més clar. O t'embolicaries més —conclou la gallega, somrient.

—No m'ajudes gaire, maca. No m'ajudes. Però parlaré amb en David. I ho faré ara mateix.

Quinze minuts després, l'Elena és davant de l'habitació del sevillà, amb la intenció d'aclarir les idees o, tal com li ha dit l'Iria, d'esvalotar-les encara més. Es disposa a trucar a la porta, però un soroll l'obliga a aturar-se. És possible que...? No pot ser. Enganxa l'orella a la paret per assegurar-se que no s'ha equivocat, tot i que desitja amb totes les seves forces que les orelles li hagin fet una mala passada. Però no. L'Elena confirma les seves sospites. No hi ha cap dubte: allò és el que sembla. Desfeta, torna a la seva habitació.

S'estira al llit, enfadada amb en David, malgrat que sap que no té cap motiu per enfadar-s'hi. Ell ja l'havia avisat: no l'esperaria sempre.

Es posa els sostenidors, la samarreta i després la gorra negra. S'aixeca del llit i s'ajup per agafar els pantalons. Mentre se'ls posa, la Silvia somriu a en David. El noi li torna el somriure, malgrat que no està gaire satisfet. L'extremenya ha anat a la seva habitació després de sopar amb l'única intenció d'anar-se'n al llit amb ell. I no s'hi ha pogut resistir. En aquells moments no ha pensat en l'Elena, ni en el fet que aquella noia agrada a en Toni. La temptació, en calent, ha vençut. Ara, en fred, és diferent.

—És molt maca, la Nicole —comenta la Silvia, mentre busca el cinturó pel terra de l'habitació.

—Sí. És encantadora.

—És una llàstima que hagués de marxar. Esclar que, si ella no se n'hagués anat, jo no seria aquí. Quines coses que té la vida, oi?

En David assenteix amb el cap. No té gaires ganes de parlar. S'asseu al llit i es repenja a la paret, amb el coixí a l'esquena.

—En Manu no m'ha agradat tant —continua dient la Silvia—. Potser perquè no l'he conegut en el seu millor moment. Això dels seus pares ha sigut un cop molt fort. És una cosa que afectaria a qualsevol. No sou gaire amics, oi? Me n'he adonat durant el sopar. Hi ha molta tensió entre vosaltres.

—No som ni amics ni enemics. Som incompatibles —diu en David, força sorprès per la intuïció de la noia—. La seva manera de ser és diferent de la meva.

—Des del principi?

—Des del principi de què?

—Que si el vostre enfrontament és des que us vau conèixer.

—Sí, pràcticament des del primer minut. Tot i que hem passat per diverses fases.

La noia seu al llit i es posa les sabates.

—Va ser l'Elena l'origen del conflicte? —pregunta la Silvia, que s'inclina endavant per cordar-se les sabates i no veu la cara desencaixada d'en David—. Perdona si em fico on no em demanen. És que fa temps que penso que ella i tu... I a en Manu el cales de seguida. Estic convençuda que li agradava l'Elena quan va arribar a la residència.

En David arqueja les celles. Tot això ho ha intuït ella o l'hi ha explicat algú? Sospita que en Toni li ha revelat, de manera directa o indirecta, massa informació en les converses que han mantingut durant l'últim mes.

—Mira, jo no sé què li passa pel cap, al malagueny, però em sembla que els seus interessos van per una altra banda.

—I els teus interessos per on van?

—Els meus no són importants.

—L'Elena, oi?

El sevillà arruga el front i fa una ganyota de fastigueig, provocada per la insistència de la noia.

—A què treuen cap totes aquestes preguntes?

—És veritat. Perdona'm. No n'he de fer res —diu la Silvia, que somriu i s'aixeca—. Estic una mica nerviosa i parlo massa. No em vull ficar on no em demanen.

—Estàs nerviosa per això de l'argentí?

—Sí, una mica.

—Aniràs a l'aeroport a esperar-lo?

—No, hem quedat en una cafeteria. Una de la Gran Vía.

—No hi vagis. No em fa gaire gràcia que estiguis sola amb ell.

—Hi he d'anar, David.

—Doncs deixa'm que vingui.

—Ja n'hem parlat, d'això. Ho he de solucionar jo sola. Et prometo que aniré amb compte. En Federico és un mentider compulsiu, però no em farà cap mala jugada. Només parlaré amb ell i posaré fi a aquesta història per sempre.

La noia s'ajusta la gorra i es pentina la llarga cabellera rossa amb les mans. S'acosta a en David i li fa un petó de comiat.

—Una última cosa —li diu el noi, abans que obri la porta i se'n vagi.

—Digues.

—Vés amb compte amb en Toni, sisplau.

—Per què? Què li passa?

—Em sembla que li agrades. Si ell no t'agrada, no li donis esperances.

La noia torna a somriure. Obre la porta i surt al passadís, després d'assegurar a en David que això no l'ha de preocupar gens.

CAPÍTOL 55

Després de sopar, en Manu decideix anar tot sol a fer un tomb pels voltants de la residència per aclarir-se les idees. No havia estat amb tanta gent des de l'enterrament dels seus pares. Se sent aclaparat. Nota que el miren i que el jutgen, tot i que cap dels companys s'atreveix a dir-li res a la cara. Ni tan sols en Julen. El seu amic navarrès sembla un altre. O potser és ell el que ha canviat tant?

Dóna la volta a l'edifici i arriba a la cascada del llac. Des d'allà pot veure les finestres de les habitacions de les noies. Hi ha llum a la de l'Elena i a la de l'Iria. També a la de la nova. Silvia, es diu? Amb prou feines l'ha sentit parlar al sopar, però fa cara de no haver trencat mai cap plat. No s'ho creu. El temps i l'experiència li han ensenyat a no fiar-se de ningú.

És una nit sense estrelles. Els fanals il·luminen la seva malgirbada figura enmig de la foscor i té por que el vegi algú. Vol estar sol i coneix un lloc on no el buscarà ningú.

Desfà el camí que l'ha portat fins a la cascada i se'n torna cap a la residència. No hi serà gaire estona. Entra a la seva habitació i en surt gairebé immediatament. Només hi ha entrat per agafar una cosa que necessita. Va de pressa per no coincidir amb cap dels seus companys i travessa el passadís a tota velocitat. Ho aconsegueix. No ha trobat ningú.

Però quan passa per la recepció, algú el crida. El malagueny es gira i veu el bidell que s'aixeca i s'acosta cap a ell. En Jesús li fa una abraçada i li dóna el condol per la mort dels seus pares.

—Fins ara no havia tingut l'oportunitat de parlar amb tu —li diu l'home, amb un copet afectuós al braç—. Com estàs?

—Millor. Moltes gràcies, Jesús.

—Feia temps que no et veia. M'alegro que tornis a estar amb nosaltres. Qualsevol cosa que necessitis, ja ho saps.

—Intentaré no molestar gaire.

—No molestes gens, Manuel. Som aquí per ajudar. Ja saps on ens pots trobar a qualsevol hora.

—Moltes gràcies.

El bidell li dóna un copet a l'esquena i se'n torna al seu lloc de treball. El malagueny s'acomiada d'ell i surt de la residència.

Aquest home li cau bé. De fet, sempre han tingut una bona relació i la simpatia sembla que és mútua. Segur que s'ha adonat que han passat unes quantes setmanes sense que ell aparegués per la Benjamin Franklin. Tot i així, no ha avisat cap dels seus superiors, per respectar la seva intimitat i els motius de la seva absència, sense ni tan sols intuir què passava. Si el pobre Jesús sabés el que amaga, potser no seria tan amable amb ell.

En Manu baixa les escales i enfila el caminet que condueix cap a l'edifici de la piscina climatitzada. Mentre camina, recorda aquella nit que hi van passar en Julen, l'Iria i ell. Fugien dels veterans i de les seves innocentades, tot i que, al final, també van passar per l'adreçador d'en Carmona i la seva tropa. Aquells dies, s'estava enamorant de l'Elena, i a l'Iria ni tan sols la tenia com una opció, tot i que sempre li havia agradat la seva manera de ser. Li encantava discutir amb ella per fer-la enfadar. Aquells enfrontaments dialèctics, aquella lluita per veure qui s'imposava, els troba a faltar. L'amor suavitza les neurones i et fa més sensible. És això el que li passa ara amb l'Iria?

Davant de la porta del darrere de l'edifici, treu la clau de la butxaca i obre. És una sort tenir aquella còpia que es va fer al setembre. Encén el llum i contempla la impressionant piscina. S'acosta fins a la vora i posa la mà a dins. L'aigua està tan bé que no triga gens a treure-s'ho tot excepte la roba interior i a tirar-s'hi de cap. Durant uns minuts, neda d'una banda a l'altra. A vegades, molt de pressa, per intentar fer el millor temps possible. A vegades, simplement intenta recuperar les energies i relaxar-se.

Esgotat, neda cap a la vora i repenja l'esquena contra les rajoles. Estira les cames i tanca els ulls. Només veu la foscor, i no hi apareixen ni en Fernando ni els seus pares. Res. Un res meravellós que irradia pau.

S'està així més d'un quart d'hora, relaxat, sense patir i sense que l'envaeixin els records que li fan mal. En aquell moment en blanc, vestit de negre, només de tant en tant hi apareix l'Iria. La gallega s'ha preocupat més per ell que la seva pròpia família. I sap que l'estima. L'estima molt.

—No hauries de deixar la porta oberta quan estàs nedant mig despullat en un lloc prohibit.

En Manu obre els ulls quan sent aquella veu. En Julen té una tovallola a la mà i li somriu.

—Què hi fas, aquí?

—He vist per la finestra que anaves a la piscina i he pensat que no tindries res per eixugar-te —contesta el navarrès, que es treu les sabates i s'arromanga els pantalons. Tot seguit, s'asseu a la vora i posa els peus a dins de l'aigua—. Fa molt de temps que no passem una estona sols, tu i jo. Ara és una bona oportunitat, no et sembla? O molesto?

—No, no molestes. Per què no t'hi fiques? L'aigua està molt bé.

En Julen s'ho rumia un instant i decideix fer cas al seu amic. També es treu la roba, excepte el bòxer, i es tira a la piscina. Fa unes quantes braçades i després es col·loca al costat d'en Manu.

—Tenies raó. Està perfecta.

—És una sort tenir la clau. Em sembla que vindré cada nit.

—Per estar sol?

El malagueny assenteix i enfonsa el cap dins de l'ai gua durant tres segons. Quan torna a la superfície, observa en Julen. El navarrès també el mira i intenta somriure.

—Com va tot, Manu? —li pregunta, rescatant del seu interior els moments en què estaven molt més a prop l'un de l'altre.

—Doncs mira, adaptant-me a tot això. Tot i que costa. Tornar després de tant de temps i amb tanta càrrega al darrere no és el més fàcil del món.

—T'entenc, perquè fins i tot és complicat per als que no ens en hem anat. A vegades, no veiem més enllà del que passa en el nostre entorn més immediat. Com si no existís res més. I quan t'adones que la residència només és un granet de sorra al mig de la platja, t'asfixies.

—Et passa això, a tu? T'estàs asfixiant, aquí dins?

L'expressió del navarrès delata que tampoc està passant pel seu millor moment. En Manu se n'adona perquè el coneix perfectament. En Julen no és dels que els agrada fer ganyotes i exagerar els problemes. Quan no està bé, és que li passa alguna cosa greu.

—Han passat moltes coses des que te'n vas anar —contesta, molt seriós—. Algunes, força importants. Ho saps, que tinc nòvio?

—Alguna cosa m'han dit. Millor, menys competència per a mi.

—Mira que ets burro —diu divertit el navarrès—. A tu ja només te n'agrada una, nano. Tots dos ho sabem.

—Sembla que n'estàs molt segur.

—M'he fixat de quina manera la mires. I no és la mirada del caçador que tenies quan vas arribar a Madrid. Diria que més aviat és la mirada d'algú a qui li cau la bava.

—Sisplau, no tiris per terra la poca reputació que em queda.

—L'hi has dit?

—El què, i a qui?

—A l'Iria, que l'estimes. Que estàs enamorat d'ella.

El malagueny dibuixa un mig somriure i torna a enfonsar el cap sota l'aigua. Deu segons més tard, emergeix.

—Parla'm del teu nòvio —diu en Manu, sense respondre a la pregunta d'en Julen.

—En Marc és un noi fantàstic. En algunes coses s'assembla a tu. Per fora, la sensació que dóna és que és un xulo a qui només li importa el seu aspecte. Però per dins, quan el coneixes, descobreixes que és un bon nano i molt sensible, que es preocupa més pels altres que per ell mateix.

—Parles tan bé d'ell que al final també m'agradarà a mi —diu en Manu, fent broma.

—No és del teu estil. A més, ara no està passant pel seu millor moment.

—Per tant, estàs així per ell.

—Sí. Avui ens hem assabentat que un noi amb qui havia mantingut relacions té la sida.

—De debò? La sida?

—Sí, ja ho veus. A Espanya, en ple segle XXI, aquestes coses segueixen passant. Aquesta tarda m'he fet les proves, però ell no se les vol fer.

—Té por del resultat.

—A mi també em fa por que estigui infectat o que tots dos hàgim contret el virus. Però hem de ser conseqüents i afrontar els problemes.

En Manu assenteix i es veu reflectit en la meditació del seu amic. Ell està ficat en problemes des dels quinze anys i mai no els ha afrontat de debò. Sempre n'ha fugit o els ha evitat a base d'excuses. El pitjor de tots: la droga, amb tot el que ha vingut al darrere.

—Ja veuràs com al final entrarà en raó.

—Tant de bo —diu en Julen, afligit—. Si volem avançar en la nostra relació, hem de solucionar immediatament aquest tema. És impossible viure amb aquesta incertesa. Ens destrossarà.

—Em sap greu que estiguis passant per una cosa com aquesta. Espero que se solucioni i us vagi bé junts.

—Només vull això, Manu: ser feliç. Però queda clar que nosaltres mateixos som el nostre enemic més ferotge.

—Què m'has d'explicar, a mi! En sóc un especialista!

Aquest comentari del malagueny fa somriure en Julen, malgrat que hi hagi tant de dolor en aquelles paraules. Si hi ha algú a qui li han passat coses terribles, ha sigut a en Manu.

—No sé si he estat a l'altura de les circumstàncies, Manu —diu el navarrès, molt seriós—. Moltes vegades he pensat que t'hauria pogut ajudar més, que no he sigut un bon amic.

—Tu no en tens la culpa, que m'hagi ficat en tants embolics. L'únic responsable dels meus actes sóc jo.

—Doncs jo ho veig d'una altra manera i em sento culpable.

—Mira, Julen. L'única cosa que no vull és fer llàstima. Ni a tu ni a ningú, tal com us he dit a l'hora de sopar. L'Iria i tu sou molt importants per a mi, i quan la normalitat arribi a la meva vida, si és que hi arriba, us vull recuperar tal com éreu amb mi abans que aparegués tota la merda que ha vingut després. Entesos?

—Sí, però...

—Ni una paraula més —l'interromp el malagueny,

xipollejant a l'aigua i esquitxant en Julen, que es tapa la cara amb les mans—. Et desafio a una cursa a tres piscines. El que perdi haurà de pujar a la residència en roba interior. Acceptes?

El navarrès fa veure que s'ho pensa i respon amb un somriure.

—Ni de conya. Però m'has de deixar la clau de la porta per fer-me'n una còpia, no fos cas que tornessis a desaparèixer.

—L'única cosa que em pot fer desaparèixer és la policia —respon en Manu, mig de broma mig de debò.

—És pel que va passar a Edimburg?

—Em pensava que no m'ho preguntaries mai, això.

I, fent una braçada, s'allunya nedant del seu amic, content que les coses comencin a ser com abans.

CAPÍTOL 56

Són gairebé les dotze de la nit i en Toni encara està despert i amb poques ganes d'anar-se'n al llit. Revisa una vegada més les visites i els *likes* del vídeo que ha pujat fa unes quatre hores. Sis mil visualitzacions i més de vuit-cents dits cap amunt. És genial. En canvi, el nombre de subscriptors està pràcticament estancat. En aquesta estona només han augmentat en cinquanta-set. Insuficients per acostar-se a la xifra de seguidors que té l'Isa al seu canal.

Tant li fa. Aquest repte és estúpid, gairebé tant com la youtubera que l'ha desafiat. Si volgués estar amb ell, no li hauria posat una prova tan complicada. Si no fos perquè li ha agradat tant l'experiència de gravar vídeos per a YouTube, quan s'acabés aquella història tancaria el seu canal. Ho faria melodramàticament, simulant la mort d'en Toni Pepperoni a l'estil de Sherlock Holmes. Però no vol donar per acabada l'aventura per internet. Al contrari; tot just ha començat i té moltes idees per al futur.

La discussió amb l'Isa l'ha fet empipar. Si aquesta noia fos la seva nòvia, es passarien la vida barallant-se i fent-se un munt de retrets. Fins i tot podrien crear un canal on gravarien les seves baralles. Es diria «Isa menja Pizza *versus* Toni Pepperoni», i la gent podria votar quin dels dos té raó. Somriu per l'ocurrència i actualitza el vídeo dels xurros per veure si hi té més opinions.

No passarà. Mai no seran nòvios. Acaben de tocar les dotze en punt i falten menys de vint-i-quatre hores perquè s'acabi el termini del repte. Ni un miracle l'ajudaria a guanyar l'Isa.

Fa petar la llengua i es maleeix per pensar tant en ella. No hauria de dedicar-li ni un segon més. El que hauria de fer realment és passar més temps amb els seus amics, especialment amb la Nicole. Ara ja és massa tard, però demà, després de les classes a la universitat, intentarà estar amb ella tot el temps que pugui. El caràcter de la peruana li recorda, en un cert sentit, el de la Silvia. Totes dues sempre somriuen i miren la vida d'una manera positiva i optimista.

Els ulls d'en Toni es passegen per l'habitació i s'aturen en la caricatura que li ha dibuixat l'extremenya. L'ha penjat al tauler de suro on té les fotografies de la família i dels amics. Aquesta noia té talent. Des que ha acabat de sopar, ha mirat unes quantes vegades el vídeo de la dama i el rodamón. No el que ha pujat al seu canal, sinó el material que ha guardat. Aquell petó amb la Silvia ha sigut com un somni.

El so del WhatsApp el torna a la vida real. Qui deu ser a aquestes hores?

«Tio, estàs despert?».

El missatge és d'en David. No té gaires ganes de parlar, però si li ha escrit tan tard, deu ser per un bon motiu. Li respon que sí i un minut després truquen a la porta de l'habitació. En Toni s'aixeca i obre.

—Hola, Toni —el saluda el sevillà, una mica accelerat. Entra a la 1154 i s'asseu a sobre de l'escriptori. En Toni ho fa a la cadira.

—Què vols? Són més de les dotze.

—Només volia parlar una estona amb tu.

—Sobre què?

En David es disposa a parlar però s'adona de la caricatura del seu amic al tauler de suro. Baixa de l'escriptori i s'hi acosta. Observa la làmina i la firma de l'autora.

—La Silvia t'ha dibuixat?

—Sí, aquesta tarda. Se'm veu el cap molt gros, però està força bé, oi?

—Se't veu el cap molt gros perquè el tens molt gros. I així rapat encara es nota més.

—Gràcies pel compliment. Molt bé, què m'has de dir?

En David es queda dubtant. Al llarg de la nit, ha estat rumiant si hauria d'explicar a en Toni la seva història amb la Silvia. Li fa por que el seu amic s'enamori de l'extremenya i en surti malparat. Però ara que el té al davant, no gosa dir-li la veritat. Potser li fa més mal que se n'hagi anat al llit amb ella.

—He parlat amb... en Manu. —Improvisa sobre la marxa una alternativa—. M'ho ha explicat tot.

—Saps el que va passar a Edimburg entre ell i en Fernando?

—Sí, va ser un accident. Li he promès que no parlaria del tema, però crec que has de saber la veritat. És el més just.

Durant més de vint minuts, en David explica al seu amic el que el malagueny li ha revelat a la tarda. Tenia decidit parlar del tema amb en Toni, ja que de fet van investigar el que havia passat tots dos junts, però no tan aviat. Tanmateix, la improvisació i els dubtes l'han impulsat a exposar aquell tema al valencià abans del que havia previst.

—Creus que s'hauria d'entregar? —pregunta en Toni, impressionat pel relat que acaba de sentir.

—És el que li he dit jo. Però té por que el tanquin.

—No sóc un gran entès en aquest tema. De què l'acusarien? Va ser sense voler.

—No en tinc ni idea. Potser d'homicidi involuntari. Però el fet que li tallés els dits, es desfés de les seves coses i li desfigurés la cara podria convertir-lo en sospitós d'assassinat.

—Això voldria dir molts anys a la presó.

—Sigui com sigui, s'ha fotut en un bon embolic. Però mentre a Escòcia no identifiquin el cos d'en Fernando, no hi haurà cap problema.

En Toni es passa la mà pel cap i se'l frega amb insistència. Se li ha acudit una cosa tot parlant amb en David.

—I nosaltres? No en seríem còmplices, per ocultar el que sabem?

—Doncs ara que ho dius, és possible.

—Ostres! Tu creus que hauríem de trucar a la policia?

—En Manu i jo no tenim bones relacions. M'ha fet

la vida impossible durant molts mesos. Però mai l'entregaria d'aquesta manera —diu en David, amb fermesa.

—Esclar. Tens raó. No podem fer-li això, i encara menys després de tot el que ha patit. Som els únics que ho sabem?

—No, l'Iria també ho sap tot.

—I ningú més? No hi ha ningú que pugui denunciar alguna cosa del cas? —pregunta, preocupat, en Toni.

Tots dos rumien una estona. Els companys del passadís només saben una part de la història, i estan segurs que cap d'ells no acusarà en Manu ni anirà a la policia amb la història. L'Eva tampoc. Ella també té moltes coses per amagar i no faria res que perjudiqués el noi.

—La Verónica —diu en David, pronunciant en veu alta el nom de la seva exnòvia, que li ha vingut al cap en aquell instant—. D'aquesta no me'n fio gaire. Sap que en Fernando s'ha mort a Edimburg, perquè jo mateix l'hi vaig dir. Però no crec que vagi a la policia a explicar que en Manu va matar en Fernando.

—N'estàs segur?

—Home, segur del tot no. La Vero és una persona inestable i canviant des que va passar allò de la Rocío. Però precisament he parlat amb ella aquest matí, i m'ha explicat que ha conegut algú i que vol deixar enrere el passat per sempre. O, si més no, que ho intentaria. Per tant, em sembla que no el delatarà.

El que diu en David no tranquil·litza gaire en Toni. Si aquesta noia va a una comissaria i explica que sap on és en Fernando, els pot perjudicar. Només seria qüestió de temps que comencessin a lligar caps. Si en Manu és condemnat per assassinat, ells podrien ser acusats de còmplices.

—Hauries de parlar amb la Verónica i avisar-la.

—Què? Aquest matí m'he acomiadat d'ella per sempre! No li tornaré a trucar!

—I si ens fa una mala passada?

El sevillà comprèn la preocupació del seu amic. Ell també comença a patir que la Vero no acabi ficant-se de peus a la galleda. Però tornar a posar-se en contacte amb ella després del que s'han dit aquest matí no li agrada gens.

—Vols que li truqui?

—Potser està dormint.

—La Vero dorm molt poc a la nit. Se'n va al llit molt tard, quan ja no pot més. La foscor li fa pànic.

—Doncs truca-li. D'aquesta manera ens quedarem més tranquils.

En David assenteix i se'n va al seu quarto a buscar el mòbil, acompanyat d'en Toni. Marca el número de la Verónica i espera expectant que li respongui. El to de veu amb què contesta la noia és la prova evident de la sorpresa que s'ha endut.

—David? Ets tu?

—Hola, Vero. Perdona que et molesti a aquestes hores.

—No pateixis. Què passa?

—Sé que aquest matí t'he dit que els nostres camins se separaven per sempre i que mai més no tornaríem a parlar.

—Ha durat poc, aquest «mai» —diu la noia, amb un punt de sarcasme, tot i que se li nota que continua confosa per la trucada del noi—. No et desviïs del tema i digue'm què vols.

—Assegurar-me que no parlaràs amb ningú del que ha passat amb en Fernando. És molt important que quedi només entre nosaltres. Si surt a la llum, ens podríem ficar en un embolic.

El silenci que es produeix a l'altra banda de la línia li fa molt mala espina, a en David, que mira en Toni amb preocupació. El valencià agita les mans perquè li expliqui què li està dient. Però el sevillà no li fa cas i torna a parlar amb la seva exnòvia.

—Vero, no has explicat res a ningú, oi?

Però la noia continua sense contestar. En David s'inquieta encara més, cosa que provoca que els nervis d'en Toni també augmentin.

—Verónica, que em sents?

—Qualsevol mare té dret a saber on és el seu fill, i més si s'ha mort —respon la noia, amb un punt d'emoció a la veu.

—Què dius? No t'entenc.

—Aquesta tarda he escrit una carta anònima a la mare d'en Fernando. Tranquil, no li he donat cap nom. Ni el teu, ni el d'en Manu. Ni tan sols el meu. Però si vull allunyar-me de tots els fantasmes que em persegueixen i intentar continuar amb la meva vida, no puc afegir més càrregues de consciència al meu cor.

Diumenge, 10 de maig del 2015

Bona tarda,

Perdoni'm si no em presento ni firmo aquesta carta. Només li escric per parlar-li del seu fill Fernando. No puc donar-li gaires dades ni oferir-li gaire informació. No en tinc. Però sé, amb molta seguretat, una cosa que em sap greu comunicar-li: en Fernando s'ha mort. Ho sento. Una mare no es mereix assabentar-se d'aquesta manera d'un fet tan important.

Si ningú no s'ha posat en contacte amb vostè ha sigut perquè el cos del seu fill és a Edimburg sense identificar. Parli amb la policia espanyola, que es coordini amb l'escocesa, i facin les gestions oportunes perquè li tornin en Fernando i pugui enterrar-lo perquè descansi en pau.

Li dono el condol i li demano disculpes per no ser més clara, però suposo que comprèn que no em puc arriscar que m'acusin d'una cosa que no he fet. Només sóc una persona que vol ajudar-la.

Una vegada més, em sap greu.

En Toni i en David es queden pensatius després de la trucada telefònica a la Verónica. Només és qüestió de temps que la policia investigui el que ha passat a Escòcia.

—I ara què fem? Em roda el cap —comenta en Toni, mentre es fa massatge a les temples.

—Que la mare d'en Fernando s'hagi assabentat que el cos del seu fill és a Edimburg no implica que nosaltres siguem culpables de res.

—Però implica que hi ha algú que se l'ha carregat i que s'ha pres moltes molèsties per desfer-se de les proves que l'identificaven.

—Sí, Toni. Però què hi podem fer? No podem acusar en Manu.

—Estic tip de mentir i d'amagar-me.

—Tots diem mentides. Forma part de la naturalesa

humana —diu en David, esgotat. S'estira al llit de panxa enlaire i mira al sostre de l'habitació—. Estem fabricats per enganyar sempre que podem, encara que ens sentim culpables per fer-ho.

—Doncs jo em nego a convertir-me en un mentider compulsiu. No vull més mentides a la meva vida.

—Hi ha situacions que fan més mal que les mentides.

—M'estimo més que em facin mal que no pas que em menteixin.

—Això ho dius ara. Però hi ha ocasions en què no es pot explicar tota la veritat de les coses.

El valencià nota alguna cosa estranya en la veu d'en David. Sembla com si s'estigués excusant i parlés d'ell mateix. Potser només es tracta d'una de les seves paranoies, però l'han incitat a dubtar d'ell.

—No entenc on vols anar a parar —li diu en Toni, buscant algun detall revelador en la cara del seu amic, que s'ha assegut al llit—. Em fa la impressió que parles sobre tu i sobre... mi. L'encerto o són imaginacions meves?

A en David li torna venir al cap tot el que volia dir a en Toni i que ha estat rumiant tota la nit. Ja no hi ha marxa enrere.

—No és que t'hagi mentit, exactament, Toni. Però t'he amagat una cosa que ha passat aquest últim mes.

—O sigui que tinc raó! Estàs parlant de nosaltres!

—Això sembla.

—I en què m'has mentit?

—Ja t'he dit que no és una mentida. Però ha passat una cosa que...

—David, collons. Digue-m'ho i no em facis posar més nerviós! Què has fet?

El sevillà acota el cap i de seguida l'alça un altre cop per mirar en Toni als ulls. Ja no té escapatòria, ho ha de deixar anar.

—La Silvia i jo... Bé, ja m'entens... Ja m'entens.

CAPÍTOL 57

No recorda una nit tan dura com aquesta. Pràcticament, no ha dormit. A dos quarts de set del matí, decideix llevar-se i es dutxa amb l'esperança de sentir-se més bé. No ho aconsegueix. Més aviat al contrari. L'Elena està capficada amb els gemecs que va sentir a l'habitació d'en David després de sopar i no se'ls pot treure del cap.

Qui devia ser, la noia?

Al llarg de la matinada, s'ha fet un tip de pensar que potser s'havia equivocat. I si estava mirant una pel·lícula porno? I si no eren gemecs? I si es tractava de qualsevol altra cosa? Algú queixant-se? Queixant-se de què?

Tonteries. Així de simple: totes aquestes suposicions no eren res més que tonteries. A qui vol enganyar! El sevillà era al llit amb una noia. No només va sentir gemecs, sinó que també va sentir el soroll del llit. El *pack* complet.

Després de dutxar-se, eixugar-se i mirar-se i remirar-se al mirall, maleint-se per les seves indecisions, s'asseu al llit embolicada amb una tovallola. Està abatuda, afectada pels esdeveniments del dia anterior.

S'està així fins a les vuit del matí, l'hora en què obren el menjador per a l'esmorzar. Malgrat que no té gens de ganes d'anar a classe ni de parlar amb ningú, està afamada. Baixa sola i entra la primera. Omple una safata amb croissants, fruita, galetes i un suc de taronja natural. També agafa un cafè sol. No acostuma a beure-se'l així, però ara mateix necessita tota la cafeïna del món.

Pot ser que la noia d'ahir sigui la seva nòvia? No n'hi ha dit res. És molt estrany que en David tingui parella i ella no ho sàpiga. Impossible, no pot ser la seva nòvia. Un simple rotllo? Algú amb qui només té sexe? Comença a tenir por. Quantes vegades se n'ha anat al llit amb aquesta noia? Pot ser que sigui de la residència? La de la seva classe que sovint li deixa els apunts?

El cafè té un gust molt amargant i crema moltíssim, però la reconforta. Experimenta una pujada d'adrenalina amb els dos primers xarrups. Mossega el croissant, que ha omplert de melmelada de préssec per compensar el gust amarg del cafè, i veu que en Manu s'acosta a la taula. El malagueny, a la safata, només hi porta un te amb llimona i una torrada de pa de motlle. Enretira la cadira de la dreta de l'Elena i s'hi asseu.

—Bon dia —el saluda la noia, després de fer una queixalada al croissant.

—Bon dia —contesta ell, que s'ha quedat mirant-la fixament. De seguida s'adona de les seves ulleres—. Tu tampoc pots dormir, a la nit?

—Jo dormo molt bé a la nit.

—Doncs hauries de fer servir un altre corrector d'ulls. El que utilitzes no et va bé.

—M'ho pensaré. O no. Em sembla que no m'ho pensaré.

L'Elena és conscient que ha sigut hostil i força desagradable amb el malagueny. I a més, sense cap justificació. En Manu no li ha dit res tan greu, per reaccionar d'una manera tan antipàtica. El noi només ha fet una brometa, i, a més, té raó.

—Perdona, Manu. M'he passat.

—Res, tot bé. M'agrada que em fotis canya i no fingeixis que et faig pena, com fan d'altres. Tu i jo ens tractàvem així, abans que me n'anés.

—Vam tenir moments de tot. No sempre estàvem de mal rotllo.

—És veritat. Encara recordo el teu primer petó. Vaig ser la primera persona que et vaig morrejar.

—Malparit. Calla.

L'Elena somriu i beu un glop de suc de taronja. Mentrestant, observa el seu amic i recorda aquell dia del petó. El primer petó de la seva vida l'hi va fer ell, al setembre, acabada d'aterrar a la universitat. Quan l'única cosa en què pensava era a estudiar i ser una bona jurista. Només han passat uns quants mesos! Sembla que hagin passat segles.

—Per a mi també va ser especial.

—Para de fer bromes, que és molt d'hora.

—No, de debò —contesta en Manu, amb sinceritat—. Estava boig per tu. Aquell petó i els que van seguir els guardo a dintre meu amb molt d'afecte. Em va saber greu que comencessis a sortir amb el fill del subdirector. No estava a la teva altura.

—En Martín va ser un bon nòvio.

—No estaves enamorada d'ell. Es veia a venir que el deixaries quan te'n cansessis. No sé com vas poder aguantar tant. Tenies opcions millors. Una per sobre de les altres.

La noia mossega una galeta mentre escolta en Manu; queda clar que es refereix a si mateix. La molesta que li digui allò d'en Carmona, però té raó una altra vegada. Per tant, no l'hi discuteix.

—Tu i jo junts no hauríem arribat gaire lluny —diu l'Elena—. Vam fer bé sent només amics. A més...

—A més, tu estàs flipadíssima per en David.

—Jo anava a dir que tu estàs enamorat de l'Iria.

Tots dos somriuen a la vegada i, tot seguit, fan un xarrup a les seves begudes, calcant el gest, com si tinguessin un mirall al davant.

En aquell instant, en David apareix per la porta del menjador i agafa una safata per servir-se l'esmorzar. L'Elena el veu i s'aixeca de seguida.

—Me n'he d'anar. Aniràs a classe?

—Si més no, per saludar els professors. Fa molt de temps que no els veig.

—Hi anem junts?

—Tu i jo? Junts? Que t'has enamorat una altra vegada de mi?

La noia li dóna un copet al braç i somriu.

—T'espero d'aquí a quinze minuts a la recepció. Quan el coiot atrapi el correcamins —diu l'Elena, i després de saludar en David amb un gest fred amb la mà i de col·locar la safata al carret, surt del menjador.

Tot seguit, el sevillà s'asseu a la taula on hi ha en

Manu. Tots dos han seguit amb la mirada la gairebé fugida de la toledana.

—Tio, com és que no estàs sortint amb aquesta noia? —pregunta el malagueny, mentre es reclina a la cadira i branda el cap—. Ho té tot i està boja per tu.

—No deu estar tan boja per mi si m'ha rebutjat tantes vegades.

—Deu ser perquè no has fet bé alguna cosa.

—Sortir amb la seva germana. És el motiu que m'ha estat repetint durant tots aquests mesos. I al final m'he rendit —diu el sevillà, resignat—. Però no parlem més d'aquest tema, sisplau. Hi ha una cosa que has de saber.

—Jo? El què?

—La Verónica ha explicat a la mare d'en Fernando el que li ha passat al seu fill.

En David li explica detalladament a en Manu la conversa telefònica que va tenir amb la seva exnòvia la nit passada. El malagueny escolta molt atent amb cara de preocupació. Allò ho canvia tot.

—Merda. Aquesta noia m'ha acabat d'enfonsar.

—Què faràs, ara?

—No en tinc ni idea. No trigaran gaire a descobrir que era jo el que estava amb en Fernando a Edimburg.

—I si t'entregues a la policia i els expliques com va anar tot?

—Em sembla que no és una bona idea.

—Per què?

—Perquè ha passat més d'un mes, David. I vaig fer tots els possibles perquè ningú descobrís de qui era el cadàver. Ningú no es creuria que va ser una mort accidental.

—Però ho va ser, oi?

—Esclar que ho va ser! No sóc un assassí!

—Doncs digues la veritat a la policia. Serà pitjor que es presentin a la residència i et detinguin davant de tothom.

—Collons. No en tenia prou de somiar totes les putes nits amb ell...

En Manu es frega els ulls, desolat. En David l'observa. Li fa llàstima. Encara més que quan van morir els seus pares. Està pagant de la manera més cruel possible els errors que ha comès.

—Va, no t'ensorris ara. Encara no ho tenim tot perdut. Esperem a veure què passa.

—Que em podriré a la presó. Això és el que passarà.

—No avancis esdeveniments.

—Gràcies, David. Però en aquesta història ja està tot escrit. Només és qüestió de temps que acabi tancat. Tots dos ho sabem. No hi ha res a fer. I no puc dir que no em mereixi aquest futur.

CAPÍTOL 58

L'Ainhoa ha quedat amb la Nicole a la cafeteria de la facultat després de la tercera classe. La peruana, al llarg del matí, ha trucat a la seva mare per telèfon per explicar-li que continua pensant igual i que fins que no li permeti tenir més llibertat i confiï en ella, no tornarà a València.

—Aquesta dona és tossuda com una mula. No sé què faré —protesta la noia, mentre van cap a una de les taules lliures de la cafeteria on es reuneixen els estudiants d'odontologia, fisioteràpia i psicologia.

—Pots quedar-te amb mi els dies que calgui. No pateixis.

—Gràcies, Aino. Però tu has d'estudiar per als exàmens finals i jo no puc estar-me aquí gaire temps.

Un company de classe s'hi acosta i els interromp la conversa. Saluda la Nicole afectuosament i s'asseu amb elles. Mentre parlen, l'Ainhoa observa que l'Óscar entra a la cafeteria. No està sol. Va agafat de la mà d'una noia morena, que riu amb algun comentari graciós que ell acaba de fer. Tots dos s'asseuen en una altra taula, a uns quants metres de la d'elles.

—Ara vinc —xiuxiueja la canària a la seva amiga. S'aixeca i se'n va cap a la taula on hi ha el val·lisoletà amb l'altra noia.

Cap dels dos no la veuen arribar fins que la tenen al davant. L'Ainhoa somriu, intentant mostrar-se tan alegre i trempada com pot.

—Hola! —saluda, potser alçant massa la veu—. Encara no ens han presentat. Sóc l'Ainhoa.

La canària s'inclina sobre l'altra noia i li fa dos petons. Ella queda sorpresa de tanta efusió, tot i que l'Óscar ja l'havia avisat de la personalitat d'aquella noia amb qui va tenir una peculiar història. Malgrat tot, reacciona amb tranquil·litat i es presenta.

—Jo sóc la Sofía.

—Ja ho sé. El teu nòvio em parla contínuament de tu —exagera l'Ainhoa—. Què, prenent un cafetet entre classe i classe?

—Sí, però no tenim gaire temps —diu l'Óscar, una mica aclaparat—. Hem d'anar a fer unes fotocòpies. Estàs sola?

—No, amb la Nicole —respon l'Ainhoa, i assenyala amb el dit cap a la taula on la peruana conversa amb el seu antic company de classe—. També estava amb nosaltres a la residència, però se'n va haver d'anar a València per Nadal. Només ha vingut a Madrid de visita —li explica a la Sofía.

—L'Óscar m'ho ha comentat.

—Ai, perdona! Que tonta! Suposo que et deu haver explicat moltes coses sobre nosaltres.

—Algunes.

—Ah, sí? I de mi, què t'ha dit? —pregunta l'Ainhoa, deixant anar una riallada nerviosa.

La Sofía mira el seu nòvio, que no s'atreveix a fer cap gest per si l'Ainhoa se n'adona i s'ho pren malament.

—Que ets una de les seves millors amigues de la residència —contesta la noia, amb tranquil·litat—. Una de les components del famós passadís 1B.

—Només això? Amb tantes coses que hem viscut junts! Segur que li has explicat més coses de mi, Óscar.

—Doncs no ho sé —comenta l'al·ludit, que no sap si es refereix als seus problemes amb el menjar.

La Sofía està al corrent de tot. Però ara no és el moment ni el lloc per parlar del tema. Seria molt violent.

—Per què no quedem un dia tots tres per conèixe'ns més? —proposa l'Ainhoa, mirant primer el seu amic i després la seva nòvia.

—Sí, m'encantaria.

—Quan acabem els exàmens —diu l'Óscar, que tot d'una s'ha posat molt seriós.

—Tan tard? Millor abans que comencin!

—Per mi, cap problema. Un dia d'aquesta setmana o de la que ve podem quedar per anar a prendre un cafè o a sopar —diu la Sofía.

—Perfecte. Ja en parlarem. Me'n torno a la meva taula per salvar la Nicole, que aquell noi la deu estar tornant boja. Molt de gust.

—Igualment. Ens veiem aviat.

—Sí. Adéu. I a tu ja et veuré després, Óscar. *Ciao.*

La canària s'allunya de la parella i torna al costat de la peruana, que acaba d'acomiadar-se de l'antic company de classe. S'asseu i esbufega.

—Aquella és la nòvia de l'Óscar?

—Sí. Es diu Sofía i estudia psicologia com ell. És molt guapa, oi?

—Saps què? Ets una mica masoquista. Per què hi has anat a parlar, amb ells?

—Jo tampoc m'entenc, a vegades. No sé si ha sigut una bona idea —diu l'Ainhoa, que amb posat pensatiu repenja la cara entre les mans—. Només he intentat ser amable amb ella i actuar amb naturalitat. Però si hi ha alguna cosa que no sé fer quan estic nerviosa és ser natural. Fins i tot li he proposat quedar un dia tots tres junts!

—Ets ben boja. Et buscaré un nòvio a Tinder.

—No, gràcies. Res de nòvios. I menys d'aplicacions de contactes.

—Doncs em sembla que t'aniria bé sortir amb algú, Aino. No vull dir que hagi de ser l'amor de la teva vida i que us casareu el mes que ve, però no et faria mal tenir el cap ocupat amb un altre noi.

—Estic bé. Ho vaig superant. De debò. El que passa és que a vegades em desanimo.

La Nicole li fa una moixaina a la cara i s'aixeca.

—Què vols prendre? Convido jo. Per les molèsties causades.

—Et deixo que m'invitis a una Coca-Cola, però insisteixo que m'encanta que estiguis amb mi i que et quedis a la meva habitació tot el temps que et faci falta.

—Ets molt bona amiga, Aino. I estic segura que, a Tinder, hi trobaràs el que necessites per ser feliç.

L'Ainhoa deixa anar una riallada i observa com la Nicole se'n va tot cantussejant a demanar les begudes. Definitivament, ella sí que és una bona amiga, la millor que podia tenir. Li sap greu que hagi de tornar aviat a València i s'hagi d'enfrontar a una situació tan complicada. Però la vida és injusta fins i tot amb les persones com ella, que només tenen bones intencions i faciliten les coses als altres.

A la mateixa cafeteria, quinze minuts més tard

El dia s'ha convertit en una autèntica tortura. En Julen s'està saltant la quarta hora de classe; sincerament, no s'ha vist amb cor d'anar-hi. Està sol, assegut en una taula del fons de la cafeteria. Fins fa uns minuts, encara no havia parlat amb en Marc, ni tan sols per WhatsApp. El seu nòvio li ha trucat durant el descans entre classes. La conversa ha sigut seca, ràpida i directa.

—On ets?

—Acabo de sortir de classe.

—Podem quedar d'aquí a un quart d'hora a la cafeteria del teu edifici?

—Sí, per què?

—De seguida t'ho dic. Fins ara.

I allà hi ha el navarrès, esperant que aparegui en Marc i li expliqui què passa. Desitja i resa que arribi amb bones notícies, perquè pel to de veu no ho ha pogut desxifrar. I si ha decidit fer-se les proves de la sida? Aquesta seria la millor de les notícies.

Un parell de minuts abans del previst, el jove català entra per la porta de la cafeteria. S'acosta molt seriós. La seva figura és imponent. En Julen s'adona que unes quantes noies i algun noi se'l miren de reüll quan passa pel seu davant. Quan arriba a la taula, s'asseu sense fer-li cap petó. Deixa un sobre a la taula, l'obre i n'extreu un parell de folis plegats. Els desplega i els hi ensenya.

—Són els bitllets per a Barcelona. Ens en anem amb el tren de les dues.

—De les dues? Però si són dos quarts d'una!

—El meu pare me'ls acaba d'enviar. Els ha comprat fa vint minuts.

—I quan tornarem?

—Demà, ben d'hora. Amb l'AVE de les vuit. No em puc perdre la classe que tinc a les dotze.

—Això és fer les coses de manera precipitada, i la resta són tonteries —es queixa en Julen, abans d'aixecar-se.

—Si no vols venir, pots quedar-te. Anul·laré el teu bitllet.

—No, no cal. Vinc amb tu a Barcelona.

—Molt bé. Doncs ja ens podem afanyar.

Tots dos surten de la cafeteria i tornen cap a la residència tan ràpid com poden. Queden a un quart de dues a la recepció i avisen el bidell que a aquesta hora necessiten un taxi. Els nois se separen i cadascú se'n va a la seva habitació per preparar el que els fa falta per al viatge.

En Julen fica a dins de la seva motxilla una muda de roba interior, uns mitjons, una samarreta, una dessuadora i uns texans. S'organitza tan de pressa que li sobren quinze minuts. En Marc i ell pràcticament no han parlat quan han anat cap a la Benjamin Franklin. La forta discussió d'ahir continua molt present. Espera que el viatge a Barcelona els serveixi per reconciliar-se.

I tot per una imprudència. No només ha de suportar que el seu nòvio sigui tan tossut i no faci el que és correcte, sinó que a més s'ha enfadat amb ell.

Amb quina cara podrà mirar els seus pares quan els vegi d'aquí a una estona? No està gens segur que pugui actuar amb normalitat, com si no passés res. El secret que amaguen és tan important que guardar-lo representa una responsabilitat massa gran.

Els seus pares...

Llavors, a en Julen se li acut una idea. Una possible solució al problema, a la qual dedica els quinze minuts que li sobren. Només espera que, en aquest cas, el remei no sigui pitjor que la malaltia.

Mentrestant, en una de les aules de la universitat

La classe de dret s'acaba i els estudiants de criminologia surten ràpidament de l'aula. L'Iria s'aixeca i s'acosta a la taula del professor, en Ginés Burgueño, un home baixet, amb cabells blancs i ben vestit; és un dels seus preferits. L'assignatura l'avorreix. És una de les més pesades de la carrera, però aquell advocat criminalista fa les classes d'una manera molt especial. Les seves explicacions són amenes, interactives, amb casos pràctics que demostren el que intenta ensenyar. Gràcies a la seva manera de fer, les lleis entren molt més bé.

—Ginés, tens un moment?

—Esclar, Iria. Digues.

La noia s'ha passat tota la classe dubtant si havia de parlar amb ell. Abans de sortir cap a la facultat, en Manu ha anat a la seva habitació i li ha explicat que la Verónica ha escrit a la mare d'en Fernando per explicar-li allò del seu fill. El malagueny estava molt nerviós pel rumb que estan agafant els esdeveniments. Què li podria passar si descobreixen que va ser ell qui li va donar el cop que va posar fi a la seva vida?

—Mira, estic escrivint un llibre —menteix l'Iria, que ha trobat l'excusa perfecta per parlar amb ell sobre el tema que tant l'amoïna.

—Sí? Que interessant. Sempre he pensat que ets una noia amb molt de talent.

—Home, faig el que puc —diu la gallega, enrojolada—. És una novel·la de misteri.

—Les meves preferides.

—A mi també m'agraden molt. El cas és que necessito que m'assessoris en una qüestió relacionada amb l'argument del llibre.

—Esclar. Explica-m'ho. De què es tracta?

—M'agradaria saber a què s'enfronta el protagonista. Què li pot passar. El noi s'ha barallat amb algú i l'ha matat d'un cop sense voler.

—Mmm. Continua.

—Quan el mata, s'espanta molt i decideix amagar el cadàver. A més, perquè la policia no el pugui identificar, li talla els dits per impedir que li trobin les empremtes dactilars i li desfigura la cara. També li pren la documentació i alguns efectes personals.

—Quina fredor! El teu assassí està fet un expert.

—No, és la primera vegada que ho fa, això. I no és un assassí —li diu l'Iria, cada cop més nerviosa—. Tot passa de manera fortuïta. Ell no volia matar-lo.

—I què vols saber, exactament?

—Necessito saber la pena i els delictes als quals s'enfronta si el descobreixen o si s'entrega voluntàriament.

—En aquest últim cas, el jutge li rebaixaria la pena.

Però pel que m'expliques, els delictes serien uns quants: homicidi involuntari, si és capaç de demostrar que no és un assassinat a sang freda, mutilació d'un cadàver, ocultació d'un cos, eliminació de proves...

—I tot això suposaria anar a la presó?

—Si sumes els anys que demanaria el fiscal per cada delicte, sí. No hi ha cap dubte que el teu protagonista es passaria una bona temporada a la garjola.

CAPÍTOL 59

Torna a la residència abans que s'hagin acabat les classes, perquè té una missió important per acomplir. Intentarà convèncer la Silvia per última vegada. Fins ara, l'extremenya no ha volgut que en David l'acompanyés a rebre en Federico. L'argentí ja deu haver aterrat a Madrid.

Truca a la porta i la noia obre al cap de pocs segons. No porta gorra i s'ha maquillat i s'ha pintat els ulls una mica més de l'habitual. Porta un vestit curt blau marí i botes altes. Sembla tres o quatre anys més gran del que realment és. Queda clar que s'ha arreglat per a l'ocasió.

—Hola, David —el saluda la noia, que es gira ràpidament per entrar al lavabo—. Perdona'm, però és que arribaré tard.

El sevillà ajusta la porta i es queda a l'entrada de l'habitació. Des d'allà observa com la Silvia s'empolvora les galtes davant del mirall.

—T'estàs posant molt guapa per a ell.

—Em veus guapa? Gràcies.

—Em pensava que tenies intenció de deixar-li clar que la vostra història s'ha acabat per sempre.

—Tenia i encara tinc intenció de fer-ho. No he canviat d'opinió.

—I per què t'arregles tant? Per acabar una relació amb algú, jo em posaria el primer que trobés a l'armari, i per descomptat no m'arreglaria tant.

—Tu ets tu i jo sóc jo —diu la noia, amb un somriure, mentre agafa un pintallavis vermell viu.

En David està desconcertat. Si no sabés el que aquell home ha estat fent durant les últimes setmanes i tot el que la Silvia li ha explicat, es pensaria que la seva amiga el que realment està preparant és una cita romàntica amb ell.

—Vull acompanyar-te.

—Un altre cop amb això? —protesta la Silvia, sense alterar-se i sense apartar la mirada del mirall.

—Sí, un altre cop. I si aquest tio et fa una mala passada?

—Cridaré i sortiré corrents.

—No en facis broma, sisplau. Si en Federico ve expressament a Espanya per veure't, no es conformarà només parlant amb tu.

—Doncs és tot el que obtindrà: una conversa.

La noia acaba de pintar-se els llavis i es neteja amb una tovalloleta la comissura tacada de vermell. Dóna una última ullada al mirall i decideix que la sessió de maquillatge ha acabat.

—Així doncs, no em deixes que t'acompanyi?

—Només fins a la sortida de la residència. Véns?

La Silvia agafa una bossa del mateix color que el vestit, se la penja a l'espatlla i surt de l'habitació. En

David, resignat, la segueix pel passadís i caminen junts fins a l'exterior de l'edifici.

—On has quedat?

—En una cafeteria de la Gran Vía. Ja t'ho he dit.

—A quina?

—No en recordo el nom. La tinc apuntada en algun lloc. Només recordo que és a la Gran Vía.

En David està convençut que sí que recorda el lloc on ha d'anar, però no l'hi vol dir, per si de cas. De mica en mica ha anat descobrint que aquella noia no és tan innocent com sembla. Des de la prudència i amb aquell somriure transparent, sap moure molt bé els fils. Cosa que no vol dir que el seu comportament no sigui natural o que ho fingeixi. O potser sí. De l'única cosa que està segur és que la Silvia és diferent del que aparenta.

—Hi vas en metro?

—Sí, hi vaig en metro. I no et posis nerviós mentre sigui fora, sisplau.

—Queda clar. Però si passa qualsevol cosa o notes que l'argentí es comporta d'una manera estranya, truca'm o escriu-me. Estaré pendent del mòbil.

—Si així et quedes tranquil, et prometo que t'avisaré si veig alguna cosa rara.

—Fes-ho.

—Que sí. Que ho faré.

El noi i la noia arriben fins a la reixa de la residència i la Silvia s'acomiada del seu amic amb la promesa que li demanarà ajuda si les coses van malament. Tanmateix, la intuïció d'en David l'alerta que hi ha algun detall que no quadra; algun detall que li provoca desconfiança. Què és? No ho sap.

Espera alguns minuts i ell també surt de la residència. No vol deixar-la sola. Serà a prop de la Silvia sense que ho sàpiga. Té un pla. Crida un taxi i hi puja.

—Vaig a la Gran Vía —diu al conductor.

—A quin lloc?

—Ara mateix l'hi dic. De moment, porti'm cap allà.

Mentre es dirigeixen cap a un dels carrers més emblemàtics de Madrid, en David consulta al mòbil el plànol del metro de la capital. La Gran Vía va des de la plaça d'Espanya fins al carrer d'Alcalá. La Silvia té unes quantes alternatives. Pot baixar en unes quantes estacions que, a la vegada, tenen tres o quatre sortides diferents. Com que no sap a quina altura hi ha la cafeteria, és molt complicat encertar la parada en la qual baixarà. I fins i tot encertant-ho, no serà gens fàcil trobar la noia. Per intuïció, decideix dir al taxista que el deixi al costat de l'estació del metro de Plaza de España, la que està al costat de l'Starbucks.

El noi suposa que la Silvia agafarà la línia groga des de Moncloa, que baixarà allà i pujarà per aquella sortida per encarar la Gran Vía des del començament per la vorera de la dreta.

No hi ha gaire trànsit, per tant triga molt poc a arribar-hi. Es col·loca estratègicament per vigilar, sense ser vist, qui surt de l'estació. No té cap altre remei que confiar en la seva bona sort. Encara que ella hagi anat molt de pressa, és impossible que ja hagi sortit del metro. Si la seva amiga ha fet el camí que ha pronosticat, apareixerà en els propers minuts.

Però les coses no van com havia previst.

Passen més de vint minuts i en David comprèn que

la intuïció, en aquest cas, li ha fallat. Lògic. Les possibilitats d'encertar-la eren escasses.

Està a punt de trucar a la Silvia per preguntar-li si ja està amb en Federico, però no ho fa. Probablement, la seva amiga no contestarà i això encara el farà preocupar més. Per tant, què pot fer?

Tot allò li continua fent mala espina. I si a ella li passa alguna cosa dolenta, no ho podrà suportar. Ja va tenir una mala experiència en el passat per no actuar quan ho hauria d'haver fet. Una experiència que ha marcat la seva vida i ha determinat el seu passat, el seu present i possiblement el seu futur. Ara no vol rendir-se.

Té un pla B. Un pla B esbojarrat i absurd, però que és l'única cosa que li passa pel cap. Camina cap a la cantonada i es pregunta en veu baixa quina direcció hauria d'agafar. Vorera de l'esquerra o vorera de la dreta? Hi ha moltes cafeteries tant en una banda com en l'altra. Pensa uns instants i es decideix a anar cap a la dreta. Si arriba fins a la Cibeles i no la troba, provarà sort per la vorera de l'esquerra. Les possibilitats de trobar-la continuen sent minses, però no hi perd res per intentar-ho.

El primer lloc on entra és a l'Starbucks. No creu que hi sigui, perquè l'hauria vist sortir de la parada de l'estació de metro. Puja l'escala i dóna un cop d'ull al saló, cautelós perquè no el descobreixin. Però l'extremenya no hi és, tal com suposava. Tampoc al Tapaspaña, al restaurant Lupita, al Tapas44, al VIPS ni a Los 100 Montaditos. En David comprova totes cafeteries que troba fins a arribar a Callao. A l'Starbucks situat a la plaça tampoc no hi és.

Continua caminant per la Gran Vía, cada cop amb menys esperances de trobar la Silvia i en Federico. Potser l'ha enganyat i ni tan sols és en aquest carrer. O potser han decidit anar a un altre lloc. Vés a saber.

La zona que travessa ara és més comercial i amb prou feines hi ha cafeteries o bars a la banda dreta del carrer. S'atura davant del McDonald's que fa cantonada amb Montera. No creu que siguin aquí, per tant passa de llarg i continua caminant cap a la Cibeles.

Tot d'una, se li acut una cosa. La Silvia va vestida molt elegant: potser no és per ell, sinó pel lloc on han quedat. O per les dues coses.

El sevillà torna a examinar el mòbil i descobreix que la seva propera parada és la cafeteria de l'Hotel de Las Letras. El cap li comença a funcionar de manera accelerada. L'argentí necessitarà un lloc on dormir. I a quin millor lloc pots quedar, que a la cafeteria de l'hotel on t'allotges?

No ho pot assegurar del tot, però a en David li sembla que aquesta vegada no s'equivoca. I l'ansietat per saber si l'encerta o no l'obliga a caminar més ràpid. Com més a prop és del seu objectiu, més té la sensació que va per bon camí.

El pressentiment es transforma en certesa quan arriba a la cafeteria de l'Hotel de Las Letras. Els veu a través d'un finestral: estan asseguts en unes butaques blanques. S'ha d'amagar ràpidament perquè la Silvia està de cara cap a ell. Li sembla que no l'ha vist, però ha d'anar amb compte perquè no el descobreixi.

Passa per davant del finestral camuflat entre un grup de turistes que es passegen per allà. El més difícil ja està fet. Entra a la cafeteria i s'asseu en una taula des d'on els pot vigilar. La sort és que la Silvia està d'esquena i només el podria veure si es girés del tot.

En David agafa una revista que hi ha a sobre d'una tauleta supletòria, al costat d'on s'ha assegut, i fa veure que llegeix. Per sobre de la Silvia observa en Federico. És un home madur i atractiu, amb els ulls molt clars. No sembla que estigui gaire content. Gesticula amb les mans però no pot sentir el que diu per la distància que hi ha entre ells i per la música del local. Sona una balada de Roxette.

—Què vol prendre, senyor? —sent en David, que no s'ha adonat de la presència del cambrer.

—Una ampolla d'aigua amb gas —respon el noi. És el primer que li ha vingut al cap.

—De seguida, senyor. Gràcies.

El cambrer es retira i el sevillà continua esforçant-se per mirar de captar alguna cosa del que està dient l'argentí. Fa l'efecte que la Silvia ni parla, simplement escolta el monòleg d'aquell home. Què li deu estar dient amb tant d'ímpetu?

De sobte, la música s'atura. Pel que sembla, el disc de balades s'ha acabat. No triga gaire a sonar el següent: cançons típiques del Brasil. Amb prou feines han sigut deu segons de silenci. El temps suficient perquè en David hagi pogut sentir unes paraules de la Silvia que l'han deixat perplex.

—Si vols que et deixi en pau, ja saps què has de fer. Són tres mil euros. Si sóc aquí és per cobrar-los. I tant me fa que no els tinguis. Demana'ls a algú o roba un banc, però vull els meus diners.

CAPÍTOL 60

Que difícil que és estar en un lloc quan tens el cap en un altre.

A l'Elena se li ha fet interminable el matí. Frisava perquè fossin les dues per sortir de classe. S'acomiada dels companys i, quan està a punt d'anar-se'n, li sona el mòbil. Què deu voler la seva germana a aquesta hora? És molt estrany, més que res perquè ella surt de l'institut a dos quarts de tres. Contesta una mica preocupada.

—Hola, Marta. Què passa?

—Res. Que no puc trucar a la meva estimada germaneta?

—A les dues? No hauries de ser a classe?

—Avui he sortit abans. De fet, m'estic saltant l'última hora. Però és educació física, no pateixis.

—Has fet campana? Per què?

—No tenia ganes de fer gimnàstica. Avui teníem el test de Cooper! —exclama la Marta, que sempre ha pensat que això de córrer no fa per a ella—. Si t'he de dir la veritat, tampoc no he anat ni a mates ni a filosofia.

—Ostres! Per què? Ara et dediques a no anar a classe? Ho saben, la mare i el pare?

—Esclar que no! Potser sí que et penses que els ho diré! Em matarien!

L'Elena es passa una mà pels cabells i es pentina, nerviosa. Aquesta noia mai no deixarà de sorprendre-la. Però la veritat és que feia temps que no la notava tan contenta. Des que li va explicar allò d'en David, es mostrava més aviat seca, fins i tot antipàtica amb ella.

—Bé, doncs, què vols? Per què em truques?

—M'agradaria parlar amb tu d'un tema.

—De quin tema?

La Marta es queda en silenci uns quants segons. L'Elena sent que respira de manera agitada a l'altra banda de la línia i espera que s'atreveixi a explicar-li el que li vol dir. La coneix molt bé, es tracta d'alguna cosa important. I és molt possible que estigui relacionada amb aquell canvi d'humor.

—Un noi de la classe se m'ha declarat. M'ha confessat que està enamorat de mi.

—Què dius ara! De debò? Quan t'ho ha dit?

—Avui, a l'hora del pati.

—I tu què li has dit?

—Amb qui et penses que m'he estat enrotllant, en comptes d'anar a classe?

—Marta!

La germana petita deixa anar una rialleta després del crit de l'Elena, que al final també es posa a riure.

—Es diu Nacho i, si t'he de dir la veritat, no està gaire bo. Vull dir que no és un musculets ni res per l'estil. Simplement és mono. Guapet. Però és un bon noi i té els ulls molt macos. M'agrada com em mira. I saps què? És un mes més petit que jo.

—L'edat no importa en l'amor.

—Ja saps que prefereixo que siguin més grans. Però en Nacho... no ho sé, és especial. Li he dit que sí, que vull ser la seva nòvia.

—Ostres, nena. M'emociona sentir-te parlar d'aquesta manera. Enhorabona! Me n'alegro per tu.

—Ja ho sé. Per això no podia esperar-me més per explicar-t'ho. Ha passat no fa gaire més de dues hores. El temps d'enrotllar-nos una estona i fer l'amor al seu cotxe.

—Què dius? Ja heu fet...? Un moment. Ell encara no pot tenir cotxe. És menor d'edat!

—Ho has pescat aviat, germaneta —se'n burla la Marta—. Només ens hem fet un parell de petons. Ens hem passat el matí xerrant. M'agrada molt. I fa uns petons fantàstics.

L'Elena s'alegra moltíssim de sentir-la parlar així d'un noi. No està acostumada que a la seva germana li agradi algú de debò. A més, és el primer després d'en David.

—Ja me'l presentaràs.

—No, que te n'enamoraràs.

—Ets...

—És broma, Elena. Ja n'hi ha prou d'amors compartits —s'afanya a dir la Marta, abans que la seva germana s'enfadi—. També t'he trucat per parlar d'aquest tema.

—No t'entenc. Quin tema?

—En David —diu la més jove de les dues, canviant

el to de veu i posant-se seriosa—. Sé que he sigut un obstacle entre vosaltres.

—No és veritat.

—Sí que és veritat, Elena. Si ell i tu no esteu junts és per culpa meva. Això ho tinc clar. No hi ha cap altre motiu.

—Les coses no són tan simples.

—Potser no. Però no us he donat cap facilitat. Hauria hagut d'apartar-me definitivament d'ell quan ho vam deixar i dir-te que era tot teu. I no ho vaig fer, al contrari. T'he pressionat perquè no sortissis amb ell i perquè a més et sentissis culpable. El pitjor de tot és que ho feia de manera conscient. Expressament. Si jo no podia tenir en David, tampoc no volia que el tinguessis tu.

A l'Elena no li agrada el que sent, tot i que no està ressentida amb la Marta. No vol enfadar-se més amb la seva germana. No per aquest tema. Va ser ella la que va començar, fent-li un petó a en David quan encara era el nòvio de la seva germana. Per tant, més o menys estan en pau.

—Jo només vull que siguis feliç. I espero que et vagi bé amb en Nacho.

—Gràcies, Elena. Jo et desitjo el mateix amb en David. De debò. No tornaré a molestar-vos. I quan el portis a casa per Nadal o en alguna festa familiar, et prometo que em portaré bé.

Aquestes paraules de la Marta i les que segueixen durant la conversa estan plenes de bons desitjos i de disculpes afegides. L'Elena no diu gaire res. La deixa parlar i quan s'acomiada i penja experimenta una sensació d'alleujament. Però potser és un alleujament que arriba massa tard. Si aquesta conversa l'haguessin tingut fa uns mesos, o fins i tot unes setmanes, tot seria diferent.

Mentre va cap a la sortida de la facultat, pensa que els sentiments de les persones poden ser molt volàtils. La darrera vegada que havia parlat amb la Marta, amb prou feines va aconseguir arrencar-li monosíl·labs. Últimament, havia d'esforçar-se molt perquè deixés anar quatre frases. I ara, des de fa dos minuts, la vida torna a ser com abans. I tot perquè ha trobat un noi que li ha fet oblidar l'altre. Així de simple i així de complicat. Però, en el fons, sap que no és veritat. Res no pot ser com abans: la seva vida ja no és igual que al setembre, quan ell va aparèixer.

Aquell dilluns de maig brilla el sol. La toledana baixa les escales de l'edifici on estudia la que es pensava que seria la carrera de la seva vida. Fa uns mesos ho tenia tot tan clar, i ara la situació s'ha tornat tan confusa... Però tot passa per algun motiu.

De camí cap a la residència es troba amb en Toni. El noi està aturat mirant el mòbil. L'Elena s'hi acosta i li dóna un copet a l'espatlla. Ell se sobresalta d'una manera gairebé ridícula.

—Perdona, no volia espantar-te —diu la noia, aguantant-se el riure. Però l'expressió li canvia quan veu la cara del seu amic—. Fas mala cara. Sembles trist. Que has tingut un mal dia, a classe?

—Un mal dia en general. No només no he augmentat el nombre de subscriptors, sinó que en les últimes hores ha minvat.

—Què ho fa?

—No ho sé. Potser molta gent que m'ha començat

a seguir perquè superés el repte de l'Isa ho ha deixat de fer quan s'ha adonat que era impossible.

—No et deprimeixis per això. Ho has fet genial.

—No només estic malament pel canal.

—Què et passa? Si vols, pots explicar-m'ho.

El valencià en té prou amb l'amabilitat de l'Elena per explicar-li el que té ficat al cap des d'ahir a la nit.

—No hauria d'estar així, però no ho puc evitar —comença a dir, mentre caminen junts, molt a poc a poc—. Tinc la sensació que em quedaré sol per sempre. Que no sóc prou interessant, ni bo ni vàlid per a cap noia.

—Per què ho dius, això? Ets tot el que has dit i molt més. A mi em sembles un tio fantàstic.

—Un tio fantàstic a qui li han agradat tres noies en menys d'un any i del qual han passat olímpicament. Sí, puc ser molt bona persona o molt trempat en un moment determinat, però puc enamorar algú?

—I tant, que pots enamorar algú!

—Sí? A qui?

—Ja apareixerà algú. Si no ha pogut ser amb l'Isa, serà amb una altra.

—Una altra —repeteix en Toni, somrient irònic i encara més trist—. Em vaig enamorar d'una noia per internet que va resultar que era un desequilibrat buscat per la policia. Després, vaig quedar penjat d'una boja que l'única cosa que li interessa és YouTube i els youtubers. I, per si no n'hi hagués prou, quan em trobo una noia normal, que m'agrada, m'il·lusiona i em tracta bé, resulta que s'està ficant al llit amb el meu millor amic.

L'Elena no triga gaire a captar el significat del que

li està dient en Toni. El cor li batega tan de pressa que li sembla que li sortirà per la boca. Així doncs, era ella. La Silvia era la persona que ahir a la nit va sentir a l'habitació d'en David. Tot el que en Toni li explica a partir d'aquell moment ni tan sols ho escolta. Sent la veu del seu amic, però al seu cap només es reprodueixen els gemecs de la Silvia rere la paret de l'habitació del sevillà. Nota que se li regira l'estómac i que s'ofega amb cada pas que fa. Comença a trobar-se tan malament que s'ha d'aturar. En Toni l'observa tot alarmat i es para també al seu costat.

—Què et passa, Elena? Et trobes bé?

—Sí, només estic una mica marejada. No t'amoïnis.

—Estàs blanca.

—Una petita lipotímia. Res d'important —diu, tancant els ulls i intentant recuperar l'aire que li falta—. Anem.

—Tranquil·la. No hi ha pressa. Recupera't.

La noia assenteix amb el cap i de mica en mica es va refent. No té cap altre remei que acceptar la realitat, que no és cap altra que en David ha trobat, dues habitacions més endavant de la seva, el que ella li ha negat tantes vegades. Només es tracta de sexe? Hi ha amor? Ara ja tant li fa. I no pensa patir per això.

—Ja podem continuar. Estic bé —diu a en Toni—. Moltes gràcies per quedar-te amb mi.

—Com volies que et deixés sola?

—Ets molt bon noi i segur que aviat trobaràs la noia que et mereixes. Ja ho veuràs.

El valencià arronsa les espatlles. No està d'acord amb ella, però no vol tornar-ne a parlar, d'això. La parella continua el seu camí cap a la residència fins que es troben amb dues noies que vénen de cara i que s'aturen i miren fixament en Toni. El noi se n'adona, però no sap per què el miren. Està segur que no les ha vist mai. Les seves cares no li sonen gens.

—Escolta, tu ets amic de la Silvia, oi? —li pregunta la més alta de les dues, una noia de pell molt morena, amb els cabells curts. Pel seu accent, queda clar que és andalusa, de la zona de Granada o Jaén—. Algun cop t'he vist amb ella, a la universitat.

—La Silvia, l'extremenya?

—Sí, la rossa de la gorra que estudia arquitectura.

—Esclar que la coneixem. Som els seus amics. Estem al mateix passadís de la residència Benjamin Franklin —explica en Toni.

Les noies intercanvien una mirada. La morena dels cabells curts fa un gest a l'altra noia, que té les faccions de la cara molt marcades; és primeta i té els cabells castanys, llargs i estirats. Amb prou feines arriba al metre seixanta.

—Nosaltres també la coneixem —diu la que té accent andalús.

—Ah, sí? Aneu a la seva classe?

—No, som les seves antigues companyes de pis.

CAPÍTOL 61

La conversa de l'Iria amb el professor de dret li ha servit per comprendre la gravetat del cas. Si abans de parlar amb en Ginés ja estava preocupada, ara aquesta preocupació s'ha multiplicat per deu. I és que fins i tot demostrant que l'homicidi va ser involuntari, en Manu podria passar-se uns quants anys a la presó.

Li ha d'explicar tot això com més aviat millor.

Corre fins a la residència i arriba com un llamp al passadís 1B. No passa per la seva habitació, sinó que va directament a la del malagueny. Truca a la porta, però no és el seu amic el que l'obre.

—Hola, Iria, m'alegro de veure't.

L'Eva està somrient, però la gallega s'adona a l'instant de la tensió a la seva cara.

—I en Manu?

—Ara ve. Ha anat a la farmàcia a comprar unes pastilles per al mal de cap. Se li han acabat.

—Ah. I què hi fas, tu, aquí?

—M'ha trucat ell. Vol parlar amb mi.

—De què?

—No ho sé. Encara no m'ho ha dit. Acabo d'arribar. Me l'he trobat quan sortia de l'habitació. Hi ha novetats?

L'Iria desvia la mirada cap a una altra banda i dubta si ha d'explicar alguna cosa a l'Eva. Finalment, decideix que si en Manu li ha trucat, ha de ser ell qui la posi al dia.

—Suposo que en Manu t'ha fet venir per explicar-te-les.

—Però ha passat alguna cosa nova o no?

—No ho sé. Què és l'últim que sabies?

—Va, Iria. Explica'm què està passant.

La porta s'obre i salva la gallega d'un compromís. En Manuel entra a l'habitació i observa les dues noies, tot i que la seva mirada s'atura en l'Iria.

—Fa gaire que has arribat?

—No, un parell de minuts.

—Li has explicat alguna cosa? Alguna cosa... d'allò?

—D'allò?

—Sí, d'allò.

—No hem tingut temps de parlar de res —diu l'Iria, nerviosa. Ella és allà per avisar el seu amic del que li pot passar si la policia ho descobreix tot, no per jugar a endevinalles.

El noi va a l'escriptori i agafa una ampolla d'aigua que ha comprat al quarto de les màquines expenedores, abans d'anar a la farmàcia. Es posa un Nolotil a la boca i se l'empassa.

—Deixeu-vos de secrets i digueu-me què passa —protesta l'Eva—. O teniu la intenció de parlar tota l'estona en clau, davant meu?

—Si t'he demanat que vinguessis és per alguna cosa. Necessito que m'ajudis.

—T'ajudaré en tot el que vulguis, però expliqueu-me què passa.

—Iria, la poses tu al dia o ho faig jo?

La gallega fa un gest amb la mà per cedir-li el protagonisme. El noi explica un cop més el que va passar a Edimburg i hi afegeix el tema de la carta anònima que la Verónica ha enviat a la mare d'en Fernando. Mentre el seu amic parla, l'Iria pensa en el que li ha dit el seu professor. Haurà d'esperar el moment oportú per detallar-li les conseqüències que tindria si el detinguessin i el jutgessin.

—Ostres, quin embolic. I aquella noia ho ha complicat tot una mica més —diu l'Eva, consternada—. Què penses fer?

—Per això t'he fet venir. Necessito quedar-me uns quants dies a casa teva.

—A casa meva?

—Sí. Si la policia em busca, vindrà aquí. O anirà a Màlaga. No puc permetre que em trobin.

La gallega arrufa el front quan sent en Manu. La seva intenció és que no el detinguin. Però tal com li ha explicat en Ginés, la pena seria molt menor si s'entrega. Si, a sobre, fuig de la policia i s'amaga, quan el trobin el càstig serà més gran.

—No pots fugir, Manu —diu l'Iria, molt amoïnada quan sent el que vol fer.

—Jo penso el mateix. No és una bona idea. A més, si et quedes a casa meva i t'hi troben, m'acusaran d'encobriment. Seria la teva còmplice.

—Collons! Ningú m'hi trobarà, a casa teva!

—I si t'hi troben?

—Els diré que t'he amenaçat. Que no tenies cap altre remei. Però això no passarà! Només tu, l'Iria i jo sabrem que hi sóc!

—Em sap greu, Manu. M'agradaria ajudar-te, però no et pots quedar amb mi. No és segur.

—Però tu sí que et pots quedar amb la meva droga, oi? Per a això, no has tingut cap problema.

Les paraules del malagueny impacten les dues noies, que es queden de pedra. Ho ha fet amb tota la mala intenció. L'ambient s'enrareix a l'habitació i la tensió augmenta entre tots tres.

—No és el que et penses.

—Ah, no? No te la vas endur per vendre-la? O els vas enganyar per quedar-te-la i consumir-la tu?

—M'estimo més no respondre a això. Me n'he d'anar.

—Ara te n'has d'anar?

—Sí, he quedat amb el meu nòvio. Em sap greu no poder-te ajudar, Manu. De debò que em sap greu. Hauries de reflexionar sobre què és el millor que pots fer, però fugir i amagar-te no és una bona idea.

—Seria una idea pitjor quedar-me aquí a esperar que la poli em vingui a buscar i em tanquin per tota la vida.

—Ja ets grandet per prendre les teves decisions. Perdoneu, me n'he d'anar.

L'Eva s'acosta a l'Iria i li fa dos petons abans d'anar-se'n. La gallega els rep sense cap mena d'emoció. S'acomiada d'ella i opta per quedar-se a l'habitació amb en Manu. Ara la necessita al seu costat.

—No puc anar a la presó. Em moriré si em tanquen —diu el noi quan es queden sols. S'asseu al llit i acota el cap, desolat.

—T'hauries d'entregar.

—Jo no el volia matar. T'ho juro que no ho volia. Va ser un cop de mala sort. Ell també em va pegar a mi. Ens vam barallar per una estúpida bosseta de coca que li vaig comprar a un paio a Edimburg. Ni tan sols l'havia obert. Però jo... no volia que passés això.

—Ja ho sé. I tot això és el que hauràs d'explicar al jutge. El càstig serà molt menor si t'acusen d'homicidi involuntari i si t'entregues. He parlat amb un dels meus professors i...

—L'hi has explicat a un professor?

—Sí, però sense dir-li que eres tu, per descomptat. Li he dit que era per a una novel·la que estic escrivint.

L'Iria detalla a en Manu la conversa que ha tingut amb en Ginés. El malagueny es mossega les ungles i escolta, aclaparat per la por i la desolació.

—Estic perdut —diu tremolant—. Estic perdut.

—Tot anirà bé. Ara no et pots enfonsar.

La noia s'asseu al seu costat al llit i li acaricia els cabells. Intenta tranquil·litzar-lo. Li agafa les mans i les frega amb les seves. No para de xiuxiuejar-li que es calmi i de repetir-li que tot anirà bé. Malgrat tot, en Manu està posseït pel pànic. Li tremola tot el cos i fins i tot li peten les dents.

—Jo no el volia matar. Va ser un accident. Estic perdut.

—Estàs patint un atac d'ansietat. T'has de tranquil·litzar. Calma't.

Però en Manu sembla mig boig.

—Estic perdut.

Els intents de l'Iria són en va. El noi s'estira de costat al llit i s'arronsa sense parar de tremolar. Insisteix repetidament en el mateix. La gallega el tapa amb la manta i després s'estira al seu costat, de cara cap a ell. No es vol rendir. Continua acariciant-lo i xiuxiuejant-li paraules d'ànim.

De mica en mica, la situació es torna a normalitzar i en Manu fins i tot s'ha adormit. La noia també tanca els ulls. Es gira i s'arrauleix contra el seu cos. Col·loca el braç del malagueny a sobre del seu abdomen, perquè l'envolti com si l'abracés, i pensa en tot el que donaria perquè aquell malson s'acabés ara mateix. Faria el que fos perquè instants com aquest es repetissin cada dia, però sense la pressió asfixiant que està fent perdre la salut del noi del qual està enamorada.

Finalment, l'Iria també s'adorm. En els seus somnis s'hi barregen la por de perdre'l i l'excitació que li provoca ser tan a prop d'ell.

No sap quanta estona ha dormit, però quan es desperta, descobreix que està sola al llit.

—Manu? —diu en veu baixa, amb els ulls mig tancats. Fa un bot i s'incorpora—. Manu? On ets?

No hi ha cap resposta. El malagueny no és a l'habitació. Tampoc és al lavabo. Ni al passadís 1B.

L'Iria busca el seu amic per tota la residència, però no el troba. Li truca unes quantes vegades per telèfon, sense èxit. Té el mòbil desconnectat.

No! Un altre cop, no!

Una altra vegada aquella sensació tan familiar d'impotència. La mateixa sensació que va tenir quan va desaparèixer al gener, però ara acompanyada de la por que sigui capaç de fer qualsevol cosa. Una por inhumana. Perquè la desesperació el pot obligar a prendre la pitjor de les decisions. Ella ho sap. Sap que ara mateix en Manu és capaç de tot. Absolutament de tot.

CAPÍTOL 62

Ja fa estona que està assegut en una cafeteria del centre de Madrid, pensatiu. No entén res i només ella l'hi pot explicar. En David ha enviat un whatsapp a la Silvia per anar a dinar junts quan acabi de parlar amb l'argentí. La noia li ha contestat amb un OK amb majúscules i unes quantes icones somrients.

Ja no és a l'Hotel de Las Letras. Amb molt de compte, sense que notessin la seva presència, en David se n'ha anat d'allà i ha entrat al VIPS del carrer Alcalá. Mentre beu una Coca-Cola per esperar l'extremenya, les preguntes se li acumulen al cap. És tan estrany el que s'imagina que no s'ho pot creure.

Li sona el mòbil just quan s'acaba el refresc. És en Toni. El deu trucar perquè no el troba a la residència. Ahir a la nit, es va mig enfadar quan li va dir que se n'anava al llit amb la Silvia. No ho va exterioritzar gaire, però se'l notava empipat. Potser vol tornar a parlar d'això? Fa lliscar el dit per la pantalla de l'*smartphone* per despenjar i sortir de dubtes.

—Hola, Toni.

—Hola. No et trobo per la resi. On ets?

—Al centre. He vingut a dinar al VIPS d'Alcalá.

—Estàs sol? No et deu acompanyar la Silvia, per casualitat?

En David esbufega. Per què demana per ella? Realment, al seu amic li agrada aquella noia. Li ha d'explicar sens falta el que ha presenciat fa una estona.

—No, però deu estar a punt d'arribar. Hem quedat ara. Avui l'ha vingut a veure un argentí amb qui...

—Vés-te'n d'aquí. No et fiïs d'ella.

—Què dius?

—Aquesta noia no és el que diu que és.

—Parla clar, Toni. Què vols dir?

—És increïble que m'hagi tornat a passar —es queixa el valencià, que sembla que parli per a si mateix—. Me l'han tornat a fotre. Tinc un imant. Tot i que, aquesta vegada, tinc el consol que també te l'han fotut a tu i a la resta del passadís. No sóc l'únic passerell que ha picat. Allò que diuen que l'home és l'únic animal que ensopega dos cops amb la mateixa pedra és una veritat com un temple. I tres cops, si cal!

Mentre el seu amic divaga, en David pensa en les paraules que ha sentit a la cafeteria de l'Hotel de Las Letras i en l'expressió d'horror dibuixada a la cara d'en Federico.

«Si vols que et deixi en pau, ja saps què has de fer. Són tres mil euros. Si sóc aquí, és per cobrar-los. I tant me fa que no els tinguis. Demana'ls a algú o roba un banc, però vull els meus diners».

Feia la impressió que la noia estava fent xantatge a l'argentí. Després d'això, l'home no ha parat de gesticular amb les mans i ha acabat plorant, gairebé agenollat. I la Silvia ni s'ha immutat, ha continuat asseguda, sense moure's. En aquell moment és quan en David ha decidit anar-se'n d'allà i enviar el missatge de WhatsApp a l'extremenya per quedar per dinar. Vol que li expliqui aquella escena. Suposa que no trigarà gaire a aparèixer.

—Toni, pots parar de filosofar i explicar-me de què estàs parlant?

—Quan hem sortit de classe, l'Elena i jo hem conegut les que van ser companyes de pis de la Silvia. Les hem trobat per casualitat.

—Les que li van fer la vida impossible?

—Sí, aquelles. Però, pel que sembla, les coses no van anar tal com ens les va explicar la Silvia.

—Ah, no? I com van anar?

—Diferent. Molt diferent. De fet, la nostra estimada companya de passadís es va tirar el nòvio d'una de les noies.

—De debò?

—I tant. A més, van follar al pis on vivien elles tres —diu en Toni—. Al llit de la noia. I això no és tot.

En David no diu res i deixa que en Toni continuï parlant.

—Ho va gravar en vídeo i el va ensenyar a la noia perquè veiés el que havia fet. Es veu que va ser una mena de venjança per una discussió que havien tingut uns dies abans. La María i la Cristina, que és com es diuen les dues excompanyes de pis de la Silvia, li havien aconsellat que tallés el contacte amb l'argentí que havia conegut per internet. Era massa gran per a ella i vivia massa lluny per poder mantenir una relació real. Fins i tot la van advertir que podria estar casat i tenir fills. La Silvia no s'ho va agafar gens bé. Gens. Primer va esborrar completament el disc dur de l'ordinador de la María, tot i que en aquell moment no van saber que havia sigut ella. I després, s'ho va fer venir bé per quedar amb el nòvio de la Cristina al pis, emborratxar-lo i anar-se'n al llit amb ell. Té les dues històries gravades i guardades en un *pendrive*, i si no arriba a aconseguir una plaça a la residència, segurament hauria continuat venjant-se de les dues noies.

—I tot això ho va fer per una simple discussió?

—Sí. Les noies diuen que es va obsessionar amb el tal Gaby. La van enxampar fent sexe virtual amb ell. Es va emprenyar molt el dia que li van dir que allò no era bo per a ella i que el millor que podia fer era eliminar l'argentí dels seus contactes.

En aquell moment, una noia rossa amb un vestit blau curt entra al VIPS. Busca en David amb la mirada fins que el veu. Somrient, s'acosta a la seva taula.

—Toni, he de penjar. La Silvia acaba d'arribar. Després et truco.

—Vés amb compte, David. Les seves excompanyes de pis diuen que està molt malament del cap i que fins i tot pot ser perillosa.

—No pateixis. Està tot controlat. Fins després.

El sevillà penja abans que la noia arribi a la taula. S'aixeca per rebre-la i li fa dos petons.

—Com ha anat? —pregunta en David, fingint normalitat—. He estat a punt de trucar-te.

—Molt bé. Com volies que anés? Ja t'he dit que no t'havies d'amoïnar per res —exclama la Silvia, que s'asseu davant d'en David—. I per celebrar-ho, et convido a dinar.

—No cal.

—Que sí. Insisteixo. No cada dia et pots deslliurar d'algú. La història amb en Federico s'ha acabat per sempre. M'ha promès que no em tornarà a trucar ni a escriure mai més. S'ha acabat.

En David examina atentament la seva companya de passadís i li costa creure's que aquella noia tan dolça sigui capaç de fer el que li ha explicat en Toni i el que ell mateix ha vist fa uns minuts a la cafeteria. El seu somriure immaculat i els seus ulls clars i innocents són la clau perquè la Silvia no sembli el que és.

Demanen el dinar i, mentre esperen que els hi portin, l'extremenya li explica la seva versió del que ha passat amb en Federico.

—Li he dit que si no em deixava en pau, avisaria la policia. Que no m'interessava gens tot aquell rotllo sobre el seu amor incondicional per mi ni sobre el divorci que pretenia demanar a la seva dona. T'ho pots creure que fins i tot m'ha insinuat que si li donava una oportunitat es plantejaria la possibilitat de venir a viure a Espanya? Aquest tio no pot caure més baix. Amb una nena i tot. Que trist.

En David escolta durant una bona estona el que la Silvia intenta vendre-li. Però ja no es creu cap de les seves paraules. Té molt clar que s'ho està inventant tot. Això sí, ho explica tan convençuda que si no hagués vist la cara de l'argentí suplicant-li amb llàgrimes als ulls, s'ho hauria empassat.

Quina deu ser l'autèntica història?

—Això és molt bo —comenta la noia, que fa una pausa en el seu relat per tastar el sandvitx que ha demanat—. Què et deia?

En aquell moment, en David veu la seva oportunitat per llançar les preguntes que li cremen a la punta de la llengua. No pot continuar callant. Necessita respostes i una explicació. Vol descobrir la veritat sobre la noia que té al davant.

—Estaves a punt d'explicar-me allò dels diners.

—Els diners? Quins diners?

—Els tres mil euros que li has demanat a l'argentí.

La cara de la Silvia canvia en un segon. S'endureix, ja no somriu. La mirada també és diferent de la de sempre. La transformació és tan evident que impressiona en David, que es veu a venir una resposta contundent. Però no. Com per art de màgia, l'extremenya torna al seu posat habitual i el somriure de sempre li il·lumina la cara.

—Com ho saps, això?

—Tant és. Per què li has demanat diners a en Federico?

—M'has seguit.

—No, no t'he seguit. Només t'he trobat. Estava preocupat per tu.

—Em sento molt afalagada. Això vol dir que t'importo. No només t'agrada follar-me, també t'interesso com a persona. Commovedor.

Les fredes i sarcàstiques paraules de la Silvia contrasten amb el seu aspecte. No para de somriure i ni tan sols sembla nerviosa. Talla un tros de sandvitx i se'l posa a la boca. El mastega mirant fixament en David. Quan se l'empassa, continua parlant:

—Aquest argentí fill de puta no tornarà a jugar amb ningú més en el que li queda de vida. Durant aquest últim mes, li he estat ficant pel cul les seves mentides. Tres mil euros? És poc, pel que m'ha arribat a fer.

—Què t'ha fet?

—Et sembla poc enganyar-me, enamorar-me i il·lusionar-me? Amb una dona i una nena. Quin malparit! Amb mi no s'hi juga, i menys un tio com aquest.

En David assisteix atònit a la col·lecció d'improperis que deixa anar la Silvia. No es veu amb cor ni de fer una mossegada a l'hamburguesa que ha demanat. Però l'extremenya té moltes més coses per explicar.

—El dia que em vaig assabentar que tenia dona i filla, en vam parlar i m'ho va confessar tot. Em va demanar disculpes i em va deixar anar un munt d'excuses i d'històries. Jo li vaig dir que la nostra relació s'havia acabat per sempre i ell hi va estar d'acord. L'endemà, em va escriure per dir-me que havia parlat amb la seva dona i que li havia perdonat la infidelitat, sobretot per la nena. M'assegurava que li hauria agradat molt conèixe'm en persona però que creia que la vida li havia donat una segona oportunitat amb la Bruna, a qui estima malgrat tot. O sigui que el molt malparit em deixava així, sense més ni més. Ell feliç i jo destrossada. No, això no ho podia permetre.

—I per què et va continuar trucant?

—Ell? Ell no em va trucar més! He sigut jo qui durant les últimes setmanes no he parat de recordar-li que s'ha portat com un fill de puta amb mi. Li he escrit un munt de privats, li he enviat centenars de whatsapps, li he trucat de matinada... Sóc una bona persona, David. De debò. Però quan he de ser dolenta, sóc la pitjor de totes.

La noia li explica que, tot i fastiguejar-lo tant, no n'estava satisfeta. Semblava com si en Federico passés d'ella. No responia els seus missatges i fins i tot desconnectava el mòbil a la nit perquè no el molestés. Llavors, va tenir una idea.

—«Vindràs a Espanya», li vaig ordenar un dia. «I em pagaràs per tot el mal que m'has fet. Si no, m'espavilaré perquè tots els teus amics, la gent de la feina i la teva família s'assabentin que has estat enganyant la Bruna i assetjant una menor d'edat per internet». Perquè quan tot això va començar jo només tenia disset anys.

—I li has demanat tres mil euros pel teu silenci.

—Sí, al principi amb mil em conformava, però aquests últims dies m'ho he repensat. Tres mil és més just. Li he donat de termini fins a les dotze de la nit perquè me'ls ingressi al meu compte. Quan tingui els diners, no vull saber res més d'aquest paio *enganyacors*. Que sigui molt feliç amb la dona i la filla... O millor encara, que li caigui un llamp al cap i el deixi fulminat.

CAPÍTOL 63

A la Nicole, estar al menjador compartint taula amb els amics li porta massa records. A la peruana li sap greu que aquella ja no sigui la seva rutina diària. Li hauria encantat poder estar tot el curs a la residència, haver seguit estudiant odontologia a la universitat i disposar de les mateixes possibilitats que la resta de companys del passadís. Però no ha pogut ser. València, que era la seva dolça llar i la seva ciutat preferida del món, s'ha convertit en una mena de presó, d'on només pot sortir si s'escapa. Tal com va fer ahir. Però el que li fa més mal és que la carcellera sigui la seva pròpia mare.

De tant en tant l'Ainhoa l'observa de reüll sense que se n'adoni. Admira molt aquesta noia. Tan forta, tan riallera i tan capaç de tirar endavant malgrat les circumstàncies que l'envolten. La Nicole no ho sap, però s'ha convertit en el model a imitar per a l'Ainhoa, i la persona en qui es fixa per intentar canviar la manera de comportar-se i d'afrontar la vida. La seva amiga és el seu punt de referència, i tant de bo no se n'anés mai del seu costat.

—Vaig a buscar les postres, voleu alguna cosa? —pregunta la peruana a l'Óscar i a l'Ainhoa, que són els que l'acompanyen a la taula.

—Un flam, gràcies —diu el val·lisoletà.

—Jo no vull res.

—Et ve de gust compartir amb mi un arròs amb llet? —proposa la Nicole a la canària, picant-li l'ullet—. Un bol és massa per a mi sola.

—D'acord, compartim.

—Fantàstic. Doncs vaig a buscar un arròs amb llet i un flam.

La noia sud-americana s'aixeca i se'n va cap al bufet. L'Óscar aprofita aquest moment per dir-li a l'Ainhoa una cosa que fa unes quantes hores que li volta pel cap. Però fins ara no havien estat junts i sols.

—No cal que ho facis.

—Que no faci què?

—Quedar amb la Sofía i amb mi. Sé que ho vas dir per compromís.

—No, de debò. En tinc ganes, de quedar amb vosaltres i coneixe-la una mica més. Si ha de ser la teva parella durant el temps que sigui, és positiu que siguem amigues. A més, em sembla una noia molt agradable.

L'Óscar li vol insistir que no cal que siguin amigues. Ni tan sols que es caiguin bé. Ho entendria perfectament, que no se sentís còmoda al seu costat. Però la Nicole torna amb les postres abans que li pugui dir tot això. Dóna el flam amb una cullera al noi i s'asseu al costat de l'Ainhoa. Totes dues tasten l'arròs amb llet al mateix temps.

—No és com el que fem al restaurant, però no està gens malament. T'agrada?

—Sí, el trobo bo.

—Si la meva mare el tastés, diria que li falta...

I com si hagués vist un ovni o se li hagués aparegut un fantasma, la Nicole fa uns ulls com unes taronges i s'empassa de cop la cullerada que acaba de ficar-se a la boca. Escup l'arròs amb llet a la taula i estossega, ennuegada. La robusta figura de la seva mare travessa la porta del menjador, acompanyada d'una de les cambreres que treballa per a ella. Les dues peruanes van cap on els tres joves del passadís 1B estan acabant de dinar.

—Katherine Nicole! Agafa ara mateix les teves coses i prepara't per tornar a València! —brama la dona, cridant l'atenció de tota la gent que hi ha al menjador.

—Mare! Què hi fas, aquí?

—Rescatar-te! Obeeix i vés a buscar les teves coses! Ens en anem!

L'Óscar i l'Ainhoa observen la dona acovardits. Sembla que sigui capaç d'agafar la seva filla pels cabells i endur-se-la d'allà arrossegant-la.

—No penso anar enlloc —replica la Nicole, amb aire desafiador.

—I tant que véns! Sóc la teva mare i sé què és el millor per a tu!

—I jo sóc la teva filla de divuit anys. Tinc dret a prendre les meves pròpies decisions.

—Les teves decisions ens afecten a tots! He hagut de deixar els teus germans amb un veí i demanar-li a la Joana que em portés amb cotxe fins a Madrid per culpa de la teva estúpida rebequeria.

—No penso tornar fins que no m'asseguris i em prometis que tornaré aquí l'any que ve!

—Què dius? T'has tornat boja!

—No estic boja, mare. Aquest és el meu lloc! Amb ells! —exclama la Nicole, amb llàgrimes als ulls—. Us estimo molt a tu i als meus germans, però la meva vida és a Madrid. En aquesta residència. Em vull convertir en una gran odontòloga i que et sentis orgullosa de mi.

Per la reacció de la mare, fa la impressió que aquelles paraules de la Nicole li han arribat directament al cor. La dona mira la seva filla i després els dos joves que l'acompanyen a la taula.

—Senyora, té una filla meravellosa —xiuxiueja la Joana, la cambrera que va amb ella—. Si aquí és feliç, hauria de pensar-s'ho.

—També és feliç a València. A més, allà està segura al meu costat.

—Amb tots els respectes, mare, no sóc feliç a València —s'atreveix a confessar la Nicole—. València és una ciutat meravellosa i sempre serà casa meva, però em vull estar a Madrid. Treballaré per pagar-me la carrera i les despeses d'aquí. Estudiaré moltíssim i trauré bones notes perquè em donin beques. No m'obliguis a quedar-me allà, perquè em tornaré a escapar perquè t'adonis que aquí també és casa meva.

A la dona se li fa un nus a la gola. Per primera vegada, sembla que dubta, que no té prou clar el que ha de dir.

—Nosaltres la cuidarem —intervé l'Ainhoa, que agafa la mà de la seva amiga—. La Nico és la millor persona que he conegut mai. I si algú li vol tornar a fer mal, haurà de passar per sobre del meu cadàver.

—Amb nosaltres estarà molt bé, senyora —afegeix l'Óscar, aixecant-se—. Li asseguro que no ha de patir per res.

La sud-americana abraça els seus amics i els fa un petó a la galta davant la mirada atenta de la seva mare, que decideix seure a la taula.

—Això no és una bona idea —diu, amb aire pensatiu, mentre agafa una de les culleres que hi ha al bol de l'arròs amb llet—. De fet, és una idea horrible. Em tindràs tot el dia amoïnada i pendent del mòbil. Però ets tan tossuda com el teu pare. I ja sé què significa, això —comenta, mentre tasta les postres de la seva filla.

—Així, em deixaràs tornar l'any que ve?

—Quin remei! Però amb una condició.

—Quina? —pregunta neguitosa la Nicole, que es pensava que ja havia aconseguit el seu objectiu.

—Que ensenyis a aquests rucs com es prepara un arròs amb llet peruà.

I per primera vegada des que l'Ainhoa i l'Óscar coneixen la mare de la seva amiga, li veuen un somriure murri dibuixat a la cara.

I amb molt bon humor i unes quantes bromes, s'acaba el dinar. La Nicole s'emporta la seva mare i la Joana a fer un tomb per la capital. I l'Ainhoa i l'Óscar se'n van cap al passadís 1B.

—Podem parlar, Aino?

—Sobre la Sofía, tu i jo? —pregunta la canària, mentre entren a la seva habitació—. Insisteixo que m'agradaria coneixe-la més.

—I jo insisteixo que no tens per què quedar amb nosaltres.

—Que pesat que ets, a vegades.

La noia tanca la porta de la seva habitació i s'asseu al llit, després d'obrir la finestra. L'Óscar es queda dret.

—És que ho entendria perfectament, si no volguessis.

—T'ho ha dit ella, que no li ve de gust estar amb mi?

—No. Li has caigut bé. Però... es pensa que això nostre es pot convertir en una relació de tres.

—Pensa això? I tu? Penses el mateix?

El noi no contesta immediatament i opta per seure també al llit, al seu costat.

—Ets la meva amiga i això no canviarà mai.

—Això no és el que t'he preguntat —diu l'Ainhoa, molesta.

—M'agrada la Sofía i espero que la nostra relació duri molt. No vull que cap de les dues se senti molesta o incòmoda. Ella és la meva nòvia i tu ets la persona que més aprecio i estimo de la residència.

—No hi haurà cap problema entre nosaltres dues. T'ho asseguro.

La noia somriu i repenja el cap a l'espatlla de l'Óscar. El noi no s'aparta. Sap que el continua necessitant, però no vol crear-li falses esperances.

—Aino, estàs bé?

—Sí.

—Vull dir... Estàs bé sempre? Ja no tens moments baixos?

—Tots en tenim, de moments baixos. O és que tu no en tens mai?

—Sí, esclar que en tinc.

—Doncs jo també.

La canària continua en la mateixa posició, amb el cap repenjat a l'espatlla del seu amic. Tanca els ulls, relaxada. Hi està molt bé, així, tot i que sap que això és el màxim a què pot aspirar amb ell. Ho té assumit?

—Quan ahir vaig parlar amb la teva germana, em va dir que li sembla que sempre amagues els teus sentiments. Que somrius quan a vegades tens ganes de plorar. És veritat?

L'Ainhoa obre els ulls i se separa una mica de l'Óscar per mirar-lo fixament als ulls.

—La Yaiza pensa això?

—Sí. Està amoïnada per tu —respon el noi, que no aparta la mirada—. T'he de confessar una cosa.

—Què?

—Des que vas tornar de Las Palmas, parlo sovint amb ella. Em demana que li digui com estàs i si noto que millores. Cada dos o tres dies em truca i m'ho pregunta. Em sap greu no haver-te'n dit res abans, però vam quedar que seria una cosa entre ella i jo.

—Gràcies per explicar-m'ho —diu l'Ainhoa—. Però ja ho sabia.

L'Óscar es queda bocabadat. S'aixeca i seu a l'escriptori. Està força desconcertat.

—Ho sabies? Com te n'has assabentat?

—Perquè no sóc tonta, amic meu. Vivim en una residència amb unes parets molt primes. Massa! De fet, durant un temps em vaig arribar a pensar que t'havies inventat això de la Sofía i que la Yai i tu us estàveu enamorant.

—Què? Ho dius de debò?

—Totalment. Us he enganxat més d'una vegada xerrant animadament i rient. Però no m'hi volia ficar. No n'havia de fer res, tot i que reconec que hauria sigut estrany.

El noi branda el cap i acaba somrient. No s'hauria guanyat la vida com a espia professional.

—Vull que quedi clara una cosa, Óscar —continua l'Ainhoa—. Has de fer la teva vida. A la teva manera, sense preocupar-te pel que jo senti.

—Però el que diu la Yaiza... és veritat?

—A vegades deu ser així i altres vegades, no. Un somriure pot ocultar un mal moment. Però no tinguis cap dubte que algun dia somriuré sempre amb sinceritat i seré tan feliç com pugui. Tinc molta feina per fer amb mi mateixa. I si et dic que m'agradaria conèixer més la Sofía és perquè m'agradaria de debò. Confia en mi, sisplau. Estic bé.

—Doncs quedem per sopar aquesta setmana.

—Perfecte. Li agrada la pasta? Podríem anar a l'italià.

—Li encanta.

Durant uns quants minuts, l'Óscar i l'Ainhoa parlen de restaurants, de plats típics italians i de formatge parmesà. El mòbil del noi interromp la conversa.

—És la Sofía, he de respondre. Ens veiem per sopar.

—D'acord. I... moltes gràcies.

—Per què?

—Per cuidar-te de mi tant de temps. No he sigut una persona gaire fàcil.

—Ho tornaria a fer tantes vegades com calgués —diu el noi, obrint la porta de l'habitació—. Fins després.

La canària s'acomiada de l'Óscar i es queda sola al seu quarto, com tantes i tantes vegades les últimes setmanes. Sospira. Ho ha d'assumir. Encara que li faci mal, ho ha de fer. I alegrar-se'n. Alegrar-se'n per ell. És una persona estupenda i es mereix ser feliç amb qui ell cregui que ho pot ser.

I ella? Es mereix ser feliç?

S'aixeca i se'n va cap a l'escriptori. Quan seu davant del portàtil, entra en el reproductor de música i posa una cançó de Bruno Mars. Mentre escolta «Young Girls», agafa el mòbil i es descarrega una aplicació.

—Molt bé. Endavant —murmura. I amb un somriure nerviós però decidit, es crea un perfil a Tinder—. A veure què hi trobem, aquí. Sort, Ainhoa.

CAPÍTOL 64

Durant el viatge pràcticament no es diuen res. En Marc es passa l'estona llegint *El maestro del Prado*, de Javier Sierra, i gairebé no fa cas del seu nòvio. En Julen comença a desesperar-se, tot i que té esperances que les coses se solucionin a Barcelona.

—Vaig a la cafeteria. M'acompanyes? —li pregunta el navarrès, quan amb prou feines falta mitja hora per arribar a destinació.

—No em ve gens de gust.

—Així no véns?

En Marc branda el cap, molest, i s'aixeca del seient. Guarda el llibre a la motxilla i se la penja a l'esquena. Sense mirar enrere, camina cap a la porta de sortida del vagó. En Julen el segueix. La parella travessa els tres vagons que separen el seu compartiment de la cafeteria. Quan hi entren, veuen que estan sols. No han de fer cua al taulell.

—Un cafè amb llet —diu a l'hostessa que l'atén, i es gira cap al seu nòvio—. De debò que no vols res?

—Un altre per a mi.

La noia de seguida els prepara les begudes i en Julen les paga. S'allunyen del taulell i es queden drets en una de les barres laterals del vagó cafeteria. Tots dos contemplen el paisatge per una de les finestres, i noten la velocitat amb què circula l'AVE. Tot passa per davant d'ells molt de pressa.

—No sé per què estàs enfadat amb mi —diu en Julen, mentre bufa el cafè amb llet calent.

—Ets tu, el que s'ha enfadat.

—Jo? El que s'ha molestat perquè he dit allò de les proves has sigut tu.

—Perquè no m'agrada que em diguis què he de fer.

—Mai no et dic què has de fer, Marc. Però aquest cas és diferent. Saps perfectament que no podem estar tranquils fins que no sapiguem si estem contagiats o no.

El català fa un xarrup al got de plàstic i es gira. No s'atreveix a mirar directament als ulls del seu nòvio.

—Això és el més difícil que m'ha tocat fer en tota la meva vida. Pitjor fins i tot que confessar als meus pares que sóc homosexual. Estic bloquejat.

—Doncs desbloqueja't.

—No puc, Julen. Tot això em supera —reconeix en Marc, deixant el got a sobre la barra lateral—. Et penses que no m'agradaria anar a una clínica i fer-me les anàlisis perquè tots dos sabéssim a què ens hem d'enfrontar?

—Pots fer el que et proposis si t'ho planteges de debò. Fins i tot el que sembla impossible.

—No, no és veritat.

—Sí que ho és. Si depèn de tu, pots aconseguir

qualsevol cosa. El problema arriba quan no depèn de tu.

—Segueixo sense estar-hi d'acord. Si el teu cervell t'impedeix actuar com vols, no hi ha res a fer.

—D'això se'n diu força de voluntat.

—Digue'n com vulguis. S'ha acabat. No en vull parlar més, d'això.

—Ho veus, qui és el que s'enfada?

—Deixa'm tranquil.

En Marc torna a agafar el got i es beu el cafè amb llet d'un sol trago. Llença de mala gana el got en una paperera i se'n va de la cafeteria. En Julen es queda sol, esbufegant. Armant-se de paciència. El bloqueig mental del seu nòvio també el supera. Torna a mirar per la finestra, pensatiu. Ja són a pocs quilòmetres de Barcelona, la ciutat on espera trobar la solució al problema.

Està a punt de tornar al seu vagó quan li sona el mòbil. És l'Iria. Abans li ha escrit per dir-li que se n'anava amb en Marc a veure els seus sogres, que han preparat una sorpresa al seu fill.

—Hola, gallega. Com va tot?

—En saps res, d'en Manu? —pregunta la noia, sense ni tan sols saludar-lo—. S'ha posat en contacte amb tu? T'ha trucat o t'ha escrit?

—No. No en sé res. Per què?

—Ha tornat a desaparèixer.

—Collons, una altra vegada?

—Sí. Estava amb ell a la seva habitació i m'he quedat adormida. Quan m'he despertat ja no hi era. Em sembla que s'ha endut el mòbil, la cartera i la motxilla. Tampoc he vist el portàtil.

—Has mirat bé per la residència?

—Sí. No hi és. I el mòbil el té apagat —diu l'Iria, molt afectada—. No vull tornar a viure el mateix malson.

—Ha passat alguna cosa perquè hagi volgut marxar?

—Sí, massa coses.

La comunicació es talla en aquell mateix instant. En Julen examina el mòbil i s'adona que no té cobertura. Deixa anar un renec en veu baixa i intenta trobar senyal en diversos llocs de la cafeteria. No té èxit, per tant decideix tornar al seu seient. Falten pocs minuts perquè el tren arribi a la Ciutat Comtal.

El seu nòvio el rep en silenci. S'aixeca per deixar-lo passar al seient del costat de la finestra i torna a centrar-se en la novel·la que està llegint. El que queda de viatge transcorre de la mateixa manera.

L'AVE entra a Barcelona i torna la cobertura. En Julen s'afanya a enviar un whatsapp a l'Iria abans que el tren s'aturi del tot.

«No t'amoïnis. En Manu ja apareixerà. Si en saps alguna cosa, escriu-me, sisplau. Un petó i ànim».

—Ens vénen a buscar, els teus pares? —pregunta el navarrès, després de sentir l'hostessa anunciant l'arribada a l'estació.

—No, ens esperen a la Diagonal.

La parella baixa del vagó. Com que no porten maletes, són dels primers. En Marc guia en Julen fins a una escala mecànica. Hi pugen i surten al vestíbul de l'estació de Sants. Quan van cap a la parada de taxis, senten una veu darrere seu que els crida.

—Fill! Julen! Sóc aquí! —crida la Montse, agitant la mà quan els nois es giren cap a ella.

La mare d'en Marc rep la parella amb petons i una forta abraçada.

—Què hi fas, aquí? No havíem quedat a la Diagonal?

—Sí, però hem decidit venir-vos a buscar per donar-vos una sorpresa.

—I el pare?

—S'ha quedat al cotxe, que està aparcat en doble fila. Com ha anat el viatge?

En Julen respon que bé, i tots dos mantenen una agradable conversa. En Marc es queda en silenci fins que surten de l'estació.

—On has dit que ha aparcat, el pare?

—Allà, fill —li indica la seva mare, assenyalant amb la mà cap a la dreta.

Tots tres caminen uns quants metres i s'allunyen de l'estació. Tot d'una, la Montse s'atura i somriu.

—Mira, el teu pare és allà.

—On? No el veig.

—Allà. A dins del cotxe.

Però en Marc no veu enlloc el BMW platejat del seus pares. Fins que mira cap endavant i descobreix la sorpresa.

L'Enric és a dins d'un preciós Audi vermell aparcat en doble fila. L'home abaixa la finestreta i saluda el seu fill fent grans gesticulacions amb la mà.

—Per molts anys anticipat, Marc —diu la Montse, i, molt emocionada, li fa dos petons—. És teu.

—Què? És per a mi?

—Sí, te'l mereixes. Per ser tan bon fill i per tot el que has hagut de passar.

L'Enric baixa del cotxe i també el felicita. Li dóna

un copet a l'esquena i esbossa un somriure dels seus, tebi i sense gaire emoció. Després saluda en Julen amb una encaixada.

—Espero que t'agradi.

—Ho dius de broma? M'encanta! Us heu passat! Moltes gràcies!

—Et veus amb cor de conduir-lo? —li pregunta l'home, que, pel que sembla, no les té totes—. Fa un any i mig que et vas treure el carnet...

—I tant que sí!

—Doncs afanya't abans no et posin la teva primera multa.

Els nois pugen a la part del davant de l'Audi, i els pares d'en Marc ocupen els seients de darrere.

—Tu en sabies res, d'això? —pregunta en veu baixa el català al seu nòvio.

—Absolutament res.

En Marc s'ajusta el seient a la seva mida fins que se sent còmode. Revisa el retrovisor i es posa el cinturó. Està molt nerviós, no s'ho pot creure, i es mor de ganes per conduir aquest cotxe. Gira la clau i sent el soroll del motor. Dóna una ullada per assegurar-se que no ve ningú, prem l'embragatge, posa primera i suaument mou el volant cap a l'esquerra. Deixa anar el fre i s'incorpora al trànsit.

—Això és molt fort! Estic conduint el meu cotxe!

—Sabíem que el volies des que et vas treure el carnet. No hem pogut esperar fins al teu aniversari per regalar-te'l. Vam veure una bona oferta i el vam comprar sense pensar-hi gaire —diu la Montse, mentre es distreu mirant per la finestra.

—Per això et vam dir que vinguessis urgentment

—afegeix l'Enric—. No podíem tenir aquesta preciositat amagada fins que tornessis a final de curs.

—El teu pare és incapaç de guardar una sorpresa.

—Jo, només? Tu eres la primera que volies que vinguessin!

—És increïble. Gràcies una altra vegada. On voleu que anem?

En Julen observa pel retrovisor que la Montse fa un gest al seu marit. L'Enric assenteix amb el cap i dóna un copet afectuós a la cuixa de la seva dona.

—A la Diagonal. Quan hi arribem, ja et diré on has d'aparcar.

—Molt bé. Poso el GPS.

Durant el trajecte, tots parlen del cotxe i de les seves prestacions. El navarrès és el menys participatiu. Està molt content pel seu nòvio, però aquell regal no amaga el gran problema que els afecta des del dia abans.

—Ja som a la Diagonal. Què faig, ara?

—Avança uns cinc-cents metres, fins que trobis l'entrada a un pàrquing —li indica l'Enric, que s'ha posat molt seriós.

El seu fill li fa cas. Dirigeix el cotxe fins on el seu pare li ha dit i entren en un pàrquing de pagament. Busca una plaça que no presenti gaires dificultats per accedir-hi i, quan la troba, maniobra i aparca el cotxe.

—No està malament per ser la primera vegada, oi?

—Gens malament —diu en Julen, al seu costat—. Sembles un expert.

—Gràcies. Que us ha semblat, a vosaltres?

El noi es gira i treu el cap entremig dels seients del davant. Esperava veure els seus pares ben contents i se sorprèn quan veu la cara que fan. Agafats de la mà, l'Enric i la Montse miren el seu fill amb tristesa. En Marc no entén el motiu d'aquell canvi d'actitud.

—Què passa? He rascat la columna?

—Sabem el que passa, fill meu —diu la seva mare, incapaç de contenir-se les llàgrimes que li comencen a rodolar galtes avall—. En Julen ens ha trucat abans i ens ho ha explicat tot.

La mirada d'en Marc fulmina el navarrès, que desvia la seva cap a una altra banda. Ha traït la confiança del seu nòvio, però per un motiu important. Té l'esperança que els seus sogres aconsegueixin el que ell no ha pogut aconseguir.

—Has de fer-te les anàlisis —li ordena el seu pare—. Hem vingut fins aquí per anar a la clínica d'un bon amic meu que te les farà ara mateix i et donarà els resultats en el termini d'una setmana.

—Què? No em penso fer cap anàlisi.

—I tant que te les faràs! —crida enfurismat l'Enric—. Què pretens? Que la teva mare i jo tinguem un infart per no saber si t'has contagiat d'aquella merda? I el teu nòvio? El tindràs a pa i aigua tota la vida? Jo no em ficaria mai al llit amb tu sense saber si tens la sida o no!

Les paraules de l'home són tan clares i contundents que ressonen a l'interior del cotxe com si fos un tro en plena tempesta.

—Però jo...

—Sé que tens por, fill. Però tots tres som aquí per donar-te suport. Passi el que passi, et continuarem estimant —diu la Montse, que no para de plorar.

—No ho puc fer —replica en Marc, sanglotant, i deixa caure el cap sobre el volant.

—Pots fer tot el que et proposis.

—No puc, mare. No puc.

—Sí que pots. I estic segura que tot anirà bé. D'aquí a uns quants dies aquesta situació et semblarà una anècdota.

—I a sobre, amb un cotxe nou, tros d'animal! —crida el seu pare, que també s'eixuga una llàgrima— Ara surt d'aquí, puja amb en Julen a la clínica del doctor Ripoll i demostra'ns que ets la persona en qui la mare i jo confiem des que vas arribar al món. Et farem costat fins al final, fill meu. T'estimem.

—Va, anem, amor meu —afegeix en Julen, mentre obre la porta del copilot—. Aquesta vegada és la definitiva.

I després de convence'l que baixi del cotxe, li fa un petó als llavis, com si li insuflés l'últim alè abans de passar per la prova més important de la vida del qui tothom coneix com a Virus i a qui ell estima com a Marc.

CAPÍTOL 65

—On és ara?

—Deu ser a la seva habitació. S'hi ha tancat quan hem arribat.

—No crec que la Silvia ens apreciï gaire, després d'haver descobert la seva autèntica personalitat. Hauries d'haver vist les cares de les seves antigues companyes de pis quan ens explicaven el que els va fer.

En David i en Toni parlen de l'extremenya a l'habitació del valencià.

—Qui ens ho havia de dir! Ens tenia ben enganyats a tots amb aquell somriure permanent i la cara de bona nena —diu el sevillà—. Ella diu que tot el que ha fet ha sigut perquè els altres s'ho mereixien.

Després de relatar-li de quina manera s'ha venjat d'en Federico per haver-la enganyat, la Silvia ha explicat a en David el que havia passat amb la María i la Cristina, les noies amb qui havia compartit pis fins a Setmana Santa.

—M'ha dit que no tenien cap dret a ficar-se en la

seva vida i que fins i tot es van riure d'ella i van envair la seva intimitat.

—És la seva versió. Però encara que sigui veritat, emborratxar el nòvio d'una i anar-se'n al llit amb ell, i esborrar-li el disc dur de l'ordinador de l'altra, és exagerat —diu en Toni, que seu davant del portàtil.

—La Silvia diu que la del nòvio fins i tot li deu un favor. Que no va haver de fer gaire res per endur-se'l al llit. I que si li va posar les banyes amb ella, les hi hauria posat amb qualsevol altra.

—Ostres, tu, per què sempre ensopego amb noies d'aquesta mena? No me'n podria agradar alguna que fos normal?

—És que tu no ets normal, nano.

En Toni sospira i comença a capficar-se amb un pensament. Que se n'anés al llit amb en David, era per fer mal a l'Elena o... a ell mateix? I per què? No en té ni idea, però no pensa demanar-l'hi. Com més lluny d'aquella noia, millor. Ja ha tingut prou embolics durant el curs.

—Si més no, ara només et queda una opció i podràs aclarir els teus sentiments.

—Una opció? L'Isa?

—Sí. Encara que no guanyis el repte, algun dia acabareu junts.

—Em sembla que no. A aquesta noia només li interessa YouTube.

—Tu ja formes part de YouTube. Cinquanta-quatre mil subscriptors no els té qualsevol.

—Quaranta mil.

—Quaranta mil què?

—Que tinc quaranta mil subscriptors, no cinquanta-quatre mil —li aclareix en Toni, abans d'entrar al seu canal.

—No, estic segur que he vist que tens més de cinquanta-quatre mil seguidors. He entrat al teu canal per comprovar les visualitzacions que té el vídeo dels xurros i m'he fixat en el nombre de subscriptors. Quants en té, l'Isa?

El valencià no es pot creure el que veuen els seus ulls: 54.738 subscriptors en el canal de Toni Pepperoni! Actualitza la pàgina per assegurar-se que no es tracta d'un error. Un nou usuari de YouTube s'ha afegit al seu canal en aquell mateix instant. Ja són 54.739.

—Això ha de ser una broma —murmura, fregant-se sense parar el cap rapat—. Ha de ser alguna mena de virus o una cosa semblant. No pot ser veritat!

—Per què?

—Aquest matí en tenia pocs més de quaranta mil. És impossible haver-ne augmentat tants amb tan sols unes quantes hores!

—Superes l'Isa?

—Sí, ella té cinquanta-un mil subscriptors.

—Per tant, això vol dir que sereu nòvios?

El noi es pessiga un braç per assegurar-se que no està somiant. Torna a actualitzar i a comprovar que no està equivocat.

—Ha d'haver passat alguna cosa estranya perquè s'hagi subscrit tanta gent.

—Una cosa estranya? El teu canal és molt bo. No t'infravaloris!

—Per molt bo que sigui, no és normal el que ha passat.

En té prou amb escriure a la barra de YouTube

«Toni Pepperoni repte» per esbrinar la causa de l'augment de subscriptors.

—Increïble —diu, bocabadat pel que veu.

—Què passa?

—Mira això.

En Toni ensenya a en David la pantalla del portàtil. El primer vídeo de la llista de reproducció és ni més ni menys que de la Yuya, la conegudíssima youtubera mexicana, que té més de deu milions de seguidors de tot el món.

—«Ajudem en Toni Pepperoni a superar el repte» —llegeix en David en veu alta—. Posa'l, a veure què diu!

—Ara mateix!

En Toni fa cas al seu amic i, molt nerviós, clica l'enllaç. Al vídeo s'hi veu la Yuya asseguda en un sofà gris adornat amb coixins blaus i blancs. La noia està molt somrient i de seguida comença a parlar:

> Hola, *guapuras*! Com esteu avui? No és ni dimecres ni divendres! Però he tingut la necessitat de gravar aquest vídeo i *platicarles* per ajudar un *chavito* que ha unit dues de les coses que m'agraden més del món: l'amor i YouTube. Ahir em va arribar la notícia que un jove espanyol, que es diu Toni Pepperoni, està lluitant per conquistar una bonica youtubera. Ell vol ser el seu nòvio i ella li ha posat un repte: superar-la en nombre de subscriptors. Si ho aconsegueix, serà la seva nòvia. Però el termini s'acaba avui i el nostre amic continua amb desavantatge! Per tant, teniu fins a les cinc de la tarda, hora de Mèxic, dotze de la nit, hora d'Espanya, per subscriure-us al canal d'en Toni. Entre tots podem fer-ho i ajudarem aquest *guapura* a aconseguir l'amor

de la *chavita*! Us deixo el *link* del canal del *chavo* perquè tots hi entreu i us hi subscriviu. Ens veiem dimecres en un nou vídeo! Us estimo moltíssim, *guapuras*!

Quan s'acaba el vídeo, en David abraça el seu amic.

—Ho has aconseguit!

—Això sembla.

—Tio! Anima't! Has superat el repte!

—Sí, però gràcies a la Yuya.

—Ella només hi ha posat la cirereta, tu has fet la resta del pastís —diu el sevillà, que està molt content per en Toni—. Quan l'hi diràs, a l'Isa? O, més ben dit, a la teva nòvia Isa.

A en Toni li surt un somriure d'orella a orella, tot i que encara no acaba d'assimilar el que ha passat. Torna a actualitzar la pàgina i el nombre de subscriptors va augmentant. És una bogeria!

—Ara mateix pujo a la seva habitació. Vés a saber com s'ho prendrà.

—Doncs bé! Com vols que s'ho prengui? Aquesta noia està boja per tu!

—No ho crec.

—Estic segur que l'Isa està enamorada de tu, el que passa és que és una tia molt rara. Per això feu tan bona parella.

—No sé si donar-te les gràcies pels ànims o fer-te fora de l'habitació abans que continuïs parlant.

En David deixa anar una riallada i torna a abraçar el seu amic. Tot seguit surten al passadís, i mentre el sevillà entra a la seva habitació, en Toni se'n va cap a l'escala per pujar a veure la youtubera. Com reaccionarà?

Només hi ha una manera de comprovar-ho. Es planta davant de la seva porta i truca. La noia no triga gens a obrir-la.

—Enhorabona —el felicita només veure'l—. M'has guanyat.

—Ja ho has vist?

—Sempre sóc la primera d'assabentar-me d'aquestes coses. Visc a YouTube.

—I què en penses?

—Que tens una flor al teu bonic cul. Ni més ni menys que la Yuya, has necessitat per superar-me. Estarà bé, ser la nòvia d'un tio amb tanta sort.

En Toni no nota cap mena d'emoció en les paraules de l'Isa. Ni tan sols li ha demanat que entri.

—No sembles gaire contenta.

—Encara no s'ha acabat, el repte. Queden unes hores perquè oficialment m'hagis superat.

—Tens raó. Encara pots fer girar la truita.

La noia fa un somriure murri i obre una mica més la porta. Es queda davant d'en Toni i li dóna un copet al nas. Després li acaricia el cap rapat.

—No mouré ni un dit. Et mereixes la victòria.

I acostant-se lentament a la seva boca, tanca els ulls i li regala el primer petó com a nòvios no oficials.

—Aquest ha sigut el primer de molts, Toni Pepperoni —diu l'Isa, quan s'aparta—. Hem de millorar.

—Et prometo que m'hi faré més.

—Em sembla bé. Però no et posis intens o canviaré de canal.

—També et prometo que no seré pesat i no m'interposaré entre YouTube i tu.

—Perfecte. I ara mateix, si m'ho permets, he d'editar un vídeo per anunciar la meva derrota. Per descomptat que faré servir el vídeo de la xocolata amb xurros on fas el ridícul.

—Gràcies. Tu sempre tan amable amb mi.

—Sóc un sol, oi?

I després de fer-li un altre petó als llavis, la youtubera entra a la seva habitació i tanca la porta. En Toni es queda uns segons al passadís 2B, somrient, fregant-se el cap amb les dues mans. I no es pot aguantar més. Fa un salt i pica un peu contra l'altre en l'aire. És molt feliç! Malgrat que li sembla irreal i increïble... sortirà amb l'Isa menja Pizza!

—Sí! Ho he aconseguit!

La noia sent el crit del valencià des de l'habitació. Somriu i s'asseu a l'escriptori, davant del portàtil. Entra a Twitter i obre l'última conversa privada que té d'ahir. Va ser una sort que ella comencés a seguir-la fa unes setmanes, si no, no hauria pogut escriure-li el missatge directe on li demanava aquell gran favor.

L'Isa estira els dits i, eufòrica, els posa sobre el teclat.

«Moltes gràcies, de tot cor. Te'n dec una de molt gran. Quan vinguis a Espanya et convido a sopar o al que vulguis. Ets la millor, Yuya».

CAPÍTOL 66

Han passat unes quantes hores sense notícies d'en Manu. L'Iria l'ha buscat per tota la residència, però no hi ha ni rastre del malagueny. Definitivament, ha tornat a marxar.

La gallega busca consol en l'Elena, que des de fa unes setmanes s'ha convertit, juntament amb en Julen, en la millor còmplice que té a la Benjamin Franklin. Tot i que l'Elena té altres coses al cap, sempre escolta la seva amiga i intenta que se senti millor.

—Això no és vida —es queixa l'Iria—. Un dia t'eleva fins al cel i l'endemà t'enfonsa fins a l'infern. I sense explicacions. En Manu em farà perdre la salut. On coi es deu haver ficat, ara?

—Pel que m'has dit, es deu haver amagat en algun lloc perquè la policia no el trobi.

L'Iria ha explicat a l'Elena com està la situació, amb tots els detalls, fins i tot la negativa de l'Eva i l'enfonsament del noi abans que s'adormís.

—És molt probable que la mare d'en Fernando ja

hagi comunicat a la policia espanyola el contingut de la carta de la Verónica. I la policia d'aquí ja es deu haver posat en contacte amb la d'Escòcia, pel trasllat del cos i la investigació del cas. Segur que estan estirant el fil per trobar el culpable.

—S'ha ficat en un bon embolic. I si no s'entrega, serà pitjor.

—D'això precisament he intentat convence'l. Que si s'entregava, el càstig seria més lleu. I molt més lleu si demostra que va ser involuntari.

—Ho sap, ell, que el jutjarien a Edimburg? —pregunta la toledana.

—No el jutjarien a Espanya?

—No, el delicte es jutja al lloc on es comet —diu l'Elena, convençuda de la seva resposta—. Ho he après aquest any.

—No ho sabia.

—A més, qui s'encarrega de la investigació és la policia escocesa, no l'espanyola. La d'aquí pot col·laborar amb la d'allà, però els escocesos són els responsables del cas.

L'Iria tampoc no hi havia pensat, en això. Per tant, significa que en Manu compliria condemna a Escòcia, no a Espanya, ja que el jutjarien i el castigarien en un tribunal d'Edimburg.

—Sigui com sigui, hauria d'anar a una comissaria espanyola i explicar la veritat del que va passar —diu la toledana.

—L'he de trobar i insistir-li que confessi a la policia.

—És l'única solució. Tant de bo reflexioni i s'adoni del que és millor per a ell.

La gallega assenteix i sospira profundament. Té unes ganes immenses de plorar. Si no ho fa és perquè no vol muntar un espectacle davant de l'Elena i perquè està tipa de lamentar-se. Prem els llavis i aguanta com pot la pressió.

—És el teu mòbil el que ha sonat? —li pregunta l'Elena, que li sembla haver sentit el so d'un telèfon.

L'Iria treu el seu *smartphone* de la butxaca dels pantalons i veu que té un whatsapp. El cor li fa un salt quan veu que és d'en Manu.

—Sí, és el meu —confirma a la seva amiga, però no li diu que qui envia el missatge és el malagueny. El llegeix de pressa.

«Hola, gallega. Això és només per a tu, no en parlis ni amb l'Elena, ni amb en Julen, ni amb ningú més. Almenys de moment. Concedeix-me aquest desig. Et demano perdó per no acomiadar-me i fugir una vegada més. Estaves preciosa mentre dormies. Si t'haguessis despertat abans d'anar-me'n, t'hauria demanat que m'acompanyessis. Que fugíssim junts a algun lloc, tan lluny com fos possible. Però no t'has despertat, cosa que he interpretat com un senyal. De totes maneres, si hi ha alguna cosa a la vida que no sé fer, és interpretar senyals. M'he equivocat tantes vegades! He perdut el compte. Per això, abans d'anar-me'n a algun lloc ben llunyà i no tornar durant una temporada, et vull demanar que vinguis amb mi. Per això t'envio aquest missatge. Hi ha deu avions que surten de la T4 entre les set i les vuit. N'agafaré un i vull que m'acompanyis. No pateixis pels diners. Si hi ha alguna cosa que en aquests moments no em falta, són diners. Corre i vine a l'aeroport de Barajas. Si no hi ets abans de les sis, interpretaré que no t'interessa la meva oferta. De fet, seria el més sensat i m'estalviaries el sentiment de culpabilitat pel fet de convertir-te en la companya d'un fugitiu de la justícia. Però necessitava tirar la moneda a l'aire. Tu mateixa. Perdona'm per tota aquesta escenificació tan de pel·lícula. És l'única cosa que se m'ha acudit. Ja ho saps, abans de les sis. Encara que no t'ho hagi demostrat mai, t'estimo».

L'estima? Què vol dir que l'estima?

La noia mira el rellotge i veu que són tres quarts de cinc. Després es gira cap a l'Elena i dubta si dir-li res del whatsapp que acaba de rebre. En Manu li ha demanat que no ho digués a ningú. Però des de quan ha de fer cas a un tio que l'està fent patir tant?!

—M'ha escrit.

—Qui? En Manu?

—Sí —afirma l'Iria, i dóna el mòbil a l'Elena perquè llegeixi el missatge.

Quan acaba, l'Elena s'acaricia la barbeta i mira la seva amiga, carregada d'adrenalina.

—T'estima?

—Això diu. No sé si creure-m'ho. Potser ho ha posat sense pensar. O s'ha emocionat massa escrivint.

—Uau. A mi em sembla que és veritat. Que t'estima.

—Quin embolic. Aquest nano no para de donar-me maldecaps.

—Què faràs?

—No en tinc ni idea. Tu què faries?

—Jo? És una decisió massa important i personal per aconsellar-te.

—Hòstia, Elena. Digue'm què n'opines, sisplau.

—La meva opinió... No ho sé, Iria. Anar-te'n amb ell és una bogeria, una bogeria tan gran com l'Empire State, i ho saps. Però t'ha dit que t'estima, i si no te'n vas amb ell... potser no el tornaràs a veure —comenta la toledana, dubitativa—. No te'n fiïs, del que et dic.

—Però si no t'has mullat gens!

—Per això. Si no sé què fer amb la meva vida, com vols que et digui què has de fer amb la teva! És el mateix que em vas dir tu sobre el tema d'en David i els Estats Units! No sóc la persona adequada per aconsellar-te. Ara bé, tant si te'n vas amb ell com si no, crec que hauries d'anar a l'aeroport a veure'l. I un cop allà, acompanyar-lo o acomiadar-te.

Aquesta idea sí que convenç la gallega. Agafa el que és indispensable i surt ràpidament de la residència. L'Elena l'acompanya fins al carrer, des d'on criden un taxi.

—Si decideixes anar-te'n amb en Manu, no t'amoïnis per res. Jo m'encarregaré d'enviar-te el que sigui on em diguis. Molta sort! —li desitja l'Elena. Li fa dos petons i observa com l'Iria entra al taxi. Potser trigarà a tornar-la a veure.

El trajecte fins a Barajas és el camí més llarg i al mateix temps més curt que recorre l'Iria en els seus divuit anys de vida. Canvia d'opinió cent vegades i el rellotge sembla que avança molt ràpid, però no arriben mai a l'aeroport. És com si fos en una càpsula en la qual el temps volés però sense avançar en l'espai.

Malgrat tot, aquest estrany efecte temps-espai s'acaba quan l'Iria arriba a la T4. Paga el taxista i baixa del cotxe amb més dubtes que quan hi ha pujat. Els nervis la roseguen per dins. Travessa una de les portes i s'adona que hi ha tanta gent que allò serà com buscar una agulla en un paller. Per això, decideix trucar-li. Espera que aquell idiota no hagi apagat el mòbil. Per sort, no ho ha fet i contesta de seguida.

—Gallega?

—Hola, Manu, sóc a l'aeroport.

—Has vingut? No m'ho hauria pensat mai —diu el malagueny, sincerament sorprès—. On ets?

—En una de les entrades. La que va a parar als taulells d'Iberia.

—Espera't. Vinc a buscar-te... Estàs sola?

—Sí, he vingut sola, tal com m'has dit.

—Molt bé. Un moment, ja vinc. No et moguis d'on ets.

El noi penja i en menys d'un minut el veu que s'acosta. Porta el maletí del portàtil en una mà i la motxilla penjada a l'espatlla. Tot i que somriu, la seva expressió no és gens relaxada. Quan arriba al seu davant, deixa l'ordinador a terra i abraça l'Iria. S'estan així durant molta estona.

—Això és una bogeria —xiuxiueja la noia a la seva orella.

—Tot el que ha passat l'últim any ho és, una bogeria.

—I què els dic, als meus pares? Què faig amb la carrera?

—Ja ho pensarem —respon en Manu, separant-se d'ella—. Ara el més important és que ens allunyem d'aquí i busquem una ciutat on ens puguem perdre.

La noia no ho acaba de veure clar. L'única cosa que la impulsa a deixar tot el que té és un noi a qui possiblement buscarà la policia; un noi que és especialista a fer-ho tot malament i a desaparèixer sense avisar, i que la primera vegada que li ha demostrat els seus sentiments ha sigut fa una estona a través d'un missatge de WhatsApp.

En Manu recull la maleta de l'ordinador de terra i, amb l'altra mà, agafa l'Iria. La porta fins a un tauler on s'anuncien les sortides dels pròxims vols a ciutats europees.

—Ja m'ho sé de memòria. Vull que la triïs tu, la nostra destinació. He comprovat que hi ha places en vuit vols. Podem anar a Amsterdam, Brussel·les, París, Munic, Copenhaguen, Milà, Zuric i Estocolm. On t'agradaria anar?

La noia es queda paralitzada. No pot prendre una decisió tan important en trenta segons. Mira en Manu, que somriu nerviós, gairebé histèric. Definitivament, no és una idea sensata.

—No podríem parlar-ne una mica més?

—He de comprar dos bitllets abans que s'acabin! A més, hem de passar els controls, anar fins a la porta d'embarcament... No, no tenim temps de parlar-ne una mica més!

—És que no ho tinc clar, que vulgui marxar.

El somriure desapareix de la cara del malagueny. Es gira i comença a caminar cap a un taulell d'Iberia.

—Manu, hem de parlar. Tots dos sabem que això no és una bona idea —diu l'Iria, mentre intenta seguir el seu pas.

—És la millor idea possible.

—Marxar vés a saber on? Sense cap lloc concret on anar? Sense avisar ningú?

—Quan me'n vaig anar a Edimburg, ho vaig fer així.

—I mira com vas acabar...

El malagueny s'atura i deixa anar un esbufec. Acota el cap i després contempla l'Iria, que també s'ha aturat. La noia es penedeix de les seves últimes paraules; s'adona que han sigut poc afortunades.

—Em sap greu. No ho hauria hagut de dir, això.

—No, si tens raó. A Edimburg no em va anar precisament bé. Per això necessito sortir d'aquí abans que sigui massa tard. I me n'aniré amb tu o sense tu.

—Hi ha més alternatives.

—No m'entregaré a la policia.

El noi reprèn la marxa. La noia el mira mentre s'allunya d'ella, potser per sempre. Desolada, camina lentament darrere el seu amic, que s'ha aturat davant d'un taulell d'Iberia i fa cua per comprar un bitllet d'anada, sense retorn.

—Perdona'm, Manu. T'estimo, però no puc anar-me'n amb tu.

—Queda clar, no passa res. T'entenc.

El noi envolta l'Iria amb el braç i l'atrau cap a ell. Li fa un petó al front i, tot seguit, un altre de suau als llavis. La noia torna a tenir ganes de plorar. Li sap greu no poder-ho deixar tot per ell. Li encantaria fer-ho, però és impossible.

Es fica la mà a la butxaca i treu el mòbil perquè li acaba de sonar. Segurament és l'Elena, que li vol preguntar com li ha anat.

Efectivament, és la toledana. Però al whatsapp que li envia no hi troba la mena de missatge que es pensava.

«Iriaaaaaaaaaaaaaaaa! Mira aquesta notícia! Ensenya-la a en Manu!».

Aquestes paraules van acompanyades d'un enllaç. La gallega, estranyada, l'obre mentre al taulell ja atenen en Manu. Sent que el seu amic demana un bitllet cap a Munic.

—Espera't! Espera't! —exclama, agafant-lo del braç i estirant-lo—. No el compris! No compris cap bitllet!

—Que t'has tornat boja? He de comprar el bitllet o...

—No! No l'has de comprar! No cal que te'n vagis! Tu no ets el responsable del que li va passar a en Fernando!

—Què dius? De què m'estàs parlant?

L'Iria li passa el mòbil, nerviosa i amb els ulls plens de llàgrimes. El noi llegeix la pantalla amb atenció i també comença a plorar. Es posa les mans al cap i es reprimeix un crit. Mira la gallega, l'agafa per la cintura i l'aixeca en l'aire. I en aquesta posició, es fan un petó. Un petó amb gust d'infinit, un petó com els que es fan al final de les pel·lícules.

CAPÍTOL 67

El cadàver de Calton Hill era d'un espanyol.

Confirmat. El cos que va aparèixer fa un mes a Edimburg era el d'un jove espanyol que correspon a les inicials F. G. V. La policia espanyola ha certificat que l'autòpsia ha revelat que la causa de la mort va ser una sobredosi de cocaïna. Aquest diari ha pogut saber que, tot i que la policia escocesa ha tractat aquest assumpte amb una especial discreció, s'atribueix l'autoria a una perillosa banda hispanobritànica vinculada amb el tràfic de drogues. Presumptament, es tractaria d'una venjança entre membres del grup. El jove espanyol va aparèixer amb els dits tallats i la cara desfigurada a la praderia de Calton Hill. Els propers dies, s'espera la repatriació del cadàver i l'entrega del cos a la família.

—Ara en Manu ja pot respirar tranquil. Va ser una sobredosi. Ell no va matar en Fernando, ni voluntàriament ni involuntàriament —diu en David a l'Elena, després que la noia hagi enviat el whatsapp a l'Iria.

—Això sembla. Me n'alegro per ell. Si més no, a partir d'ara podrà dormir.

A en David li ha arribat la informació a través de la Verónica. Ha intentat contactar amb el malagueny sense aconseguir-ho, per tant ha anat a veure l'Elena per si en sabia alguna cosa. La toledana no ha trigat ni un minut a avisar l'Iria, que és a l'aeroport amb en Manu. Una cadena que ha acabat de la millor manera possible: el final del malson per a tots els implicats en el cas.

—A més, la investigació de la policia escocesa ha anat per una altra banda.

—Per una vegada, la sort li ha anat a favor —diu l'Elena—. De fet, ell va fer el que va fer perquè es va espantar. Però sense voler es va ficar en un bon embolic, perquè hauria sigut molt difícil demostrar davant d'un jutge que no va actuar de manera deliberada i que no va intentar ocultar proves o mutilar el cadàver en benefici propi.

—Parles com una jurista.

—Ah, sí? Doncs és una pena que no m'hi vulgui dedicar.

En David se sorprèn amb aquesta revelació. O potser no ha sentit prou bé el que l'Elena li acaba de dir?

—Que vols deixar la carrera?

—Sí. Ja he pres una decisió. Em presentaré als exàmens finals i intentaré aprovar el màxim d'assignatures amb la millor nota possible, però no continuaré estudiant dret.

—Ho saben, els teus pares?

—Sí, acabo de parlar amb ells.

—I què faràs? Continuaràs aquí el curs que ve estudiant una altra carrera?

—No. No vindré aquí.

La noia abaixa la mirada, plena de tristesa, però quan l'alça per mirar el seu amic, s'esforça per somriure.

—M'han proposat una cosa molt interessant. Una escriptora vol que me'n vagi amb ella als Estats Units durant un any.

—És una broma?

—No, t'ho dic de debò. Treballaré per a la Heidi Holmes.

L'Elena explica a en David la història de la H. H. El sevillà l'escolta emocionat, però també afligit. Pel que sembla, els seus camins se separaran definitivament.

—És una oportunitat única. Me n'alegro per tu.

—N'aprendré molt, amb la Molly. I la seva filla Lisa és una joia. A més, viatjar per tots els Estats Units és un somni.

—Em fas enveja.

—Home, tu també me'n fas a mi. Et quedes amb tota la colla aquí, a Madrid... Ho trobaré a faltar.

—I nosaltres et trobarem a faltar a tu. Sobretot jo.

L'Elena somriu amb una mica d'ironia. Això és el que diu ara. Després n'apareixerà una altra que ocuparà el seu lloc. Com ha passat amb la Silvia. Cada vegada que recorda el que va sentir ahir a la nit darrere la paret de la seva habitació, se li regira l'estómac.

Les persones van i vénen. Ningú no és imprescindible, oi?

—No ho sé. Hi ha algunes persones que t'agradaria que fossin al teu costat per sempre.

—Com ara la Silvia? —pregunta l'Elena, sense poder-se reprimir—. Per cert, vés amb compte amb ella. En Toni i jo ens hem trobat les seves antigues companyes de pis i ens han explicat el motiu real pel qual va marxar.

El sevillà es posa vermell. Ha insinuat el que sembla? Des de quan ho sap?

—En Toni m'ho ha explicat.

—Heu sigut uns passerells tots dos. Tot i que també és veritat que aquesta noia ens ha enganyat a tots, amb la seva cara de nena maca.

—Bé, a qui li agrada és a en Toni. Jo només sóc el seu amic.

—Però te'n vas al llit amb ella. No sé què és pitjor.

El to que fa servir l'Elena sona a retret. En David se n'adona i, després d'estar uns segons en silenci, intenta canviar de tema d'alguna manera.

—La teva germana també ho sap, que te'n vas?

—No, no he tingut temps d'avisar-la. No era a casa quan he trucat als meus pares —diu la toledana, molt seriosa—. Devia ser amb el nòvio.

—Nòvio? Té nòvio? Des de quan?

—Des d'aquest matí. Es diu Nacho i pel que m'ha dit, sembla un bon noi.

—Me n'alegro per ella. Espero que durin molt.

—Jo també. Li feia falta algú que l'ajudés a seguir endavant. Quan vau tallar, va quedar molt tocada.

—M'estimo més no parlar-ne, d'aquest tema.

—Tens raó. Sobre aquest tema ja està tot dit —reconeix ella, abans d'entrar al lavabo. Davant del mirall, es pentina i es fa una cua de cavall.

En David continua a l'habitació. Sent una mena de malestar. D'una banda, l'Elena s'ha assabentat d'allò de la Silvia, i de l'altra, a final de curs se'n va. Les dues coses l'afecten molt.

—Necessito una mica d'aire fresc. Véns? —li pregunta la seva amiga quan acaba d'arreglar-se.

—Sí, t'acompanyo. Jo també necessito sortir a respirar.

Tots dos abandonen el passadís 1B sense dir-se res més. Passen per recepció, travessen la porta giratòria i baixen per l'escala de marbre en un silenci sepulcral. L'Elena somriu. En David s'adona que està rient tota sola.

—De què rius?

—Aquí va ser on ens vam conèixer, te'n recordes?

—No ho oblidaré mai. Vas tirar la maleta per l'escala i jo et vaig ajudar a recollir la roba, que estava escampada pertot arreu.

—No la vaig tirar! Em va caure!

—Encara tens aquell tanga?

—Només han passat vuit mesos! Encara tinc tota la roba que vaig portar de Toledo. Fins i tot la que es va tacar de xocolata fent els vídeos.

La parella camina fins a la cascada mentre recorda els dos vídeos que han fet junts. S'asseuen en un dels petits bancs de la illeta on s'acaba el llac de la residència i continuen conversant animadament. Parlen de la nit de les novatades, de la primera sortida nocturna per Madrid i fins i tot dels nervis de l'Elena la matinada abans de l'inici de les classes.

—Ens vam quedar parlant fins a les tantes.

—Sí, no sabia ni què posar-me. Estava molt tensa i preocupada pel que pensarien de mi els professors i els companys. Em vas ajudar a tranquil·litzar-me.

—Me'n recordo perfectament —diu en David, que ja fa estona que té un somriure dibuixat a la cara—. Ha sigut un any molt intens. Hem viscut moltes coses junts.

—I separats.

—Sí, separats també.

En David es posa trist. Es va enamorar de l'Elena aquell dia, quan la va ajudar a recollir la roba escampada per tota l'escala de marbre de la residència. Un indiscutible amor a primera vista. Està boig per ella des de llavors. Ho va saber des del primer minut. En canvi, en aquests vuits mesos només ha pogut aspirar a un parell de petons d'amagat. I fins i tot es va sentir culpable quan els hi va fer.

—De debò, encara que pensis que no n'hi ha per tant, et trobaré molt a faltar.

—No tinc per què creure't.

—Ni jo tinc per què enganyar-te. A vegades, un es comporta de manera inconscient i es deixa portar. Però jo segueixo sentint el mateix de sempre.

—Tenies tot el dret d'enrotllar-te amb la Silvia, David —el disculpa l'Elena, que ha vist per on vol anar el seu amic—. Tu mateix em vas dir que no m'esperaries eternament.

—Sé el que vaig dir, i va ser un error.

—No va ser un error. Ningú no és l'amo de ningú. I tu i jo hem sigut companys de passadís, hem sigut cunyats i serem sempre amics. Però mai no hem sigut nòvios. No m'havies pas de ser fidel. Ni jo a tu.

—I aquesta és una espina que sempre tindré clavada.

—Així és com ha anat. No hem tingut el nostre moment ni la nostra oportunitat —afegeix l'Elena, impulsivament—. Potser estava predestinat. Perquè si hi hagués hagut alguna cosa entre nosaltres, probablement no hauria acceptat l'oferta de la Heidi Holmes i hauria perdut l'oportunitat de la meva vida. Per molt que t'estimi, no puc renunciar a una cosa com aquesta.

El sevillà alça les celles i nota un intens pessigolleig que li recorre les cames i li puja fins al pit.

—M'estimes?

—No ho he dit, això.

—Sí que ho has dit. I, a més, has parlat en present.

—Doncs m'he equivocat —diu l'Elena, nerviosa—. El que intento dir-te és que si tu i jo, en el passat, haguéssim sortit junts, i no amb qui vam sortir en el seu moment... Si la nostra relació no fos la que és perquè la meva germana i tu... I jo amb en Martín no... És a dir, les relacions han anat d'aquesta manera i si...

De cop i volta la noia deixa de parlar. Mira en David i se sorprèn quan veu que està somrient. Es riu d'ella? No li estranyaria gens, amb l'embolic que s'ha fet! Nota una escalfor asfixiant que li puja a les galtes.

—Perdona, ja no sé ni què dic.

—A vegades no és fàcil explicar el que se sent.

—M'ha vingut molta calor.

—A mi també em passa.

—El què?

—No sé dir el que sento amb les paraules adequades. Per això...

El sevillà agafa el mòbil i comença a teclejar. L'Elena l'observa amb curiositat. Què està fent? Ha escollit el moment més oportú per enviar missatges! La noia s'impacienta. Tanmateix, al cap d'un parell de minuts li sona el mòbil. És un whatsapp d'en... David? Confosa, mira de reüll el seu amic abans d'obrir-lo.

—A mi també m'agrada escriure, encara que no ho faci tan bé com tu.

L'Elena es fixa en la pantalla i llegeix el text que li ha enviat. Quan acaba, té moltes ganes de plorar. Però hi ha un desig que supera tots els altres. La seva boca, els seus llavis, la seva mirada... No pot fer-ho. Somriu, entre llàgrimes, i se'n va corrents. Necessita refugiar-se a l'interior de la residència.

«Mirar-te, desitjar-te, coneixe't, molestar-te, besar-te, pensar-te, buscar-te, respectar-te.

Estimar-te. És tan senzill com estar amb tu, encara que desapareguis i te'n vagis a milers de quilòmetres de distància.

Sempre seré al teu costat. No m'oblidis. Jo no ho faré».

CAPÍTOL 68

Hola, tafaners, com esteu?

Perdoneu que aquests dies no hagi aparegut per aquí, però els exàmens finals m'han mantingut molt ocupada. He aprovat totes les assignatures menys una!

De fet, però, no sé si això em servirà de cara al futur. Acadèmicament, segur que no. Tot i que no m'agrada tancar portes abans d'hora, gairebé puc assegurar que aquí s'acaba la meva etapa com a estudiant de dret. He de reconèixer que aquests últims mesos m'he sentit més còmoda i m'he adaptat millor a la carrera. Però què voleu que us digui? Això no fa per a mi. Tenia molt clar que volia ser jurista més que res en el món. Però amb unes quantes setmanes en vaig tenir prou per adonar-me que el meu camí havia de ser un altre. Quin? Encara ho he de decidir. Després us en parlaré, d'això.

Personalment, ha sigut un gran repte. Vaig assegurar als meus pares que ho faria tan bé com pogués i que no llençaria l'any a les escombraries, i no he fallat. M'he entregat al màxim, com si estigués disposada a seguir la carrera, i no he perdut el temps. Penso que les notes demostren que he com-

plert amb el que els vaig prometre. Espero que se sentin orgullosos i que aviat assumeixin que la seva filla no seguirà els seus passos. No és fàcil canviar de rumb, quan tens un futur tan marcat.

El curs que ve no seré en aquesta universitat ni en aquesta residència. I us he de confessar que ho trobaré molt a faltar, tot això. Avui m'acomiado dels meus amics, als quals no sé quan tornaré a veure. Els nois i les noies del meu passadís s'han convertit en la meva família durant més de nou mesos. Tots som diferents, amb personalitats molt variades. Però hem fet una bon colla. Hem viscut tantes coses, bones i dolentes, en aquest curs, que no em puc creure que la meva història amb ells s'acabi. Això és el que em sap més greu d'abandonar Madrid. I jo que em pensava que aquí només hi venia a estudiar! No podia estar més equivocada. He rigut molt, he plorat d'alegria i de tristesa, m'he enamorat, he tingut el meu primer nòvio, m'he enfrontat a problemes de debò... He fet coses que mai m'hauria imaginat que faria. Però, sobretot, he crescut com a persona i com a ésser humà. He madurat. No sóc la mateixa Elena que la que va entrar en aquesta residència al setembre. Les vivències són les que et canvien i les que et formen. Tinc molta sort que m'hagi tocat viure aquesta etapa al costat de gent que m'ha aportat tant. Quan avui els abraci i m'acomiadi d'ells, segur que notaré un buit enorme a dintre meu.

Mentre escric aquestes ratlles, m'estic aguantant les llàgrimes. De fet, alguna ja ha caigut a sobre del teclat. Potser us penseu que exagero, que això és postureig o que sóc una cursi. No. Us prometo que tinc un nus a la gola i que anar-me'n d'aquí em suposa perdre part del que sóc avui. Em sento especialment així per una persona. Un noi amb qui mantinc una relació molt particular. Què som? No hi ha cap etiqueta que ens defineixi. Simplement som ell i jo. I no sé què ens passarà en el futur. Els quilòmetres acabaran de dictar sentència.

Sí, tafaners, al setembre faig les maletes i me'n vaig un any a fora. No us en puc donar gaires detalls perquè no sé fins a quin punt estic obligada a mantenir la confidencialitat. Només us diré que recorreré els Estats Units treballant per a una escriptora d'èxit internacional. I no és un somni! És una oportunitat enorme per aprendre i per gaudir de noves experiències.

No patiu, que no m'oblidaré d'aquest raconet. A més, encara falten uns quants mesos perquè me'n vagi. Queda un estiu per davant, i no tinc ni idea de com ompliré els propers mesos. No he fet plans. Aquestes últimes setmanes, he estat tan enfeinada i tan centrada en els exàmens que no m'he plantejat res. Potser faig algun curs d'anglès per preparar-me de cara al setembre. Encara que tots deveu pensar que tinc molta sort de viatjar i recórrer els Estats Units, treballaré i m'esforçaré per estar a l'altura del que se'm demani. No és un viatge de plaer, ni molt menys. I vull arribar allà tan ben preparada com pugui. Ja ho veurem.

Molt bé, tafaners, ha arribat l'hora d'anar-me'n. És l'última vegada que us escric des del lloc que ha sigut casa meva durant aquest any. Els meus amics m'esperen. Avui ens acomiadarem tots, ells fins al curs que ve, i jo... potser fins mai. És trist, però bonic. Com qualsevol etapa. La meva ha sigut més curta del que m'imaginava, però molt més intensa i emocionant del que m'esperava.

No sé des d'on, ni quan, escriuré el proper post. Només espero que seguiu al meu costat i que la vida us somrigui.

Fins a la pròxima.

PD: No us podeu imaginar el que ha passat just després d'escriure aquest post! Encara em tremolen les cames! Us ho explicaré un altre dia. Us estimo, tafaners!

EPÍLEG

Obre la porta de la 1151 i surt al passadís 1B. La Natalia porta el tiquet vermell del dinar a la mà. Travessa la recepció i després de saludar en Jesús se'n va cap a les escales que porten al menjador de la residència. Baixa pensant que el desembre ha començat molt bé. Després de tres mesos d'indecisions, ahir finalment es va atrevir a dir al seu company el que sent. I va arribar aquell petó. Ara és ell qui ha de moure fitxa.

—Tinc una gana que em moro —diu una veu darrere seu. La Nati es gira i veu un noi amb els cabells de punta que s'acosta cap a ella. Entren junts al menjador.

—Jo també estic afamada. Com tens el vídeo?

—Gairebé editat. Però ha de quedar perfecte. No s'arriba cada dia als cent mil subscriptors.

—Ja ets una celebritat a la Benjamin Franklin, Toni Pepperoni. Haurien de posar una estrella a la porta de la teva habitació —fa broma la noia mentre agafa una safata i es col·loca a la cua del bufet.

—Per aquesta regla de tres, a l'Isa li haurien de posar una galàxia.

I és que després d'aconseguir que fos viral un dels seus vídeos, en el qual canta un rap amb diversos youtubers famosos, l'Isa menja Pizza ja té més de mig milió de seguidors al seu canal.

La Natalia observa de reüll el valencià; se'l veu trist. Quan ha anomenat la seva exnòvia, s'ha adonat que encara li fa mal la ruptura. La tercera, segons li ha explicat en Toni mateix. Van començar a sortir al maig i ho van deixar a finals de juny. Van tornar-hi al setembre, acabats d'arribar de les vacances d'estiu, i van tallar a l'octubre. A finals del mateix mes, es van donar una altra oportunitat. I va durar fins fa deu dies.

—Jo estic enamorat d'ella i em sembla que encara li agrado —va reconèixer a la Natalia, a la seva habitació, la nit en què van trencar la relació per última vegada—. Però sempre hi ha YouTube pel mig. Una vegada i una altra. Si fins i tot l'han relacionat amb en Rubius, en un d'aquests fòrums de xafardejos sobre youtubers!

—I és veritat?

—Això només ho saben ella i en Rubén.

El menjador està gairebé ple. Per sort, a la taula del fons, on acostumen a seure els joves del passadís 1B, ja hi ha dos dels seus membres per guardar lloc als que vagin arribant. L'Ainhoa té el mòbil a les mans i la Nicole està parlant d'alguna cosa amb un gran entusiasme.

—Una cita doble! —Són les paraules que sent la Natalia quan seu al costat de les noies. És la peruana la que està tan entusiasmada.

—No me'n fio, d'aquests dos. Són molt grans.

—Grans? Només tenen vint-i-tres anys. Tu no et fies de ningú. Semblen bons nois. Què et sembla si els concedim el benefici del dubte i quedem amb ells?

—Com a experta en Tinder, t'asseguro que aquests tios només van al que van. Punt final —sentencia la canària, que deixa el mòbil i somriu a la que acaba d'arribar—. Com va tot, Nati? Que no ha baixat amb tu, l'Óscar?

La noia arronsa les espatlles i es posa vermella quan sent el nom del val·lisoletà. Des que ha entrat a la Benjamin Franklin, el seu cor batega molt de pressa cada cop que el veu. L'Óscar és l'home de la seva vida. N'està convençuda. I el petó que li va fer ahir és la cosa més apassionant que ha fet mai. Bé, en realitat, la segona cosa més apassionant.

Només hi ha un problema: li sembla que a l'Ainhoa també li agrada. Si més no, aquesta és la sensació que té quan els veu junts. En Toni una vegada li va dir que l'Óscar i l'Ainhoa estaven predestinats a estar junts. I que ni la Naiara, ni la Sofía, ni la Yaiza havien aconseguit fer-lo feliç.

—Hi ha alguna cosa en l'univers, que no sabem què és, que uneix unes persones concretes i que aixeca barreres invisibles per impedir que ningú separi el que aquesta cosa s'esforça a unir. L'Óscar i l'Ainhoa tenen aquesta atracció.

A la Nati l'amoïna que la canària s'enfadi si descobreix el que sent pel noi de la 1159. Ella i la Nicole han sigut essencials per adaptar-se a Madrid i a la residència. Des del primer moment li van fer costat i l'han ajudat en tot. Els està molt agraïda, perquè va arribar amb molta por.

El so dels seus mòbils irromp al menjador. És un whatsapp que en Julen ha enviat al grup del passadís, acompanyat d'una foto. Ell i en Marc hi surten estirats a la neu, l'un al costat de l'altre.

«Estimats companys, una forta abraçada des de Lapònia. Us trobo a faltar. Bé, tampoc tant».

De seguida, el navarrès envia una altra imatge on la parella es fa un petó davant d'una cabana de fusta. Celebren que fa sis mesos que es van assabentar dels resultats de les anàlisis. El viatge els l'han regalat l'Enric i la Montse, que també han celebrat a Barcelona que tot plegat quedés en un simple ensurt. Des de llavors, la precaució dels dos nois és màxima.

—Que bé que s'ho munta, la gent —diu l'Ainhoa, somrient, mentre fica la cullera en un bol ple d'arròs amb llet.

—No et queixis. Nosaltres serem a Lima d'aquí a pocs dies —li recorda la Nicole—. T'encantarà el meu país!

—Si tot és tan bo com el menjar, potser em quedo a viure allà i tu tornes tota sola.

Tots quatre riuen amb l'ocurrència de la canària. La Natalia sospira i també somriu. Li agradaria tenir tanta vitalitat com la seva amiga. Però no és fàcil ser com s'és quan, a vegades, la gent et mira com si fossis un espantall. Tanmateix, aquesta colla l'està fent sentir com si fos a casa. Des del primer minut. Tant els fa que sigui tímida, que es vesteixi d'una manera tan peculiar ni que vingui d'un altre país. Però el que més aprecia d'aquell formidable grup és que a ningú li ha importat que abans fos un noi.

Baixen del tren i van passejant fins a la parada de taxis. Indiquen al conductor l'adreça on van i el taxi es posa en marxa. L'Iria agafa la mà d'en Manu i ell l'hi estreny. Feia molt de temps que volia fer això, però fins ara no s'hi havia atrevit.

—Et trobes bé?

—Tinc una mica de mal de cap —respon el malagueny, mentre es posa una mà al front.

—T'has pres les pastilles?

—Sí, no t'amoïnis.

La gallega somriu. Durant els últims mesos no ha tingut marejos ni lapsus de memòria. Però les migranyes i l'insomni es resisteixen a cedir. Són les seqüeles que arrossega per culpa de les imprudències que va fer. El psicòleg li ha dit que no és preocupant, i que arribarà un dia en què el seu passat simplement serà un remot malson. No va ser gens fàcil convence'l per anar a un especialista perquè l'ajudés. Però aquest Manu ja no és tan intransigent ni passa de tot com quan el va conèixer. La vida l'ha posat a prova. A més, si volia que fos la seva nòvia, l'Iria li va exigir unes quantes coses, una de les quals, la més important, era curar-se.

No parlen gaire al taxi, cosa força estranya en ells, perquè a la residència es passen les vint-i-quatre hores del dia discutint-se, xerrant i molestant-se. Els companys del passadís n'estan tips, malgrat que tots estan contents que la seva relació s'hagi consolidat.

—Hem arribat —diu el taxista, després d'aparcar.

La noia paga i baixen del cotxe. Van agafats de la mà. Plovisqueja a Sevilla, que els ha rebut amb el cel fosc com el fons d'un pou. En Manu s'atura. Li suen les mans i li tremola el llavi. Una altra de les seqüeles.

—Si vols, ens en podem tornar —li xiuxiueja la noia a cau d'orella. Ella el coneix més bé que ningú, i sap que això és un gran esforç per al seu nòvio.

—No, ho vull fer. Ho he de fer.

I superant les seves pors i tot el que ha hagut de suportar des de fa mesos, en Manu fa un pas endavant i entra al cementiri on hi ha enterrat en Fernando. Malgrat que ell no va ser el responsable directe de la seva mort, li deu un comiat. I una disculpa.

—Lisa! Vine aquí! —crida l'Elena, enfadada perquè la nena s'ha deixat anar de la seva mà i ha sortit corrents cap a un home disfressat de Buzz Lightyear.

La nena torna al seu costat i li demana disculpes, primer en anglès, i després en castellà. La de Toledo somriu i li regala un petó a la galta.

—Nova York és molt gran. Què faríem la teva mare i jo si et perdessis?

—Em sap greu. No ho faré més.

L'Elena li dóna un copet afectuós al cap i continua caminant per Times Square. Encara no se'n fa a la idea que és a la ciutat més increïble del món. De totes les que ha visitat, Nova York és la millor. Li van encantar Chicago, Boston i Filadèlfia, però Manhattan és insuperable.

Fa quatre dies que és a la Gran Poma acompanyant la Heidi Holmes i la Lisa. L'escriptora ha quedat amb elles en aquella plaça, al costat de la gran pantalla, on la gent s'hi veu i es torna boja saludant. Aquests nord-americans no perden cap oportunitat per fer un xou de qualsevol cosa, tot i que l'Elena ha de reconèixer que a ella també li va fer il·lusió sortir i saludar a la càmera la primera vegada que hi va passar pel davant.

—Vull seure —diu la nena, en un espanyol més que correcte.

En tres mesos, la Lisa n'ha après molt. Es nota que és molt intel·ligent. A vegades se sorprèn de les seves reaccions i de la seva capacitat per comprendre les coses. Ha sortit com la seva mare. L'Elena pensa que la Molly és la persona més llesta que coneix. No li ve de nou, el seu èxit. Treballar amb ella està sent l'experiència més enriquidora de la seva vida. No només per la gran quantitat de llocs que han visitat, sinó per l'aprenentatge continu que li aporta viure al costat d'una professional com ella. Perquè la H. H., a més de ser brillant, treballa més que ningú.

—Anem a aquell banc, seurem i esperarem la mare.

—No, vull anar a aquell. Vull veure la tele gran.

La noia fa una riallada pel comentari de la Lisa. La nena li indica un altre banc des del qual es pot veure la gran pantalla de Times Square. Li fa cas i se'n van cap allà per esperar assegudes l'escriptora. Mentrestant, conversen sobre la gent que es posa davant de la pantalla perquè els capti la càmera. Mentre parlen, barregen els idiomes de cadascuna. Juguen a imaginar-se a què es deuen dedicar les persones que apareixen a la pantalla i com deuen ser les seves vides.

—Aquell és molt guapo —diu la Lisa en espanyol—. M'agrada el seu *tattoo*. Què és?

—Què vols dir? De qui em parles?

—D'aquell noi del jersei i la gorra negra. El del *tattoo* de l'ocell al coll!

Llavors, l'Elena el veu a la pantalla gegant. Està saludant amb la mà a la càmera i va fent saltironets. No es pot creure que sigui aquí. No es pot creure que hagi vingut a veure-la. No es pot creure que hagi complert la seva promesa.

—Avui és l'últim dia de curs. Sembla que fos ahir quan vam començar.

—El temps passa molt de pressa.

—Em vaig enamorar de tu el primer dia, saps?

—No continuïs per aquest camí, David. Això ja no té cap futur.

—Per què no?

—Perquè tu et quedes i jo me'n vaig lluny.

—I quin problema hi ha?

—Que no em pots seguir fins a la fi del món.

—A la fi del món, potser no, però els Estats Units són a unes quantes hores d'avió. Espera'm —li diu, i després d'un somriure, en David li fa un petó que supera qualsevol petó que a l'Elena li hagin fet mai. Fins i tot és millor que el petó furtiu del Nadal passat. Gairebé sense alè, el sevillà li dedica un somriure de complicitat—. Per cert, saluda els teus tafaners de part meva, i digue'ls que sóc capaç de fer qualsevol cosa per estar amb tu. Tant si és difícil com si és fàcil. T'ho prometo.

AGRAÏMENTS

Aquest llibre va per tu, tiet Jose, siguis on siguis.

És emocionant acabar una història que conté tanta il·lusió, feina i esforç en les seves pàgines. Sembla que fos ahir quan vaig començar *Tan senzill com tuitejar t'estimo*, una aposta arriscada i complicada que agafava el relleu d'una època meravellosa. No era senzill, precisament, abandonar els «incompresos» i crear altres personatges amb els quals compartir la meva vida literària. No ho nego: em feia una mica de por. M'he tornat molt exigent amb mi mateix i això comporta una pressió extra en tot el que faig. Pressió i exigència per estar a la vostra altura, la dels lectors, per no decebre l'editorial i per demostrar-me dia a dia que sóc capaç de créixer com a autor amb cada llibre que escric. Els resultats, després d'aquesta trilogia, no poden ser millors. O almenys, és el que jo penso. He gaudit més que mai escrivint, creant, imaginant i desenvolupant les idees que em passaven pel cap. Sens dubte, *Tan senzill* és el millor que he fet, per les formes, pel contingut i per les sensacions que tinc ara que l'he acabat. Després, us pot agradar més o menys; sobre gustos, ja se sap. No puc entrar a dins del cap de cada lector, ni demanar les seves circumstàncies i experiències, que són les que en gran part conformen una opinió sobre alguna cosa. Però per mi, parlant de tot cor, aquesta història té i representa tot el que buscava quan la vaig començar, fins i tot una mica més. Ja no em conformo a escriure sobre amors i desamors, que són temes que també necessito incloure en les meves novel·les. Que els títols i les cobertes, que d'altra banda, m'encanten, no us enganyin. En aquests tres llibres he intentat fer un petit pas més cap endavant i enfrontar-me a problemes i situacions extremes amb els quals pot topar qualsevol jove d'avui dia. I no ha estat gens fàcil trobar l'equilibri entre la realitat i la ficció. Espero haver-ho aconseguit.

Dit això, passem als agraïments, que per a això són aquestes pàgines.

Igual que en els llibres anteriors, vull començar aquest apartat recordant els meus pares. Deu llibres, ja té publicats el vostre fill! Sempre dic el mateix, perquè és el que sento de debò: això només és la punta de l'iceberg. Sense tota la feina anterior, sense totes les possibilitats que m'heu donat, sense tots els valors que m'heu ensenyat, sense tots aquells bons i mals moments, no seria el que sóc, ni hauria trobat el meu camí. Aquella conversa nadalenca, a més, em va servir per posar la peça que em faltava en el puzle d'aquesta tercera part. Gràcies, i que sigueu feliços. També desitjo, gairebé per sobre de tot, que sigui feliç la meva germana. A vegades, un canvi marca la resta de la teva vida. No deixis de lluitar pel que creus que vols. De talent, dedicació i força no te'n faltaran. Aquí, per al que faci falta.

Més de vuit anyets junts. Saps que t'estimo? Sí, ho saps. No passa ni un dia que no t'ho digui. I el que estem aprenent tu i jo junts? Que bonic que és compartir sentiments i il·lusions amb la persona que estimes. Sí, ens estimem. Ens estimem de debò. La felicitat no és un plat que se serveixi fred. I malgrat els nostres moments estranys, els nostres diumenges de discussions i la canya que em dónes quan no estàs d'acord amb el que escric, no canviaria ni un d'aquests segons amb tu per res del món. És increïble poder cridar a l'univers el que sento per tu, Ester. És molt senzill estar amb tu.

No ha sigut un any fàcil per a la meva família. Quan algú se'n va, és impossible que tot continuï de la mateixa manera. Però tinc una família molt forta, amb persones que representen grans exemples a seguir per a mi. Quan sigui gran, vull ser com vosaltres. Per tant, mentre escric aquests agraïments, recordo més que mai els meus tiets i els meus cosins. A tots ells els dedico aquesta novel·la.

Moltes gràcies també a la família de l'Ester, especialment a la Marga i a en Jose. Espero que tingueu un fantàstic 2017.

Des que el 2011 la meva estimada Miriam Vall es va posar en contacte amb mi per proposar-me un projecte, la meva relació amb l'editorial Planeta ha sigut idíl·lica. La meva segona família. Estic molt content i agraït que continuïn apostant per les meves històries. El fet que *Cançons per a la Paula* ara estigui amb vosaltres és una sort i una garantia per a mi. Gràcies a tot el grup que em tracta tan bé novel·la rere novel·la. Sergi, Laia, Laura, Puri, Raquel... és un plaer poder treballar braç a braç amb el millor equip professional i humà. Gràcies pel vostre afecte i suport incondicional, Marc, Lolita, Isa, Belén, Paco, Marisol, Carlos, Laura Franch, Laura Verdura, Vanesa, Sabrina, Ana i Carmen, i a tots els que formeu part de la meva història planetària. Per descomptat, gràcies als comercials de cada ciutat, que fan una feina tan important. No em vull oblidar de ningú, però sou molts! Raquel de la Morena, ets la millor, no saps la seguretat que dóna poder comptar amb una professional com tu. Moltes gràcies també als nois de Booket i a l'equip de Columna Edicions i de labutxaca i a les delegacions de Planeta als països de Llatinoamèrica.

Aquest any 2017, farà nou anys que vaig escriure el primer paràgraf de *Cançons per a la Paula* al Fotolog. Encara hi ha lectors d'aquella època que em segueixen acompanyant. M'encantaria poder incloure tots els vostres noms en aquests i en tots els agraïments, perquè us estic molt agraït. Sense vosaltres, mai no hauria aconseguit tot això. Deu llibres, nois! Qui ens ho havia de dir, quan vam obrir aquell fòrum o quan parlàvem per MSN? Em fa molta il·lusió veure-us a les firmes o comentant a les xarxes socials quan acabeu de llegir alguna de les novel·les. Aquesta aventura és tan vostra com meva.

No només us aprecio als que fa tant de temps que esteu amb mi. Els que us incorporeu ara, o que em coneixeu de fa poc, sou més que ben rebuts en aquest univers blau. La unió fa la força, i junts som invencibles. El fet que aquesta família segueixi augmentant indica que cal treballar i esforçar-se cada dia una mica més per correspondre-us tal com us mereixeu.

En el tancament d'aquestes pàgines, som més de 143.000 a Twitter, 42.000 a Instagram, 10.000 al Club de Lectura i 62.000 en el grup d'autor de Facebook, més de 20.000 a YouTube... I me'n recordo dels 10.000 que formàvem la comunitat a Tuenti quan vaig començar. En representació de tots vosaltres, moltes gràcies a Francesc Sánchez, Mafer González, Valen Osorio, Esther Trota, Lorena González, Cristina Alarcón, Jhoana Flores, Inma Moreno, Gabriela Aragón, Valeria Misa, Cris Díez de Artazcoz, Carla Bueno, Elisabet Alabart, Sheila Corimayo, Alejandra Uriarte, Melissa Martínez, Aroa Cuenca, Caroline de la Cruz, Ivonne Suárez i Daniela Casilla.

Aquest llibre no seria el mateix sense els dos anys que vaig estar a la residència Leonardo Da Vinci. Allà, hi vaig conèixer gent meravellosa que significava moltíssim per a mi. Malgrat que el temps passa sense pietat, quan ens veiem, de segle en segle, tinc la sensació que torno a aquells anys de felicitat plena. Us dedico aquesta trilogia, estimats amics.

També vull reservar un raconet en aquests agraïments a les persones que m'han ajudat en aquests últims mesos i m'ho han posat una mica més fàcil. Gràcies a l'Abi Power i a la Rebeca Stones. També, per descomptat, a Rush Smith, Zeus Santorini, Marta Riumbau, Andrea Compton, Inés Jimm, Álex Stone, Judith Jaso, Albanta San Román, Sara Baceiredo i Marta Frenkel. Moltíssimes gràcies a l'Ulises i a la Yuya, la història no seria la mateixa sense tu. Gràcies, Marina León, per aportar-me una idea genial. Gràcies,

Irene Contenta, bessones Miramón, Dani Ojeda, Iria G. Parente, Gema Bonnín, Carlos G. Miranda, Martín Piñol, Omai, Borja, Nieves, Rocío, Pedro Vásquez, Alicia, Mireya, Candela, Vanesita, Dani Granada, Andrea Izquierdo, Nikolai, David Hernández, José Luis, Geli, Yai, Dani, Laura, Miriam, Sonia Obviusly, i a molts d'altres que hauria d'esmentar aquí per la vostra amistat. Gràcies al grup de Cine y Merienda amb EyB, a les Bluecitas de Madrid, al grup de Representantes, a les Clásicas, als Afortunados de Blue, i a tots aquells clubs de seguidors i lectors que formeu en relació amb els meus llibres. Sou moltíssims!

Han sigut uns quants mesos entrant i sortint cada dia de l'Starbucks Callao. Pràcticament he escrit tota la novel·la allà. Gairebé em sento com de la plantilla! Ibra, tu has sigut la persona amb qui més he parlat, a part de l'Ester i els meus pares, durant aquests últims mesos. Gràcies per fer-me més amenes tantes hores de feina. Deis, espero que et vagi molt bé a la nova feina, em sabrà greu no veure't pel «despatx», han sigut molts anys compartint vivències que omplirien un llibre. Gràcies Cristóbal, Javi, Almu, Jair, Aroa, Noe, Araceli, Álex, Paola, Críspulo, Iván, Johan, Paula, Meritxell, Esteban, Yannery, Bea, Janet, Marina, Inara, José, Sergio i a tots els baristes de la botiga de Callao que treballen o han treballat en aquests quatre mesos tan intensos. Què se'n faria de mi, sense el cafè?

Abans de posar el punt final a aquests agraïments i de tancar definitivament la història, vull tornar a insistir en un tema que cada dia m'amoïna més. És una petició que us faig: no compreu llibres pirates, ni descarregueu PDF il·legals d'internet. Sisplau. Si no us podeu comprar un llibre perquè en aquell moment no teniu els diners, busqueu una altra alternativa, però no feu més gran aquest problema que continua creixent diàriament a Espanya i a Llatinoamèrica. Podeu anar a buscar el llibre a la biblioteca, o comprar-lo entre uns quants, demanar-lo a algú, unir-vos a un club de lectura..., però no l'adquiriu mai de manera il·legal. Si potencieu la pirateria, no només esteu beneficiant i enriquint gent que no ha mogut ni un dit perquè aquest llibre tiri endavant: esteu robant a l'autor, que s'ha passat uns quants mesos de la seva vida treballant dia i nit en la seva novel·la. I no només a l'autor, sinó també a la llibreria, a la distribuïdora dels llibres i a l'editorial. Som molts els que formem part d'aquest món i que vivim d'això. Imagineu-vos que us mateu a treballar en alguna cosa i quan arriba l'hora de cobrar no us paguen. Doncs això és el mateix. No vivim de l'aire. Si no venem llibres, no podrem ni escriure ni publicar més. I sí, escrivim perquè és la nostra passió i ens encanta, però també perquè és la nostra feina. No entres en una botiga de roba i t'endús uns pantalons de franc, ni vas a la pizzeria i et menges una pizza sense pagar. I si treballes, t'esforces i dediques la teva vida professional a alguna cosa, segur que no entendries que a final de mes no cobressis pel que has fet. Penseu-ho bé, i abans de descarregar un PDF il·legal o de comprar un llibre pirata, recordeu aquestes paraules: STOP A LA PIRATERIA.

S'ha acabat la meva tercera història. I ara què? No ho sé. Tinc moltes idees al cap. Però el meu següent pas no només depèn de mi. Aquesta carrera de fons no és només meva. Sempre comptaré amb l'opinió de l'editorial i amb la vostra. L'única cosa que sé segur és que, faci el que faci, estarà ple de passió, de feina, de dedicació, d'il·lusió i de moltíssim compromís. Només espero que continueu al meu costat.

Gràcies per aquests nou anys. Infinitament, gràcies.

I ja ho saps: no deixis mai de somiar.